VERSUCHUNG GESUCHT

EINE BÜROROMANZE MIT DEM BESTEN FREUND
DES BRUDERS

SYNERGY
BUCH 6

MICHELLE MCCRAW

HINWEISE ZUM INHALT

Versuchung gesucht ist eine heiße Romance mit expliziten Intimszenen und derber Sprache. Diese Geschichte enthält auch Verlassen werden durch Eltern und Tod (off page, in der Hintergrundgeschichte) und versuchter sexueller Übergriff (off page, in der Hintergrundgeschichte).

Wenn jetzt nicht der richtige Zeitpunkt für dich ist, eine Geschichte mit diesen Elementen zu lesen, solltest du dieses Buch vorerst überspringen. Bitte pass gut auf dich auf.

1

LARRYS KNOPFARTIGE AUGEN waren wie die schwarzen Perlenohrringe meiner Mutter: rund, glänzend und urteilend.

»Sieh mich nicht so an«, flüsterte ich und wandte meine Aufmerksamkeit wieder Chef Guillaume zu.

Mit einem in den besten Restaurants Frankreichs perfektionierten Talent für Multitasking warf der Dozent mir einen drohenden Blick zu, ohne den Fluss seiner Lektion über Schalentiere zu unterbrechen.

Larry blinzelte, was seltsam war, denn ich war mir ziemlich sicher, dass Hummer keine Augenlider hatten. Wenn sie welche hätten, hätte Chef Guillaume uns beigebracht, wie man sie filetiert.

Ich verlagerte mein Gewicht von einem Fuß auf den anderen, wund vom Stehen in den elenden Clogs, die mir gnadenlos auf den Rist drückten. Ich zog das Küchentuch aus dem Gürtel meiner Schürze und warf es über Larry, wo er auf dem Schneidebrett an meinem Arbeitsplatz ruhte. Jetzt konnte ich mich auf Chef Guillaume konzentrieren, der einen Exkurs über Schalentierallergien begonnen hatte.

Viel besser.

Das Handtuch zuckte und eine abgebundene Schere winkte

mir kraftlos zu. Meine Brust zog sich schmerzhaft zusammen. Der Chef erklärte, dass unsere heimischen kalifornischen Langusten zu horrenden Preisen nach China verschifft wurden.

Armer Larry.

Vor ein paar Tagen hatte er noch mit seinen Hummer-Kumpels im Nordatlantik abgehangen. Heute erstickte er langsam hier in meinem Kochkurs an einem Community College in San Francisco, erbleichte unter den unvorteilhaften Neonröhren und wartete darauf, in den Topf mit Wasser zu stürzen, das fast kochte.

Ich starrte auf seine bewegungsunfähige Schere. *Da sind wir schon zwei, Kumpel.*

Ich zog das Handtuch von seinem Kopf und steckte es unter seinen rötlich-braunen Körper, damit er nicht auf dem rutschigen Schneidebrett lag. Es musste nach den anderen armen Kreaturen riechen, die ich in meinem Metzgerkurs erledigt hatte.

Hatten Hummer Nasen?

Wahrscheinlich nicht, Gott sei Dank. Wenn er eine hätte, würde er meine Angst riechen.

Wir hatten das Semester mit Geflügel begonnen. Sie waren bereits tot und ohne Kopf zu uns gekommen, im Gegensatz zu Larry. Ich hätte bei dem Anblick der blassen, federlosen Körper fast gekotzt, aber stattdessen stellte ich mir vor, was meine Mutter sagen würde, wenn ich auch diese Schule schmeißen würde. Ich schluckte und machte weiter und zerteilte die Stücke gut genug, um von Chef Guillaume ein »Bestanden« zu bekommen.

Die nächste Einheit war Rindfleisch gewesen, aber auch das war gesichtslos zu uns gekommen. Ich hatte gelernt, die Rippen vom Lendenstück zu trennen, und ich hatte einen Hochrippenbraten zubereitet, bei dem der Chef nicht die Nase gerümpft hatte. Er hatte es »nicht schlecht« genannt, was in jedem anderen Kurs einer Eins gleichkam. Obwohl ich in der Schule, ob kulinarisch oder anderweitig, nicht viel Erfahrung mit Einsen hatte.

Wir waren zu Fisch übergegangen, und obwohl sie Gesichter hatten, waren sie bei ihrer Ankunft zumindest tot.

Bis Larry kam.

»Miss Natalie Jones, passen Sie auf?« Wie hatte Chef Guillaume sich so an mich heranschleichen können? Er funkelte mich von der anderen Seite meines Arbeitstisches mit in die Hüften gestemmten Händen an.

»Ja, Chef«, quiekte ich. Ich wagte es nicht, Larry anzusehen.

»Warum ist Ihr Hummer dann wie un bébé gewickelt und kocht nicht im Topf?«

Oje. Ich blickte nach rechts, wo mein Nachbar Gregory gerade seinen Arbeitsplatz abwischte. Dampf stieg vom Deckel seines Kochtopfs auf.

»Ich warte, bis es richtig kocht, Chef«, sagte ich und schaute auf meinen Topf, in dem Blasen an der Oberfläche zu platzen begannen.

»Zeigen Sie es mir.« Seine Lippe kräuselte sich, als er auf den Hummer hinabblickte. »Entfernen Sie das Handtuch.«

»Entschuldigung.« Sanft löste ich mein Handtuch von Larry. Der arme Kerl sah nicht gut aus.

Die Nüstern des Chefs blähten sich. »Demonstrieren Sie der Klasse, wie man den Hummer human tötet.«

»Ich … äh.« *Human töten* klang für mich wie ein Widerspruch in sich. »Könnten Sie mir die Technik noch einmal zeigen?«

Er griff nach Larry.

Ich schnellte vor, um das Krustentier mit meinem Körper zu bedecken. »Nicht ihn!« Ich erstarrte. »Ich meine, ich werde es tun.« Das war das Mindeste, was ich Larry schuldete.

Der Chef zog eine Augenbraue hoch. »Bon. Ich werde es demonstrieren, dann wiederholen Sie.«

Er wirbelte herum und schnappte sich den Hummer von Chantals Tisch. Er schlug ihn neben Larry auf das Schneidebrett. Mit einer einzigen geschmeidigen Bewegung ergriff er mein Messer und stieß die Spitze in das Gehirn des Hummers. Als er zuckte, krabbelte Larry schwach auf dem Schneidebrett.

»Sehen Sie? Schnell und human.« Er ließ den toten Hummer in Chantals Topf fallen. Sie murmelte ihren Dank und setzte den Deckel auf den Topf.

»Jetzt Sie.« Er hielt mir mein Messer hin, den Griff voran.

Ich warf einen Blick auf meinen Topf. Verdammt seien diese effizienten Gasbrenner. Er hatte den Siedepunkt erreicht. Ich nahm den Griff entgegen und wandte meine Aufmerksamkeit Larry zu. Seinem Schicksal ergeben, ließ er seine Fühler hängen.

Mir brach das Herz seinetwegen.

Er würde mit seinen Freunden in einer Hummersuppe enden, die in der Schulkantine serviert würde, oder in einem Hummerbrötchen zum Mitnehmen.

Warum sollte er für irgendein matschiges, versautes Sandwich sterben müssen?

Alles, was er wollte, war, sein bestes Hummerleben zu leben. Na und, wenn er noch nicht herausgefunden hatte, was das sein könnte? Er verdiente eine weitere Chance, sein Leben in den Griff zu bekommen.

Moment. Ging es hier um Larry oder um mich?

»Miss Jones. Darf ich Sie daran erinnern, dass wir nur noch dreißig Minuten Unterricht haben?«

Dreißig Minuten. Chef Guillaume akzeptierte keine verspäteten Abgaben. Ich müsste den armen Larry jetzt ermorden, wenn ich auch nur die geringste Hoffnung haben wollte, seinen Kadaver rechtzeitig zu zerlegen. Der silberne Hummerpicker blitzte im Neonlicht. Der, den der Chef von mir erwartete, um Larrys Fleisch aus seiner Schale zu ziehen.

Larry hob seine Schere zum Abschied und zeigte mir das blaue Band. Blau wie der Ozean. Blau wie die zarten Ränder der Schale, die seine schlanken Knie bedeckte, die ich mit der Gabel herausziehen sollte.

Ich schluckte. *Nicht heute, Larry.*

»Tut mir leid, Chef.«

Ich ließ mein Messer fallen, warf das Handtuch wieder über Larry und hob ihn hoch. Er war nicht schwer, nur ein paar Pfund, aber seine übergroßen Scheren baumelten.

»Was tun Sie da, Miss Jones?«

Ich hielt den Kopf gesenkt. »Ich gehe, Chef.«

Im Klassenzimmer war es totenstill geworden.

»Wenn Sie durch diese Tür gehen, fallen Sie in meinem Kurs durch. Es wird schwierig sein, ohne ihn den Abschluss zu machen.«

Es wäre schon schwierig gewesen, den Abschluss zu schaffen, selbst mit einer ausreichenden Note in seinem Kurs. Ich schob Larry unter meinen Arm, zog meine Louboutin-Tasche aus dem Fach unter meinem Arbeitsplatz und schwang sie mir über die Schulter. »Ich verstehe, Chef.«

»Verstehen Sie das, Miss Jones?« Seine graue Augenbraue hob sich. Er musste den Druck gespürt haben, der mich dazu brachte, Tag für Tag in einen Kurs zurückzukehren, in dem ich durchfiel.

Ich warf einen Blick auf meine Messertasche. Ich mochte das Gewicht des großen Kochmessers und die Art, wie der Griff in meiner Hand lag. Es war eine Schande, sie hier zu lassen. Aber ich hätte Larry absetzen müssen, und wenn ich das täte, könnte mein jähzorniger Dozent ihn in meinen Topf werfen und lebendig kochen.

Besser, ich ließ sie da. Ich nickte Gregory zu. Er hatte Talent. Er verdiente sie mehr als ich. Die Kochschule war an mir verschwendet, genau wie das College, die Modeschule, das Praktikum als Veranstaltungsplanerin und sogar der Blumenladen, den mein Stiefvater mir gekauft hatte.

»Tut mir leid, Chef«, wiederholte ich, und mit festem Griff um Larry drehte ich mich auf meinen Clogs um.

Ich wünschte, ich könnte behaupten, ich sei hinausgeschwebt, aber mein verdammter Clog blieb am Boden hängen und riss sich von meinem Fuß. Ich hatte sie sowieso schon immer gehasst. Ich stieg aus dem anderen und schlurfte in Socken aus dem Klassenzimmer.

———

DER UBER-FAHRER FUHR am Bordstein des Rincon Parks los. Ich hatte mich an den Fischgeruch in den zwei Stunden im Klassenzimmer gewöhnt, aber Larry im kleinen Mazda zu haben, war ziemlich heftig, besonders nachdem ihm ein bisschen schlecht geworden war.

Trotz der tief hängenden Wolken war die Luft im Park frischer, und ich marschierte geradewegs auf den Pier zu.

»Keine Sorge, Larry. Ich hab dich. Die Langusten sehen vielleicht anders aus, aber ich bin sicher, sie sind nett. Du wirst so viele neue Freunde finden.«

Er rollte seine Stielaugen zu mir zurück.

»Im Ernst, Kumpel. Ich glaube nicht, dass du es schaffen würdest, wenn ich dich zurück nach Maine oder wo auch immer hinschicke. Das hier ist viel besser, als in der Kantine serviert zu werden. Wenn dir die Bucht nicht gefällt, kannst du direkt um die Halbinsel herum zum Ozean schwimmen.«

Bei näherem Nachdenken hätte ich ihn wahrscheinlich auf die Ozeanseite der Stadt bringen sollen, aber dafür war es jetzt zu spät. Das Wasser war hier tief, und in der Bucht gab es keinen kommerziellen Fischfang.

Als ich das Geländer erreichte, stützte ich Larry darauf, immer noch in mein Küchentuch gewickelt. Seine Stielaugen schwenkten zwischen mir und dem Wasser unter uns hin und her.

»Hör zu, Larry. Ich weiß, das ist ein neuer Ort und du hast Angst. Ich habe schon viele neue Dinge angefangen, und hier ist, was für mich immer funktioniert hat: Finde einen Weg, anderen zu helfen. Auf diese Weise brauchen sie dich, egal ob sie dich mögen oder nicht.«

Larry kaufte es mir nicht ab. Er klopfte mit seiner Schere auf das Geländer.

»Du musst meinen Rat nicht annehmen. Was weiß ich schon? Keine meiner Schulen oder Jobs hat gehalten, und es wird verdammt schwer werden, meiner Mutter und Charles zu erklären, was heute passiert ist. Aber das Richtige für mich ist da draußen, und das Richtige für dich ist da unten.«

Wir spähten beide ins Wasser. Es war tief und blau.

»Such dir einen schönen Felsen und halt dich bedeckt, bis du wieder zu Kräften kommst. Schlag dir den Bauch voll mit … Was esst ihr eigentlich? Plankton? Seetang? Kleine Fische? Ich bin sicher, das gibt es da unten. Vielleicht triffst du eine nette Hummerdame – oder einen Kerl, was auch immer dich glücklich macht – und lässt dich in einem schönen, tiefen Teil des Ozeans nieder, ziehst ein paar Babys zusammen groß. Okay?« Ich wischte mir ein wenig Gischt von der Wange.

Er zuckte kraftlos mit den Scheren.

»Richtig. Die müssen ab.« Ich griff in meine Tasche und fand das rosa Schweizer Taschenmesser, das mein Bruder Jackson mir geschenkt hatte, als ich zwölf war. Ich klappte die lange Klinge auf und schnitt durch das Gummiband an seiner rechten Schere, dann an seiner linken. Zaghaft öffnete und schloss er seine Scheren.

»Besser? Okay, ich werde dich jetzt reinfallen lassen.«

Aber das tat ich nicht. Ich starrte in seine trüben Augen.

»Das ist deine zweite Chance, Kumpel. Verschwende sie nicht.« Wer war ich, ihm einen Rat zu geben? Wie viele zweite, dritte oder vierte Chancen hatte ich verschwendet? Wie oft hatte meine Mutter mir diesen Blick mit zusammengekniffenen Augen und zusammengepressten Lippen zugeworfen, der mir sagte, wie sehr ich sie enttäuscht hatte? Wie oft hatte sie die Worte tatsächlich gesagt: *Natalie, wann wirst du endlich sesshaft? Warum kannst du nicht mehr wie deine Brüder oder deine Schwester sein?*

Ich würde niemals so erfolgreich sein wie meine Geschwister. Ich sollte tun, was meine Mutter getan hatte, und einen Kerl mit Potenzial heiraten. Sie hatte mir genug Söhne ihrer reichen Freunde vorgestellt, dass ich mittlerweile einen hätte finden sollen, den ich mochte.

Larry tippte mir mit seiner Schere auf die Hand.

»Richtig, entschuldige. Hier geht es nicht um mich. Es geht um dich. Okay, eins … zwei … drei.« Ich drehte ihn um und ließ ihn kopfüber ins Wasser fallen, drei Meter tief. Er tauchte ein, ohne zu spritzen, wie ein olympischer Turmspringer. Er schwebte einen Moment unter Wasser und schaukelte mit den Wellen, die gegen den Pier schlugen. Es sah fast so aus, als würde er mir winken. Dann, mit einem Schlag seines Schwanzes, tauchte er unter, und seine braune Schale verschwand im dunklen Wasser. Ich wartete eine Minute und umklammerte das stinkende Küchentuch. Dann ließ ich eine weitere Minute verstreichen. Aber Larry tauchte nicht wieder auf.

Ich hoffte, er würde mit seiner zweiten Chance besser umgehen als ich mit meinen.

Ich drehte mich wieder der Stadt zu. Ich könnte mir ein anderes Uber nach Hause nehmen, mich frisch machen und überlegen, wie ich meinen Eltern erklären sollte, dass ich die Kochschule zwei Wochen vor Semesterende geschmissen hatte. Oder …

Ich erblickte das hohe Gebäude, das das niedrigere Gebäude meines Bruders überschattete.

Er hatte seinen Anteil an zweiten Chancen bekommen. Vielleicht konnte er mir einen Rat geben. Oder zumindest mehr Mitgefühl, als ich von unserer Mutter bekommen würde.

2

ALS ICH IM sechsten Stock aus dem Aufzug trat, wurde mir der Haken an meinem Plan bewusst. Die Kleiderordnung bei Synergy war zwar leger, aber mein weißer Kittel, der mit was auch immer für einer Flüssigkeit bekleckert war, die Larry auf mich gekotzt hatte, meine weite Kochhose und die neongrünen Flip-Flops, die ich an einem Souvenirstand in der Nähe des Piers gekauft hatte, hätten sich von den Designerkleidern, die ich normalerweise trug, nicht mehr unterscheiden können. Alle starrten mich an, als ich an ihnen vorbeiging.

Ich kanalisierte meine Mutter, hob das Kinn, als trüge ich Hermès, und schlurfte zum Schreibtisch der Assistentin meines Bruders. Ich vermisste es, Marlee dort zu sehen, aber seit ihrer Beförderung saß sie unten bei den anderen Entwicklern.

Seine neue Assistentin, Paulina, war eine ältere Frau aus der Karibik. Sie musterte mein Äußeres und lächelte. »Kommen Sie direkt von der Schule, cariño?«

»Ja.« Ich unterdrückte ein Zusammenzucken. »Ist mein Bruder in seinem Büro?« Ich warf einen Blick auf die Glastür hinter ihr.

»Nein, er ist in Mr. Fallons Büro.«

Ich seufzte. Ich wollte Jackson sehen, aber sein Freund Cooper hatte die Überholspur zum Erfolg genommen. Cooper sagte nie etwas über meinen verschlungenen Lebensweg, aber er blickte immer unter dem Vordach seiner buschigen Augenbrauen hervor und durchbohrte mich mit einem missbilligenden Blick.

Am liebsten hätte ich mich davongestohlen, aber Paulina würde Jackson erzählen, dass ich hier gewesen war. Ich musste meinen unausgegorenen Plan durchziehen.

»Danke, Paulina.« Ich schlurfte über den Boden zu Coopers Büro. Seine Assistentin war nicht an ihrem Schreibtisch, aber sein Cousin und Leibwächter, Mateo, stand in der Nähe der Tür. Er grinste, als ich näher kam.

»Natalie! Was verschlägt unsere kleine Cat Cora hierher?«

Mit meinen eins fünfundsiebzig war ich nicht klein, aber im Vergleich zu Mateos großer, kräftiger Statur musste ich winzig wirken, besonders, da ich keine Absätze trug.

»Ich wollte mit meinem Bruder sprechen. Ist er noch bei Cooper drin?«

»Sie sind alle da drin. Geh nur rein«, sagte er. Ich drückte die Türklinke nach unten.

Erst als mein Blick von Cooper, der an seinem Schreibtisch saß, und meinem Bruder, der am Fensterbrett lehnte, zu der dritten Person im Raum wanderte, spielte ich noch einmal ab, was Mateo gesagt hatte: *Sie sind alle da drin.* Mir wurde klar, wen er mit »alle« gemeint hatte.

Sie war da. Mein Gehirn setzte aus. Sie sollte nicht bei Synergy in San Francisco sein. Sie sollte in ihrem Büro im eine Stunde entfernten Silicon Valley sein.

»Nutter Butter!« Jackson sprang durch den Raum und schloss mich in seine Arme. Zur Krönung verpasste er mir noch eine Kopfnuss und zerzauste meinen kunstvoll unordentlichen Dutt.

Warum musste er mich bei diesem dämlichen Namen nennen? Als ich eine ungelenke Neunjährige war, erlaubte ich ihm, mich zu nennen, wie er wollte, weil ich nach jeder Aufmerksamkeit meines großen Bruders lechzte. Jetzt war ich genauso erwachsen wie er. Trotzdem versäumte er es nie, darauf hinzuweisen, dass Erwachsene Jobs hatten und nicht bei ihren Eltern wohnten.

»Lass mich los.« Ich drückte gegen seine überlangen Arme.

Er lockerte seinen Griff, ließ aber einen Arm um meine Schultern geschlungen, wahrscheinlich, um mich in Kopfnuss-Reichweite zu halten. »Was machst du hier?«

»Ich, äh …« Plötzlich schien es eine schreckliche Idee zu sein, meinem Bruder meine Leidensgeschichte zu erzählen, um etwas Mitleid von ihm zu bekommen. »Ich habe meinen großen Bruder vermisst?«

»Aww.« Er rieb seine Fingerknöchel erneut durch mein Haar. »Na, du kommst gerade rechtzeitig, um über Jamila zu lachen, was sie jetzt wieder angestellt hat.«

Über Jamila lachen? Sie war nicht nur die umwerfendste Frau, die ich je getroffen hatte, sondern auch alles, was ich mir wünschte zu sein – klug, selbstbewusst, fähig. Wie Cooper war auch sie auf ihrem Marsch zum Erfolg nie ins Wanken geraten.

Seit dieser katastrophalen Party bei Billie Woods hatte ich sie vier Monate lang gemieden. Und jetzt erwischte sie mich an meinem Tiefpunkt, ohne Designerkleidung oder Make-up, die mich wie eine Rüstung schützen konnten, und nach dem Inhalt von Larrys Verdauungssystem riechend.

Sie lümmelte auf Coopers Ledersofa, ihr rechtes Bein auf den Boden gestreckt und das linke auf der Sofalehne abgestützt, ihr beigefarbener Stiletto hing an ihren Zehen. Ihre fließende, weiße, weit geschnittene Hose war hochgerutscht und enthüllte die glatte, dunkle Haut, die ihre schlanken Knöchel und muskulösen Waden bedeckte. Sie trug eine fliederfarbene ärmellose Bluse und einen Perlen-Choker. Die Perlen und Pastellfarben deuteten auf Sanftheit hin, aber ihre scharfen Worte durchbrachen stets die Illusion.

Als sie neunzehn war, hatte sie eine üppige, lockige Mähne, um die ich sie beneidete. Jetzt waren ihre Haare kurz geschnitten, was ihren langen, eleganten Hals zur Geltung brachte. Ein milliardenschweres Softwareunternehmen zu leiten, ließ keine Zeit für die Lockenpflege.

Sie warf einen Arm über ihre Augen und stieß ein frustriertes

Knurren aus. »Ich sage euch, alles, was ich getan habe, war zu versuchen, meine Firma zu schützen. Dieser Reporter ist ein Arschloch.«

»So hat das Arschloch von Reporter das in seinem Artikel aber nicht geschrieben«, sagte Cooper trocken.

»Was ist passiert?«, fragte ich.

Sie nahm den Arm vom Gesicht und winkte mir lässig zu. »Hey, Nat.«

Sie klang freundlich genug. Vielleicht waren vier Monate genug Zeit für sie, um zu vergessen, obwohl ich es niemals tun würde. Meine Stimme zitterte, als ich fragte: »Ist alles in Ordnung?«

Sie stieß einen Seufzer aus. »Machen Sie sich keine Sorgen, Baby. Ich …«

Wie üblich erlitt mein Gehirn einen Kurzschluss, wenn sie mich *Baby* nannte. Ich wünschte, sie meinte es als Kosewort, aber sie nannte mich so, seit sie in den Frühjahrsferien ihres ersten College-Jahres mit Jackson nach Hause gekommen war. Selbst mit neunzehn und in einem bauchfreien Stanford-Sweatshirt über Röhrenjeans war Jamila in meinen neunjährigen Augen unglaublich mondän gewesen. Sie sah in mir immer noch das zopftragende Mädchen, und heute sah ich aus wie ein Kleinkind, das im Dreck gespielt hatte.

»… es ist nichts, wirklich.«

»Nichts?« Coopers dunkle Augenbrauen schossen in die Höhe. »Der Artikel im *Wall Street Journal* war besonders wenig schmeichelhaft.«

»Warte. Was?«, fragte ich.

»Komm mal mit, Schwesterherz.« Ihre Nüstern blähten sich, und mein Gesicht wurde noch heißer. Natürlich reagierte sie empfindlich darauf, dass ich sie ausgeblendet hatte. Seit Billies Party musste sie denken, ich sei eine blonde Hohlbirne. Denn genau so hatte ich mich benommen.

Mein Gesicht brannte. »Entschuldigung, ich war mit den

Gedanken woanders. Könnten Sie es mir bitte noch einmal erzählen?«

Jamila verdrehte die Augen. »Bei Moo-Lah ist irgendetwas faul. Ich habe gehört, dass sie ein Produkt auf den Markt bringen, das unserer neuen App sehr ähnlich ist. Bei jedem Schritt, den ich mache, scheinen sie mir einen Schritt voraus zu sein. Ich habe einen Privatdetektiv engagiert, um herauszufinden, ob einer meiner Leute mit ihnen spricht.«

»Und die Presse hat es herausgefunden«, fügte Cooper hinzu. »Sie haben Sie paranoid genannt.«

»Nur die Paranoiden überleben«, sagte Jamila. »Das hat Andy Grove immer gesagt.«

»Ich stimme Mila zu«, sagte mein Bruder. »Nicht wegen der Paranoia-Sache, aber dass es alle vergessen werden. Ich habe Schlimmeres getan, und jetzt bin ich ein Medienliebling.« Er strahlte.

»Das liegt daran, dass du dich mit Alicia niedergelassen hast und sie dich im Zaum hält«, sagte Jamila.

Ich hatte halb erwartet, dass er es leugnen würde, aber er umarmte mich fester und sagte: »Das tut sie.«

»Vergiss nicht, dass ich diejenige war, die euch beide zusammengebracht hat.« Jamila schenkte ihm ein selbstgefälliges Lächeln.

»Niemals«, sagte er. »Obwohl ich bezweifle, dass du an eine Ehe gedacht hast, als du sie als Beraterin empfohlen hast – und meine Chefin.«

Wenn sie ihr Geplänkel unter besten Freunden fortsetzten, würde ich Jamilas Problem nie auf den Grund gehen. Ich löste mich von meinem Bruder. »Vom *Wall Street Journal* als paranoid bezeichnet zu werden, ist eine ziemlich große Sache.«

»Genau.« Cooper zeigte auf mich. »Heute waren Paparazzi bei Milas Büro. Das scheint nicht etwas zu sein, das sich einfach so legen wird.«

»So wie, mehr als fünf?«, fragte ich.

»Nicht mehr als zwanzig.« Jamila machte eine elegante Handbewegung. Ihre Nägel waren kurz, aber makellos manikürt und in einem leuchtenden Lila lackiert.

»Heilige Scheiße«, sagte ich. »Das ist ernst.« Sie brauchte Hilfe. Ich holte mein Handy heraus und suchte nach dem Artikel. Ich überflog ihn, während ich meinem Bruder und seinen Freunden nur mit halbem Ohr zuhörte.

»Nimm dir den Rest des Tages frei«, sagte Cooper. »Am Montag schicke ich Mateo mit dir. Er wird die Paparazzi auf Abstand halten und dich sicher in dein Büro bringen.«

Sie schnaubte. »Dann würde ich wie eine Jungfrau in Nöten aussehen, die deinem fleischigen Cousin hinterhertrottet. Über das Wochenende wird sich alles beruhigen. Ich kann es mir nicht leisten, den Tag freizunehmen. Die Veröffentlichung der App ist für Juni geplant.« Sie zog ihr Handy aus der Tasche und schaute darauf. »Sorry, ich muss da rangehen.« Sie erhob sich vom Sofa und schritt aus dem Büro.

»Das ist nicht gut«, sagte ich und scrollte durch den Artikel. »Sie haben sie als paranoide Verrückte dargestellt. Wer zum Teufel ist dieser Privatdetektiv? Glaubt ihr, er war die Quelle der Presse-Leaks?«

Jackson zuckte mit den Schultern. »Nicht, wenn er sein Geschäft behalten will. Wenn Jamila herausfindet, dass er die Geschichte verkauft hat, wird sie dafür sorgen, dass er nie wieder in San Francisco arbeitet.«

Cooper nickte. »Man will nicht auf der falschen Seite von Jamilas Rache stehen.«

»Das ist das Problem«, sagte ich. »Sie kann es sich nicht leisten, als rachsüchtige Spinnerin rüberzukommen.«

»Ein bisschen präventive Aggression hat noch niemandem geschadet«, sagte Jackson.

»Niemandem geschadet?«, spottete ich. »Frag mal Martha Stewart, wie das für sie gelaufen ist. Frauen kommen nicht mit dem durch, was Männer sich leisten können.«

Beide Männer starrten mich verständnislos an.

Ich verdrehte die Augen. »Das würdet ihr nicht verstehen. Ich glaube, ich kann helfen.«

»Sicher, Nutter Butter.« Glücklicherweise war Jackson außer Kopfnuss-Reichweite.

»Das kann ich.« Ich richtete mich in meinen Flip-Flops und der weiten Hose so gerade auf, wie ich konnte. In der Tech-Welt aufgewachsen, hatte ich mein ganzes Leben im Rampenlicht gestanden. Sogar länger als Jamila. »Ich habe da ein paar Ideen.«

Jackson schnaubte tief in seiner Kehle, so wie er es immer tat, wenn ich etwas sagte, das er für lächerlich hielt. »Du beschwerst dich immer darüber, wie viel Zeit die Kochschule in Anspruch nimmt. Wann hättest du Zeit, Jamila zu helfen?«

Ich sah auf meine Füße hinunter. Der scharlachrote Lack auf meinem rechten großen Zeh war zur Hälfte ab.

»Oh, nein.« Jacksons Stimme triefte vor Mitgefühl. »Du hast doch nicht abgebrochen, oder?«

Ich war hierhergekommen, um sein Mitgefühl zu suchen, aber es stellte sich heraus, dass sein mitleidiger Ton das Schlimmste war. »Nicht direkt.«

»Scheiße. Meine perfekte kleine Schwester wurde rausgeworfen?«

»Vielleicht?« Ich rieb meinen Zeh am Rand des dicken Teppichs. »Ich, äh, habe einen Hummer aus meinem Zerlegekurs befreit.«

»Ernsthaft?« Er stieß ein lautes Lachen aus. »Hummer sind im Grunde nur zu groß geratene Insekten. Es ist nicht so, als hätte er deine Hilfe zu schätzen gewusst.«

Ich stemmte die Hände in die Hüften. »Larry *war* dankbar, nicht ermordet zu werden.«

»Larry?« Jacksons Stimme stieg vor Heiterkeit an. »Du hast das Abendessen von jemandem benannt?«

Cooper stützte sein Kinn auf die Hand und bedeckte seinen Mund. Lachte er?

»Leck mich. Tierquälerei ist nicht witzig.«

»Du musst zugeben«, sagte mein Bruder, »dass es verdammt

witzig ist, von einer Kochschule am Community College rausgeworfen zu werden, weil man einen Hummer gestohlen hat. Genauso wie zu denken, du könntest Jamila aus ihrem PR-Ausrutscher helfen. Du kannst vielleicht eine gute Party planen, aber du hast null Erfahrung in der Öffentlichkeitsarbeit.«

»Aber–« Ich warf Cooper einen flehenden Blick zu.

Er hob die Hände. »Tut mir leid, Natalie. Jay hat recht. Leute gehen zur Schule, um die Feinheiten der Öffentlichkeitsarbeit zu lernen. Überlassen Sie das den Profis.«

»Aber …« Wie hatte ich mir nur das Mitleid meines Bruders wünschen können? Es war das absolut Schlimmste. Was ich von ihm – oder irgendjemandem – brauchte, war ein Funken Vertrauen in meine Fähigkeiten. Anscheinend war das Synergy-Büro nicht der richtige Ort, um das zu finden.

»Geh nach Hause«, sagte Jackson. »Leg die Füße hoch. Iss etwas Schokolade. Versuch es mit einer Shopping-Therapie. Ich schreibe dir heute Abend eine SMS, um nach dir zu sehen, 'kay?«

Ich sog die Luft durch die Nase ein und seufzte sie wieder aus. Er hatte recht. Wer war ich schon, um Jamila zu helfen? Ich hatte nicht einmal einen College-Abschluss. Ich wohnte immer noch bei meinen Eltern zu Hause. In einer Suite mit einer luxuriösen Dusche mit mehreren Düsen, die nach mir rief. »Okay.«

»Bist du hierhergefahren?«, fragte Jackson.

»Nein, ich–«

»Bitte Paulina, dich nach Hause zu fahren. Ich gebe ihr den Rest des Tages frei.«

»Danke. Bis dann, Cooper.« Ich winkte und trottete in meinen lächerlichen Flip-Flops aus dem Büro. Jamila stand auf der anderen Seite der Tür, einen Arm um den Bauch geschlungen, während sie sich mit der anderen Hand eine Träne von der Wange wischte.

Ich verwarf alle Gedanken an eine Dusche.

3

»JAMILA?«

In den fünfzehn Jahren, die ich sie kannte, hatte ich sie noch nie weinen sehen. Nicht, als Jackson ihr an Thanksgiving aus Versehen einen Ellbogen ins Gesicht rammte und ihre Nase brach, nicht, als ihre App bei diesem Wettbewerb nur den vierten Platz belegte und sie nicht die Finanzierung bekam, die sie verdient hatte, und auch nicht nach ihrer seltsamen Affäre mit Cooper, von der ich eigentlich nichts wissen sollte und (da war ich mir ziemlich sicher) Jackson auch nichts wusste.

Aber vor dem Büro meines Bruders glänzte Feuchtigkeit in ihren Augen.

»Oh, hey.« Sie blinzelte und schniefte, und schon war sie wieder die knallharte Jamila Jallow. Ich hätte gedacht, ich hätte mir die Träne nur eingebildet, aber ihre Wimperntusche war in einem Augenwinkel ein winziges bisschen verschmiert.

»Geht es dir gut?«

»Könnte nicht besser sein.« Sie richtete sich auf. »Fährst du nach Hause?«

Ich zögerte weniger als eine Sekunde. »Nein. Bleibst du hier?«

»Meine Assistentin hat gesagt, die Presse ist weg, also gehe ich zurück ins Büro.«

»Ich komme mit.« Die Worte schossen aus meinem Mund wie Maschinengewehrfeuer in einem von Jacksons Videospielen.

Sie runzelte die Stirn. »Warum solltest du den ganzen Weg ins Silicon Valley mitkommen wollen?«

Mist. Ich hatte vergessen, dass sie unten in Mountain View arbeitete. Ohne Auto wieder nach Hause zu kommen, wäre eine Qual, aber es wäre es wert, um sicherzustellen, dass es ihr gut ging. »Ich habe dein Büro noch nie gesehen.« Das war wahr. »Ich überlege, von meinem Studiengang zur Softwareentwicklung zu wechseln.« Das war eine Lüge.

Ihr Blick durchbohrte mich. »Von der Kochschule zur Programmierung ist ein großer Sprung.«

»Ach, du weißt schon« – ich machte eine lässige Handbewegung –, »das liegt mir im Blut.«

»Lass das.« Das Wort knallte wie ein Feuerwerkskörper. »Du bist klug und fähig, alles zu tun, was du willst. Stell dein Licht nicht unter einen Scheffel.«

Sie hatte die Weihnachtsfeier nicht vergessen. Fast genau diese Worte hatte sie auch damals gesagt, und dann hatte ich etwas wirklich Idiotisches getan.

»Jamila, ich …«

»Warum bleibst du nicht hier? Jackson wird dir ein Praktikum geben und dir alles beibringen, was du über das Programmieren wissen musst.«

Meine Wangen röteten sich, und die Wahrheit sprudelte aus mir heraus. »Ich will nicht, dass er mir irgendetwas gibt. Ich will es mir verdienen.«

Meine Familie hatte Geld, aber sie alle leisteten auf ihre Weise einen Beitrag. Das reichte von der ehrenamtlichen Arbeit meiner Mutter bis zu Jacksons Multimilliarden-Dollar-Unternehmen.

Außer mir. Mir war mein ganzes Leben lang alles in den Schoß gefallen. Wenn ich den Respekt meiner Familie und von mir selbst wollte, musste ich einen Weg finden, einen gesellschaftlichen Beitrag zu leisten. Jamila konnte das verstehen, auch wenn sie nicht wie ich in einer Villa aufgewachsen war.

Ich blickte in ihre schokoladenbraunen Augen. Ich konnte sie nicht gehen lassen, ohne ihr auf irgendeine Weise zu helfen.

»Ich verstehe«, sagte sie. »Lass mich kurz meine Jacke holen, und dann gebe ich dir eine Führung durch den Hauptsitz von Jamilow Software.« Sie zwinkerte und riss die Tür zu Jacksons Büro auf.

Eine Minute später war sie zurück und zog ihren weißen Blazer an. Ich hätte beinahe über den Unterschied zwischen ihrem makellosen Blazer und meiner fleckigen Kochjacke gelacht, aber ich musste mir den Atem sparen, um mit ihren langen Schritten zum Aufzug mitzuhalten.

»Hey, Paulina«, rief ich, als wir an ihrem Schreibtisch vorbeigingen. »Jackson hat gesagt, Sie können für heute Schluss machen. Schönes Wochenende!« Das geschah ihm recht für all die Kopfnüsse.

Wegen des Fischgeruchs, der an meiner Kleidung hing, ließen wir auf der Fahrt nach Mountain View die Fenster ihres weißen Porsche Cayenne herunter. Sie entlockte mir die Geschichte von Larry und meinem katastrophalen Tag. Das machte mir nichts aus, denn ihr melodisches Lachen war mein Lieblingsgeräusch. Es war kein flötenartiges Kichern, sondern ein klarer, heller und lauter Klang wie eine Trompete. Dadurch fühlte ich mich immer, als ob Sonnenlicht auf mein Gesicht fiele, und ich lachte ebenfalls.

Sobald wir auf dem Highway 101 waren, hinderte uns der Windlärm am Reden, also hatte ich keine Gelegenheit zu fragen, was sie vorhin so beschäftigt hatte. Das würde ich in ihrem Büro herausfinden. Dann würde ich einen Weg finden, es besser zu machen. Das war etwas, worin ich nicht schlecht war.

Sie parkte ihren SUV auf dem reservierten Parkplatz der Geschäftsführerin. Ein Reporter saß auf einem der riesigen Blumenkübel vor den gläsernen Eingangstüren, aber Jamila fegte an ihm vorbei. Ich folgte mit abgewandtem Gesicht in ihrem Windschatten. Das Letzte, was sie brauchte, war, dass er mich in meinem fleckigen Outfit erkannte und erklären musste, warum die Tochter der High Society-Familie Jones wie eine der Köchinnen von Jamilow gekleidet war.

Sobald wir in der Lobby waren, stürzte ein blonder, weißer Mann in den Dreißigern auf Jamila zu. Er trug eine unvorteilhafte Kombination aus einer himbeerfarbenen Hose, die am Gesäß zu weit war, und einem teuer aussehenden Paar marineblau-brauner Brogues. Sein eng anliegendes weißes Hemd war zerknittert und die Ärmel bis zur Mitte seiner Unterarme hochgekrempelt.

»Gott sei Dank sind Sie hier. Ich habe den ganzen Tag Anrufe entgegengenommen. Wir müssen reden …« Er musterte mich von meinen windzerzausten Haaren bis zu meinen grünen Flip-Flops und sagte dann, während er die Nase rümpfte: »Der Eingang für das Küchenpersonal ist neben der Laderampe.«

»Schon gut«, sagte Jamila. »Natalie, das ist Winslow Keating-Ashworth, mein COO. Winslow, das ist Natalie Jones. Ich habe ihr eine Führung durch das Büro versprochen.«

Winslow warf mir einen längeren Blick zu. Seine rot umrandeten blauen Augen weiteten sich. »Natalie Jones, von den Jasper Joneses?«

Meine Brust zog sich jedes Mal zusammen, wenn jemand meinen Vater erwähnte. Sie alle schienen sich besser an ihn zu erinnern – ihn besser zu kennen – als ich. »Ja«, sagte ich.

»Entschuldigung, ich …« Er deutete auf meine fleckige Uniform.

Ich verdrehte die Augen. Jamilas Nummer zwei hin oder her, er sollte das Personal besser behandeln, selbst wenn es in der Cafeteria arbeitete.

»Reden wir im Gehen«, sagte Jamila und bedeutete uns, sie zu flankieren. Der Sicherheitsmann versuchte, mich aufzuhalten, aber ein stählerner Blick von Jamila brachte ihn dazu, mir das Gatter auch ohne Ausweis zu öffnen.

»Die Cafeteria ist da durch.« Jamila zeigte auf eine Doppeltür, als sie die offene Treppe zum zweiten Stock betrat. »Ich stelle Sie später dem Küchenmanager vor, falls Sie entscheiden, dass das immer noch Ihre Leidenschaft ist«, zwinkerte sie.

Ich lächelte zurück und wünschte, ich könnte dieses Zwinkern einfangen und wegschließen. Hatte ich jemals so viel Zeit allein mit Jamila verbracht? Mein Bruder war immer da, um ihre Aufmerksamkeit mit ihren Insiderwitzen, seiner ähnlichen Karriere und ihrer lockeren Kameradschaft zu stehlen. Nicht heute. Heute gehörte Jamila ganz mir, auf unserer privaten Tour. Trotz meiner widerlichen Kleidung würde ich jeden Moment, den sie heute mit mir verbrachte, in Ehren halten.

»Billie ist auf dem Kriegspfad«, sagte Winslow. »Sie hat zweimal angerufen. Sie will wissen, warum Sie nicht den Vorstand konsultiert haben, bevor Sie einen Privatdetektiv engagiert haben.«

Ich zuckte bei der Erinnerung an die Gastgeberin der Weihnachtsfeier zusammen. Die Tech-Erbin Billie Woods war eine Freundin meiner Mutter, die Start-ups finanzierte und in mehreren Vorständen saß, einschließlich dem von Jamila. Sie hatte den Ruf, eine scharfsinnige Investorin zu sein. Ich beneidete Jamila nicht darum, den Zorn dieser Frau abzubekommen. Ich spürte immer noch das Brennen ihres Blicks, als ich von ihrer Party getragen wurde.

»Sie hat mir geschrieben«, sagte Jamila. »Ich werde sie gleich zurückrufen und sie beruhigen. Halten Sie sich von ihr fern. Wir müssen sie nicht noch mehr aufregen.«

Winslows Wangen nahmen die Farbe seiner Hose an. »Ich habe für heute Nachmittag ein Treffen mit den Leuten von der Investorenbetreuung angesetzt.«

»Warum?«, fragte Jamila, als sie durch eine Glastür schritt. Ich hastete immer noch die Treppe hinauf, und Winslow machte sich nicht die Mühe, mir die Tür aufzuhalten. Ich erwischte sie gerade noch, bevor sie zufiel, und eilte hindurch.

So viel zu meiner privaten Führung.

Wir gingen an einer Reihe von Büros vorbei. Hinter den Milchglastüren schienen die meisten selbst an einem Freitagnachmittag besetzt zu sein. Auf den Schildern neben den Türen standen nur Namen, aber aufgrund der großen Fenster und der Holzmöbel, die ich durch das Glas erkennen konnte, nahm ich an, dass sie zur oberen Führungsebene gehörten.

»Glauben Sie, wir sollten den Aktionären eine Mitteilung über die Situation zukommen lassen?«, fragte Winslow.

Anfangs hatte ich den Kerl nicht gemocht, aber er schien die richtigen Dinge zu tun. Manchmal täuschte der erste Eindruck. Widerwillig stieg er in meiner Achtung, trotz seiner katastrophalen Modewahl.

»Nein«, sagte sie. »Das Ganze ist bis Montag vergessen.«

»Nein, ist es nicht«, sagte ich.

Sie blickte über die Schulter, und ihre Augen weiteten sich, als hätte sie vergessen, dass ich da war. »Doch, das wird es.«

»Du warst im *Wall Street Journal*«, sagte ich. »In der allgemeinen Presse. Selbst wenn die das fallen lassen, werden die Tech-Nachrichtenagenturen es nicht tun. Die werden sich auf diese Geschichte stürzen wie … wie …«

»Wie die Fliegen auf den Mist?«, ergänzte Jamila. Sie drehte sich wieder nach vorne, ihr Kiefer versteinert. »Schon gut. Damit haben wir ständig zu tun. Alles, was du tust, ist eine Nachricht wert, wenn du eine der wenigen farbigen Tech-CEOs bist.«

»Du kannst das zu deinem Vorteil nutzen«, protestierte ich. »Warum gehst du nicht proaktiv damit um, wie Winslow es vorschlägt?«

»Weil ihr beide falschliegt.« Sie hieb mit der Hand nach unten. »Ich spinne nichts zurecht. Ich bin eine geradlinige Person. Das weiß jeder.« Sie hielt Winslow und mir die Tür zu einem Eckbüro auf. »Mein Büro, Natalie«, sagte sie mit einer großen Geste.

Sie hatte jedes Recht, auf ihr Büro stolz zu sein. Die Aussicht war viel meditativer als die aus dem Büro meines Bruders, das direkt auf das Hochhaus gegenüber blickte, oder die aus Coopers, das zwischen zwei anderen Gebäuden einen Blick auf die Bay Bridge bot. Ihr Bürofenster rahmte eine grüne Wiese ein, die an einem glitzernden, von immergrünen Bäumen gesäumten Teich endete.

In ihrem Büro stand ein eleganter Schreibtisch mit Glasplatte und ein cremefarbener Ledersessel mit hoher Lehne. Als Jamila sich darin niederließ, sah sie aus wie eine Königin auf ihrem Thron. Winslow ließ sich in einen der Clubsessel auf der anderen Seite ihres Schreibtisches fallen, während ich mich auf den anderen setzte.

»Quizfrage, Nat. Was macht Jamilow?« Sie legte die Fingerspitzen aneinander.

»Ihr macht Apps«, sagte ich zuversichtlich. Das wusste jeder.

»Apps, die was machen?«, fragte Jamila.

Ich hatte noch nie eine heruntergeladen. Ich zuckte bei meiner Unwissenheit zusammen. »Irgendwas mit Beratung?«

Sie grinste. »Nicht jeder hat Zugang zu Generationen von Hochschulbildung oder erstklassigen Finanzberatern. Die Jam-In-App bot anfangs Studienberatung für einkommensschwächere Studenten an. Sie hat Hochschulen nach Erschwinglichkeit, Einfachheit der Finanzhilfe, Wert und so weiter eingestuft.«

»Aber was sie von anderen unterschied«, sagte Winslow, »war die natürlichsprachliche Suche, die es den Studenten ermöglichte, einzutippen, wonach sie suchten. Der Algorithmus nahm diese Informationen und lieferte eine Liste von Zielhochschulen und schlug Stipendien vor.«

»Das war mein Baby«, sagte Jamila mit einem liebevollen Lächeln. »Die Analysen haben uns gezeigt, dass die Studenten mehr Hilfe suchten, also haben wir auf Life-Coaching ausgeweitet. Zielsetzung, Verantwortlichkeit, solche Sachen.«

»Dann ging es richtig los«, erklärte Winslow. »Wir haben uns mit echten Coaches zusammengetan, um zahlenden Abonnenten individuelles Coaching anzubieten.«

»Und« – Jamila hob einen Finger – »wir haben einige unserer ehemaligen Schützlinge als Mentoren und Coaches rekrutiert, die Jammers.«

»Dann sind wir in die Finanzberatung eingestiegen. Jetzt expandieren wir in …«

»Das reicht dazu, was wir tun.« Jamila unterbrach Winslow. »Wir haben verschiedene Partnerschaften, die uns helfen, bekannter zu werden. Die Kombination aus künstlicher Intelligenz und menschlicher Hilfe ist unser Erfolgsrezept. Niemand konnte das bisher nachmachen.«

»Noch nicht.« Winslow hob die Augenbrauen.

Jamila schürzte die Lippen. »Noch nicht.« Sie und Winslow benutzten eine Geheimsprache, die ich nicht verstand.

Sie tippte blitzschnell auf der Tastatur, und wenige Sekunden später leuchtete ein Organigramm auf dem an der Wand montierten Bildschirm hinter ihr auf. »Also, Nat, so arbeiten wir. Das bin ich an der Spitze, und Winslow, Finanzen, Marketing und F&E berichten an mich. Du sagtest, du interessierst dich für Programmierung, was für unsere neuen Produkte unter Forschung und Entwicklung oder für bestehende Produkte unter den Betrieb fällt. Das ist Winslows Team.«

Ihr Telefon summte. Sie blickte darauf, schaltete es stumm und drehte es um.

»Jamila, Sie können nicht einfach ...«, begann Winslow.

»Kann was nicht?« Sie fixierte ihn mit einem so scharfen Blick, dass ich überrascht war, dass er nicht zurückwich.

Er sah sie ruhig an. »Sie können das nicht unter den Teppich kehren.«

»Er hat recht«, sagte ich. »Du solltest eine Pressekonferenz in Betracht ziehen. Ersticke das im Keim.«

»Eine Pressekonferenz?« Oh oh, jetzt war der stählerne Blick auf mich gerichtet. Ich spürte, wie meine Schultern sich zusammenzogen. »Es gibt hier keinen Keim zu ersticken. Die Sache ist so tot wie mein Weihnachtsstern. Da draußen war heute ein trauriger Reporter. Bis Montag werden sie sich mit dem beschäftigen, was die Kardashians gerade so treiben.«

»Diese Reporter gehören nicht einmal zum selben Ressort!«, protestierte ich. Warum weigerte sie sich, das Problem zu sehen?

Sie starrte an mir vorbei und hob die Hand, um jemanden hereinzuwinken.

Die Frau begann zu reden, bevor sie ganz im Büro war. »Jamila, Sie müssen sich um diesen Scheiß kümmern.«

Ich drehte mich um, um sie anzusehen. Sie war kurvig und zierlich mit einer Masse dunkler, lockiger Haare und gebräunter Haut. Ihre Kombination aus faltenloser Haut und welterfahrenen braunen Augen machte es mir schwer, ihr Alter zu schätzen; sie hätte alles zwischen fünfunddreißig und einer gut erhaltenen Fünfzig sein können. Obwohl ihr Business-Casual-Look aus blauem Golfshirt und khakifarbener Hose direkt aus einer Best-Buy-Werbung der 90er hätte stammen können.

»Welchen Scheiß, Ree?«, fragte Jamila.

»Ich habe einen Anruf von nicht nur einem, sondern zwei Journalisten bekommen, die nach diesem Privatdetektiv-Scheiß gefragt haben. Und ich habe absolut keine Nerven, mich damit zu befassen. Nicht, seit Sie den Einführungstermin um zwei Wochen vorgezogen haben.«

Jamilas Nasenflügel bebten. »Journalisten sollten Sie nicht anrufen.«

»Nun, das tun sie aber verdammt noch mal.« Ree verschränkte die Arme und hob eine Augenbraue.

»Ich werde Felicia auf Ihr Telefon schalten. Sie wird sich darum kümmern.«

»Und wer geht an Ihr Telefon?«, entgegnete Ree mit einem Nicken.

Ooh, ich mochte sie.

»Ich.« Jamilas Worte hingen in der Luft, als das schwarze Telefon auf ihrem Schreibtisch klingelte. Sie hob den Hörer ab und legte ihn sofort wieder auf die Gabel, um es zum Schweigen zu bringen. »Sehen Sie?«

»Hmpf.« Ree verlagerte das Gewicht. »Wir haben ein größeres Problem. Die Qualitätssicherung hat einen Fehler gefunden. Mein Team sagt, es wird eine Woche dauern, ihn zu beheben.«

»Eine Woche? Wir haben keinen Puffer im Zeitplan.«

»Genau. Wir werden die Einführung verschieben müssen.«

»Wir werden die Einführung nicht verschieben«, knurrte Jamila.

»Besorgen Sie mir mehr Entwickler.«

»Sicher.« Jamilas Augen tanzten zu mir hinüber, und ihre Mundwinkel kräuselten sich. »Lernen Sie Natalie Jones kennen. Sie hat Interesse bekundet, unserem Team als Entwicklerin beizutreten. Natalie, das ist Rhiannon Verlaine, Leiterin der Entwicklungsabteilung.«

Ich stand auf, um Rees – Rhiannons – Hand zu schütteln. Jamila konnte das nicht ernst meinen. Ich konnte mich wahrscheinlich an einiges von dem erinnern, was Jackson mir in den Osterferien beizubringen versucht hatte, als er gelangweilt war. Ich war zwölf und zickig gewesen und hatte nicht viel gelernt. Aber wenn Jamila meine Hilfe brauchte, würde ich einen ›Lerne-Programmieren-in-einem-Tag‹-Kurs machen und meinen genialen Bruder als meine Rettungsleine benutzen.

Rhiannons Hand war warm und trocken an meiner kalten und feuchten. »Absolut nicht. Tut mir leid, Kindchen. Lassen Sie es mich verdeutlichen. Ich brauche *fähige* Entwickler, keine Kinder.«

Ich spürte, wie mein Lächeln einfror. Ein Kind? Ich war sechsundzwanzig. Vielleicht sah ich jünger aus, weil mein Make-up vom Hummerdampf von meinem Gesicht geschmolzen war. Trotzdem konnte sie nicht durch bloßes Ansehen beurteilen, dass ich unfähig war zu helfen. Ich hatte mich vorhin geirrt: Ich mochte Rhiannon Verlaine überhaupt nicht.

»Dann stellen Sie eben fähige Entwickler ein«, sagte Jamila ruhig.

Rhiannon schlug die Hände über dem Kopf zusammen. »Als ob ich Zeit hätte, jemanden einzustellen.«

»Klingt, als müssten Sie mit dem auskommen, was Sie haben, denn wir halten uns an den Zeitplan. Wir können uns keinen Tag Verspätung leisten. Wenn Moo-Lah uns zuvorkommt, sind wir erledigt.«

Ich kannte Moo-Lah. Jeder hatte die Cash-App auf seinem Handy. Ihre nervigen Kuh-Werbespots hatten mich schon tausendmal bei meiner Jagd nach Juwelen in dem Spiel unterbrochen, das ich auf meinem Handy spielte, wenn ich gelangweilt war.

»Wir sind erledigt?« Rhiannons Augen weiteten sich.

Jamila schürzte die Lippen, als hätte sie das nicht sagen wollen. »Nicht erledigt-erledigt, aber wir hätten den Vorteil der Ersteinführung verloren. Es wird schwieriger sein, diesen Marktanteil zurückzugewinnen. Ich brauche Sie, um Ihre Termine einzuhalten, Ree.«

Ich blickte zu dem Organigramm auf, das immer noch hinter Jamila angezeigt wurde. Jeder in diesem Gebäude war ihr unterstellt. Das war eine Menge Gewicht auf Jamilas schmalen Schultern. Die Worte *ich brauche Sie* zeigten eine seltene Verletzlichkeit bei ihr.

Ich wünschte, sie hätte es zu mir gesagt.

Rhiannon seufzte durch die Nase. »In Ordnung. Ich sehe, was wir tun können. Das wird eine Menge Pizzen erfordern.«

»Tun Sie es«, sagte Jamila. »Organisieren Sie dem Team nach Feierabend Fahrten nach Hause. Und wenn Sie wollen, dass ich mir die Hände schmutzig mache ...« Sie ließ ihre Knöchel knacken.

Rhiannon schnaubte. »Halten Sie Ihre schmutzigen Hände aus meinem Code. Als Sie das letzte Mal ein Modul programmiert haben, konnte niemand herausfinden, was Sie getan hatten. Wir mussten es verwerfen, weil wir es nicht warten konnten. Sparen Sie sich Ihre Hände, um sich um diesen Unsinn zu kümmern.« Sie zeigte aus dem Fenster, das zur Straße wies, wo ein Nachrichtenwagen auf das Gebäude zusteuerte.

»Oh, Scheiße«, war Winslows hilfreicher Beitrag.

Rhiannon drehte sich auf der Spitze ihrer Chucks um und ging hinaus.

»Hör zu, Jamila«, sagte ich. »Lass mich helfen. Ich bin vielleicht keine qualifizierte Entwicklerin, aber ich kann eine Pressekonferenz für dich organisieren. Wir werden das proaktiv angehen, bevor es aus dem Ruder läuft.«

Winslow tarnte ein Lachen mit einem Husten.

Jamila war freundlicher. »Ich weiß das Angebot zu schätzen, Schatz, aber überlass das den ... uns. Wir kümmern uns darum.«

Hatte sie beinahe gesagt: *Überlass das den Erwachsenen?* Ich war wieder neun Jahre alt, trug Zöpfe, und sie tätschelte mir den Kopf. Ich sank in den Clubsessel.

»Tut mir leid, ich habe keine Zeit für den Rest der Führung«, sagte sie. »Felicia sitzt direkt draußen und wird dir ein Auto nach Hause rufen. Okay? Schön, dich gesehen zu haben, Nat.«

Als ob ich für einen Tag nicht schon genug gedemütigt worden wäre, hatte sie mich abserviert. Winslow wartete nicht einmal, bis ich das Büro verlassen hatte, bevor er anfing, mit ihr über Run-Rates und Burndowns zu sprechen. Ich schlich hinaus, schloss die Tür leise hinter mir und ließ Felicia mir ein Taxi rufen. Im Gegensatz zu meinem Uber-Fahrer sagte er kein Wort über meinen Fischgestank.

Jamila brauchte Hilfe. Ich musste einen Weg finden, sie ihr anzubieten, damit sie sie annahm. Also rief ich auf der Fahrt zurück in die Stadt eine Freundin an. Oder eine Freundin meiner Mutter.

Sie ging beim ersten Klingeln ran. »Lippman PR. Della Lippman am Apparat.«

»Hey, Della. Hier ist Natalie Jones.«

»Natalie! Wie geht es Ihnen? Wie geht es Ihrer Mutter?«

»Uns geht es gut. Mutter arbeitet gerade an einem Projekt gegen Buchverbote, in Texas, glaube ich. Sie hasst so etwas.«

»Ich möchte kein Buchverbanner sein, wenn Audrey Jones den Fall bearbeitet.«

»Ich auch nicht.« Ich schauderte. Ich hoffte, dass Mutter, wenn ich nach Hause kam, zu sehr über Rassisten aufgebracht sein würde, um sich über das zu ärgern, was ich mit Larry angestellt hatte. »Hey, ich brauche einen Gefallen.«

»Oh, oh. Niemand ruft mich um einen Gefallen an, weil er freudige Nachrichten mit der Welt teilen will.«

»Weil Sie die beste Krisenkommunikationsberaterin an der Westküste sind.«

»Das bin ich.« Ich konnte das Lächeln in ihrer Stimme hören.

»Also, eine Freundin von mir, Jamila Jallow …«

»Oh, nein.«

Ich zuckte zusammen. »Sie haben davon gehört.«

»Sie ist mit dieser Privatdetektiv-Sache ins Fettnäpfchen getreten.«

»Sie denkt, es wird sich von selbst erledigen, aber …«

»Wird es nicht«, sagte Della.

»Ich weiß, oder? Also, helfen Sie ihr?«

»Tut mir leid, Süße. Dieser Job wird eine Menge Arbeit erfordern, und ich habe gerade ein großes Projekt für – für jemand anderen übernommen. Ich wünschte, ich könnte helfen.«

»Oh.« Ich sank zurück in den Ledersitz, zu enttäuscht, um überhaupt nachzufragen, wer dieser »jemand andere« mit einem »großen Projekt« sein könnte. »Können Sie jemanden empfehlen? Alles, was ich brauche, ist eine Beratung. Ich würde den größten Teil der Arbeit gerne selbst machen.«

Sie war eine Minute lang still. »Wissen Sie was? Ich glaube, das könnten Sie. Sie haben mich in Aktion gesehen. Ihre Mutter auch. Und Sie haben einen kühlen Kopf. Das ist es, was man in solchen Situationen braucht. Bleiben Sie bei Ihrer Botschaft. Sagen Sie so viel von der Wahrheit wie möglich, und lassen Sie sich von niemandem dazu verleiten, mehr zu sagen. Ich habe eine Nichte, Hannah, die gerade ihren Abschluss in Kommunikation gemacht hat. Sie sucht einen Job. Ich glaube, sie kann helfen. Sie ist ein wenig schüchtern, aber ich denke, Sie beide könnten ein gutes Team abgeben.«

Jemand mit einem echten Abschluss würde vielleicht keine Anweisungen von jemandem entgegennehmen wollen, der Tausende von Dollar seiner Eltern in drei abgebrochene Studiengänge gesteckt hatte und der – ich schniefte – *immer noch* nach Fisch roch. Aber Hannah mit dem Kommunikationsabschluss war meine beste Chance, Jamila zu helfen.

»Schicken Sie mir bitte ihre Informationen?«

»Absolut. Viel Glück.«

Das würde ich brauchen.

4

AM SONNTAG ÖFFNETE ich um Punkt 11:00 Uhr die Tür der Villa meiner Eltern in Presidio Heights und fand Jamila Jallow vor, die eine Plastikdose in der Hand hielt.

»W-« war meine geistreiche Antwort.

»Morgen.« Ihr Lächeln blendete mich. Dann sanken ihre Mundwinkel nach unten. »Stört es dich, wenn ich reinkomme?«

»Entschuldige.« Ich trat zur Seite und musterte ihre Jeans mit weitem Bein und ihren buttergelben Blazer. Ich wünschte, ich hätte auch etwas Schlichtes und Elegantes angezogen. Mein kaugummirosafarbenes Alexander-McQueen-Minikleid mit ausgestelltem Rock erinnerte zu sehr an die Rüschenkleider, die ich getragen hatte, als sie mich noch überragte. Ich wäre am liebsten im Boden versunken und sagte: »Meine Mutter hat nicht erwähnt, dass du heute kommst.«

»Wahrscheinlich, weil sie mich nicht eingeladen hat. Charles hat es getan.«

»Jamila, Liebling, du bist immer willkommen.« Mutter glitt an mir vorbei, um Jamila auf die Wange zu küssen. »Du brauchst nie eine Einladung.«

»Danke, Mrs. H. Ich habe Zitronenschnitten mitgebracht.«

»Wie reizend.«

Jamila war das Zucken im Auge meiner Mutter vielleicht entgangen, aber mir nicht. Meine Mutter liebte Jamila, aber nicht ihre Südstaaten-Manieren. Gastgeschenke in Form von Essen brachten ihre sorgfältig geplanten Mahlzeiten durcheinander.

Mutter nahm die Dose und hakte sich bei Jamila unter. »Komm und plaudere mit Charles. Natalie, Jackson kommt gerade den Weg herauf. Würdest du sie reinlassen? Und steh gerade.«

Ich warf die Schultern zurück und wandte mich von dem Anblick von Jamilas Hintern in diesen Jeans ab, um meinem lauten Bruder und seiner Familie die Tür zu öffnen.

Nachdem ich meinen Bruder und meine Schwägerin umarmt und mit meinem jugendlichen Neffen einen Faustgruß ausgetauscht hatte, setzte ich mir die schläfrige kleine Valentine auf die Hüfte – obwohl ich aufhören sollte, sie als Baby zu betrachten, jetzt, da sie ein Kleinkind war, das laufen und sprechen konnte – und folgte ihrer Familie ins Esszimmer. Ich brauchte eine Minute, um meinen Gesichtsausdruck unter Kontrolle zu bringen, also küsste ich Valentines weiche Wange und atmete den Duft von Babyshampoo ein.

Sie packte meine Hand und lächelte meinen Rubinring an, wie sie es immer tat. »Hübsch.«

»Hübsch«, murmelte ich. »Das war der Ring deiner Ur-Urgroßmutter. Eines Tages wird er dir gehören.«

Ich warf einen verstohlenen Blick auf Jamila. Warum war mein Teenagerschwarm nur so mit voller Wucht zurückgekehrt? Jamila kam mehrmals im Jahr zum Brunch zu uns, und ich hatte es geschafft, mich in ihrer Nähe normal zu verhalten, seit ich in der Highschool gelernt hatte, meine Gefühle zu verbergen.

Vielleicht war das Flattern in meinem Magen doch kein Schwarm, sondern ein Schuldgefühl darüber, wie ich mich auf dieser schrecklichen Weihnachtsfeier benommen hatte. Ich würde mich besser fühlen, wenn ich mich entschuldigen würde. Aber wie konnte ich das tun, wenn Charles sich zu Jamila lehnte, um mit ihr zu reden, und mein Bruder und seine Frau herüberstürmten, um sie zu umarmen?

Vielleicht nicht sofort, aber bald würde ich es wieder gutmachen. Ich führte die Kinder ins Gästebad, um uns die Hände zu waschen.

———

FÜNFZEHN MINUTEN später schob ich Pfannkuchen auf meinem Teller hin und her, und Jamila stand im Mittelpunkt der Aufmerksamkeit, während mein Stiefvater sie ins Kreuzverhör nahm. Wie oft hatte sie schon bei uns am Tisch zum Brunch gesessen und die Weisheit eines der wenigen schwarzen Führungskräfte in der Bay Area aufgesogen? Jetzt war sie selbst eine, und Charles' Mentoring-Sitzungen waren zu Gesprächen auf Augenhöhe geworden.

»Kein Wort.« Sie tat so, als würde sie sich einen Reißverschluss über den Mund ziehen. »Die Markteinführung ist geheim.«

»Ich höre, es hat etwas mit Finanzdienstleistungen zu tun.«

Sie runzelte die Stirn und hob dann ihre Kaffeetasse an die Lippen. Ein Fleck ihres lila Lippenstifts zeichnete sich am Rand ab. »Wir haben Anfang des Jahres eine Finanzberatung als Beta-Version hinzugefügt.«

»KI-Finanzberatung«, sagte Charles. »Ich habe gehört, Sie fügen menschliche Beratung hinzu.«

»Aha. Dann ist es wohl doch kein Geheimnis.« Sie spießte eine Erdbeere mit ihrer Gabel auf und schloss ihren üppigen Mund darum, was eine Welle des Flatterns in meinem Magen auslöste. Leise legte ich meine Gabel hin.

»Die Frage ist«, sinnierte er, »wer? Ich bezweifle, dass Sie Ihre Amateur-Coaches ihre Kollegen in Geldfragen beraten lassen.«

»Das Peer-Coaching-Modell ist bei unserem Life-Coaching-Service sehr beliebt«, sagte Jamila. »Und die KI hat großartiges Feedback bekommen.«

»Versuchen Sie nicht, bei mir das Thema zu wechseln.« Charles erhob drohend den Zeigefinger. »Warum sind Sie nicht zu

mir gekommen? Ich leite eine Bank. Ich kenne mich mit Finanzberatung aus. Andrews Bank könnte Ihnen auch helfen.«

»Wo ist Andrew?« Jamila blickte sich am Tisch nach meinem
anderen Bruder um.

Ich biss mir auf die Lippe, da ich das heikle Thema nicht
ansprechen wollte. Mutter spitzte die Lippen, doch sie sagte: »Ich
habe eine komplizierte Beziehung zu der Frau, mit der er
zusammen ist. Sie beehren uns etwa einmal im Monat mit ihrer
Anwesenheit.«

»Aber Mutter arbeitet daran«, sagte ich.

»Zurück zu Ihrem Finanzpartner«, sagte Charles. »Warum
sind Sie nicht zu uns gekommen?«

Jamilas Lächeln schwankte. »Ich schätze alles, was Sie beide
im Laufe der Jahre für mich getan haben.« Sie blickte zu Mutter
am anderen Ende des Tisches. »Winslow hatte einen Kontakt, und
wir haben ihn genutzt. Außerdem ist die KI das eigentliche
Juwel.«

Charles legte seine Gabel hin. »Ach, kommen Sie. Keine KI
wird besser sein als ein erfahrener menschlicher Berater. Was
meint ihr, Jackson, Alicia?«

Sie hörten es nicht. Valentine hatte den Kaffee ihres Vaters
umgestoßen, und an diesem Ende des Tisches gab es ein Gewirr
von Servietten, während Mutter das weinende Kleinkind tröstete.

Jamila schockierte mich, indem sie fragte: »Natalie, was denkst
du? Sind menschliche Finanzberater besser als eine KI?«

Es dauerte ein oder zwei Sekunden, bis ich merkte, dass mein
Mund offen stand. Ich klappte ihn zu. »Ich?«

»Du hast gesagt, du interessierst dich für Programmierung«,
sagte Jamila. »Sicher hast du eine Meinung zu künstlicher
Intelligenz.«

»Ich …« Hatte ich nicht. Abgesehen von einigem halbherzigen Herumspielen mit der neuesten Chatbot-App hatte ich mir
darüber überhaupt keine Gedanken gemacht. Aber ich hatte
eine Meinung zur öffentlichen Meinung. »Was sagt deine Marktforschung? Sind deine Kunden bereit, einer Maschine zu

vertrauen, die ihnen sagt, was sie mit ihrem Geld machen sollen?«

Charles kicherte. »Kluges Mädchen, unsere Natalie.«

Ich saß aufrechter da.

»Wegen Vertraulichkeitsbedenken«, sagte Jamila, »haben wir unsere Marktforschung eingeschränkt. Sie war nicht schlüssig. Ich bin sicher, sie wird dem gleichen Modell folgen wie unsere anderen Apps.«

Ich verzog das Gesicht. »Du bringst eine App auf den Markt, die auf begrenzter Marktforschung und Bauchgefühl basiert? Was, wenn einer deiner Kunden einen Haufen Geld verliert und deine KI dafür verantwortlich macht?«

»Das könnte auch bei menschlichen Beratern passieren. Außerdem« – Jamila machte eine abwehrende Handbewegung – »ist die Beta-Version großartig gelaufen. Unsere Nutzerzufriedenheitswerte sind hoch.«

»Es gibt einen großen Unterschied zwischen freundlichen Beta-Nutzern und der breiten Öffentlichkeit«, sagte ich. »Hat dein Marketingteam die Kommunikation im Griff? Haben sie ein Einsatzteam bereit, falls es eine negative Reaktion gibt?«

Jamila schüttelte den Kopf. »Mach dir keine Sorgen, Nat. Ich hab das im Griff.«

Ich spitzte die Lippen. Hatte sie das wirklich? Jamilas Haltung war falsch. Es brauchte nur einen weiteren Temperamentsausbruch von ihr, um ihre Markteinführung in eine große Katastrophe zu verwandeln.

»Natalie, Liebes«, sagte Mutter von ihrem nun ruhigen Ende des Tisches, »willst du nicht den Speck probieren? Telma hat ihn mit der Ahornsirupglasur gemacht, die du so magst.«

Ich starrte auf die Speckplatte vor mir. Er roch köstlich, aber ich erinnerte mich an Larry, der mit seinen Fühlern wedelte und mich anflehte, ihn nicht in diesen Topf fallen zu lassen. Sein Gesicht war nicht einmal niedlich, aber er hatte ein Gesicht und auch Gefühle. Und dieser Speck hatte einst auch Gefühle gehabt.

»Nein, danke.« Ich reichte die Platte meinem Neffen Noah.

Er schnappte sich zwei Stücke. »Bist du jetzt Vegetarierin? Meine Freundin Lakshmi isst auch keinen Speck.«

»Ich glaube schon.«

»Kein Speck? Ist Vegetarismus deine neue Marotte, Süße?«, fragte Jackson.

»Wenn das mit dem Programmieren nicht klappt«, sagte Jamila, »könntest du für PETA arbeiten.«

Ich schüttelte meinem Bruder und Jamila mit großen Augen den Kopf. Ich hatte das ganze Wochenende Glück gehabt. Charles und Mutter waren am Freitagabend auf irgendeiner Cocktailparty gewesen, als ich mich aus dem Silicon Valley nach Hause geschleppt hatte. Am Samstag war Mutter auf einer ganztägigen Veranstaltung gewesen, und Charles hatte Golf gespielt und Zeit im Garten mit seinen wertvollen Rosen verbracht. Ich hatte mich in meinem Zimmer verkrochen und alles gelesen, was ich online über Krisenkommunikation finden konnte. Also hatte ich ihnen noch nichts von der Kochschule erzählt.

»Seid nicht lächerlich, ihr zwei«, sagte Mutter. »Kochen ist Natalies Leidenschaft. Sie belegt dieses Semester sogar einen Kurs über Fleisch. Wie heißt er?«

»Metzgerei«, sagte Charles.

»Ja.« Mutter schauderte. »Ich glaube nicht, dass ich das könnte.«

Jackson stieß ein Lachen aus. »Nat auch nicht.«

Seine Frau, Alicia, hatte mein Kopfschütteln bemerkt. Sie legte ihm eine Hand auf die Schulter und flüsterte ihm etwas ins Ohr. Er hatte die gute Manier, reumütig auszusehen und rollte seine Lippen zwischen den Zähnen. Jamila erstarrte.

Aber es war zu spät.

»Was ist denn los, Natalie?«, fragte Mutter.

Mist. Ich wünschte, ich müsste dieses Gespräch nicht vor meinem Bruder, seiner Familie und Jamila führen. Ich wünschte, Andrew wäre hier, um wie immer als Puffer zu fungieren. Es war meine Schuld, dass ich es aufgeschoben hatte. Mutter hätte es sowieso herausgefunden, wenn ich am Montag nicht zur Schule gegangen wäre.

»Ich, äh.« Ich blickte zu Noah, der mich beobachtete, als wäre ich das neueste Videospiel. Ich wünschte, ich müsste mein Scheitern nicht zugeben, besonders nicht vor ihm. Was für ein Vorbild war ich schon, wie ich von Schule zu Schule, von Karriere zu Karriere flatterte?

Ich wusste, was für eines – ein schreckliches.

»Ich habe das Koch-Programm abgebrochen.« Ich blickte auf meinen Blaubeerpfannkuchen. Unsere Köchin, Telma, hatte sicher gespürt, dass es ein Problem gab, weil ich am Freitagabend so in meinem Essen herumgestochert hatte, und mein Lieblings-Brunchgericht gemacht. Sie war einer der Gründe, warum ich gedacht hatte, die Kochschule sei eine gute Idee. Telma konnte mit Essen alles besser machen.

Aber nicht das hier.

»Das hast du nicht, Natalie.« Mutters Stimme war herrisch.

Sogar Charles konnte sich einen Kommentar nicht verkneifen. »Aber du hast die Kochschule geliebt.«

Ich blickte zu ihm und musste bei seinem freundlichen Ausdruck eine Träne wegblinzeln. »Habe ich nicht. Nicht wirklich. Ich mochte den Druck nicht, die Eile.«

»Oder die Mode«, witzelte Jackson. Mein großer Bruder konnte sich einen Seitenhieb nie verkneifen. Gott sei Dank war er außer Reichweite für einen Klaps auf den Hinterkopf.

»Was denkst du, könntest du als Nächstes versuchen?«, fragte Alicia. Das war meine Schwägerin. Immer auf die Zukunft fokussiert.

»Vielleicht …« Ich blickte zu Jamila und holte tief Luft. »Vielleicht Öffentlichkeitsarbeit.«

»Nat.« Jackson schüttelte den Kopf. »Jamila braucht deine Hilfe nicht.«

»Doch, tut sie!« Ich fuchtelte mit einer Hand in ihre Richtung. »Sie braucht irgendjemandes Hilfe.« Warum war ich die Einzige, die das sah?

Das war das Falsche, was ich sagen konnte. Jamilas Miene wurde so kalt und hart wie das Porzellan meiner Mutter.

»Was ist los, Jamila?«, fragte Charles.

»Nichts, worüber Sie sich Sorgen machen müssten«, sagte sie, aber Charles entlockte ihr die Geschichte.

Als sie fertig war, verzog er das Gesicht. »Vielleicht brauchen Sie doch etwas Hilfe.«

»Es hat sich am Freitagnachmittag beruhigt«, sagte sie. »Bis Dienstag werden sie es vergessen haben.«

»Wir sollten Della anrufen«, sagte Mutter.

»Habe ich schon«, sagte ich. »Sie kann es nicht übernehmen.«

Mutter summte.

»Ich kann helfen«, sagte ich. »Ich habe eine Menge recherchiert und Dellas Nichte angerufen. Sie ist Kommunikationsberaterin.« Das war eine Übertreibung. Sie schien fast so ahnungslos wie ich, aber wir hatten uns für Montag auf einen Kaffee verabredet, um eine Strategie zu entwickeln. Sie zu bezahlen, und sei es nur mit Kaffee, machte sie zur Beraterin.

Die Stille am Tisch verriet mir, was Jamila und meine Familie von dieser Idee hielten. Sogar Charles, der normalerweise mein Verbündeter war, nippte an seinem Kaffee.

»Jamila, Liebling, Sie werden auf Ihr Temperament achten müssen, wenn Sie mit einer Finanzdienstleistungsfirma arbeiten«, sagte Mutter. »Die sind notorisch risikoscheu.«

»Es wird alles gut, Mrs. H. Ich habe es unter Kontrolle.«

Das war eine Lüge, wie ich sie noch nie gehört hatte. Gerade als ich sie darauf ansprechen wollte, warf sie mir einen berechnenden Blick zu. »Also, Nat, mit wem gehst du zurzeit aus?«

Sogar Baby Valentine hörte auf zu plappern.

»M-mit niemandem«, sagte ich und starrte sie wütend an. Sie war so lange ein Teil unserer Familie gewesen, dass sie genau wusste, welche Hebel sie betätigen musste.

»Wir haben am Freitag einen netten jungen Mann getroffen, nicht wahr, Charles?« Mutter legte ihre Gabel hin.

Charles summte in seinen Kaffee und sah mir nicht in die Augen.

»Augusto Moretti.«

»Klingt wie eines von Jacksons Autos«, murmelte ich.

»Er stammt aus einer außergewöhnlichen Familie. Sie gehören zu den führenden Weinhändlern in Italien.«

Ich machte ein unverbindliches Geräusch in meiner Kehle und drehte meinen Pfannkuchen auf dem Teller.

»Da du plötzlich frei hast, warum zeigst du ihm nicht die Stadt?« Sie holte eine Visitenkarte aus ihrer Rocktasche und reichte sie Noah, der sie neben meinen Teller legte.

Ich war in einen Hinterhalt geraten.

Jamila stand auf. »Noch Kaffee, Charles?« Ohne seine Antwort abzuwarten, schnappte sie seine Tasse von der Untertasse und brachte sie in die Küche. Ich hoffte, sie hatte sich einen Fingernagel abgebrochen, als sie mich unter den Bus geworfen hatte. Ich blickte auf die Karte. In den Ecken waren Trauben eingeprägt. Ich konnte mir mindestens drei Wege ausdenken, wie man sie weniger kitschig gestalten könnte.

»Ich weiß nicht«, sagte ich. »Ich habe diese Woche ein Projekt, an dem ich arbeiten will.«

Jackson schnaubte. »Wenn Jamila dein ›Projekt‹ ist, gib es gleich auf. Sie will deine Hilfe nicht. Sie ist nur zu nett, um es zu sagen.«

Alicia warf ihm einen scharfen Blick zu. »Was Jackson damit sagen will, ist, dass sie wahrscheinlich … erfahrenere Hilfe braucht. Vielleicht könntest du ihr helfen, jemanden zu finden?« Sie reichte das Baby an Jackson weiter und ging in die Küche.

»Alicia hat recht, Liebling«, sagte Mutter. »Überlass die PR den Profis. Ich rufe Della an und bitte sie um eine Empfehlung. Geh mit Augusto aus. Hab Spaß.«

»Nein.« Ich widersprach ihr nicht oft, aber mit Jamila im Haus konnte ich nicht meine High-Society-Nummer abziehen. Nicht schon wieder.

»Na schön.« Ihre eisblauen Augen funkelten. »Dann wirst du

Zeit mit Sam verbringen, wenn sie zu Besuch kommt. Es ist schon eine Weile her, dass ihr beide Zeit miteinander verbracht habt. Sie hat einen so guten Draht zu Niall aufgebaut. Vielleicht kann sie dich einem seiner Freunde vorstellen.«

»Sam wohnt hier? Aber sie hat doch eine Wohnung in der Stadt.« Meine ältere Schwester teilte ihre Zeit zwischen der Farm ihres Verlobten in Ohio und San Francisco auf, wo sie eine Gaming-Abteilung in Jacksons Firma aufgebaut hatte.

»Sie renovieren das Gebäude, und Niall hat eine Deadline. Da sie diesen Monat allein sein wird, wohnt sie hier. Habe ich dir das nicht erzählt?« Sie blickte auf ihren Teller und hatte die gute Gnade zu erröten. Meine Beziehung zu meiner nerdigen, erfolgreichen Schwester war bestenfalls dornig.

»Es wird euch beiden guttun«, sagte Charles. »Dann bist du nicht einsam, während deine Mutter und ich unseren Hochzeitstag in Paris verbringen.«

»Stimmt.« Davon hatten sie mir erzählt. »Ich bin sicher, Sam wird beschäftigt sein, während sie hier ist. Wir werden uns kaum sehen.« Hoffte ich.

»Ihr zwei könnt euch wieder annähern, jetzt, wo du nicht mehr zur Schule gehst.« Er schenkte mir ein Lächeln, das wahrscheinlich aufmunternd sein sollte. »Nimm dir eine Auszeit. Du wirst das schon hinkriegen, Kleines.«

Und das war es. Sie hatten mich mit einer Schachtel Buntstifte an den Kindertisch verbannt. Nicht einmal meine Familie hatte Vertrauen in mich. Meine Pläne, Jamila zu helfen, waren Größenwahn. Und ich durfte ein paar Wochen damit verbringen, meiner Schwester dabei zuzusehen, wie sie ihre Träume verwirklichte. Vielleicht hatte Mutter recht und der beste Plan für mich war, durch irgendeinen Mann eine gute Partie zu machen. Ich drehte den Rubinring an meinem Finger.

Ich wollte nicht irgendeinen Mann. Ich wollte das, was ich niemals haben konnte. Zumindest nicht, solange sie mich nur als Jacksons kleine Schwester sah, so wie sie es alle taten. Klopf mir einfach auf den Kopf und schick mich in meinem schicken Kleid los, bewaffnet mit Smalltalk und einer Platinkreditkarte.

Die Erinnerung daran, wie ich mich auf dieser Weihnachtsfeier benommen und was ich zu Jamila gesagt hatte, brannte in meinem Bauch. Vielleicht, wenn ich mich wie eine Erwachsene verhielt und es erklärte, mich dann entschuldigte, würde sie mich als Erwachsene sehen und mich ihr helfen lassen. Aber meiner Familie zu beichten, dass ich die Kochschule abgebrochen hatte, war schon schwer genug gewesen. Auf keinen Fall würde ich meine Entschuldigung vor ihnen versuchen.

Ich musste es auf ihrem Terrain angehen.

5

GAB ES EINEN BESSEREN WEG, die Botschaft zu verdeutlichen, dass ich im Grunde ein Kind war, viel zu jung, um für jemanden so brillanten und weltgewandten wie Jamila Jallow interessant zu sein, als im spießigen Benz meiner Mutter vor Jamilas Haus in Menlo Park vorzufahren?

Denn genau das tat ich.

Ich saß eine Minute lang im Auto. Als ich durch das etablierte Viertel mit den Bungalows aus der Mitte des letzten Jahrhunderts fuhr, hatte ich es für einen weiteren von Jacksons Streichen gehalten. Sicherlich lebte eine Milliardärin wie Jamila in einer Villa. Aber als ich an der Adresse vorfuhr, die er mir gegeben hatte, sagten mir die klaren Linien des grauen Hauses mit seinen schwarzen Fensterläden, den frischweißen Zierleisten, den texasgelben Rosenbüschen, die die vordere Doppelgarage einrahmten, und dem kühn stilisierten *J*, das an der violetten Tür hing, dass hier Jamila Jallow wohnte.

Ich richtete die Kette meiner rosa Kunstfell-Tasche von Roger Vivier auf meiner Schulter und klackerte in meinen rosa Gladiatoren-Heels und meinem Kleid vom Brunch die Einfahrt und den Weg zum Haus hinauf und klingelte an der Tür.

Ich wartete eine ganze Minute, lange genug, um daran zu

zweifeln, dass sie nach dem Brunch nach Hause gekommen war. War sie zur Arbeit gegangen? Oder in eine Bar? Meine Schwester Sam war keine große Trinkerin, aber ihr Verlobter hatte mir erzählt, dass sie manchmal einen Drink brauchte, nachdem sie Zeit mit unserer Mutter verbracht hatte. Ich klingelte erneut und betrachtete den Topf mit den blau-violetten Kapkörbchen auf der Veranda. Kein einziges verwelktes Blatt trübte ihre Perfektion.

»He!«, rief eine Stimme von der benachbarten Veranda. »Besuchen Sie Jamila?«

Ich drehte mich zu der zierlichen Frau im Trainingsanzug um, deren grau meliertes Haar zu einem Pferdeschwanz gebunden war.

»Ja?«

»Sagen Sie ihr, sie soll rüberkommen und einen Korb Avocados pflücken. Und sagen Sie ihr, sie soll unbedingt die von den obersten Ästen nehmen. Da komme ich nicht dran.«

Ich blinzelte. »Ja, Ma'am.«

Sie musterte mich von oben bis unten. »Ich nehme an, Sie können auch welche haben.«

»Ähm … danke?«, antwortete ich. Telma holte unsere Avocados vom Markt. Obwohl ich mein ganzes Leben in Kalifornien gelebt hatte, hatte ich noch nie eine Avocado von einem echten Baum gepflückt. Vielleicht sollte ich eine Karriere als Obstpflückerin in Erwägung ziehen. Alles andere hatte ich ja schon ausprobiert.

Sie brummte und ging wieder in ihr Haus.

Eine Sekunde später hörte ich ein Klopfen, dann ein Scharren an der Türschwelle. Was kam da durch die Tür? Ich trat einen Schritt zurück.

Als Jamila die Tür öffnete, verflogen alle Gedanken an Obst und Bäume aus meinem Kopf. Ihre Füße waren nackt und zeigten Zehennägel, die in einem schimmernden Amethyst lackiert waren. Sie trug schwarze Leggings unter einem übergroßen grauen Jamilow-T-Shirt mit ausgeschnittenem Kragen. Es hing ihr von einer Schulter und enthüllte den breiten Träger eines königsblauen Sport-BHs. Ihr Make-up war verschwunden, und nur noch ein Hauch ihres violetten Lippenstifts war übrig. Schweiß glänzte an ihrem Haaransatz.

Sie hielt etwas in der Hand und drückte es gegen ihr Shirt. Etwas, das … sich bewegte?

»Was machst du hier? Ist alles in Ordnung?« Ihre Augen weiteten sich. »Geht es Jackson gut? Deiner Mom?«

»Ja, allen geht es gut.«

»Habe ich etwas bei dir zu Hause vergessen?«

»Nein, ähm … nicht dass ich wüsste. Entschuldige, ich – kann ich reinkommen?«

Sie blickte auf ihre nackten Füße und dann wieder hoch. »Sicher.«

Als ich über die Schwelle trat, erinnerte ich mich an den unordentlichen Dutt, zu dem ich meine Haare hochgesteckt hatte, während ich mit meiner neuen Beraterin Hannah über die PR-Strategie gesprochen hatte. Schnell zog ich die Haarklammer heraus, schüttelte mein Haar aus und fuhr mir mit den Fingern hindurch.

Jamila starrte mich an.

»Was?« Meine Wangen wurden heiß. Ich hatte vergessen, mein Aussehen zu überprüfen, bevor ich aus dem Auto gestiegen war. War mein Eyeliner verschmiert? Ich schob die Klammer in meine Handtasche.

»Nein, alles gut bei dir«, sagte sie. Sie drehte sich um und führte mich vom kleinen Foyer ins Wohnzimmer. Die Decken waren niedriger, als ich es gewohnt war, aber riesige Fenster gaben den Blick auf eine sorgfältig gepflegte Landschaft und einen kleinen Pool im hinteren Teil des Grundstücks frei. Der offene Grundriss und die minimalistischen, niedrigen Möbel wirkten offen und luftig.

»Dein Zuhause ist wunderschön«, sagte ich.

»Du bist noch nie hier gewesen?«

»Nein.«

»Huh.«

Als sie mir keine Führung anbot – nicht, dass es in einem so kleinen Haus viel zu sehen gegeben hätte – ließ ich mich auf das graue Polstersofa nieder und strich mein Kleid über den Knien glatt. Jamila nahm auf dem geschwungenen Zweisitzer gegenüber dem Couchtisch Platz.

»Was ist das?«, fragte ich und deutete auf die Hand, die sie schützend an ihre Schulter hielt.

Ohne zu zögern streckte sie ihren langen Arm zu mir aus. Auf dem Rücken in ihrer Handfläche zusammengerollt lag ein Hamster. Nein, kein Hamster. Er war hellbraun mit einer dunklen Schnauze. Spitze Stacheln ragten aus seinem braunen Rücken. »Das ist Quill. Kurz für Quill.i.am.« Ihre Wangen wurden dunkler. Errötete sie?

»Das ist ein Igel?«

»Ja.« Sie strich mit einem Finger zwischen seine Augen und über seine Stirn. Er schien im Schlaf zu lächeln.

Trotz des Haustierverbots meiner Mutter hatte der Hund meiner Schwester Sam, Bilbo Baggins, seinen eigenen Platz unter dem Tisch beim Familienbrunch. Wenn ich auf Jackson und Alicia aufpasste, tauchte normalerweise ihre Katze Tigger auf. Ich hatte noch nie jemanden mit einem Igel als Haustier gekannt. Es musste die Neuheit gewesen sein, die meinem Gehirn einen Aussetzer verpasste, sodass mir die lächerlichste Frage heraussprang. »Schläft er in deinem Bett?«

»Nein. Er ist nachtaktiv. Er hat ein Gehege im zweiten Schlafzimmer.«

»Schläft er deshalb jetzt?« Seine kleinen rosa Füße ragten aus seinem flauschigen, weißen Bauch. Er war bezaubernd. Und viel leiser als Bilbo.

»Ähm.« Sie sah zu ihm hinunter und streichelte wieder seine Stirn. »Nein, er ist müde. Als du geklingelt hast, haben wir …« Sie richtete sich auf. »Wir haben getanzt.«

Ich konnte mich gerade noch beherrschen, dass mir nicht vor Schock der Mund offen stehen blieb. »Getanzt? Wie bei *Let's Dance?*«

»Ich schätze schon. Wenn er der Star ist und wenn es immer Hip-Hop-Abend ist.«

Ich ließ meinen Blick von ihrem strahlenden Gesicht zu ihrer nackten Schulter wandern. Es erinnerte mich an den alten Film, den ich mit einer meiner Nannys gesehen hatte, *Flashdance.* »Und nur du trägst die Kostüme.«

»Seins haben wir im Fitnessstudio gelassen. Die Pailletten lassen ihn jucken.«

Ich riss die Augen auf. »Ernsthaft?«

»Nee, ich nehme dich auf den Arm, Kleines.«

»Oh.« Ich zog den Saum meines Rocks über meine Knie.

»Also, wenn es deiner Familie gut geht, warum bist du dann hier? Du machst dich doch nicht jetzt schon für Jacksons Stiftung stark, oder? Ich habe letztes Jahr gespendet. Warte.« Sie zuckte zusammen. »Bist du sauer wegen des PETA-Kommentars? Ich wusste nicht, dass du ihnen noch nicht gesagt hattest, dass du die Kochschule abgebrochen hast.«

»Nein, schon gut.« Ich drehte an meinem Ring und sagte: »Ich wollte es ihnen sagen. Ich war nur noch nicht dazu gekommen.«

»Sie sind doch nicht sauer, oder?«

»Sie sind enttäuscht, dass ich aufgehört habe. Wenn ich nicht bald etwas anderes finde, wird meine Mutter anfangen, mich zu drängen, jemanden Passendes zu heiraten. Aber deshalb bin ich nicht hier.« Ich holte tief Luft. »Ich will mit dir über deine PR-Situation sprechen.«

Jamila legte den Kopf in den Nacken und starrte an die Decke, bevor sie seufzte. »Schon wieder das? Ich dachte, du interessierst dich für Programmierung. Dabei könnte ich dir helfen.«

»Du hast Programmierer.« Mit einer heroischen Anstrengung unterdrückte ich das Kräuseln meiner Lippen bei der Erinnerung an Rhiannons Abfuhr. »Was du brauchst, ist Hilfe bei der Öffentlichkeitsarbeit.«

»Musstest du irgendwelche Paparazzi abwehren, um in mein Viertel zu kommen?«

»Nein.«

»Lauerten sie auf meinem Rasen?«

»Nein.«

»Denn genau das ist passiert, als mein Nachbar in der nächsten Straße beim Insiderhandel erwischt wurde. Meine ›PR-Situation‹« – sie malte Gänsefüßchen in die Luft – »ist schon vorbei. Sie sind weitergezogen.«

»Ich bin mir nicht sicher, ob das stimmt.« Ich hatte die Geschichte im *Journal* verfolgt, und es gab eine Menge Kommentare (und rassistische und frauenfeindliche Beleidigungen), aber das würde ich ihr bestimmt nicht erzählen.

»Natalie.« Sie fixierte mich mit ihrem Blick. »Ich bin länger in dieser Branche als du. Ich weiß, was für ein Mist in den Nachrichten landet und was nicht. Das ist die Art von Sache, die an einem nachrichtenarmen Tag auftaucht, und in der nächsten Woche sind alle wieder bei ihrem üblichen Scheiß und jagen echten Wirtschaftskriminellen hinterher.«

»Aber was, wenn Montag auch ein nachrichtenarmer Tag ist? Was, wenn du das Nächste bist, was sie an einem Wirtschaftskriminellen zu jagen haben?«

»Jagen erfordert einen Läufer. Das tue ich nicht. Ich werde morgen in mein Büro gehen und meine Arbeit machen. Hier gibt es nichts zu sehen.« Sie hielt die Hand hoch, die nicht Quill.i.am wiegte.

»Ich finde, du solltest dich morgen von Mateo zur Arbeit fahren lassen. Nur für den Fall.«

»Kommt nicht infrage. Ich fahre selbst zur Arbeit, wie die erwachsene Frau, die ich bin.«

Ich schüttelte den Kopf. Jamila war stur. Das war einer der Gründe, warum sie so erfolgreich war. Das Wort *aufgeben* kam in ihrem Wortschatz nicht vor.

Ich beugte mich vor. »Trotzdem denke ich, du solltest ein Krisenteam benennen. Das würde dich aus dem Rampenlicht halten und dir erlauben, dich auf deine Arbeit zu konzentrieren. Wenn du mich nicht dabeihaben willst, kannst du wahrscheinlich Winslow und ein paar Leute aus deinem Marketingteam mit ins Boot holen. Die sollten das in den Griff bekommen.« Das Krisenteam war entscheidend, laut dem, was Della Hannah und mir gesagt hatte. Jamila mochte so tun, als würde sie das alles nicht stören, aber sie war zu emotional involviert, um die Situation rational zu handhaben.

»Ich brauche kein Krisenteam, weil es nichts gibt, worauf man reagieren müsste. Die ganze Situation ist lächerlich.«

»Du siehst das vielleicht so, aber du kannst nicht kontrollieren, was alle anderen denken oder sagen.«

Sie hob ihre modellierten, dunklen Augenbrauen. »Kann ich das nicht?«

»Nein!«

»Warum glaubst du also, dass mir ein Krisenteam helfen kann? Das Ganze ist sinnlos. Wenn ich ihre kleinen Spielchen nicht mitspiele, werden sie verschwinden und sich jemand anderen zum Streiten suchen.«

Ich hätte es besser wissen müssen, als mit jemandem so Brillanten wie Jamila zu streiten. »Aber …«

»Nein, Nat. Ich werde diesem Unsinn keine weitere Minute meiner sehr wertvollen Aufmerksamkeit schenken. Ende der Geschichte.«

»Was ist mit diesem Finanzdienstleistungspartner von dir? Was werden die denken?«

An dem Zusammenziehen ihres Mundes wusste ich, dass ich einen wunden Punkt getroffen hatte. »Mit denen werde ich auch fertig.«

»Wirklich? Die meisten Finanzleute sind ziemlich risikoscheu. Jedes Mal, wenn ich Charles bei der Arbeit besuche, fühle ich mich wie in einem Schwarz-Weiß-Film.«

Sie hob die Nase. »Da hast du es wieder, du konzentrierst dich auf den äußeren Anschein. Meinetwegen musst du keine Show abziehen. Nicht so wie auf Billie Woods' Party.«

Das Blut wich aus meinem Gesicht. »Ich …«

»Du weißt, dass ich dich niemals verletzen würde, oder? Nicht einmal durch Assoziation. Ich schätze meine Beziehung zu … zu deiner Familie, besonders zu Jackson und Alicia.«

»Nein, ich …« Mir wurde schwindelig. Mich verletzen? Ich war diejenige gewesen, die sie mit meinem betrunkenen Geständnis beleidigt hatte. »Es tut mir leid, Jamila. Ich wurde nervös und habe zu viel getrunken. Ich wollte nicht …«

»Mir sagen, dass du mich liebst?« Sie schnaubte. »Du weißt, dass ich dich nicht ernst genommen habe.«

Ich zuckte zusammen. Ich hatte es hundertprozentig ernst gemeint. Ich hatte so lange für sie geschwärmt, dass es sich wie Liebe anfühlte. Besonders, wenn ich zu viel Wein getrunken hatte. »Du warst so nett zu mir. Du hast gesagt, ich müsste mein wahres Ich nicht verstecken.« Genau da war mir das Wort *Liebe* aus dem Mund gepurzelt.

»Das habe ich auch so gemeint«, sagte sie. »Und dann hast du voll die Dummchen-Nummer durchgezogen.«

Ich schloss meine Augen, aber das war ein Fehler, denn die ganze Szene spielte sich in meiner Erinnerung ab. Sie hatte meine Arme von ihren Schultern geschüttelt und mir gesagt, ich solle mit jemand anderem Liebe spielen. Und genau das hatte ich getan. Ich war zu meinem Freund Daniel geflattert und hatte ihm laut und ausdrucksstark ebenfalls meine Liebe gestanden. Er lachte es weg, aber da ich ihn nicht liebte, hatte es nicht so wehgetan wie Jamilas Lachen.

»Warum hast du dich an dem Abend so betrunken?«

Ich presste meine Lippen zusammen. Ich hatte das Glas Champagner angenommen, weil ich an einem Glas des widerlichen Zeugs den ganzen Abend nippen konnte. Aber an diesem Abend wusste ich unter Jamilas voller Aufmerksamkeit nicht, was ich mit meinen Händen oder irgendeinem anderen Teil von mir anfangen sollte. Ich trank, was in meinem Glas war, und Billies Kellner füllten es ständig nach. Wenn ich betrunken war, benahm ich mich wie ein hirnloses reiches Erbenmädchen, was genau das war, was jeder von mir erwartete.

»Es war ein Versehen.«

Sie funkelte mich an. »Ich nehme an, es war auch ein Versehen, dass du mit Daniel Wie-auch-immer nach Hause gegangen bist.«

»Daniel van der Poel ist mein Freund. Mein platonischer Freund.«

»Es sah platonisch aus, als du ihn geküsst hast.«

Meine Wangen glühten. Daniel und ich waren zusammen auf so vielen Veranstaltungen und Partys gewesen, dass es für uns zur zweiten Natur geworden war, so zu tun, als wären wir zusammen. Nach Jamilas Abfuhr hatte er bei meinem schlampigen Kuss mitgemacht, aber als ich versucht hatte, es mit einem Zungenkuss zu besiegeln, hatte er mich in seine Arme gehoben und mich von der Party getragen, während er laut verkündete, dass ich keinen Alkohol vertragen würde.

Daniel war ein guter Freund. Ein anderer Kerl hätte mich vielleicht ausgenutzt, aber er hielt mir die Haare, während ich mich in Billies Hortensien übergeben habe.

Aber Jamila war nicht einmal meine Freundin. »Warum kümmert es dich, wen ich küsse?«

Sie schob ihr Kinn vor. »Das tut es nicht. Ich hasse es nur, wenn du dich unter Wert verkaufst.«

Mich unter Wert verkaufen? Ich war ein reiches Mädchen, das nicht genug Grips hatte, um sich beruflich niederzulassen. Mein einziges Kapital war mein Aussehen. Jeder wusste es, einschließlich meiner Familie. Jamila hatte das an jenem Abend auch gedacht. Ich verschränkte meine Arme vor der Brust.

»Wie auch immer«, sagte sie, »ich brauche deine Hilfe nicht und will sie auch nicht. Ich habe alles im Griff, also musst du dir keine Sorgen um mich machen.«

Ein weiterer Protest stieg mir auf die Lippen, aber ich schluckte ihn hinunter. Sie hatte recht. Ich war nicht qualifiziert, ihr zu helfen. Nichts, was ich sagte, würde ihre Meinung ändern.

Sie stand auf. »Danke fürs Vorbeikommen.«

Ich erhob mich von der Couch. »Jederzeit.« Ich meinte es wirklich so.

Sie führte mich zur Tür. »Sag deiner Familie nochmal danke

für den Brunch von mir. Und, ähm, komm vielleicht nicht wieder hierher. Ich will nicht, dass deine Familie denkt, ich hätte dich eingeladen. Gerade du verstehst doch, wie wichtig der äußere Anschein ist.«

Benommen nahm ich die zuschlagende Tür kaum wahr.

Erst als ich wieder auf ihrer Veranda stand, erinnerte ich mich an die Nachricht von ihrer Nachbarin. Das geschah Jamila recht, dass sie einen Korb Avocados verpasste. Ich starrte auf den Topf mit den Kapkörbchen und wollte sie am liebsten aus dem Topf reißen und genau dort auf ihrer Veranda zerfetzen. Und dann in meinen Valentino Garavanis darauf herumtrampeln.

Das war kindisch, und ich brauchte Jamila keinen weiteren Beweis zu liefern, dass ich jung und töricht war. Sie hatte das Nachspiel meines Debakels an der Kochschule miterlebt. Mein beklagenswertes Verhalten auf der Weihnachtsfeier. Ganz zu schweigen von der gesamten Akne-und-Zahnspangen-Phase und davor meinen Zöpfen.

Also ging ich langsam und anmutig die vorderen Stufen hinunter, als ob sie interessiert genug wäre, um mir nachzusehen.

6

ICH HÄTTE die Nachricht von Jamilas Sturz nicht verpassen können, selbst wenn ich es versucht hätte.

Da ich am Montag nicht zur Uni musste, lag ich noch im Bett, als ich nach meinem Handy griff, um zu sehen, was in der Welt los war. Jamilas Video war das erste auf meiner TikTok-Seite. Es hatte eine halbe Million Aufrufe. Als ich es zum dritten Mal aktualisiert hatte, waren es schon zwei Millionen.

Ich erkannte die Fassade von Jamilas Gebäude von meinem Besuch vor zwei Tagen wieder. Nur ein Fotograf stand davor. Sie hätte ihm leicht ausweichen können, so wie wir es am Freitag getan hatten.

Das Video war so geschnitten, dass es begann, nachdem der Journalist seine Frage gestellt hatte, also wusste ich nicht, was er gefragt hatte, dass sie ihm so auf die Pelle rückte. Ihre dunklen Augen blitzten auf und ihre glänzend roten Lippen verzogen sich zu einem Knurren. »Du Hurensohn. Sag das noch mal.« Ich konnte nicht entziffern, was er sagte, und die Untertitel waren Unsinn. Aber Jamilas Worte waren glasklar, und der am unteren Rand des Videos eingeblendete Text sprang mir förmlich ins Auge.

»Glaubst du, du kennst mich? Du weißt einen Scheißdreck

über meine Community, über mich oder mein gottverdammtes Geschäft. Meinen paranoiden Arsch kannst du küssen.«

Auch beim dritten Ansehen konnte ich nicht sagen, ob sie ihm den Stinkefinger zeigen oder einen Kinnhaken verpassen wollte. Ihr Arm schwang nach oben, und er wich zurück, wodurch das Video wild umherschwenkte, während ein Arm in einem langärmeligen Chambray-Hemd sich um Jamilas Taille schlang und sie fluchend wegzog.

Die Kommentare explodierten. Einige wenige lauteten: »Ich unterstütze dich, Jamila!«, aber die meisten verurteilten sie als paranoid, wahnsinnig, zu laut, zu vulgär oder einfach nicht das Vorbild, das die Leute sich für ihre Töchter wünschten. Einige stellten den Wert eines Unternehmens infrage, das von jemandem geleitet wurde, der so eindeutig unprofessionell war.

Es war eine Katastrophe.

Stöhnend quälte ich mich aus dem Bett, duschte, band mein Haar zu einem Dutt zusammen und zog einen schwarzen Hosenanzug mit einer roten, geblümten Bluse an. Ich fand Mutter, wie sie im Wintergarten herumwerkelte. Ich küsste sie auf die Wange, sagte ihr, dass sie mich nicht zum Abendessen erwarten solle, und nahm mir einen Fahrdienst nach Mountain View.

———

DA DER SICHERHEITSMANN von Journalisten belagert wurde, war es für mich nicht schwer, einen Jamilow-Mitarbeiter vor Jamilas Gebäude abzufangen, eine Minute mit ihm zu flirten, zu lügen, dass ich meinen Ausweis vergessen hätte, und ihm dicht auf den Fersen in den Sicherheitsbereich zu folgen. Nachdem ich versprochen hatte, ihn bei der nächsten Happy Hour aufzusuchen, stieg ich die Treppe in den zweiten Stock und erwischte die Tür zur Vorstandsetage, als ein gehetzt aussehender Mann mit einer Handvoll Papiere in der einen und seinem Laptop in der anderen Hand hinaushuschte.

Jedes Büro, an dem ich vorbeikam, war erleuchtet, und Leute

liefen hinter den Milchglastüren auf und ab. Im offenen Bereich der Etage mit den Arbeitskabinen versammelten sich die Mitarbeiter in kleinen Gruppen und flüsterten. Einige Gruppen drängten sich um Handys und sahen sich wahrscheinlich das TikTok-Video an oder lasen die Kommentare.

So viel zur Produktivität vor ihrer großen Markteinführung.

Ungehindert schritt ich zu Jamilas Büro und lächelte Felicia an, die nur für eine Sekunde aufblickte, bevor sie ihre Stirn wieder in die Hand sinken ließ und sie rieb, während sie das Telefon an ihr Ohr presste. Ich nahm all mein Selbstvertrauen zusammen und segelte in Jamilas Büro.

Die CEO trug den fabelhaften austernrosa Hosenanzug aus dem Video, aber sie hatte das Jackett ausgezogen, was ein ärmelloses, elfenbeinfarbenes Top und eine rosa Perlenkette enthüllte. Sie lehnte sich in ihrem Stuhl zurück, lag fast flach, eine Hand über die Augen geschlagen.

Winslow lehnte am Fensterbrett und starrte durch die Scheibe auf die Übertragungswagen, die neben der Zufahrtsstraße zum Gebäude geparkt waren. Er sah aus, als wollte er am liebsten hindurchspringen. Seine Hose war heute lindgrün. Sie sah mit den zweifarbigen Brogues auch nicht besser aus als die rosafarbene. Der Rücken seines weißen Hemdes war zerknittert, als hätte er darin geschwitzt.

Ein paar Mitarbeiter umklammerten ihre Laptops und traten auf dem weichen, beigefarbenen Teppich in der Mitte des Raumes von einem Fuß auf den anderen. Nachdem sie mich angesehen hatten, zuckten ihre Blicke zwischen Jamila, Winslow und den beiden Personen hin und her, die vor Jamila saßen.

Ein Mann und eine Frau, die ich nicht kannte, saßen ihr gegenüber. Die Frau starrte auf ihr Handy und bellte etwas über die Aktienbewertung, also musste sie die Finanzchefin sein. Der Mann starrte auf Jamilas Glastisch.

»Kannst du das bitte lassen, Hope? Bitte«, stöhnte Jamila, ohne den Unterarm von den Augen zu nehmen. »Ich bekomme davon Kopfschmerzen.«

»Entschuldigung«, murmelte CFO Hope. »Zahlen beruhigen mich, wenn ich gestresst bin.«

»Vielleicht kannst du die Zahlen etwas leiser beobachten«, sagte Jamila. »Was ich jetzt brauche, ist …«

Der Mann neben ihr sprang auf. »Weißt du was? Ich kündige.«

Jamila nahm den Arm herunter und starrte ihn an. »Du was?«

»Ich kündige. Dafür habe ich mich nicht verpflichtet.«

Jamila bedachte ihn mit einem finsteren Blick. »Du bist der Marketingleiter. Ich verlange von dir nichts anderes, als die gottverdammten Apps zu vermarkten.«

Seine Stimme wurde schriller. »Wie kann ich in diesem Umfeld Apps verkaufen?« Er wedelte mit einem Arm in Richtung der Übertragungswagen. »Dieser Job hat meine Chakren völlig aus dem Gleichgewicht gebracht. Ich muss nach Hause gehen und mir ein Naturvideo ansehen.« Er drehte sich auf dem Absatz seiner italienischen Slipper um und stürmte aus dem Büro. Die beiden Mitarbeiter in der Mitte des Raumes huschten ihm nach.

Die CFO stand auf.

»Nicht du auch noch«, sagte Jamila mit leiser Stimme.

Hope schnaubte. »Glaubst du, ich würde wegen so etwas kündigen? Ich habe meine Karriere bei Enron begonnen. Das hier ist ein Spaziergang im Park im Vergleich zu dem Saftladen. In meinem Büro bin ich für dich nützlicher. Ich schicke dir bis zum Ende des Tages eine Zusammenfassung der Finanzberichterstattung und ihrer Auswirkungen auf den Aktienkurs.«

»Großartig«, seufzte Jamila.

Als Hope hinausging, kam Rhiannon herein, die eine Khakihose und ein weiteres blaues Hemd trug, dieses langärmelig. Sie schritt hinter Jamilas Schreibtisch, verschränkte die Arme und stemmte eine Hand in die Hüfte. »Ich brauche deine Genehmigung für die Stellenausschreibung, die ich dir vor einer Stunde geschickt habe.«

Jamila stieß ihre Computermaus an, die daraufhin über den Schreibtisch schlitterte. »Wie zum Teufel soll ich bei den E-Mails auf dem Laufenden bleiben? Sieh dir den Scheiß an.« Sie deutete auf ihren Bildschirm.

Rhiannon schürzte die Lippen. »Dafür wirst du ja auch fürstlich bezahlt, Chefin.« Sie beugte sich über den Schreibtisch, scrollte und klickte. »Das ist sie. Genehmigen, bitte.«

Jamila zuckte zusammen, als sie mit trübem Blick auf den Bildschirm starrte. »Zwei Vertragsentwickler? Glaubst du wirklich, dass das im Moment hilft?«

»Bei so viel Ablenkung brauchen wir jede Hilfe, die wir kriegen können. Ohne sie werden wir unseren Termin nicht einhalten. Ich habe Drecksarbeit, die sie erledigen können, um andere Leute zu entlasten.« Sie richtete die Manschetten ihres Chambray-Hemds.

Das Video schoss mir wieder ins Gedächtnis.

»Sie waren diejenige, die sie davon abgehalten hat, diesen Schlag auszuführen!«

»Was zum Teufel machst du hier, Natalie?«, fragte Jamila und blinzelte, als wäre ich eine Erscheinung, die sie an ihrem schlimmsten Tag heimsuchte. »Ich hätte diesen Idioten nicht geschlagen. Er war es nicht wert, meine Maniküre zu ruinieren.« Sie hielt eine Hand hoch und betrachtete ihre kurzen, schimmernden blauen Nägel.

Ich fing Rhiannons Blick auf. »Danke dafür.«

»Irgendjemand musste ja etwas tun«, sagte Rhiannon. »Hey, du solltest mich für die PR bezahlen. Ich brauche keinen Designeranzug, um dich vor diesen Schakalen zu retten – oder vor dir selbst.«

Die Haare in meinem Nacken stellten sich auf, und meine Nägel gruben sich in meine Handflächen.

»Ich habe dir gesagt«, sagte Jamila, »dass ich keine Rettung brauchte. Ich hatte alles unter Kontrolle.«

Rhiannon schnaubte. »Sah ganz so aus. Wo war Miss Schicker-Anzug, als du auf diesen Kerl losgegangen bist?« Sie warf ihr lockiges Haar zurück.

Ich strich mein Jackett glatt. Es war mir egal, ob sie Jamila vor einer noch größeren PR-Katastrophe bewahrt hatte. Rhiannon war kein netter Mensch.

»Ich bin gekommen, um zu helfen«, sagte ich.

»Helfen? Sie?« Rhiannon musterte mein Outfit, bis ich anfing, die gewagte rote Bluse zu überdenken. »Vorsicht, Sie könnten sich einen Nagel abbrechen.«

Ich ballte meine Hände. »Ich bin fähig zu helfen. Ich habe einen Plan.«

»Ach, ja?« Rhiannon verschränkte die Arme und stemmte eine Hand in die Hüfte. »Lassen Sie mal hören.«

»Ree.« Jamila murmelte etwas, das ich nicht hören konnte, aber es brachte Rhiannon dazu, die Lippe über mich zu kräuseln und aus dem Büro zu schreiten.

Als Jamila ihre Augen zu mir hob, waren sie blutunterlaufen und geschwollen. War das von heute? Hatte sie letzte Nacht geschlafen? Ich öffnete den Mund, um zu fragen, aber sie kam mir zuvor.

»Nat, heute ist nicht der Tag, an dem du hier hereinstolzieren und dein Hobby der Woche ausprobieren kannst. Geh nach Hause. Wir reden nächste Woche, wenn das alles vorbei ist.«

Und plötzlich war ich wieder fünfzehn, und mein Bruder Cooper und Jamila sagten mir, ich solle verschwinden, weil die Erwachsenen über Geschäfte redeten. Ich drehte an meinem Ring.

Aber ich war nicht mehr fünfzehn. Ich war sechsundzwanzig. Vielleicht hatte ich keinen Abschluss, aber ich hatte mein ganzes Leben im Rampenlicht verbracht. Als jüngste Jones hatte ich viele Fehler meiner Geschwister beobachtet. Also sammelte ich meinen zerfetzten Stolz und mein letztes Fünkchen Mut. »Das wird nächste Woche nicht vorbei sein. Das ist ernst, Jamila. Ich wette, Hope hat dir gesagt, dass ihr bereits Kunden verloren habt.«

Sie zuckte mit den Schultern. »Wir brauchen keine Kunden, die Angst vor ein bisschen Fluchen haben.«

»Was ist mit eurem Finanzdienstleistungspartner?«, fragte ich. »Was denken die über all das?«

Winslow wirbelte vom Fenster herum. »Du hast ihr von der Partnerschaft mit FA erzählt?«

»Nein, habe ich nicht. Das hast du gerade«, sagte sie müde.

»Euer Finanzpartner ist First Arbiter? Aber die sind so … spießig.« Sie ließen Charles' Bank zügellos erscheinen.

»Billie hat dort eine Verbindung«, sagte Jamila. »Sie und Winslow.«

»Nicht Kenneth Royal«, sagte ich.

»Doch, tatsächlich kenne ich Kenneth«, schnaubte Winslow. »Wir sind im selben Golfclub.«

Ich verzog das Gesicht. Der CEO von FA war der steifste Mann, den ich je getroffen hatte. Ich schaffte es nicht einmal mit meinen Party-Eskapaden, ihm ein Lächeln zu entlocken. Er war berüchtigt dafür, von all seinen Mitarbeitern – Männern und Frauen – zu verlangen, denselben grauen Anzug und die gleiche blaue Krawatte zu tragen.

»Sie werden nicht lange unser Partner sein«, sagte er. »Nicht, wenn sie sich auf die Sittenklausel in unserem Vertrag berufen.«

»Wir werden sie schon becircen, so wie damals, als deine Scheidung öffentlich wurde«, sagte Jamila.

Seine Wangen wurden fleckig rot. »Meine Scheidung ist nicht so öffentlich wie das hier.«

»Wenn das FA dazu bringt, ihre spießbürgerliche Art zu zeigen, dann brauchen wir sie nicht.« Das Schnippische war zurück in Jamilas Stimme. »Wir finden jemand anderen.«

»Aber braucht ihr sie nicht?«, fragte ich. »Ihr seid so weit gekommen, und die Markteinführung ist nur noch … wie lange hin?«

»Weniger als sechs Wochen«, murmelte Jamila.

Wir konnten von Glück reden, wenn wir dieses Schlamassel bis dahin bereinigt hätten. »Ich denke, du könntest es retten, wenn du ihnen helfen würdest zu verstehen, was passiert ist. Was hat dieser Kerl zu dir gesagt?«

»Nichts, womit ich nicht fertiggeworden wäre.« Sie reckte ihr Kinn vor, als wollte sie mich herausfordern, es zu schlagen.

Winslow seufzte. »Was sagen diese Kerle denn immer? Irgendwas darüber, eine schwarze Frau in der Tech-Branche zu sein. Das ist ihr wunder Punkt, und jeder weiß es.«

»Verpiss dich.« Jamila winkte ab.

»War es das?«, hakte ich nach.

»Das?« Jamila zog die Augenbrauen hoch. »Würde es dir gefallen, wenn jemand deine Qualifikationen aufgrund deiner Hautfarbe oder weil du nicht im Stehen pisst, infrage stellt?«

»Nein.« Mein Gesicht wurde heiß. »Ich meinte nicht: ,War das alles?', im Sinne von: ,Ist das alles?' Ich meinte, ob er das gesagt hat.«

»Mehr oder weniger.«

Ich wollte genauer nachhaken, was der Reporter gesagt hatte, damit sie so ausrastete, aber das schien nicht produktiv. Darüber zu reden ließ Jamila sich zusammenrollen wie … wie Quill.i.am.

Ich stemmte die Hände in die Hüften. »Du brauchst ein Krisenkommunikationsteam, und ich bin hier, um es zu leiten.«

Jamila verdrehte die Augen.

»Warten Sie«, sagte Winslow und musterte mich. »Vielleicht ist das keine so schlechte Idee. Die Medien mit PR-Barbie ablenken.«

»Hey! Ich stehe direkt hier!«, warf ich ein.

Winslow fuhr fort, als hätte ich nichts gesagt. »Sie ist eine Jones. Die Leute respektieren ihren Namen, ihre Marke. Die Leute werden auf sie hören.«

Jamila rümpfte die Nase. »Ich brauche kein Krisenkommunikationsteam.«

»Vielleicht nicht«, sagte er. »Aber vielleicht doch. Zumindest haben Sie dann jemanden, an den Sie all die Anrufe und E-Mails weiterleiten können, damit Sie sich auf Ihre Arbeit konzentrieren können.« Er deutete auf ihre Computerbildschirme.

Sie seufzte. Dann stand sie auf und streckte die Arme über den Kopf. Die Bewegung ließ ihren Hals unglaublich lang erscheinen, und ich konnte an nichts anderes denken, als mit einem Finger daran entlangzufahren.

Ihr nächstes Wort riss mich zurück in die Realität. »Meinetwegen.«

»Meinetwegen? Wirklich? Du lässt mich deine Krisenkommunikation leiten?« Ich hielt den Atem an.

»Ja. Tu, was du tun musst. Bitte versuch, die Anforderungen an meine Zeit minimal zu halten, und tu etwas gegen diesen ganzen Bullshit.« Sie winkte zu den Übertragungswagen draußen.

»Absolut. Ich brauche Zugang zu Felicia und jedem, der in Unternehmenskommunikation geschult ist.«

Ihre Nüstern blähten sich. »Du bist ja nicht anspruchsvoll, was?«

»Nur was wir brauchen, um das richtig zu machen.«

»Okay. Aber nicht mehr als zehn Prozent der Zeit von irgendjemandem. Meine eingeschlossen.«

Ich biss mir auf die Lippe. Ich würde definitiv mehr als vier Stunden pro Woche von Jamilas Zeit brauchen. Wenn man bedachte, dass sie wahrscheinlich eher sechzig oder achtzig Stunden pro Woche arbeitete, könnte ich vielleicht zehn Prozent davon bekommen. Wenn ich einen längeren Zeithorizont zugrunde legte, könnte ich die Anforderungen an den Anfang legen, sodass es sich über die nächsten sechs Monate auf zehn Prozent ausglich. Ich würde das Problem lange vorher aus der Welt geschafft haben.

»Ich brauche eine Assistentin«, sagte ich. »Keine Sorge, ich weiß genau, wen ich dafür holen kann.«

»Holen?« Sie verdrehte die Augen. »Hätte mir denken können, dass du das Ruder übernimmst. Du bist eine Jones. Eine Sache noch.« Sie hielt inne, um mir in die Augen zu sehen. »Ignorier, was Winslow gesagt hat. Ich will keinen von diesem Barbie-Bullshit. Gib bei dieser Sache dein Bestes. Du weißt, was ich meine.«

Sie sprach von dieser Weihnachtsfeier. Ich nickte, da ich meiner Stimme nicht zutraute, nicht zu zittern.

»Okay, dann«, sagte sie. »Du kannst es Felicia sagen, und sie wird es in die Wege leiten.«

Sprudelndes Glück floss in mein Herz. Wenn ich Jamilas PR-

Probleme aus der Welt schaffte, würde sie diese schreckliche Party vergessen und mich endlich als Erwachsene sehen.

Ich sprang hinter ihren Schreibtisch und schlang meine Arme um sie. »Du wirst es nicht bereuen, das verspreche ich.«

Als meine Hände ihre nackten Schultern berührten, erstarrte sie, als hätte ich ihr einen Stromschlag versetzt. Meine Haut kribbelte. Nach einer Sekunde entspannte sie sich, und ihre Hände legten sich leicht auf meinen Rücken, um mich näher an sich zu ziehen.

Das Parfüm an ihrem Hals war sinnlich und blumig wie Jasmin. Mit dem Kokosduft ihres Haares roch sie nach den Tropen, wie damals, als unsere Familie in Bali Urlaub machte und die Nachtluft den zarten Duft von Jasmin und verblasster Sonnencreme trug. Ich schloss die Augen und stellte mir vor, wie ich an einem Strand liege, warmer Sand zwischen meinen Zehen und Jamila neben mir.

Sanft zog sie sich zurück und ließ ihre Hände von meinen Schultern gleiten. »An die Arbeit. Denk dran, zehn Prozent.«

Ich sammelte mich genug, um sie anzulächeln. »Verstanden, Chefin.«

Während ich bereits eine Nachricht an Hannah verfasste, verließ ich Jamilas Büro und zog mir einen Stuhl auf die andere Seite von Felicias Schreibtisch.

»Sieht so aus, als wäre ich Ihre neue PR-Beraterin.«

7

SPÄTER AN DIESEM NACHMITTAG steckte ich den Kopf in Jamilas Büro. Sie war allein und ahmte Winslows Haltung von vorhin nach: Sie lehnte mit einer Schulter gegen den Fensterrahmen und starrte durch die Scheibe. Obwohl es nach sechs war, stand die Sonne Ende April noch hoch am Himmel und glitzerte auf den Autos, die sich auf dem Weg nach Hause zu Haustieren und Familien die Straße entlangschlängelten. Vielleicht wünschte sich Jamila, sie könnte nach Hause gehen, ihre bequeme Kleidung anziehen und sich mit Quill.i.am einkuscheln. Aber wie sie mir auf diesem Organigramm gezeigt hatte, stand sie an der Spitze, und jedes dieser Autos, Häuser und Familienessen wurde durch die von ihr geleitete Arbeit bezahlt. Sie würde immer die Letzte sein, die ging.

»Hast du heute gegessen?«

Bei meiner Stimme fuhr sie herum und kniff einen Moment lang die Augen zusammen. »Ja. Felicia achtet darauf, dass ich zu Mittag esse.«

»Gut.« Ich verschränkte die Arme. Jamila war so schlank, dass ich mich fragte, ob das Mittagessen die einzige Mahlzeit war, die sie regelmäßig zu sich nahm.

»Ich dachte, du wärst inzwischen nach Hause gegangen«, sagte sie.

Ich zuckte mit den Schultern. »Heute gab es viel zu tun.«

»Du hast die Übertragungswagen dezimiert.« Sie kicherte. »Nicht buchstäblich, wie ich es getan hätte. Ich meine, einige von ihnen sind weggefahren.«

Ich schloss die Tür, weil ich ihre Reaktion auf das, was ich als Nächstes zu sagen hatte, fürchtete. »Ich habe ihnen für morgen eine Pressekonferenz versprochen.«

»Sie sind verschwunden, weil du gesagt hast, dass du mit ihnen reden würdest?« Sie kniff ein Auge zusammen und musterte mich.

»Komm, setz dich.« Ich ging zur Sitzecke, ließ mich auf das Sofa fallen und stellte die Tasse auf den niedrigen Couchtisch. »Der ist für dich.«

Ihre Augen leuchteten auf. »Kaffee?«

»Es ist nach fünf. Es ist Kräutertee.«

Sie verzog die Lippen. »Ich mag älter sein als du, aber ich bin keine Oma, die verdammten Kräutertee trinkt.«

»Wow, okay. Dann trink ihn nicht.« Vielleicht war sie einfach nur schlecht gelaunt, weil sie hungrig war. Ich hätte auch ein paar Kekse mitbringen sollen. »Komm, setz dich.« Ich klopfte auf das Kissen neben mir.

Jamila entschied sich stattdessen für den Sessel und beäugte den goldbraunen Tee. »Riecht nach Gras.«

Ich kicherte. »Du trinkst Matcha. Dieses Zeug sieht aus wie Gras.«

»Matcha trinken die coolen Leute. Kamille – oder was auch immer das ist – gehört nicht dazu.«

»Es ist Kamille. Probier mal einen Schluck. Er ist entspannend.«

Sie schob ihn weg. »Nein, danke. Also, worüber wolltest du reden?«

Nächstes Mal würde ich ihr eine Tasse entkoffeinierten Kaffee mitbringen. Ich wusste bereits, dass sie ihren Kaffee schwarz trank, passend zu ihrer Laune.

»Die Pressekonferenz morgen. Du wirst ein paar Worte sagen und dann einige Fragen beantworten. Ich habe eine Rede für dich entworfen.« Ich hielt ihr ein Tablet mit der aufgerufenen Rede hin.

Sie nahm es mir ab und überflog das Dokument. »Ich werde mich nicht bei diesem Arschloch entschuldigen.« Ich hatte nicht gedacht, dass sie es tun würde, aber es war einen Versuch wert.

Langsam nickte ich. »Das können wir ändern. Wärst du bereit, dich bei den Aktionären und Mitarbeitern zu entschuldigen, die durch deine Handlungen negativ beeinflusst wurden?«

Ihre Lippen wurden zu einem schmalen Strich, während sie darüber nachdachte. »Kann ich ein Wort wie ›bedauern‹ anstelle von ›entschuldigen‹ verwenden?«

Ich zuckte zusammen. »›Bedauern‹ klingt unaufrichtig. ›Entschuldigen‹ oder ›es tut mir leid‹ sind direkter, und das passt zu dir. Wir müssen die Botschaft vermitteln, dass du verstehst, dass das, was du getan hast, falsch war und dass es nicht wieder vorkommen wird.«

Ihre Schultern sanken tiefer, weg von ihren Ohren. »Das kriege ich hin.«

Erleichterung durchströmte mich, als sie das Dokument diesmal langsamer las. Als sie fertig war, sah sie auf. »Ist nicht schlecht. Du hast es sogar geschafft, es so klingen zu lassen, als würde es von mir stammen.«

»Danke.« Ich sah auf meinen Schoß, um meine geröteten Wangen zu verbergen.

»Muss ich das auswendig lernen?«

»Sei einfach so vertraut damit, dass du davon aufschauen kannst, um Blickkontakt herzustellen. Ich schicke dir per E-Mail eine Kopie.« Ich nahm das Tablet zurück, löschte die Entschuldigung an den Reporter und schickte das Dokument ab.

»Zwei Minuten reden und ein paar Fragen beantworten? Kein Problem.« Als sie sich im Sessel zurücklehnte, verrieten mir die Falten unter ihren Augen, wie erschöpft sie war.

Ich wünschte, ich könnte sie nach Hause gehen lassen, aber wir waren noch nicht fertig.

»Wir müssen die Fragen und Antworten üben.«

»Üben? Vertraust du mir nicht?«

»Jeder ist nach dem Üben besser.«

»Ich trete vor den Medien auf, seit du noch Cartoons geschaut und mit Puppen gespielt hast.« Ihre Lippen wurden noch schmaler. »Ich habe über die Jahre das eine oder andere gelernt. Ich habe meine Millionen aus dem Nichts erschaffen, nur mit dem Gehirn in meinem Kopf, nicht mit einem Treuhandfonds. Ich brauche nicht, dass du mir beibringst, wie man mit Journalisten spricht.«

Ich atmete tief durch. Ich wusste, wie viele Vorteile ich in meiner Kindheit gehabt hatte. Ich musste Jamila beweisen, dass damit kein Anspruchsdenken einherging. »Ich versuche nicht, dir etwas beizubringen. Ich möchte nur, dass du bereit bist, alle Fragen zu beantworten, die sie dir um die Ohren hauen, und dass du ruhig und professionell bleibst.«

»Ruhig und professionell?« Sie sprang aus dem Sessel und tigerte auf dem Teppich auf und ab. »Ich bin *nichts* als ruhig und professionell. Ich setze meine Maske auf und lächle die Investoren und die Presse und wen auch immer an, damit ich meine gottverdammte Firma leiten kann und sie mich verdammt nochmal in Ruhe lassen!« Sie blieb stehen und wirbelte zu mir herum. »Du solltest das doch wissen, mit dieser hohlen Fassade, die du auf dieser Weihnachtsfeier aufgesetzt hast. Auf jeder Party. Du spielst nach ihren Regeln, genau wie ich.«

Der direkte Treffer versetzte mir einen Stich.

Hier ging es nicht um mich. Es ging darum, die schlechte PR aus der Welt zu schaffen, damit Jamila sich auf die Führung ihres Unternehmens konzentrieren konnte. Ich schluckte den Schmerz hinunter und eilte zu ihr, aber sie schüttelte die Hand ab, die ich ihr auf die Schulter legte. »Es tut mir leid. Ich wollte nicht andeuten, dass du alles andere als professionell bist.«

Sie rieb sich mit dem Daumen die Stelle zwischen den Augen. »Ich bin müde. Es war ein langer Tag.«

»Ich weiß. Ich wünschte, ich müsste dich nicht bitten, das zu tun, aber ich möchte sichergehen, dass du die hervorragende Arbeit leistest, zu der du fähig bist, und dass du auf alle absurden Fragen vorbereitet bist, die sie dir stellen könnten.«

Sie warf mir einen Seitenblick zu. »Ist es nicht dein Job, den Raum mit Leuten zu füllen, die *keine* absurden Fragen stellen?«

»Ich habe versucht, ihn mit so vielen wohlgesinnten Leuten wie möglich zu füllen. Aber mein Motto lautet: auf das Beste hoffen, auf das Schlimmste vorbereitet sein.«

Sie grunzte. »Fair.«

»Komm, setz dich«, sagte ich. »Ich denke, wir können das in weniger als einer Stunde erledigen.«

»Werde ich morgen nicht an einem Rednerpult stehen?«

»Das ist der Plan.«

»Dann bleibe ich stehen.« Sie stemmte die Füße auf den Teppich und rollte die Schultern zurück. »Man spielt so, wie man trainiert. Sagt man das nicht so?«

»Ich …« Ich war zu abgelenkt von der Säule ihres Halses, die über den Schultern ihres Blazers aufragte, und dem flüchtigen Blick auf ihre Schlüsselbeine über dem Ausschnitt ihrer Bluse, um klar denken zu können.

»Schieß los.« Sie reckte das Kinn.

Richtig. Ich war hier, um ihr beim Üben zu helfen, nicht um diesen Hals anzustarren, den ich küssen wollte, seit ich sie vorhin umarmt hatte. Das wollte sie nicht von mir. Die Beleidigungen, die sie mir vorhin an den Kopf geworfen hatte – Cartoons, Puppen, Treuhandfonds und Masken – schmerzten immer noch. Sie würde mich nie als etwas anderes sehen als Jacksons nervige, privilegierte kleine Schwester. Niemals als Gleichgestellte, als jemanden, den sie küssen wollte.

Obwohl, wenn sie mich nervig fand, konnte ich das nutzen, um uns beim Üben zu helfen.

»Also, Jamila«, sagte ich und blickte auf mein Tablet, als wäre es der Notizblock eines Reporters, »warum haben Sie gestern versucht, meinen Kollegen zu schlagen?«

»Das habe ich nicht ...« Sie hielt inne, als ihr Schrei von den Bürowänden widerhallte und in ihren Ohren nachklang. Sie räusperte sich. »Ich denke, das Video wird zeigen, dass ich tatsächlich niemanden geschlagen habe.«

»Das war ganz okay«, sagte ich. »Obwohl ich denke, dass die Kernaussagen für solche Fragen lauten: erstens, der Reporter hat etwas Beleidigendes gesagt, das dich wütend gemacht hat. Möchtest du uns sagen, was es war?«

Sie presste die Lippen zusammen und schüttelte den Kopf.

»Es ist wahrscheinlich am besten, sich auf deine Reaktion zu konzentrieren. Zweitens, du hast informell reagiert ...«

»Informell? Nennen wir das jetzt so?«

»Ich denke, ›informell‹ ist besser als ›vulgär‹. Drittens, du erkennst an, dass deine Reaktion unüberlegt war, und es tut dir leid, welche Auswirkungen sie auf deine Aktionäre und Mitarbeiter hatte. Versuchen wir es noch einmal. Jamila, warum haben Sie gestern versucht, meinen Kollegen zu schlagen?«

Sie atmete ein und aus, bevor sie antwortete. »Ich denke, das Video zeigt, dass ich niemanden geschlagen habe. Ich entschuldige mich jedoch für die negativen Auswirkungen, die meine informelle Wortwahl auf die Aktionäre und Mitarbeiter von Jamilow hatte. Besser?«

»Perfekt.«

Nach fünfundvierzig Minuten Übung waren Jamilas Antworten trotz ihres mürrischen Gesichtsausdrucks bereit für die Pressekonferenz.

Ich schnappte mir das Tablet und stand auf. »Großartige Arbeit. Geh nach Hause und ruh dich aus. Wir sehen uns morgen um neun Uhr morgens im großen Konferenzraum unten. Trag diesen weißen Hosenanzug mit einer pastellfarbenen Bluse.«

»Jetzt schreibst du mir auch noch vor, was ich anziehen soll? Glaubst du, ich kann mich nicht selbst anziehen?«, knurrte sie.

»Ich versuche, dir eine weitere Entscheidung abzunehmen«, sagte ich kühl. »Erfolgreiche Menschen schränken Entscheidungen über kleine Dinge ein, damit sie mehr mentale Energie für wichtige Entscheidungen haben. Wie Steve Jobs' schwarzer Rollkragenpullover und New-Balance-Turnschuhe oder Präsident Obamas Schrank voller blauer und grauer Anzüge.«

Ich glaubte zu sehen, wie Jamila ihren Kiefer ein wenig entspannte, als ich an ihr vorbeiging.

»Bis morgen«, murmelte sie.

Ich konnte ihr durch diese Situation helfen, ohne in Versuchung zu geraten, meiner Schwärmerei nachzugeben. Denn mehr war es nicht: eine kindische Schwärmerei, ein Überbleibsel aus meiner Jugend.

Jetzt war ich erwachsen. Das Letzte, was ich brauchte, war eine Anziehung zu jemandem, der so brillant – und kratzbürstig – war wie Jamila Jallow. Jemand, der mich nie als Gleichgestellte sehen würde.

8

»NUN, DAS IST ALSO VORBEI«, sagte ich und versuchte zu lächeln, obwohl mir eigentlich zum Schreien zumute war. Das einzig Gute an dem ganzen Pressekonferenz-Fiasko war, dass es vorbei war. Ich joggte die Treppe in den zweiten Stock hoch und riskierte dabei, mir den Hals zu brechen, nur um Jamila mit ihren langen Schritten zuvorzukommen.

»Du warst fantastisch«, sagte Winslow, der neben ihr hertrabte.

Ich warf ihm einen Blick mit weit aufgerissenen Augen zu. Hatten wir dieselbe Pressekonferenz gesehen?

»Meinst du?« Jamila strich ihre Bluse glatt.

»Absolut«, sagte Winslow. Es war verdammt früh für Edibles, aber das war die einzige Erklärung für seine entspannte Haltung.

Ich hatte jetzt meinen eigenen Ausweis, also zog ich ihn am Kartenleser der Tür zur Chefetage durch. Ich hielt Jamila und Winslow die Tür auf. Aber anstatt in die hintere Ecke zu gehen, bog ich rechts ab und führte die beiden Manager in das fensterlose Büro, in dem ich campiert hatte. Es war kleiner als Jamilas und gerade groß genug für zwei Schreibtische, von denen einer besetzt war.

Hannah schreckte auf, als wir eintraten, und strich sich über den Rock. Ihr mittelbraunes Haar war aus ihrem blassen Gesicht zu einem Pferdeschwanz zurückgebunden, und ihr schwarzes Kostüm und die weiße Bluse schrien förmlich *Berufsanfängerin*. Hannah war ein paar Jahre jünger als ich, hatte aber einen Abschluss, den ich nicht besaß. Sie war genau die Hilfe, die ich brauchte, besonders nach der heutigen Pressekonferenz.

»Hey, Hannah. Das sind Jamila Jallow und Winslow Keating-Ashworth. Jamila und Winslow, Hannah ist unsere neue PR-Assistentin.«

Jamila schüttelte ihre Hand. »Ich kann mich nicht erinnern, eine Assistentin eingestellt oder ein PR-Budget genehmigt zu haben.«

Hannahs braune Augen hinter ihrer Brille weiteten sich. Sie sah aus wie ein Reh, das mitten auf der Straße erstarrt war, während ein Achtzehnräder auf es zuraste.

Ich machte eine wegwerfende Handbewegung. »Felicia und ich haben uns darum gekümmert. Und jetzt setzt euch, damit wir eine Nachbesprechung machen können.«

Jamila ließ sich auf den stabileren unserer beiden Besucherstühle fallen. Ich ging um den anderen Schreibtisch herum, um mich dahinterzusetzen, sodass für Winslow nur der wackelige Stuhl ohne Rückenlehne übrig blieb, den ich in einem Lagerraum gefunden hatte. Nachdem er sich nach einer anderen Möglichkeit umgesehen hatte, hockte er sich vorsichtig darauf.

»Hannah«, sagte ich, »wie sind die ersten Reaktionen?«

»Jemand hat live darüber getwittert. Sie fanden es …« Sie blickte von ihrem Monitor auf.

»Weiter«, sagte ich.

»Sie fanden es eine ziemliche Schlaftablette.«

»Genau das, was wir wollten«, sagte ich erleichtert. »Professionell, vorhersehbar, hier gibt es nichts zu sehen.«

»Bis …« Sie zuckte zusammen.

»Lassen Sie uns hören.« Ich wusste, was jetzt kommen würde.

»Der, äh, ungestellte Moment.«

»Der was, bitte?«, fragte Jamila.

»Nächstes Mal«, sagte ich, »wenn du jemanden zur Rede stellen willst, warte, bis die Pressekonferenz vorbei ist.«

Jamila lachte. »Okay, sicher.«

Ich kniff die Augen zusammen. Sie starrte mich wütend an. Winslow zupfte an einem Fussel auf seiner buttergelben Hose. Er war entweder zu nett oder zu feige, um zu helfen.

»Im Ernst«, sagte ich. »Du kannst nicht während einer Pressekonferenz auf jemanden losgehen.«

Sie senkte ihr Kinn und zog die Augenbrauen zusammen. »Doch, kann ich, wenn die Person sich danebenbenimmt.«

»Das mag in deinem Sitzungssaal oder in deinem Büro in Ordnung sein, aber bei einer Pressekonferenz ist es das nicht.« Ich wünschte, ich könnte hinzufügen, »das haben wir doch besprochen«, aber das konnte ich nicht. Dummerweise hatte ich mir nicht träumen lassen, dass jemand eine so deplatzierte Frage stellen würde. Noch dümmer war, dass ich nie erwartet hatte, dass Jamila demjenigen an die Gurgel springen würde.

»Ich will, dass sie Hausverbot bekommt«, fügte Jamila hinzu.

»Okay, aber nächstes Mal, atme erst mal durch. Probiere eine dieser Atemtechniken aus, über die wir gesprochen haben. Und wenn du dich dann ruhig fühlst, beantworte die Frage oder sag: ›Kein Kommentar.‹«

»›Kein Kommentar?‹« Sie sprang aus dem Stuhl und versuchte, auf und ab zu gehen, aber der kleine Raum engte sie ein. Sie fluchte, als sie mit dem Schienbein gegen die Kante meines Schreibtisches stieß. »Würde Mark Zuckerberg das sagen? Ach nein, vergiss es, er ist ja ein *Mann*. Ihm würde niemand so eine Frage stellen!«

Winslow blickte bei diesen Worten auf. »Männer werden schon auch gefragt, mit wem sie zusammen sind.«

»Aber nicht bei einer verdammten *Entschuldigungs-Pressekonferenz!*«

»Wie schlimm ist es?«, fragte ich Hannah.

Sie zuckte zusammen. »Nicht gut. Sie benutzen wieder das P-Wort.«

»Das P-Wort?«, verlangte Jamila mit in die Hüften gestemmten Händen zu wissen.

»Paranoid«, sagte Hannah, fast zu leise, um es zu verstehen.

»Das wird schon wieder«, sagte ich mit mehr Zuversicht, als ich empfand. »Wir werden ein paar andere Taktiken ausprobieren, und wir werden unsere Atemtechniken üben.« Ich warf Jamila einen bedeutungsvollen Blick zu. »Das wird irgendwann vorbeigehen.«

»Du hast gesagt, es würde vorbeigehen, wenn ich diese Pressekonferenz mache.«

Ich stand so schnell auf, dass mein Stuhl sich drehte und gegen die Wand hinter mir knallte. »Das war, bevor du zum zweiten Mal innerhalb von zwei Tagen eine Reporterin bedroht hast.«

»Vielleicht brauchen wir eine Ablenkung«, sagte Winslow.

»Tolle Idee.« Ich stützte mich auf meinen Schreibtisch. »Etwas Positives, auf das sich die Medien konzentrieren können.«

»Du könntest etwas mit dieser Wohltätigkeitsorganisation machen, die du in Austin leitest«, sagte Winslow.

»Ich kann das Camp nicht einfach ein- und ausschalten«, sagte Jamila gereizt. »Die haben einen Zeitplan.«

Ich ignorierte ihren Protest und sagte: »Das ist eine ausgezeichnete Idee, Winslow. Jamila, erzähl mir mehr über das Camp.«

Ich konnte fast sehen, wie sich ihre Stacheln aufstellten, wie bei Quill.i.am. »Ich will das Camp da nicht mit reinziehen. Ich habe keine Zeit dafür. Ich muss mich auf unsere Markteinführung konzentrieren.«

Wie auf ein Stichwort klopfte es an der Tür, und Rhiannon marschierte mit einem Laptop in der Hand herein. Heute trug sie wieder ein Polohemd. Dieses war grünlich-blau wie Jamilas meerjungfrauenfarbene Fingernägel. »Da seid ihr ja, steht hier rum, als hätten wir keine Krise.«

Eine Hitze stieg in meiner Brust auf. Sie stolzierte herum, als wäre ihre Arbeit so viel wichtiger als meine. Ich richtete mich auf. »Genau das tun wir. Wir kümmern uns um eine Krise.«

Rhiannon schnaubte. »Irgendein Theater im Konferenzraum?

Das nennt ihr eine Krise? Wir haben hier ein echtes Problem.« Sie tippte auf ihren Laptop.

»Was für ein Problem?« Jamila drehte sich um und starrte ihre Mitarbeiterin an.

»Sicherheitslücke.«

Jamila warf die Hände in die Luft. »Aber InfoSec hat alles überprüft. Sie haben die Abnahmekriterien für die Sicherheit dokumentiert!«

»Bei deren Prüfung wir durchgefallen sind. Jemand hat irgendeinen Open-Source-Code verwendet, und das hat eine Schwachstelle erzeugt.«

Jamila rieb sich die Stelle zwischen den Augenbrauen. »Wie hoch ist der Schaden?«

»Das wirft uns mindestens eine Woche zurück«, sagte Rhiannon. »Vielleicht zwei.«

»Das ist inakzeptabel«, knurrte Jamila. »Ich will, dass alle Mann an Deck sind, um das zu beheben.«

»Wir arbeiten bereits mit allen Mann an Deck. Eine Woche war meine optimistische Schätzung.«

»Eine Woche. Nicht mehr. Wir können nicht zulassen, dass Moo-Lah uns auf dem Markt zuvorkommt.«

Ich verstand nicht alles, was Rhiannon über das Sicherheitsproblem mit der App gesagt hatte, aber ein eisiger Gedanke durchfuhr mich: Hatte Rhiannon die Schwachstelle selbst eingeschleust? Sabotierte sie die App, verzögerte sie die Veröffentlichung, damit Moo-Lah einen Vorteil hatte? Sie war in der perfekten Position dazu. Nein. Jamila vertraute ihr. Rhiannon musste sich dieses Vertrauen verdient haben. So wenig ich Rhiannon auch mochte, ich hatte keinen Grund, an ihrer Loyalität zu zweifeln.

Jamila stand schon an der Türschwelle, bevor ich überhaupt registrierte, dass sie hinausging.

»Warte! Wir sind hier noch nicht fertig«, sagte ich.

»Doch, sind wir. Ich habe Wichtigeres zu tun.«

»Nein, hast du nicht. Wenn wir die Botschaft nicht umdrehen, wird niemand die App kaufen, egal, ob du sie pünktlich veröffentlichst oder nicht.«

»Die Botschaft umzudrehen, ist dein Job«, sagte Jamila. »Meiner ist es, dieses Produkt auf den Markt zu bringen.« Sie schritt aus der Tür. Rhiannon warf mir einen selbstgefälligen Blick zu, bevor sie ihrer Chefin folgte und die Tür zuschlug.

Winslow stand vorsichtig auf und warf dem rückenlehnenlosen Stuhl einen verärgerten Blick zu. »Ich bitte sie schon seit Jahren, sich mehr auf die Strategie zu konzentrieren. Aber in Krisenzeiten kann sie dem Ruf des Codes nicht widerstehen.«

Jamila sagte, ihr Job seien die Produkte, und meiner die PR. Darauf musste ich mich konzentrieren. »Hannah, glauben Sie, wir könnten etwas Aufmerksamkeit auf Jamilas wohltätige Aktivitäten lenken?«

»Ich denke, das ist eine fantastische Idee«, sagte sie.

»Winslow, kannst du mir mehr über dieses Camp erzählen?«

»Sie hat es gegründet, als sie ihre erste Million gemacht hat. Es ist eine Stiftung, die Programmier-Camps für Mädchen in Austin, ihrer Heimatstadt, veranstaltet. Die sind so beliebt, dass sie innerhalb von Stunden nach Öffnung der Anmeldung ausgebucht sind.«

»Gibt es Informationen auf der Jamilow-Website?«, fragte Hannah.

»Es hat eine eigene Website. Sie möchte den Fokus auf den Kindern halten, nicht auf sich selbst.« Er ratterte die Adresse herunter und Hannah tippte sie in ihr Telefon.

Doch mein neuer Verdacht ließ mich nicht los. Er rumorte in meinem Bauch wie schlechtes Sushi. Ich vergewisserte mich, dass die Tür geschlossen war. »Noch eine Sache. Wie lange arbeitet Rhiannon schon hier?«

Er stieß einen Atemzug aus. »Fast von Anfang an. Wir haben sie nach unserer zweiten Finanzierungsrunde eingestellt. Damals war sie Senior-Entwicklerin. Jetzt leitet sie das Entwicklerteam.«

»Gab es schon immer so viel ... Reibung zwischen ihr und Jamila?«

Er kicherte. »Immer. Sie haben beide sehr starke Meinungen.«

»Glaubst du, sie würde irgendetwas tun, um Jamila zu schaden?«

Er warf mir einen scharfen Blick zu. »Zum Beispiel die Entwicklung sabotieren?«

»Genau.«

»Vielleicht.« Er strich eine Falte auf seiner adretten Hose glatt. »Sie hat sich in letzter Zeit oft darüber beschwert, dass sie überarbeitet ist.«

Hatte Moo-Lah ihr Geld angeboten? Der Vorruhestand musste für jemanden wie Rhiannon verlockend klingen, nachdem sie über ein Jahrzehnt im Tempo eines Start-ups gearbeitet hatte. Ich hasste es, voreilige Schlüsse zu ziehen, aber Jamila hatte Industriespionage vermutet, als sie den Privatdetektiv engagierte.

»Danke für deine Ehrlichkeit«, sagte ich.

»Klar. Ich sollte ihrem Beispiel folgen und mir die Hände schmutzig machen.« Er ließ seine Fingerknöchel knacken.

»Du programmierst auch?« Er machte eher den Eindruck eines BWLers als den eines Programmierers. Ich hatte noch nie einen Programmierer mit seinem Modegeschmack getroffen.

Er kicherte. »Jamila und ich haben uns im Informatikstudium in Stanford kennengelernt. Ich war ein paar Jahre nach ihr dran, und wir haben bei der ersten App zusammengearbeitet.«

»Du warst ihre erste Einstellung?«

Ich glaubte, ein säuerlicher Ausdruck huschte über sein Gesicht, aber er war verschwunden, bevor ich sicher war, ihn gesehen zu haben. »Das war ich. Ich bin immer noch ihre Nummer eins. Unser Code trägt überall meine Handschrift.«

Ich schenkte ihm ein dankbares Lächeln. »Ich bin sicher, sie weiß deine Hilfe zu schätzen. Und ich auch.«

Ohne ein Wort ging er und schloss die Tür. Was kümmerte ihn der Dank von jemandem, der nur hier war, weil ich nicht zugelassen hatte, dass Jamila mich hinausdrängte?

Ich würde ihm und auch Jamila beweisen, dass ich helfen konnte. Während sie sich um den Code kümmerten, würde ich mich um ihren Ruf kümmern. Dann würden sie mich anerkennen müssen.

———

SO CHAOTISCH JAMILOW an diesem Tag auch gewesen war, zu Hause war es schlimmer.

Charles stand mit verschränkten Armen und einem starrsinnigen Ausdruck im Gesicht hinter der Haustür. »Wir gehen nicht ohne sie.«

Meine Mutter stemmte die Fäuste in die Hüften. Eine verirrte Haarsträhne war aus ihrem Dutt entwichen und schwebte neben ihrem Gesicht. Ihre Wangen und ihre Brust waren gerötet. »Ich kriege eher einen Herzinfarkt, weil ich zu spät zum Flughafen komme, als weil ich ein oder zwei ACE-Hemmer auslasse. Es ist ja nicht so, als ob es die in Paris nicht gäbe.«

Er schüttelte den Kopf. »Wir fliegen nicht ohne deine Pillen nach Paris.«

»Sind davon welche die richtigen?« Sam tauchte hinter Mutter auf. Sie war so leise wie eine Katze die Treppe heruntergekommen und hielt eine Handvoll orangefarbener Fläschchen hoch.

»Nein, die habe ich schon durchgesehen«, sagte Mutter. »Sie müssen mir ausgegangen sein.«

Ich blickte in ihr gerötetes Gesicht. »Wann hast du die letzte genommen?«

»Heute Morgen? Ich erinnere mich nicht.« Sie wedelte mit der Hand. »Wir müssen zum Flughafen. Unser Flug geht in drei Stunden.«

»Dann holen wir dein Rezept auf dem Weg zum Flughafen in der Apotheke ab«, sagte Charles.

Während sie darüber stritten, ob die Apotheke auf dem Weg lag oder nicht, gab ich meiner Schwester ein Zeichen, mir die Pillenfläschchen zu zeigen. Eines davon waren Schmerzmittel von ihrer Herzoperation; ich steckte die abgelaufenen Pillen ein, um sie später wegzuwerfen. Eines war ein Hormonersatzpräparat, aber eines war ihr ACE-Hemmer gegen Bluthochdruck. Ich nahm es aus Sams Hand und überprüfte es. Es waren noch mindestens ein Dutzend Pillen übrig.

»Hier ist es, Charles.« Ich gab es ihm. »Hör auf, so ein Griesgram zu sein, und fahrt zum Flughafen.«

Er küsste mich auf die Wange. »Was würden wir nur ohne dich tun, Natty Bumppo?«

Ich hasste diesen Spitznamen nicht annähernd so sehr wie den, den Jackson mir gab. »Viel Spaß auf eurer Reise. Mutter, fahr die Diva-Nummer mal ein bisschen zurück, okay?« Ich umarmte sie.

»Ich bin keine Diva«, murmelte sie. »Danke, dass du den Tag gerettet hast.«

»Geht schon.« Ich öffnete die Haustür.

Charles hob ihr Gucci-Handgepäck an und umarmte Sam. »Viel Spaß, Mädels.«

»Spaß?« Sam zog eine Augenbraue hoch. »Ich bin hier, um zu arbeiten.«

Das war meine große Schwester. Ernst und langweilig. Ich konnte mich nicht erinnern, dass sie jemals mit mir gespielt hatte, als wir Kinder waren. Sie war immer zu sehr damit beschäftigt gewesen, mit Jackson an Computern herumzubasteln.

»Dann leiste gute Arbeit, Liebling.« Mutter tätschelte ihr unbeholfen die Schulter. »Und pass auf, dass Bilbo nicht den Aubusson zerkaut.«

»Er ist hier?« Ich suchte den Raum nach dem kleinen Dämon ab.

Niemand hörte mich in dem Trubel, als Charles meine Mutter zur Tür hinausführte. Sie schloss sich hinter ihnen und ließ uns für einen Moment in Stille zurück, bevor sie sich wieder öffnete und der Oberkörper meiner Mutter durch die Öffnung ragte, um ihre Handtasche vom Tisch an der Tür zu holen. »Auf Wiedersehen, Mädels. Wir sehen uns in zweieinhalb Wochen!«

Ich ließ meinen Blick auf meiner Schwester ruhen.

Seit sie ihre Firma gegründet hatte, hatte sie ihre Garderobe geringfügig aufgewertet. Es war immer noch alles schwarz, aber jetzt trug sie statt Armeehosen eine weich aussehende Arbeitshose, die sie wahrscheinlich über eine Online-Anzeige gekauft hatte. Ihre formlose Strickjacke war verschwunden, ersetzt durch einen Pullover, der nur eine Nummer zu groß für ihre zierliche Figur war. Die Ärmel bedeckten alles bis auf ihre unlackierten Fingerspitzen.

Es klingelte, und ihr kleiner Hund erschien oben auf der Treppe, etwas Pelziges und Rosafarbenes im Maul.

Mein Magen zog sich eisig zusammen. »Ist das ein Kauspielzeug?«

»Nein, ich habe nur sein braunes Pferd mitgebracht. Was ist das, Bilbo Beutlin? Bring es her.«

Schwanzwedelnd galoppierte er die Treppe hinunter. Mein Magen zog sich bei jedem munteren Schritt weiter zusammen. Er ließ seine Beute zu Sams Füßen auf den Boden fallen.

»Oh, nein.« Meine Roger-Vivier-Tasche aus Kunstpelz war kaum wiederzuerkennen. Das Fell war mit Hundesabber verfilzt, die juwelenbesetzte Schließe fehlte, und der Riemen war durchgenagt. Sie hob sie an einer Ecke hoch. »Gehört das dir? Ich hoffe, es war keine Lieblingstasche.«

Ich rieb mir die Schläfe. »Spielt das eine Rolle? Sie ist jetzt ruiniert.«

»Kann ich sie dir bezahlen?«

»Zweifelhaft. Sie hat neu zweitausend Dollar gekostet. Du bist immer noch in der Start-up-Phase, und ich bin sicher, du zahlst dich selbst als Letzte aus. Dein Treuhandfonds hätte es abdecken können, aber, hoppla, den hast du ja weggegeben.«

Sie wurde noch blasser als sonst, ihre Sommersprossen traten auf ihrer Nase und ihren Wangen hervor. »Es tut mir wirklich leid. Er zerstört normalerweise keine Sachen. Er muss nervös sein. Ich-ich … könnte dich in Raten bezahlen?«

Ich verdrehte die Augen. »Mach dir keine Sorgen. So etwas kann ich bei meinem neuen Job sowieso nicht tragen.«

»Neuer Job?« Ihre dunklen Augenbrauen hoben sich und ließen ihre tiefblauen Augen überirdisch wirken.

»Ich arbeite für Jamila als ihre PR-Beraterin.«

Sie verzog das Gesicht. »Ich hoffe, du warst es nicht, die sie das hat sagen lassen.«

Mein Gesicht wurde heiß. »Niemand *lässt* Jamila irgendetwas sagen. Sie tut, was sie will. Aber ich arbeite daran.«

Sie stieß ein fast lachendes Geräusch aus. »Viel Glück.«

»Weißt du etwas über die Firma Moo-Lah?«

Sie rümpfte die Nase. »Ein wenig. Ich habe den CEO, Pavel Thakor, ein paar Mal getroffen.«

»Jamila glaubt, sie spionieren sie aus. Glaubst du, sie sind auch zu Sabotage fähig?«

»Wow. Das ist eine ernste Anschuldigung.«

»Ich weiß.« Ich biss mir auf die Lippe. »Jamila denkt, es sind normale Herausforderungen beim Programmieren, aber ich fange an zu glauben, dass jemand von innen gegen sie arbeitet, bezahlt von Moo-Lah.«

»Ich weiß nicht, Nat. Die meisten Tech-Firmen sind zu sehr mit ihrer eigenen Arbeit beschäftigt, um sich in die eines anderen einzumischen.«

»Aber im Moment läuft bei ihr einfach alles schief.«

»Manchmal passiert das eben.« Meine Schwester zuckte mit den Schultern. »Softwareentwicklung ist kreative Arbeit, und sie verläuft nicht immer reibungslos. Ein Teil davon ist Jamila selbst. Wenn sie sich zurückhalten würde, bekäme sie nicht so viel Ärger.«

Die Hitze breitete sich von meinem Gesicht bis in meinen Bauch aus. Wie konnte sie es wagen, anzudeuten, dass irgendetwas davon Jamilas Schuld sei. »Nicht jeder will wie du im Hintergrund verschwinden, Sam. Jamila will relevant und präsent bleiben. Sie würde niemals verbergen, wer sie ist.«

Sam hob ihren Hund hoch und vergrub ihr Gesicht in seinem schwarzen Fell. Als sie den Kopf hob, waren ihre Augen glasig. »Ich gehe ins Bett. Es war ein langer Tag.«

Ich schnaubte. Worüber hatte sie sich denn aufzuregen? »Ich hatte auch einen langen Tag.«

»Gute Nacht dann. Bis morgen ... vielleicht.« Sie stapfte zum hinteren Teil des Hauses, ihre Doc Martens knarrten. Ihr kleiner Hund grinste mich über ihre Schulter hinweg boshaft an, ein Büschel rosa Flaum hing an einem winzigen Reißzahn.

Meine Schwester dachte, Jamila sollte leiser sein? Ihr Licht verstecken? Absolut nicht. Ich wette, Pavel Thakor dachte das auch. Vielleicht versuchte er, sie zu zwingen, sich zurückzuziehen, damit Moo-Lah unangefochten herrschen konnte.

Sam erinnerte mich an Rhiannon. Beide wollten den Kopf unten halten und ihre Arbeit machen. Sie hielten PR für Zeitverschwendung. Rhiannon ärgerte sich wahrscheinlich über Jamilas resolute Persönlichkeit. Vielleicht hatte Moo-Lah ihr etwas mehr angeboten – einen bequemen Managerjob oder eine Abfindung, um einen frühen Ruhestand zu finanzieren.

Ich würde es herausfinden, und sie würden alle erkennen, dass ich recht gehabt hatte. Sam, Jackson, jeder, der dachte, ich würde nur so tun als ob. Wenn ich das Leck fände, wenn ich bewiese, dass Rhiannon die Informationen weitergegeben hatte und Jamilow aktiv sabotierte, würde Jamila dankbar sein.

Vielleicht würde sie mich dann als Erwachsene sehen, als jemand Wertvolles.

9

DANACH MIED ich meine Schwester und hielt meine Schlafzimmertür geschlossen, um ihren zerstörerischen Rattenhund aus meinem Zimmer fernzuhalten. Das Gute daran, dass meine Eltern weg waren, war, dass ich nicht mit Uber ins Büro und zurück fahren musste, aber als ich den klobigen Benz meiner Mutter fuhr, fühlte ich mich wie hundert Jahre alt. Ich ertappte mich dabei, wie ich neutrale Farben trug und im Rückspiegel nach Krähenfüßen Ausschau hielt.

Ein Vorteil: Die schwarzen Anzüge ließen mich unauffälliger erscheinen, während mein Plan Gestalt annahm.

Am Montagnachmittag funkelten Mateos blaue Augen, als er sich wie ein Zeichentrick-Bösewicht die Hände rieb. »Habe ich eine Hintergrundgeschichte?«

»Eine was?« Ich polierte die Gläser der Hightech-Brille mit dem im Bügelende eingebetteten Aufnahmegerät und reichte sie ihm. Wir hatten uns im kleinen Konferenzraum im Erdgeschoss des Jamilow-Gebäudes verschanzt. Die Sonne schickte tief stehende Strahlen, die durch die vorderen Fenster des Gebäudes stachen.

»Du hast mich gebeten, eine Rolle in deinem teuflischen Plan zu spielen«, sagte er. »Schauspieler haben Hintergrundgeschichten. Motivation. Was ist meine Motivation?«

Ich verdrehte die Augen. »Du bist ein Agent von Moo-Lah, der angeheuert wurde, um Rhiannon Geld für Geheimnisse anzubieten. Genauer gesagt willst du den Namen von Synergys Finanzdienstleistungspartner.«

Er verzog das Gesicht. »Aber wir kennen doch den Namen ihres Partners. Er lautet …«

»Moo-Lah weiß es nicht. Zumindest glaube ich das nicht. Denk daran, du spielst eine Rolle.« Wie konnte meine kluge Freundin Mimi nur auf so einen aufgeblasenen Schönling hereinfallen?

»Geld könnte meine Motivation sein«, grübelte er. »Meine Abuela ist krank, und ich muss die Krankenhausrechnung bezahlen.«

»Klar. Was auch immer hilft. Und jetzt probier die Brille auf.«

Er setzte sie auf und sah mich an. Wow. Wie konnte die nerdige schwarze Fassung ihn noch heißer aussehen lassen? Mateo war auf eine bullige Art gut aussehend, die mich normalerweise nicht anmachte, aber die Brille hob sein gutes Aussehen auf die nächste Stufe. Aber in diesen Tagen fand ich niemanden, egal welchen Geschlechts, attraktiv, es sei denn, er war ein großes, wunderschönes Genie, das den ganzen Tag über Code sprach.

Ich warf einen Blick auf mein Handy und sah meinen Scheitel. Ich musste meine Strähnchen auffrischen lassen. Ich schüttelte mein Haar aus und sah wieder zu Mateo. »Jetzt sag was.«

»Was«, sagte er. Das Wort kam blechern aus meinem Handy.

»Süß.« Meine Antwort kam ebenfalls zurück, etwas leiser. »Du musst nah bei ihr stehen, wenn du das Angebot machst.«

»Was ist ihre Motivation?«, fragte er.

»Auch Geld. Sie will aufhören, unter Jamila zu schuften, und sich an irgendeinen Strand zur Ruhe setzen.«

Er runzelte die Stirn. »Das klingt nicht nach einer sehr guten Motivation.«

»Ich weiß nicht. Vielleicht ist ihre Katze krank. Oder sie hat eine Oma.«

»Ihre Oma wäre ziemlich alt.«

»Also hat sie wahrscheinlich auch Arztrechnungen. Ihr könnt euch über die hohen Preise für Hörgeräte oder Gehhilfen austauschen.«

»Natalie. Du gehörst zu den null Komma null null null null eins Prozent. Was weißt du schon über Krankheitskosten? Oder die nationale Katastrophe, die das Gesundheitssystem dieses Landes ist?«

»Das tut nichts zur Sache. Streite später mit mir über das Gesundheitssystem. Jetzt brauche ich dich, damit du Rhiannon das Angebot machst.«

»Du hast gesagt, das würde Spaß machen. Bisher macht es nicht den Eindruck.«

»Natürlich macht es Spaß. Du darfst ein Kostüm tragen. Du hast deine Motivation, und du wirst mit einer Fremden plaudern. Es ist wie … Improvisationstheater. Tu so, als wäre das ein Schauspielkurs.«

»Schauspielern hat mir nie Spaß gemacht. Aber Tanzen …«

Hinter mir quietschte ein Turnschuh. Ich spähte um die Ecke. Rhiannon schritt mit einem über die Schulter geschlungenen Rucksack auf die Tür zu.

»Da kommt sie. Los, los, los.« Ich gab ihm einen kleinen Schubs, aber Mateo war ein Berg. Für ihn muss es sich wie der Flügelschlag einer Mücke angefühlt haben.

Glücklicherweise verstand er den Hinweis und joggte ihr hinterher. »Hey, Rhiannon!«

Ich zuckte zusammen, als seine Stimme laut in der Lobby widerhallte, dann duckte ich mich hinter die Wand. Auf dem Bildschirm meines Handys drehte sich Rhiannons Gesicht zur Kamera. Ich steckte mir den Ohrhörer ins Ohr, und ihre Stimme drang leise zu mir. Mit einem winzigen Schuldgefühl drückte ich den Aufnahmeknopf.

Sie runzelte die Stirn. »Kenne ich Sie?«

»Nein, aber ich denke, wir haben gemeinsame Interessen«, sagte Mateo geschmeidig.

Er war gut.

»Und die wären?«

Ich hielt den Atem an. *Bitte sprich nicht über deine falsche Abuela und ihren Hexenschuss.*

»Ich bin auf der Suche nach einer Information.«

»Was für einer Information?«

»Alles, was ich brauche, ist ein Name. Mit wem arbeitet Jamilow bei der neuen App zusammen? Ich kann Sie für dieses Wissen gut bezahlen.«

Ich hielt den Atem an.

»Wie gut?« Sie kniff die Augen zusammen.

Ooh! Wir hatten sie!

»Sehr gut. Geld für Insulin.«

»Insulin?« Sie rümpfte die Nase.

»Oder Geld für einen Strandurlaub. Sie könnten sich Ihre eigene Villa kaufen.«

»Geld für eine Strandvilla, was? Für einen Namen?«

Ich hielt den Atem an.

»Genau. Nennen Sie mir eine Summe. Eine, mit der Sie sich in Ihrem Ruhestand wohlfühlen würden.«

Noch ein finsterer Blick. »Gut, dass ich dann nicht in Rente gehe. Ich mag meine Chefin zu sehr. Hey. Bruno.« Sie drehte den Kopf zu dem Wachmann, der so bullig war wie Mateo und definitiv gemeiner, wenn sein Gesichtsausdruck ein Indiz war.

»Belästigt dich dieser Kerl?«

»Nee. Aber ich wüsste gern, wie er hier reingekommen ist. Er ist kein Mitarbeiter von Jamilow.«

Mist, Mist, Mist. Sollte ich meine Tarnung auffliegen lassen, um Mateo zu retten? Nach seinem panischen Gesichtsausdruck zu urteilen, wahrscheinlich schon. Aber er war ein großer Kerl. Er würde mit allem fertigwerden, was Bruno ihm an den Kopf warf.

Hoffte ich.

Bruno trat zwischen Mateo und Rhiannon. »Wo ist dein Ausweis, Mann?«

Mateo fummelte in seiner Tasche und zog den Besucherausweis hervor, den ich vom vorherigen Wachmann bekommen hatte. Verdammt, ich hatte für ihn unterschrieben! Das Sicherheitsprotokoll würde mich verraten. Wie sollte ich Mateo und mich aus diesem Schlamassel herausholen?

»Hey, Amigo, alles gut.« Mateo streckte seine Hände in einer abwehrenden Geste aus. »Behalt den Ausweis. Ich gehe.« Er machte zwei Schritte in Richtung Ausgang, dann drehte er sich um. »Kein Name?«

Ah. Deshalb hatte sich Mimi in ihn verliebt. Er war hartnäckig und charmant.

Rhiannons Lippen wurden schmal. »Kein Name. Scher deinen bemitleidenswerten Hintern aus diesem Gebäude.«

Mehr musste ich nicht sehen. Ich stoppte die Aufnahme und drückte die Taste, um den Bildschirm meines Telefons auszuschalten.

Rhiannon und Bruno murmelten ein paar Minuten lang, bevor ich das Quietschen ihres Turnschuhs hörte. Ich spähte um die Ecke, als sie durch die Glastür des Ausgangs ging. Ich wartete noch fünf Minuten, damit sie in ihr Auto steigen und wegfahren konnte, bevor ich mein Haar aufbauschte, um mein Gesicht zu verbergen, und mit gesenktem Kopf zum Ausgang schritt.

»Schönen Abend noch«, rief Bruno, klang freundlich und überhaupt nicht bedrohlich.

»Nacht«, murmelte ich.

Draußen schlich ich zu Mateos Jeep und ließ mich auf den Beifahrersitz gleiten. »Na ja, das war ein kolossaler Fehlschlag.«

»Tut mir leid, Nat. Ich hab's versucht.«

»Ich weiß. Du hast dein Bestes gegeben.«

»Ich glaube nicht, dass sie das Leck ist.«

»Das geht ein bisschen zu weit, meinst du nicht? Nur weil sie nicht auf dein Angebot hereingefallen ist, heißt das nicht, dass sie sich nicht bestechen lässt. Vielleicht ist sie eine loyale Informantin und redet nur mit ihrem Kontakt bei Moo-Lah.«

»Ich weiß nicht, Nat. Sie wirkte ziemlich beschützerisch, was Jamila angeht.«

Er hatte recht. Das tat sie. Aber das bedeutete nicht, dass sie nicht die Quelle des Lecks war.

»Lass uns fahren«, sagte ich.

Als Mateo den Wagen anließ, beleuchteten die Scheinwerfer eine winzige Frau in einem blauen Hemd, Khakihosen und mit einem wütenden Gesichtsausdruck.

Ich schrie auf.

Mateo brüllte.

Sie zog eine Grimasse, ging dann zu meiner Seite des Wagens und machte eine Kurbelbewegung.

Zusammenzuckend kurbelte ich das Fenster herunter. »Hey, Rhiannon.«

»Kommen Sie mir nicht mit ›Hey, Rhiannon‹. Sie sollten sich schämen. Sie auch.« Sie stach mit einem Finger auf Mateo ein.

»Das war alles ich«, sagte ich. »Er hat mir nur einen Gefallen getan. Ich habe versucht, Jamila zu schützen.«

»Mit einer Falle? Ernsthaft?« Ihre finstere Miene war Weltklasse. »Versuchen Sie, mir eine Catherine-Zeta-Jones-Nummer abzuziehen?«

»Wie bitte?«

»Ich bin Jamila schon länger treu, als Sie auf der Welt sind, Mädchen.«

»Ich glaube nicht, dass das …«

»Ich würde sie niemals, niemals verraten. Legen Sie sich bloß nicht mit mir an.«

»Nein, Ma'am«, murmelte ich.

Mit erhobenem Kopf drehte sie sich auf dem Absatz um und ging.

»¡Mierda! Ich möchte morgen bei der Arbeit *nicht* du sein.« Mateo schnalzte mit der Zunge.

»Ich auch nicht.«

AM NÄCHSTEN MORGEN hielt ich in dem Café in Mountain View an, das Jamila mochte, und bestellte vier Kaffee. Schwarzen für Jamila, einen Vanille-Latte für Felicia – sie war der Schlüssel zu Jamilas Terminkalender, und ich musste sie bei Laune halten – und zwei geeiste Karamell-Macchiatos, einen für Hannah und einen für mich. Als ich mit meiner Kreditkarte auf das Lesegerät tippte, unterdrückte ich die böse Vorahnung, die die ganze Nacht auf meiner Brust gelastet hatte.

Die Barista, eine Frau in den Sechzigern, riss den Beleg ab. »Brauchst du den für deine Spesenabrechnung?«

»Nein, danke. Der geht auf mich.«

Sie zog die Augenbrauen hoch und musterte meinen ecrufarbenen Anzug und die blassrosa Bluse. »Aufgebrezelt für jemand Besonderen?«

»Nur für die Arbeit.«

Ihre Augenbrauen schossen in die Höhe. »In dem Aufzug? Im Silicon Valley tragen doch alle Jeans und Baseballkappen zur Arbeit.«

Ich richtete den Ärmel meines Blazers. »Meine Chefin nicht. Und du weißt ja, was man sagt: Kleide dich für den Job, den du willst, nicht für den, den du hast.« Nicht, dass ich Jamilas Job wollte. Das klang schrecklicher als Krustentiermörderin.

»Eigentlich«, gestand ich, »habe ich gestern Abend etwas Schlimmes getan. Ich brauche eine Rüstung, um mutig genug zu sein, wieder hinzugehen.« Der Kloß der Furcht war wieder da und füllte meinen Magen. Vielleicht könnte ich Rhiannon meinen Kaffee geben. Nein, sie würde ihn wahrscheinlich für eine weitere Bestechung halten.

»Ich habe einen Designeranzug noch nie als Rüstung betrachtet, aber wie du meinst.« Sie lehnte sich über den Tresen. »Zeig's ihnen, Süße.«

»Danke. Hab einen tollen Tag.«

Als die Kaffees fertig waren, trug ich sie zum Benz und klemmte den Träger in die Konsole.

Im Jamilow-Gebäude gab ich Felicia zwei Becher ab. Jamila war bereits in ihrer Entwicklerbesprechung am Dienstagmorgen, aber Felicia sog ihren mit einem dankbaren Lächeln ein.

Punkt für mich.

Mein Glück hielt an, als Hannah und ich uns den ganzen Vormittag in unserem Büro verschanzten, um Anrufe von Journalisten entgegenzunehmen und über die nächsten Schritte zu beraten. Ich hatte auf meinem Tablet eine Liste mit Möglichkeiten, wie Jamila für positive Schlagzeilen sorgen konnte, als wir den Flur entlang zu unserem täglichen Meeting mit Jamila gingen.

Die Programmiererteams hielten tägliche Stand-up-Meetings ab, und ich hatte das Konzept für unsere Updates kopiert. Wir standen buchstäblich – damit sich niemand wohl genug fühlte, um weitschweifig zu werden – und gaben im Schnellfeuer-Tempo Updates zu unserem Fortschritt und dem Schwerpunkt des Tages. So wenig Jamila es auch mochte, über PR zu sprechen, in diesen kleinen Dosen konnte sie es ertragen. Wir hatten zehn Minuten der Mittagspause, die Felicia so erbittert bewachte.

Aber heute war eine zusätzliche Person in Jamilas Büro.

Rhiannon.

»Oh, hey, sind wir zu früh?«, fragte ich.

Wir waren nicht zu früh. Wir waren genau pünktlich, so wie Jamila es mochte.

Jamila schaute auf ihr Handy. »Nein, ich war gerade mit Ree fertig.«

Ich stieß einen kleinen Seufzer der Erleichterung aus. Sie ging.

»Ich würde heute gern dabeibleiben«, sagte Rhiannon, und Bosheit leuchtete in ihren whiskybraunen Augen auf. »Mal sehen, wie die PR-Bemühungen laufen.«

Mein Herz fiel mir in die Magengrube. Ich war so was von am Arsch.

»Wirklich?«, fragte Jamila.

»Das wird wirklich langweilig«, sagte ich. »Wir reden nur

darüber, wie wir Jamilas Ansehen in der Gemeinde verbessern können.«

»Ich denke, wir sollten über die PR-Aktion von gestern Abend sprechen«, sagte Rhiannon, und ein Grinsen verzog ihre Lippen nach oben.

»Die Pressekonferenz?«, fragte Jamila. »Das ist Tage her. Wir haben bereits eine Nachbesprechung gemacht. Ich weiß, dass ich der Presse nicht drohen darf. Setz das auf deine Liste, Nat.« Sie zwinkerte.

Rhiannon sagte: »Warum erzählst du Jamila nicht, was du und dieser Klotzkopf gestern Abend nach der Arbeit gemacht habt, Natalie?«

»Ein Klotzkopf?« Jamila hob ihre perfekten Augenbrauen. »Hattest du ein Date, Nat?«

»N-nein.« Ich wünschte, in Jamilas Büro würde sich eine Falltür öffnen und mich in ein Verlies saugen. Wenigstens wäre ich dann vor Jamilas scharfen Augen sicher.

Aber es gab kein Entkommen für mich. Ich hatte nur noch acht Minuten, bevor Felicia uns alle hinauswarf.

»Ich … ich habe versucht, das Leck zu finden. Also habe ich eine Falle gestellt.«

»Eine Falle?«, fragte Jamila. »Für wen?«

Ich warf Rhiannon einen Blick zu, aber sie verschränkte nur die Arme vor ihrem hellblauen Poloshirt.

»Für Rhiannon.« Ich stieß einen Seufzer aus. »Ich dachte, sie könnte das Leck sein.«

Neben mir schnappte Hannah nach Luft.

»Ich«, sagte Rhiannon. »Eine Ihrer dienstältesten Mitarbeiterinnen. Ich habe einen soliden Job mit Altersvorsorge und unbegrenztem Urlaub aufgegeben, um hierher zu kommen. Erinnern Sie sich an die paar Monate, in denen wir nicht pünktlich bezahlt wurden?«

Jamila nickte mit ausdruckslosem Gesicht.

»Ich habe die ersten drei Jahre keine Auszeit genommen. Keinen einzigen Krankheitstag, weil ich an Jamila geglaubt habe, als kaum jemand anderes es tat. Manchmal waren es nur Winslow und ich. Und, klar, ich hätte schon vor ein paar Jahren in Rente gehen können, wenn ich meine Aktienoptionen verkauft hätte, aber ich bin geblieben. Wollte nicht einmal eine Beförderung hier hoch in die Chefetage–«

»Sie haben sie abgelehnt«, unterbrach Jamila.

»Verdammt richtig«, sagte Rhiannon. »Alles, was ich will, ist, großartige Software zu machen. Ich will keine Villa am Strand. Noch nicht. Aber wenn es so weit ist, glauben Sie mir, wird es mir gut gehen. Solange die Aktien von Jamilow nicht abstürzen.«

Ich schloss die Augen. Warum hatte ich daran nicht gedacht? Wie Winslows und Jamilas Vermögen war auch Rhiannons an Jamilow gebunden. Sie hatte null Anreiz, die Firma zu sabotieren.

»Es tut mir wirklich leid«, sagte ich. »Es war falsch von mir, zu versuchen, Sie zu bestechen.«

»Sie haben versucht, Rhiannon zu bestechen?« Jamilas Stimme war laut genug, um sie im nächsten Postleitzahlengebiet zu hören.

»Das habe ich. Es tut mir leid. Ich werde nicht wieder an Ihnen zweifeln, Rhiannon.«

Rhiannon sagte nichts. Mir war nicht verziehen worden.

»Ich habe mich von Ihnen überreden lassen, diesen PR-Scheiß mitzumachen. Sorgen Sie nicht dafür, dass ich es bereue.« Jamilas Stimme war eiskalt und scharf. »Bleiben Sie in Ihrer Spur, Natalie. Nur Public Relations. Lassen Sie meine Mitarbeiter in Ruhe.«

»Ich … ich …« *Ich wollte doch nur helfen.* »Ich verstehe.«

»Natalies Herz ist am rechten Fleck«, sagte Hannah mit einer Stimme, die fast zu leise war, um sie zu hören. Ich blinzelte sie an. Sie sagte nie etwas vor Jamila. Jamila jagte ihr eine Heidenangst ein.

»Es ist mir egal, wo Natalies Herz ist. Ich brauche sie, damit sie ihre verdammte Nase aus ihren eigenen Angelegenheiten hält. Verstanden?« Jamila bellte die letzten beiden Worte auf mich, aber Hannah duckte sich.

»Verstanden. Tut mir leid. Nochmals. Nun, wir haben eine Liste mit Ideen –«

Die Bürotür schwang auf, und Felicia stand mit in die Hüften gestemmten Händen in der Tür. »Die Zeit ist um. Alle raus. Jamila braucht etwas Ruhe.«

»Aber –«

»Schick es per E-Mail«, sagte Felicia.

Meine Schultern sackten unter der Last meiner Enttäuschung zusammen. Ich hatte meine Chance, Jamila zu helfen, vertan.

Rhiannon segelte hinaus, das Kinn hoch erhoben. »Bis später, Jamila.«

Hannah huschte hinaus, und ich schlich hinter ihr her. Nachdem Felicia die Tür geschlossen hatte, verweilte ich an ihrem Schreibtisch. »Besteht die Chance, dass ich später fünf Minuten mit ihr bekomme?«

»Nein. Sie fährt heute Nachmittag auf eine Reise.«

»Eine Reise? Wohin?«

»Austin. Diese Woche starten die Coding-Camps. Sie verpasst nie den ersten Tag.«

»Moment. Sie fliegt runter nach Austin und hängt mit Mädchen rum, die in einem Camp programmieren, das sie gegründet hat?«

»Jep.« Felicia öffnete ihre Schublade und zog ihre Handtasche heraus. Sie schwang sie sich über die Schulter, ein klares Signal, dass es Zeit für mich war zu gehen, damit sie zum Mittagessen konnte.

»Das ist perfekt! Wir machen ein paar Fotos und füttern sie an die Medien. Jeder wird wissen, wie unglaublich sie ist.«

Felicia schürzte die Lippen. »Ich weiß nicht, wie begeistert Jamila davon sein wird. Sie ist nicht die Art, die Teenager-Mädchen ausnutzt.«

»Es geht nicht darum, die Mädchen auszunutzen. Es geht darum, die Aufmerksamkeit auf das Gute zu lenken, das Jamila tut. Willst du nicht, dass die Leute sich darauf konzentrieren, anstatt auf ihre Medien-Fehltritte?«

»Natürlich will ich das. Ich bin mir aber nicht sicher, ob Jamila das auch so sehen wird.«

»Schick mir ihre Fluginformationen, und ich gehe mit ihr. Wir halten es unauffällig. Ich mache ein paar Fotos und poste sie in den sozialen Medien. Keine Journalisten. Ich buche sogar meine Reise selbst. Okay?«

»Ich schätze, das wäre in Ordnung. Ich schicke dir nach dem Mittagessen ihren Reiseplan per E-Mail.«

Ich zitterte vor Aufregung. »Perfekt. Vielen herzlichen Dank!« Ich umarmte sie.

Sie presste die Lippen zusammen und strich imaginäre Falten aus ihrer Bluse. »Wir werden sehen, ob du mir noch dankst, wenn Jamila herausfindet, dass du dich anschließt. Viel Glück.«

»Genieß dein Mittagessen!«

Ich hüpfte praktisch den Flur entlang zu meinem Büro. Ich hatte den perfekten Weg gefunden, Jamila zu helfen und sie meinen Fehler vergessen zu lassen.

10

OBWOHL EIN COCKTAIL vor ihr auf der Theke stand, verzog sich Jamilas Miene, als ich mich in der First-Class-Lounge am Flughafen neben sie setzte.

»Hat Felicia dir nicht gesagt, dass ich mitkomme?« Ich hängte meine Tasche an den Haken unter der Theke.

»Doch, aber erwarte nicht, dass ich mich darüber freue.«

Ich gab dem Barkeeper ein Zeichen und sagte: »Ich weiß, dass du wütend auf mich bist. Ich verstehe das. Aber ich konnte mir diese Gelegenheit nicht entgehen lassen. Wir werden in den sozialen Medien eine tolle Resonanz bekommen, und das wird hoffentlich die negative Aufmerksamkeit verdrängen.«

»Ich finanziere die Camps nicht für die sozialen Medien.« Sie hob das Glas an ihre Lippen, nahm einen kräftigen Schluck und setzte es wieder ab. »Ich tue es, weil ich mir gewünscht hätte, ich hätte ein Programmier-Camp besuchen können, als ich jünger war, um andere Mädchen wie mich zu treffen. Und um ein Vorbild zu sehen, eine Schwarze Frau, die es in der Tech-Branche geschafft hat.«

Ich rieb mir über die Gänsehaut, die sich auf meinen Armen gebildet hatte. »Ich weiß. Ich will deine Arbeit nicht stören. Ich möchte nur allen zeigen, was für gute Arbeit du leistest. Deine

Reichweite vergrößern. Vielleicht sehen andere Mädchen, was du tust, und suchen nach etwas Ähnlichem in ihrer Stadt oder nehmen sich vor, jemand anderem unter die Arme zu greifen, sobald sie es selbst geschafft haben.«

»Geschafft«, spottete sie. »Gibt es das überhaupt? Gibt es jemals einen Punkt, an dem man steht und denkt: ›Das ist genug. Ich habe es geschafft‹? Wenn ja, dann habe ich ihn noch nie gesehen.«

Ich nahm einen bedächtigen Schluck von meinem Wein. »Ich glaube, manche Menschen sind so. Jackson zum Beispiel. Er ist glücklich, genau da, wo er ist, programmiert und lebt mit seiner Familie sein bestes Leben. Aber du bist eher wie meine Mutter, immer auf der Jagd nach dem nächsten Erfolg.« Ich sagte nicht: *Nie zufrieden mit dem, was sie hat.* Wie könnte sie auch zufrieden sein mit einer Tochter, die ihr Leben anscheinend nicht in den Griff bekam?

»Du bist auch so.« Sie musterte mein Gesicht. »Du könntest eine Dame von Welt sein, schicke Kleider tragen und Partys veranstalten. Und manchmal spielst du diese Rolle auch.« Ich errötete bei der Erinnerung an die katastrophale Party bei Billie. »Aber das allein befriedigt dich nicht. Du versuchst immer, dich mit all diesen Ausbildungen und Berufen weiterzuentwickeln.«

»Huh.« Hatte sie recht? Konnte ich mich auf keine Karriere festlegen, weil ich immer nach dem Nächsten strebte? Die Antwort fühlte sich in mir nicht richtig an. »Ich glaube nicht, dass es das ist. Ich glaube, ich muss die eine Sache finden, die mir Spaß macht. Und wenn ich das tue, werde ich zufrieden sein. Glücklich.«

Sie legte den Kopf schief. »Wenn du sie findest, sag mir, wie es ist.«

»Mach ich.« Ich hob mein Glas. »Auf das Glück.«

Sie stieß mit ihrem Glas gegen meins. »Auf das Glück.«

———

DAS CAMP FAND in einem Wohnheim auf dem Campus der University of Texas statt. Felicia hatte mir erzählt, dass Jamila wie die Camperinnen im Wohnheim übernachtete, aber ich hatte ein Hotelzimmer in der Nähe gebucht. Teils hatte ich Angst, dass Jamila mich als ungebetenen Gast hinauswerfen würde, und teils ekelte ich mich vor Wohnheimzimmern. Es gab einen Grund, warum ich nur ein Jahr am College geblieben war.

In dem beigen Backsteingebäude fächelte ich mir mit meinem Notizbuch Luft ins Gesicht und war dankbar für die Klimaanlage. Es war erst neun Uhr morgens, aber der Mai in Austin heizte sich bereits auf. Ich wünschte, ich hätte nicht gedacht, dass eine Seidenbluse, ein Blazer und Jeans eine angemessene Kleidung für ein Programmier-Camp wären.

Ich zog meinen Blazer aus und legte ihn über die Lehne eines Stuhls am Rande des Speisesaals, von wo aus ich die Mädchen beobachten konnte. Sie waren im Alter von zwölf bis achtzehn Jahren und hatten alle Hautfarben. In der Mitte jedes runden Esstisches lief ein Gewirr von Stromkabeln ihrer Laptops an einer Steckdosenleiste zusammen.

Ich erkannte meinen Fehler, sobald ich Jamila auf der Bühne entdeckte. Das Klackern der Tasten und das Summen der Gespräche verstummten, sobald sie die erhöhte Plattform gegenüber den Türen der Cafeteria betrat.

Mein Fehler? Zu denken, ich könnte nach Austin kommen und von Jamilas lässigem Selbstbewusstsein unbeeindruckt bleiben, als sie auf die Bühne schlenderte. Sie trug abgeschnittene Jeans-Shorts und ein T-Shirt mit dem Logo des Camps auf der Brust. Ihre durchtrainierten Beine wirkten in diesen Shorts endlos. Ich musste mir auf die Zunge beißen, damit sie mir nicht wie bei einem Cartoon-Wolf aus dem Mund rollte.

»Willkommen im Programmier-Camp!« Jamilas Stimme dröhnte durch die Lautsprecher bis in den hintersten Teil des Raumes. Die Mädchen jubelten und klatschten. Als sie leiser wurden, fuhr Jamila fort: »Es ist noch gar nicht so lange her, da saß ich in meinem Zimmer im Haus meiner Oma und habe mir selbst das Programmieren beigebracht. Damals hatte ich ein dickes Taschenbuch, das ich mir aus der Bibliothek ausgeliehen hatte, und einen gebrauchten Desktop-Computer, den ich mit dem Geld gekauft hatte, das ich mit Babysitten und Hundeausführen verdient hatte. Ich teilte mir das Zimmer mit meinen beiden kleinen Brüdern, die mich damit aufzogen, ein Nerd zu sein. Hebt die Hand, wenn euch jemand so genannt hat.«

Viele Hände gingen im Raum in die Höhe.

»Nun, Nerds, lasst uns unsere Leidenschaft annehmen und stolz darauf sein. Lasst uns das Wort *Nerd* zurückerobern und uns selbst feiern. Lasst uns weitermachen mit dem, was wir lieben, und an uns glauben, trotz der Neinsager, die denken, Mädchen könnten nicht programmieren. Lasst sie uns diese Woche vom Gegenteil überzeugen.« Ihr »Was meint ihr?« ging im Jubel unter.

Ich hatte nie wie meine Geschwister Programmiererin werden wollen, aber an diesem Tag wünschte ich es mir. Ich wünschte, ich hätte etwas gefunden, das mich so sehr entflammen würde wie die hundert Mädchen in diesem Raum.

Die Leiterin des Camps, eine energiegeladene Latina ungefähr in meinem Alter, trat an Jamilas Stelle auf die Bühne und sprach einige Minuten über die Programmieraufgabe der Woche. Dann machten sich die Mädchen an die Arbeit. Die Betreuerinnen gingen zwischen den Tischen umher und beantworteten Fragen. Ich schoss ein Foto nach dem anderen und versuchte, die Freude in den Bewegungen und Gesichtsausdrücken der Mädchen einzufangen. Jamila ging auf eines der jüngeren Mädchen zu, das mit verschränkten Armen finster auf den Bildschirm seines Laptops starrte. Ich eilte hinüber, um die Interaktion mitzuerleben.

»Was ist los« – Jamila las das Namensschild des Mädchens – »Ana Maria?«

Das Mädchen warf ihren schweren schwarzen Zopf über die Schulter. »Mein Programm macht die erste Sache, aber dann hängt es sich auf. Es macht nicht die zweite Sache, obwohl ich es ihm im Code befohlen habe.«

»Das passiert mir ständig.« Aber anstatt Ana Maria zu sagen, wie sie es beheben sollte, stellte Jamila ihr Fragen, wie sie das Problem angehen könnte. Während sie redeten, schmolz der finstere Ausdruck vom Gesicht des Mädchens. Ich machte so schnell ich konnte Fotos.

Nach ein paar Minuten leuchteten Ana Marias Augen auf. »Das ist es! Das habe ich falsch gemacht!« Sie blickte auf den Bildschirm, positionierte ihren Cursor und gab ein paar Befehle ein. Eine Sekunde später rief sie: »Es hat funktioniert!«

Jamila streckte ihre Faust aus, und Ana Maria gab ihr einen Faustgruß. »Spitze!«

»Danke, Jamila.« Ana Maria wandte ihre Aufmerksamkeit wieder dem Bildschirm zu, und Jamila ging weiter.

Beim Mittagessen ergatterte ich einen Platz neben ihr.

Sie warf mir einen Blick zu. »Was, du willst nicht auch noch das Mittagessen dokumentieren?«

»Nein. Du kannst dein Sandwich in Frieden essen.« Ich nickte zu ihrem Teller. »Das habe ich Felicia versprochen.«

Sie kicherte. »Felicia findet, ich esse nicht genug.«

»Ich wette, du würdest es vergessen, wenn sie dich nicht daran erinnern würde.«

»Vielleicht. Manchmal vergesse ich es am Wochenende.«

»Du brauchst eine Wochenend-Felicia.«

»Nein, danke.« Sie biss krachend in einen Chip. »Ich mag es, meine Wochenenden für mich zu haben. Niemand, der mir sagt, was ich tun soll.«

»Ach, komm schon. Du bist die Geschäftsführerin deiner Firma. Niemand kann dich zu etwas zwingen, was du nicht tun willst.«

»Wirklich? Ist das, was du denkst?« Jamila nippte an ihrem Wasser. »Jeder sagt mir, was ich tun soll. Der Vorstand, Felicia, mein Managementteam, Kenneth Royal und sogar du, Miss Besserwisserin. Ich kann nicht einmal für ein paar Tage weg, ohne dass du mir folgst und mich nervst, für die Kamera zu lächeln.«

»Ich habe dich nicht genervt.« Ich setzte meine Gabel mit einem Klappern ab, das vom Lärm im Speisesaal verschluckt wurde. »Ich habe spontane Aufnahmen gemacht. Ich habe kein Wort gesagt.«

»Hmpf. Nun ja, ich war mir deiner und dieses Telefons ständig bewusst. Du hättest mich genauso gut nerven können.«

»Entschuldigung.« Ich hasste es, dass ich ihr die Freude am Camp verdorben hatte. »Möchtest du, dass ich für den Rest des Tages aufhöre?«

»Nee. Ist schon gut. Ich weiß, du versuchst zu helfen.«

Meine Brust schwoll an. »Ich verspreche dir, du wirst die Posts lieben. Ich habe ein paar tolle Aufnahmen gemacht. Du tust so viel für diese Mädchen.«

»Danke.« Sie hob ihr Sandwich und biss hinein.

»Mir ist aufgefallen, dass du noch eine Nacht bleibst. Besuchen Sie Ihre Großmutter?«

Ihre Lippen verzogen sich, während sie kaute. Sie schluckte mit Mühe. »Nee.«

»Oh. Ist sie …«

»Sie ist gestorben.« Sie tupfte sich die Lippen mit ihrer Serviette ab. »Vor zehn Jahren.«

»Oh.« Meine Hände fühlten sich zu groß an, also faltete ich sie in meinem Schoß. »Das tut mir leid.«

»Schon gut. Wir standen uns nicht besonders nahe.«

»Aber du …«

»Wir waren verschieden, okay? Sie hat mich nie verstanden, und ich habe sie verdammt noch mal nie verstanden.«

Ich schnitt eine Grimasse. Plötzlich war die Klimaanlage zu viel. Ich fröstelte. »Tut mir leid.«

»Mach dir keine Sorgen. Ist schon lange her.« Sie widmete sich wieder ihrem Sandwich. Die Camperin auf der anderen Seite von ihr stellte ihr eine Frage, also fragte ich die Betreuerin neben mir, wie sie zu dem Camp gekommen war. Ehe ich mich versah, war die Mittagspause vorbei.

Der Nachmittag war mehr vom Gleichen, mehr Programmierzeit, dann stellten einige der Mädchen ihre Programme der Gruppe vor. Das Abendessen sollte ein Picknick auf der Wiese sein, und ich hoffte, im frühen Abendlicht noch mehr Fotos von Jamila im Umgang mit den Mädchen machen zu können. Die Schatten liebten es, mit Jamilas Knochenstruktur zu spielen und ihre hohen Wangenknochen und ihre volle Unterlippe zu betonen. Ich konnte es kaum erwarten, das in hoher Auflösung mit meinem Handy festzuhalten.

Als ich den letzten Mädchen aus dem Saal folgte, entdeckte ich Jamila mit zwei riesigen Männern. Sie trugen Jeans und Polohemden, einer in Weinrot und der andere in Rotorange. Einer von ihnen stieß sie an der Schulter und der andere fing sie grob auf.

Was zum Teufel?

Ich sprintete los, um ihr zu helfen.

11

»HEY! Hört auf! Lasst sie los!«, schrie ich.

Die beiden Männer waren gebaut wie Schränke, aber ich war zu aufgebracht, um Angst zu haben. Ich raste auf den Kerl zu, der Jamila festhielt, und trommelte auf seine Schulter. Der Muskel unter seinem weinroten Hemd gab kein bisschen nach, aber er blickte nach unten.

»Was soll das denn?« Er packte meine Hand, aber zumindest ließ er dadurch Jamila los. Sie trat atemlos einen Schritt zurück.

»Lauf! Hol Hilfe!«, schrie ich.

»Oh, die gefällt mir«, sagte der im orangefarbenen Hemd. »Temperamentvoll.«

»Lass sie los, Jevin«, sagte Jamila.

»Aber sie greift mich tätlich an«, sagte er. »So wie ihre Kleidung aussieht, könnte das eine sehr lukrative Klage werden.«

»Als ob du knapp bei Kasse wärst«, spottete sie. »Wenn du sie nicht loslässt, könnte es sein, dass sie dich schlägt. Dann verklagt sie *dich*, wenn sie sich dabei die Hand bricht.«

»Ich weiß, wie man zuschlägt, ohne sich die Hand zu brechen«, fauchte ich.

Gleichzeitig sagte er: »Mich *verklagen?* Unwahrscheinlich.« Er ließ meine Hand los, trat einen Schritt zurück und zuckte mit den Schultern.

»Geht es dir gut?«, fragte der andere Kerl. »Soll ich mir deine Hand ansehen?«

»Nein. Danke.« Was waren das für Angreifer? »Jamila, ist bei dir alles in Ordnung?«

»Mir geht's gut.« Sie verdrehte die Augen. »Natalie, das sind meine Brüder, Jevin und Jaleel Jallow. Leute, das ist Natalie Jones. Sie macht etwas PR-Arbeit für mich.«

»Nenn mich J.J.« Der im orangefarbenen Hemd streckte seine Hand aus. Sein Händedruck war überraschend sanft.

»Warte. Ihr seid alle J.J. – alle drei.«

Als er grinste, leuchteten seine Zähne brillantweiß vor seinen vollen, dunklen Lippen. Die Familienähnlichkeit fiel mir auf. Warum hatte ich es nicht als Geschwister-Gerangel erkannt und mich rausgehalten?

»Sie ist ein Mädchen. Keiner würde ihr so einen Spitznamen geben. Sie ist Mila. Ich wurde J.J. genannt, weil ich der Ältere bin, und er ist nur Jevin.«

»*Nur* Jevin? Ich bin der Gutaussehende.« Sein Grinsen war ebenso strahlend. Tatsächlich –

»Ihr seid Zwillinge?« Ich blickte zwischen ihnen hin und her. Jevin trug sich lässiger, und J.J. stand gerade wie ein Mammutbaum, aber ansonsten waren sie identisch.

»Sind sie«, sagte Jamila. »Der totale Albtraum.«

»Wir haben uns nur für all die Quälereien gerächt, die du uns angetan hast, als du größer warst als wir«, sagte Jevin. »Hundertprozentig fair.«

»Ah.« Ich erinnerte mich an ihre Rede von vorhin. »Das waren die Brüder, die dich einen Nerd nannten.«

»Wir waren Rotzlöffel«, sagte J.J. »Natürlich haben wir unsere fleißige große Schwester einen Nerd genannt. Alles, damit sie ihr Gesicht vom Computerbildschirm abwendet und uns bemerkt.«

»Die Frage ist, was macht ihr hier?«, fragte Jamila. »Ich erinnere mich deutlich daran, euch *keine* Nachricht geschrieben zu haben.«

»Wir wissen, dass du immer am ersten Tag kommst.« Jevin zuckte mit den Schultern. »Wir wollten dich sehen.«

»Was, wenn ich beschäftigt gewesen wäre?«

»Beschäftigt?« Er warf einen Blick auf mich, dann stutzte er. »Ach so.«

Jamila schlug ihm auf den muskulösen Arm. »Nicht so. Ich meinte, dass ich mit dem Camp beschäftigt bin.«

Nicht so. Natürlich nicht. Ich wünschte nur, es wäre so.

»Zu beschäftigt, als dass dich deine Brüder zum Abendessen ausführen könnten?« Jevin machte einen überlegenen Dackelblick à la Emoji.

Sie stemmte die Hände in die Hüften. »Ihr wollt mir doch nicht die Rechnung aufdrücken?«

»Du bist Milliardärin«, sagte J.J.

»Ihr verdient gut«, sagte sie. »Und wer hat eure Ausbildung bezahlt?«

»Du.« Als er auf seine Turnschuhe blickte, erhaschte ich einen Anklang daran, wie er wohl gewesen war, als er kleiner als Jamila war. J.J. war der Ruhige.

»Wir zahlen«, sagte Jevin. »Jetzt komm schon. Du auch, Natalie. Ich will von dieser PR-Arbeit hören.«

Aber auf der Fahrt zum Restaurant gab es keine PR-Fragen für mich. Ich saß auf der Rückbank von Jevins schwarzem Escalade neben J.J., während sich Jamila und Jevin auf dem Vordersitz darüber stritten, wohin wir fuhren, über Jevins Fahrstil und ob die Klimaanlage an oder die Fenster offen sein sollten. Schließlich bog er auf einen Schotterparkplatz neben einer Bude ab.

Eine buchstäbliche Bude.

Eine wirre Ansammlung von Picknicktischen stand auf dem spärlichen Rasen, und alle möglichen Leute saßen daran, die meisten lässig gekleidet, aber ein paar trugen Geschäftsanzüge, deren Sakkos neben ihnen auf den Bänken gefaltet lagen.

Als ich mich nicht rührte, um auszusteigen, steckte J.J. seinen Kopf zurück ins Auto. »Kommst du, Natalie?«

»Wartet, ich … ich dachte, das wäre noch ein Witz. Wir essen tatsächlich hier?«

»Texaner machen keine Witze über Barbecue«, sagte er. »Das ist der beste Barbecue-Laden in Austin.«

Ich glitt aus dem SUV.

»Such uns einen Tisch, Mila«, sagte er. »Wir stellen uns in die Schlange.«

Ich bemerkte die Schlange erst, als J.J. sie erwähnte. Sie reichte fast bis zum Parkplatz. Während die beiden Männer zum Ende der Schlange schlenderten, sahen ihnen mehrere Frauen nach. Ein paar schüttelten anerkennend den Kopf.

»Komm.« Jamila packte meine Hand, als wäre ich sechs, und zog mich zu einem Tisch, von dem gerade eine Gruppe von Männern in abgetragenen Jeans und Stiefeln aufgestanden war. »Seid ihr fertig?«, fragte sie mit einer Stimme so süß wie Eistee.

»Jep.« Ein großer Mann setzte sich einen Stroh-Cowboyhut auf den Kopf und wischte einen Soßenfleck vom Tisch. Die saubere Bewegung erinnerte mich, zusammen mit seinem sandblonden Haar und den blauen Augen, an Cooper Fallon. »Ganz Euer.« Er zwinkerte.

»Danke, Cowboy.« Sie grinste.

Mit glühenden Wangen versuchte ich, meine Hand loszurei-ßen, damit sie richtig zurückflirten konnte, aber sie hielt sie fest.

Er schnappte sich eine Bierflasche vom Tisch und hob sie zum Toast. »Ich wünsche Ihnen einen angenehmen Abend.«

»Danke. Euch auch.« Sie setzte sich auf die Bank und rutschte rüber, damit ich neben ihr sitzen konnte.

Aber ich setzte mich nicht. Ich schnappte mir ein paar Papier-tücher von der Rolle in der Mitte des Tisches und begann, ihn abzuwischen. »Du musst nicht bei mir bleiben«, murmelte ich. »Du kannst … du kannst dich mit ihm unterhalten, wenn du magst.« Ich schrubbte an einem Fleck, aber er war so alt, dass er Teil des Holzes war.

»Mit wem unterhalten?«

»Dem Cowboy.« Ich nickte in seine Richtung. Er und seine Freunde schlenderten auf den Parkplatz zu.

»Warum sollte ich das tun?«

»Er … ihr … ihr habt geflirtet. Er ist dein Typ. Willst du seine Nummer nicht?«

»Geflirtet? Wir waren freundlich. So sind die Leute hier unten. Wir meinen nichts damit.«

»Ach so?« Ich wischte einen weiteren unsichtbaren Fleck weg.

»Und ich habe keinen Typ«, sagte sie. »Außer Leute, die klug und interessant sind.«

Zwei Worte, die mich mit Sicherheit nicht beschrieben. Ich knüllte das Papiertuch zusammen und suchte nach einem Mülleimer.

»Deine Wangen sind rot. Hast du einen Sonnenbrand?« Sie musterte mein Gesicht.

Ich wollte mich verstecken, aber der Essbereich im Freien bot keinerlei Schutz. »Ich weiß nicht. Vielleicht.« Ich entdeckte einen Mülleimer und ging hin, um den Papiertuchknäuel hineinzuwerfen. Ich holte tief Luft, um meine Röte abzukühlen, aber die Luft war alles andere als kühl. Obwohl die Sonne nur knapp über den fernen Bäumen am Fluss schwebte, war es heiß und schwül.

»Ich vergesse immer, wie viel stärker die Sonne hier unten ist«, sagte Jamila, als ich zum Tisch zurückkam. »Setz dich mit dem Rücken zur Sonne. Wir wollen doch nicht deine hübsche Haut mit einem Sonnenbrand ruinieren.«

»Du findest meine Haut hübsch?« Ich ließ mich auf die Bank ihr gegenüber sinken und berührte meine Wangen, die bei dem Kompliment entflammten.

»Natürlich.« Sie verdrehte die Augen. »Sie ist wie Pfirsichhaut.«

»Deine Haut ist wunderschön«, platzte es aus mir heraus. Dann schloss ich die Augen, um ihr Gesicht nicht mehr sehen zu müssen. *Was für eine lächerliche Sache zu sagen!*

Aber sie sagte: »Danke.« Als ich meine Augen öffnete,

lächelte sie mich an, ihre Augen bekamen Fältchen an den Ecken und die Äpfel ihrer Wangen glänzten im frühen Abendsonnenlicht.

Ich hätte etwas Albernes getan, wie über den Tisch zu greifen, um ihr leuchtendes Gesicht zu berühren, wenn nicht in diesem Moment ihre Brüder, Bierflaschen umklammernd, herangetrottet wären.

»Essen dauert noch eine Minute, aber wir haben die hier«, sagte J.J.

Er versuchte, mir eine braune Flasche zu reichen, aber ich hob eine Hand. »Nein, danke, ich mag kein Bier.«

»Kein Bier? Was kann ich dir sonst holen?«

Ich konnte mir nicht vorstellen, dass die Bude eine anständige Weinkarte hatte. »Wasser ist in Ordnung.«

»Ich weiß genau das Richtige«, sagte Jevin. Er zwinkerte und ging zurück zur Bude.

Eine Minute später war er mit einem roten Plastikbecher zurück, eine Limettenscheibe balancierte auf dem Rand. »Ranch Water mit einem tatsächlichen Wasser-Nachtrunk.« Er stellte eine Flasche Wasser ab.

Ich schnupperte an dem kohlensäurehaltigen Getränk. Der Geruch von Alkohol und Zitrus stieg daraus auf. Ich nahm einen vorsichtigen Schluck. Es schmeckte angenehm sprudelig und limettig mit einem Schuss Alkohol. »Was ist das?«

»Sprudelndes Mineralwasser, Tequila und ein Spritzer Limette. Das trinken all die dünnen Mädchen.«

Ich nahm noch einen Schluck. »Ich trinke normalerweise keinen Tequila, aber das ist gut.«

Er grinste und neigte dann den Kopf zu der undeutlichen Stimme, die aus dem Lautsprecher unter der Dachrinne der Bude kam. »Das sind wir. Komm, J.J.«

Die beiden Männer kamen eine Minute später zurück, jeder umklammerte zwei Aluminiumtabletts. Das mit Backpapier ausgelegte Rechteck, das J.J. vor mir abstellte, enthielt ein Papierschiffchen voller dünn geschnittenem Rindfleisch, ein Stück Maisbrot, ein kleineres Schiffchen mit etwas Geschmortem und Grünem und eine Tasse suppiger Bohnen.

»Das ist für uns zum Teilen, oder?« Ich griff nach einem Päckchen Feuchttücher in der Mitte des Tisches und schrubbte meine Hände.

»Das ist alles für dich. Wenn du etwas Blattkohl gegen etwas von meinen frittierten Okra tauschen möchtest, würde ich mich nicht wehren.«

»Klar, und du kannst das Fleisch haben.«

»Du bist Vegetarierin?«, fragte J.J., hob das Schiffchen mit dem Fleisch auf und legte es auf sein Tablett.

»Ja.«

»Tut mir leid. Mila, das hättest du uns sagen sollen.«

Sie verengte die Augen. »Du hast beim Brunch auf den Speck verzichtet, aber ich dachte nicht, dass das eine dauerhafte Sache ist.«

Meine Wangen wurden wieder heiß. Natürlich hatte sie nicht gedacht, dass ich dabei bleiben würde. Ich blieb nie bei irgendetwas.

»Wie lange bist du schon Vegetarierin?«, fragte Jevin.

»Seit meinem Metzgerkurs in der Kochschule. Ich musste abbrechen.«

»Ah. Das erklärt's«, sagte J.J. »Ich habe nach meinem Präparierkurs eine Weile auf Fleisch verzichtet.«

»Deinem … was?«, fragte ich. In seinem eng anliegenden Poloshirt sah J.J. eher wie ein Profisportler aus als wie ein Genie, das Anatomie belegte.

»Wir haben im Medizinstudium Leichen seziert.«

»Medizinstudium? Ihr seid keine Defensive Linemen?«

J.J. kicherte. »Glaubst du, Mila hat den ganzen Verstand in der Familie abbekommen? Sicher, wir haben im College gespielt, aber ich bin Onkologe und Jevin ist Anwalt.«

»Hier«, sagte Jamila, entfernte einen Klecks cremigen Kartoffelsalats, bevor sie das Schiffchen auf mein Tablett legte. »Du isst doch noch Milchprodukte, oder?«

»Sicher.« Frittierte Okra, Kartoffelpüree und Makkaroni mit Käse landeten auf meinem Tablett. »Warte. Das kann ich niemals alles essen.«

»Iss, was du möchtest. Mein Bruder und ich können alles verdrücken, was du nicht schaffst.« Jevin tätschelte seinen flachen Bauch.

Ich probierte jedes Gericht. Sie waren alle fantastisch. Ich musste die Makkaroni mit Käse an Jevin zurückgeben, sonst hätte ich den ganzen kalorienreichen Kohlenhydratberg gegessen.

Irgendwann brachte mir Jamila einen zweiten Becher Ranch Water und tauschte den Platz mit J.J., um sich neben mich zu setzen. Zwischen den lustigen Geschichten, den Insiderwitzen, der Sonne auf meinem Rücken und dem warmen Geruch von Barbecue-Gewürz in der Luft nahm alles eine rosarote Färbung an.

Vielleicht war es die Sonne, die am Horizont versank und alles rosa färbte. Vielleicht war es der Tequila. Oder vielleicht war es Jamilas Hand, die auf der Bank zwischen uns lag, ihr kleiner Finger zu mir zeigend. Ich musste nur meinen kleinen Finger ausstrecken, um ihren zu berühren.

Ich warf einen verstohlenen Blick auf sie. Sie lauschte einer Geschichte, die Jevin über seinen Klienten erzählte, dessen Scheidung eine klare Sache gewesen war, bis die Frau sich weigerte, ihre beiden Hunde zu trennen. Sie hatten einen Tierpsychologen engagieren müssen, um eine Meinung darüber einzuholen, ob die Trennung der Hunde einem der beiden Schmerz und Leid zufügen würde.

Das Paar oder ihre Haustiere waren mir egal. Alles, was mich interessierte, war die lange Säule ihres Arms, die auf der Rückseite von der untergehenden Sonne vergoldet wurde. Ihre Schultern und Trizeps waren schlank, aber definiert, und ihre Haut sah aus wie Seide. Ihr Handrücken leuchtete golden, und ich stellte mir vor, wenn ich ihn berührte, würde er sich wie ein Flusskiesel anfühlen, glatt und warm.

Es musste der Tequila sein, der mich dazu brachte, meinen kleinen Finger auszustrecken, um ihren zu streicheln. Er war genauso samtig warm, wie ich es mir vorgestellt hatte. Sie zuckte nicht und blickte nicht einmal nach unten, aber ihr Lächeln wurde breiter. Ich nahm das als Zeichen, meinen kleinen Finger um ihren zu schlingen, die Seiten unserer Hände aneinander geschmiegt. Ich hielt Jamilas Hand.

Sozusagen.

Aber es hielt nicht lange an.

Sie zog ihre Hand von meiner weg, um beide Arme über den Kopf zu strecken. Ihr T-Shirt rutschte hoch und gab einen Blick auf ihren flachen Bauch frei, den ich küssen wollte.

»Die Ausgangssperre ist um neun«, sagte sie, »und das Camp fängt morgen früh an.«

J.J. verengte die Augen. »Willst du Nana nicht deinen Respekt zollen?«

Das riss mich aus dem glücklichen Dunst, in den ich abgedriftet war. Diese Reise hatte Jamilas Schichten für mich freigelegt. Austin war der Ort, an dem sie ihre Brüder und Erinnerungen an ihre Nana aufbewahrte.

»Ist das der Grund, warum ihr uns entführt habt? Ihr wolltet mich zum Friedhof schleppen?«

»Du warst seit der Beerdigung nicht mehr dort.« Er zuckte mit den Schultern. »Ich stelle mir vor, ihr beide habt euch etwas zu sagen.«

»Sie ist tot, J.J. Wir können nicht mehr reden. Wenn wir es könnten, würde sie mich wahrscheinlich anschreien. In der Woche, bevor sie starb, hat sie mir eine Voicemail hinterlassen, die mir fast das Ohr zerfetzt hat. Ich kann mir nicht vorstellen, was sie jetzt zu sagen hätte.«

»Wegen deiner PR-Situation?« Jevin blickte mich an.

»Ja.« Jamila verdrehte die Augen zum wolkenlosen Himmel. »Sie erzählt da oben wahrscheinlich jedem, was für eine Versagerin ich bin.«

J.J. zuckte zusammen. »Du weißt, dass sie dich geliebt hat –«

»Alles, was ihr wichtig war, war, dass ich ihr keine Umstände machte. Du erinnerst dich.«

»Sei nicht so«, sagte J.J. »Sie hat uns auf ihre eigene Art geliebt. Sie hat uns ein Zuhause gegeben –«

»Ein widerwilliges Zuhause. Eines, das ich mit Freude verließ, als ich aufs College ging. Eines, in das ich dankbarerweise nie zurückkehren musste. So, werdet ihr uns jetzt zum Campus zurückbringen, oder rufen wir einen Fahrdienst?«

»Nein, wir bringen euch zurück.« Jevin stand auf.

J.J. stand auf. »Ich finde wirklich –«

Jevin legte eine Hand auf die Schulter seines Zwillings. »Das reicht jetzt, Mann. Sie ist schon immer ihren eigenen Weg gegangen.«

J.J. nickte, aber er sah nicht glücklich aus. Jamila auch nicht. Sie schnappte sich mein Tablett, ließ es gegen ihres klirren und stürmte zum Mülleimer.

Als ich aufstand, schien sich die Welt um mich zu drehen. Ich versuchte, mein Bein über die Bank zu schwingen, und schwankte. Ich griff nach dem Tisch, um mich festzuhalten.

»Warte mal, Süße.« Jamila ergriff meinen Ellbogen. Wie war sie so schnell hierhergekommen? Hatte sie neben ihrer Intelligenz auch übermenschliche Geschwindigkeit? »Geht's dir gut?«

»Wie viel Tequila war in diesen Drinks?«

Von meiner anderen Seite schlang J.J. seinen Arm um meine Taille, um meine Spaghettibeine zu stützen. »Die Leute hier mögen einen starken Drink. Der zweite war wahrscheinlich eine schlechte Idee, bei deinem Körpergewicht.«

»Aber sie hat doch gegessen«, sagte Jamila, als wäre ich nicht da. »So betrunken sollte sie nicht sein.«

»Sie ist wahrscheinlich keine große Trinkerin. Nippt den ganzen Abend an einem Glas Wein?«

»Verdammt. Was soll ich ihrem Bruder sagen?«

Ich riss den Kopf hoch und schlug J.J. ans Kinn. »Sag es Jackson nicht.«

J.J. fluchte und rieb sich das Kinn. »Mensch, Mädel. Das wird einen blauen Fleck geben.«

»Wie geht's deinem Kopf, Süße?« Jamila legte ihre Hände auf meinen Kopf und tastete nach einer Beule.

Ich stellte mir vor, wie sie mit ihren Händen durch mein Haar fuhr. »Fühlt sich gut an.« Dann berührte sie eine Stelle, die stechenden Schmerz durch mein benebeltes Gehirn sandte. »Aua!«

»Oh. Du bist heute Abend ein ziemliches Chaos, was?«

Unsere Gesichter waren so nah, dass ich mich hätte vorbeugen und sie küssen können. Aber sie wollte niemanden küssen, der so schlampig und kindisch war, wie ich mich heute Abend zeigte.

»Ja«, sagte ich. Als ob ich mich nicht schon genug blamiert hätte, kullerte eine Träne über meine Wange.

Sie hob mein Kinn an und wischte die Nässe weg. »Bringen wir dich zurück zu deinem Hotel.«

»Mein Mietwagen steht auf dem Campus«, murmelte ich.

»Sie kann nicht fahren«, protestierte J.J.

»Bringt uns zurück zum Campus«, sagte Jamila. »Ich fahre sie zu ihrem Hotel und hole sie morgens vor dem Camp wieder ab.«

Jamila saß mit mir auf der Rückbank des SUVs. Normalerweise hätte ich ihre Nähe genossen, aber nachdem ich mich damit blamiert hatte, von zwei Drinks betrunken zu sein, sackte ich auf dem Sitz zusammen und lehnte mich zum offenen Fenster, die feuchte Luft blies mir ins Gesicht, um die Übelkeit in Schach zu halten.

Als sie uns bei meinem gemieteten Buick absetzten, umarmten mich Jamilas Brüder. Sie gaben Jamila längere Umarmungen und murmelten ein paar Minuten mit ihr. Ich war zu sehr damit beschäftigt, mich selbst zu schelten, um zuzuhören. Ich war hierhergekommen, um Jamila zu helfen, und doch zwang ich sie, sich um mich zu kümmern.

Nachdem ihre Brüder gegangen waren, fuhr mich Jamila die kurze Strecke zu meinem Hotel. Sie hielt auf einem Zehn-Minuten-Parkplatz davor.

»Brauchst du Hilfe, um zu deinem Zimmer zu kommen?«

»Nein, mir geht's gut.« Die Verdauung und die frische Luft hatten ihre Arbeit getan, und ich fühlte mich stabiler. Alles, was ich wollte, war, mich die nächsten acht Stunden in meinem Zimmer zu verstecken. Verdammt, vielleicht würde ich mich für den Rest meines Lebens verstecken. Jamila würde nie vergessen, wie lächerlich ich heute Abend gewesen war.

»Hey, Süße.« Jamila legte einen Finger unter mein Kinn und hob es an. Ihre braunen Augen bohrten sich in meine. »Bist du sicher, dass es dir gut geht? Ich glaube, ich habe dich noch nie so still erlebt.«

»Mir geht's gut«, murmelte ich.

Sie nahm ihren Finger nicht weg, und ihr Blick wanderte tiefer.

Sie war etwa einen halben Meter von mir entfernt. Ihr blumiger Duft entfaltete sich um mich herum in dem Kleinwagen. Der größte Teil ihres burgunderroten Lippenstifts war beim Abendessen abgegangen, aber ein schwacher Fleck war auf ihren weichen Lippen zurückgeblieben. Ihre Zunge fuhr heraus, um sie zu lecken, und ihre glänzende Unterlippe schimmerte in den Sicherheitslichtern des Hotels. Sie rief nach mir, und ich konnte nicht widerstehen.

Ich beugte mich vor und streifte mit meinem Mund ihren.

Einmal. Zweimal. Meine trockeneren Lippen zogen an ihren, als ob meine Haut sie nicht loslassen wollte. Nichts an mir wollte sie loslassen. Meine Hände hoben sich, als könnte ich ihr Gesicht in meine Hände nehmen.

»Natalie«, flüsterte sie und brach den Zauber. Ich fuhr zurück und stieß gegen die Beifahrertür.

Jesus. Ich hatte gerade Jamila Jallow geküsst. Gegen ihren Willen. Dieses Flüstern war kein »Ich-will-dich«-Flüstern. Es war ein »Hör-auf«-Flüstern.

»Entschuldigung«, jammerte ich und kämpfte mit dem Gurtschloss.

»Hey, es ist o–«

Ich bekam den Gurt endlich ab, stieß die Tür auf und rannte wie ein Feigling in die Hotellobby.

Ich winkte nicht einmal zum Abschied.

12

DIE SONNE WAR NOCH OBEN – gerade so –, aber es fühlte sich an wie Mitternacht, als ich die Tür des Hyundai zuknallte und dem Fahrer des Mitfahrdienstes vor meinem Haus abwinkte. Die Kombination aus dem Kampf gegen meinen Kater während eines ganzen Tages im Coding-Camp, dem Flug aus Texas und der zusätzlichen Anstrengung, Jamila so gut wie möglich aus dem Weg zu gehen, lag mir schwer in den Knochen.

Den ganzen Tag hatte ich mich auf ein langes Bad in meiner Wanne mit der limitierten, von einem Promi beworbenen Badebombe gefreut, die ich mir für einen besonderen Anlass aufgehoben hatte. Selbst durch die Verpackung roch sie nach Honig und versprach pflanzliche Entspannung.

Ich schloss die Tür auf und schlurfte hinein, wobei ich meinen Rollkoffer über die Schwelle hievte. Doch statt der glückseligen Stille eines leeren Hauses schlug mir Gekläffe entgegen. Bilbo Baggins rutschte über die Fliesen. Als er wieder auf die Beine kam, tänzelte er um meine Füße. Ich erstarrte, um ihn nicht mitten in seiner Drehung zu zertreten.

Sam lehnte im Türrahmen des Flurs, der zum Wohnzimmer führte. »Es ist Natalie«, rief sie.

»Natürlich bin ich es«, knurrte ich. »Ich wohne hier, im Gegensatz zu dir.«

Meine Schwester schob ihre Hände in die Taschen. »Ich war nicht diejenige, die sich Sorgen gemacht hat.«

Eine Masse aus lockigem, dunklem Haar füllte mein Blickfeld, bevor mich ein Paar Arme umschlang. »Da bist du ja. Ich habe mir solche Sorgen gemacht, als du nicht zum Trinken aufgetaucht bist.«

»Trinken? Mist.« Mit der kurzfristigen Reise hatte ich unsere feste Happy Hour am Donnerstagabend mit Mimi komplett vergessen. Besessen von günstigen Drinks und Snacks, hatte sie für uns eine Bar gefunden, die eine Auswahl an Margaritas zum halben Preis anbot, plus Chips und Salsa, so viel man essen konnte. Obwohl ich mir nicht sicher war, ob ich nach dem Ranch-Water-Desaster jemals wieder Tequila trinken – oder Jamila in die Augen sehen – könnte.

»Es tut mir leid, dass ich es verpasst habe.« Ich ließ den Griff meines Koffers los und umarmte Mimi. Das war nicht ganz so gut wie eine mit CBD versetzte Badebombe, aber sie konnte wunderbar umarmen, und ich schmiegte mich an ihre Weichheit.

»Schon gut. Ich bin froh, dass du nicht vermisst wirst.« Sie ließ mich los und trat einen Schritt zurück, um mein Gesicht zu mustern. »Wo warst du? Hoffentlich nicht bei der Arbeit.«

»Setzen wir uns. Ich bin erschöpft.« Ich zog Mimi ins Wohnzimmer und ließ mich auf das Sofa sinken. Mimi setzte sich neben mich, und Sam folgte uns unerklärlicherweise und setzte sich in Charles' Lieblingssessel. Bilbo sprang auf den Sessel und rollte sich auf ihrem Schoß zusammen.

»Es tut mir leid wegen der Drinks«, sagte ich. »Ich hoffe, du hast nicht lange auf mich gewartet.«

»Es war okay. Mateo ist zu mir gestoßen, als ich ihm geschrieben habe, dass du nicht aufgetaucht bist, und dann hat er mich auf dem Weg zur Arbeit hier abgesetzt. Er hat diese Woche Nachtschicht bei Tía Rosa.«

»Wie geht es Mateo? Er ist doch nicht sauer wegen der Sache, um die ich ihn bei Jamilow gebeten habe, oder?« Ich warf Sam einen schuldigen Blick zu. Ich hatte ihr nicht erzählt, was Mateo und ich letzten Montagabend getan hatten. Meine erfolgreiche Schwester hätte sich niemals dazu herabgelassen, jemandem eine Falle zu stellen.

Sie blieb stumm und beobachtete uns mit diesen überirdisch blauen Augen.

Mimi kicherte. »Er hatte den größten Spaß bei eurem kleinen Spionagespiel, auch wenn du erwischt worden bist. An dem Abend kam er nach Hause und …« Ihre Wangen glühten rot.

»Ihr habt doch *nicht etwa* Spione im Rollenspiel gespielt!« Ich lachte über den schuldigen Ausdruck auf ihrem Gesicht, und plötzlich war ich nicht mehr so müde.

»Es stellt sich heraus, dass er einen *Mr. and Mrs. Smith*-Fetisch hat. Es kann sein, dass er mich irgendwann an einen Stuhl gefesselt hat.« Jetzt war ihr ganzes Gesicht purpurrot.

»Wow.« Ich fächelte mir Luft ins Gesicht. »Gern geschehen.«

»Gibt es neue Spuren bezüglich des Lecks?«, fragte sie.

»Keine.« Ich runzelte die Stirn. »Aber Jamilas Coding-Camp war PR-Gold. Deshalb habe ich die Happy Hour verpasst. Wir sind nach Austin gefahren, damit sie am ersten Tag dabei sein konnte. Ich habe eine Million Bilder gemacht, und nachdem ich die Gesichter der Mädchen unkenntlich gemacht habe, werde ich so viele posten, dass jeder ihren kleinen Ausrutscher vergessen wird.« Oder vielleicht würde ich sie an Hannah schicken, damit sie sie posten konnte. Ich war mir nicht sicher, ob ich nach meinem eigenen Ausrutscher jemals wieder zu Jamilow zurückkehren konnte.

»Warte mal. Du warst mit Jamila über Nacht weg?« Mimis braune Augen weiteten sich.

»So war das nicht.«

»Wie war es denn dann?«, fragte Mimi.

»Na ja, ich habe angefangen, sie ein bisschen besser zu verstehen, zum Beispiel, warum sie die Camps leitet, und ich habe sogar ihre Brüder kennengelernt. Wusstest du, dass sie Brüder hat?«

Mimi schüttelte den Kopf.

»Sie sind witzig und fantastisch, genau wie Jamila. Wir waren Barbecue essen, und ich habe dieses Getränk getrunken, und … und ich habe sie vielleicht etwas betrunken geküsst.« Den letzten Teil flüsterte ich.

Aber Mimi flüsterte nicht. »Du hast Jamila geküsst? Endlich!« Sie reckte die Faust in die Höhe. »War es unglaublich?«

Ich warf mich zurück in die Sofakissen und schlug die Hände vors Gesicht, um meine Röte zu verbergen. »Unglaublich demütigend. Sie hat mich praktisch aus dem Auto geworfen. Ich habe den ganzen Tag damit verbracht, mich vor ihr zu verstecken. Ich habe sogar in diesen schrecklichen Plastiksitzen am Flughafen gewartet, anstatt in der First-Class-Lounge abzuhängen. Ich glaube nicht, dass ich zurückgehen kann.«

»Oh, nein.« Mimi zog eine meiner Hände von meinem Gesicht und strich über deren Rücken. »Büroromanzen sind das Schlimmste. Wenn etwas schiefgeht, gibt es kein Entkommen. Ich musste meinen Job kündigen, als mein Ex und ich uns getrennt haben.«

»*Büroromanze* ist etwas übertrieben, da die Anziehungskraft völlig einseitig ist.«

»Völlig?«, fragte Sam. »Bist du dir da sicher?«

Ich hatte vergessen, dass sie im Zimmer war. Und dass sie nicht gewusst hatte, dass ich total in meine Chefin verknallt oder dass ich bisexuell war – und unsere Mutter wusste es auch nicht.

»Das ist nichts«, sagte ich. »Nur eine Schwärmerei.«

Meine Schwester runzelte die Stirn. »Wie kommst du darauf?«

»Weil … weil sie *Jamila Jallow* ist und sie brillant ist und ihr Leben so viel mehr im Griff hat als ich.«

»Du bist brillant und hast dein Leben im Griff«, sagte Sam.

»Ich bin nicht so schlau wie du oder Jackson oder Jamila. Ich tue nur so, als hätte ich alles im Griff. Ich leite kein Start-up wie du oder manage eine Stiftung wie Mimi.«

»Zur Hölle, ich habe mein Leben auch nicht im Griff«, sagte Mimi. »Ich weiß nicht, was ich tue. Ich war Buchhalterin, bevor ich den Job bei der Stiftung angenommen habe. Ich verbringe den halben Tag damit, zu googeln, wie man eine Stiftung leitet, und die andere Hälfte damit, es zu tun.«

»Ich habe noch nie eine Firma geleitet«, sagte Sam. »Ich treffe mich einmal pro Woche mit Cooper zum Coaching.«

»Aber … aber ihr beide seid fantastisch in euren Jobs!«

»An manchen Tagen ja, und an anderen Tagen definitiv nicht«, sagte Mimi.

»Ich habe noch nie erlebt, dass du dir nicht nimmst, was du willst«, sagte Sam. »Du hast dir einen Job bei Jamilow ausgedacht und Jamila überzeugt, dich ihn machen zu lassen. Warum konntest du das nicht auf eine Beziehung mit Jamila anwenden?«

»Ähm … weil es unangemessen ist? Sie ist meine Chefin, auch wenn ich keine bezahlte Angestellte bin. Außerdem ist sie nicht an mir interessiert.«

»Hat sie dich zurückgeküsst?«, fragte Mimi.

Ich dachte darüber nach, aber alles war vom Tequila vernebelt. »Ich dachte es damals, aber vielleicht auch nicht? Ich hatte getrunken.«

»Du solltest mit ihr reden«, sagte Sam.

»Das sagst du so leicht«, sagte ich gereizt. »Du musst ihr nicht gegenübertreten.«

»Nein, aber du schaffst das«, sagte Sam. »Du bist die Mutige.«

»Bin ich nicht!« Ich warf ein Zierkissen nach ihr.

Sie warf es zurück. »Bist du doch.«

»Hört auf, ihr zwei. Ihr weckt noch Bilbo auf.« Mimi schnappte mir das Kissen aus der Faust. »Nat, du bist wunderschön und klug. Jamila wäre eine Närrin, wenn sie dich nicht wollte. Du wirst morgen ins Büro marschieren und mit ihr über diesen Kuss sprechen.«

Ich verschränkte die Arme. »Es wäre viel einfacher, zu kündigen.«

»Aber dann hätte Jamila ihre PR-Beraterin nicht, um sie aus diesem Schlamassel zu retten«, sagte Sam sanft. »Sie braucht dich, und du musst die Luft reinigen, damit ihr zusammenarbeiten könnt.«

»Und *zusammenarbeiten*, wenn du verstehst, was ich meine.« Mimi stieß mich in die Seite.

»Ihr zwei seid die Schlimmsten«, sagte ich, aber ich meinte es nicht so. Ich meinte das Gegenteil. Sie hatten mir genug Hoffnung gegeben, um zu Jamila zurückzukehren.

Nein, nicht zu Jamila. Ich meinte, zurück zu Jamilow zu gehen – zurück zu meinem Job.

13

»GUTE NACHRICHTEN.« Ich zwang mir ein Lächeln auf, als ich mich in den Türrahmen von Jamilas Büro lehnte. Ich hatte unsere täglichen PR-Stand-up-Meetings abgesagt. Ich hatte gesagt, es läge an dem Wohlwollen, das wir uns mit den Posts über das Programmier-Camp verdient hatten, aber die Wahrheit war, dass es mir immer noch zu peinlich war, mit ihr im selben Raum zu sein.

»Ja?« Ihr Blick verweilte eine Sekunde lang auf ihrem Bildschirm, bevor sie mir ihre volle Aufmerksamkeit schenkte.

»Ja. Ich habe dir eine Story in der *Buzz Bizz* besorgt. Sie wollen ein Interview und ein paar Fotos.«

»Großartig. Sollen sie mir die Fragen schicken, dann schicke ich schnell ein paar Antworten rüber. Felicia hat mein Porträtfoto.« Sie blickte zurück auf ihren Bildschirm und tippte weiter.

Ich räusperte mich. »Nein. Ich meine ein richtiges Interview. So wie in einer Hotelsuite sitzen und mit einer Journalistin reden, gefolgt von einem Fotoshooting.«

Das Tippen auf der Tastatur verstummte. »Ich dachte, du hättest gesagt, das wären *gute* Nachrichten. Das klingt, als müsste ich Zeit in meinem Terminkalender freischaufeln, um mit jemandem zu reden, der dann meine Worte verdreht, sodass ich am Ende schlechter dastehe als vorher. Und dann auch noch Fotos. Zu lange stillzusitzen, verspannt mir den Nacken.«

Sie ließ es schrecklich klingen, aber das Positive zu sehen, war eine meiner Superkräfte. »Die beste Nachricht ist, dass du nicht über den Termin verhandeln musst. Das habe ich schon für dich erledigt. Das Interview ist morgen, Samstag, gefolgt vom Fotoshooting. Wir warten nur noch auf einen Ort.«

»Du hast mir einen Termin an einem Samstag gemacht.« Ihre Augenbrauen schossen in die Höhe. »Ziemlich eigenmächtig von dir. Was, wenn ich schon Pläne habe?«

Ich zuckte zusammen. Vielleicht hatte sie ein Date. »Hast du denn welche?«

»Nein. Abgesehen von einer Tanzparty mit Quill.i.am.«

»Er wird nichts dagegen haben, sie zu verschieben. Das ist die perfekte Gelegenheit für dich, deine Geschichte zu erzählen, damit sich die Leute auf das Gute konzentrieren, das du tust, und auf Jamilow. Nicht auf den Fehler, den du gemacht hast.«

»Glaub mir, das war kein Fehler. Der Kerl hat es verdient.«

»Dann erzähl ihnen, was er gesagt hat.« Ich fragte mich immer noch, was ein Journalist sagen konnte, um Jamila so aus der Fassung zu bringen.

»Nein, danke. Ich will ihm keine weitere Minute der Aufmerksamkeit von irgendjemandem schenken, einschließlich meiner eigenen.«

»Ich werde ihnen eine E-Mail schreiben, dass der Vorfall für das Interview tabu ist.«

»Sag es ihnen einfach, wenn wir dort auftauchen«, sagte sie.

Wir? »Du willst, dass ich dabei bin?«

»Du bist meine PR-Spezialistin. Natürlich will ich dich dabei haben.«

Eine Wärme durchströmte meine Brust und ich schlug auf den Türrahmen, um von meiner aufsteigenden Röte abzulenken. Sie wollte *mich.* »Okay.«

———

JAMILA TAT uns allen einen Gefallen und fand einen Ort für das Interview und das Fotoshooting. Unglücklicherweise war es ein Ort, der mir unangenehm vertraut war: Billie Woods' Villa in Atherton. Obwohl es die Nachbarstadt von Jamilas war, hätte Billies Viertel nicht unterschiedlicher sein können. Es war die Art von Gegend, in der ich erwartet hatte, dass Jamila leben würde: ein riesiges Haus mit einem weitläufigen Rasen, alles akribisch gepflegt. Die Häuser lagen weit von der gewundenen Straße zurückgesetzt, was Gespräche über Avocados von Veranda zu Veranda unmöglich machen würde. Es lagen keine Fahrräder in den Einfahrten oder Hunde, die im Garten Apportieren spielten. Ein stattlicher schwarzer Rolls-Royce fuhr auf der Straße vorbei. Kein Ford oder Toyota war weit und breit zu sehen.

Wie in der Nacht der Party klebte ein Haftnotizzettel über der Türklingel, der mich anwies hereinzukommen. Aber als ich die Tür aufstieß, musste ich wieder nach draußen treten und die Adresse überprüfen.

Das Haus war leer. Die Möbel waren weg, ebenso die Bücher in den Regalen. Sogar die Teppiche waren aufgerollt und entfernt worden. Als ich zur Party gekommen war, hatten hundert Leute den offenen Wohnbereich mit ihrem Geplapper und Gelächter gefüllt. Jetzt war es still.

»Hallo?«, rief ich.

»Hier hinten.« Die Stimme schwebte aus dem hinteren Teil des Hauses herüber.

Ich folgte der Stimme, meine Absätze klickten auf den Fliesen und hallten von den harten, leeren Oberflächen wider.

Ich fand mich auf einer grandiosen, geschlossenen Veranda wieder. Sie war so groß wie das Wohnzimmer, mit Garagentoren aus Glas, die man hochfahren konnte, um den Raum zum Außenpoolbereich hin zu öffnen. Auch hier waren die eleganten Möbel entfernt und durch uneinheitliche Stücke ersetzt worden, darunter eine weiße Chaiselongue und ein paar Stühle im industrial Look. Zarte weiße Vorhänge tanzten im Wind, der durch die offenen Fenster wehte.

Als ich die bereits aufgebaute Ausrüstung des Fotografen und die Visagistin sah, die das Licht an einem Klapptisch einstellte, entspannten sich meine Bauchmuskeln. Alles schien für Jamila bereit zu sein. Ich würde nicht mehr von ihrem kostbaren Samstag verschwenden als nötig.

Ich erkundigte mich beim Assistenten des Fotografen nach den Plänen für das Shooting. Er zeigte mir das nahegelegene Wohnzimmer, das er als Umkleideraum für Jamila vorgesehen hatte. Ein Kleiderständer stand neben einem Paravent. Während er die Jalousien an den Außenfenstern herunterließ, überprüfte ich, ob Jamilas Outfits sicher angekommen waren. Sie hatte ein paar Anzüge und ein Etuikleid geschickt. Ich hatte eine Jeans, ein T-Shirt von ihrem Programmier-Camp und ein Büffelkaro-Hemd zum Überziehen hinzugefügt, um ihre menschliche Seite zum Vorschein zu bringen.

Alles war in bester Ordnung.

Eine Seite des Raumes war für Fotos eingerichtet. Auf der anderen Seite befand sich eine Sitzecke für das Interview. Zwei hellbraune Sofas standen sich über einem Couchtisch gegenüber. Ein Paar dunkelbraune Ohrensessel flankierten die Seiten. Die Vase mit den Kapkörbchen, die ich bestellt hatte, war der einzige Farbtupfer im Raum. Ich hoffte, sie ähnelten denen, die ich auf ihrer Veranda gesehen hatte, genug, damit Jamila sich mehr wie zu Hause fühlen würde.

Ich stellte mich der Journalistin, Nita D'Alessio, vor. Ich hatte schon früher ihre Artikel gelesen. Obwohl sie einen eindeutig antikapitalistischen Einschlag hatte, waren ihre Artikel für gewöhnlich fair, und sie stellten die von ihr interviewten Tech-Titanen als menschliche Wesen dar.

»Denken Sie daran, Jamila hat festgelegt, dass wir den TikTok-Vorfall nicht besprechen werden«, sagte ich. »Sie hat mich gebeten, alle Fragen zu diesem Thema zu unterbinden.«

»Das ist es, was jeder wissen will.« Nita berührte mit einem Finger ihr Kinn. »Die Leser wären verständnisvoller, wenn sie wüssten, was sie so aus der Fassung gebracht hat.«

Genau das, was ich auch gedacht hatte. »Sie will diesem Kerl nicht noch mehr Aufmerksamkeit schenken, als er bereits bekommen hat.«

»Verständlich. Er ist ein Arschloch.«

»Wirklich? Sie kennen ihn?«

»Sicher. Er ist der Typ, von dem man sich auf Partys fernhält, wenn Sie wissen, was ich meine.«

Ich verzog die Lippen. »Widerlich.«

»Genau. Und was ist mit ihrem COO, Winslow Keating-Ashworth? Ist er auch tabu?« Sie blickte hinaus zum Pool. »Das muss eine interessante Scheidung gewesen sein.«

Interessant? Ich hatte es ein paar Mal erwähnt gehört, aber ich konnte mir nicht vorstellen, dass irgendetwas an Winslow so faszinierend war wie Jamila. »Lassen Sie uns den Fokus auf Jamila legen. Sie ist der Star von Jamilow.«

»Okay.« Nita zuckte mit den Schultern. »Sie können auf diesem Sofa sitzen.« Sie zeigte auf das, auf das die Kamera nicht gerichtet war. »Jamila wird auf dem anderen sitzen. Ich nehme den Ohrensessel.«

»Verstanden. Wir müssen alle Videos vom Interview genehmigen, bevor sie veröffentlicht werden.«

»Sicher. Es dient hauptsächlich der Transkription, aber wir lassen es Sie wissen, falls wir etwas davon veröffentlichen möchten. Ich schicke Ihnen die Datei. Sie haben natürlich die Freigabe.«

»Perfekt.«

Die Haare in meinem Nacken stellten sich auf, eine Sekunde bevor Nita sagte: »Ah, da ist sie ja.«

Als ich mich umdrehte, musste ich kämpfen, um keine seltsame Miene zu ziehen. Jamila schritt auf uns zu, als gehöre ihr der Laden, gekleidet in wochenend-lässige Denim-Hosen – ich würde jeden herausfordern, die gebügelten, gerade geschnittenen Hosen, die sie trug, Jeans zu nennen –, eine hellbraune Wildlederjacke, eine weiche, eierschalenfarbene Bluse und Kitten-Heels. Niemand, nicht einmal ich, trug Business-Kleidung so wie Jamila.

Sie ließ es mühelos aussehen, als wäre sie mit Nadelstreifen aus dem Mutterleib gekommen.

Ich wollte mich in ihrem Widerschein sonnen.

Ich riss mich zusammen und setzte ein Lächeln auf. »Jamila, das ist Nita D'Alessio. Nita, das ist Jamila Jallow.«

Als die Frauen sich die Hände schüttelten, musterte Nita sie. Als Jamila ihrerseits die Journalistin musterte, stach Eifersucht in meinen Bauch. Ich wünschte, Jamila würde mir so viel Aufmerksamkeit schenken.

Wir setzten uns, während der Techniker den Soundcheck machte. Als das erledigt war, begann Nita mit ein paar Fragen zu Jamilows bevorstehender Produkteinführung, die Jamila mühelos beantwortete, ihre Augen funkelten, als sie von der Brillanz ihres Teams sprach und das Produkt andeutete, wobei sie sorgfältig vermied, wirkliche Details darüber preiszugeben, was es tat oder welche Partnerschaft es ermöglichte.

Nita wechselte das Thema und sagte: »Erzählen Sie mir, wie Sie Jamilow gegründet haben.«

»Das weiß doch jeder.« Jamila machte eine abweisende Handbewegung.

Nita beugte sich vor. »Tun Sie mir den Gefallen.«

Ich wünschte, ich hätte den Mut, das zu tun. So anzüglich zu sprechen wie Nita, Jamila einen Blick auf ihr Dekolleté zu gewähren, obwohl – ich blickte an mir herunter – ich nicht so viel Dekolleté vorzuweisen hatte. Ich schlug die Beine übereinander und hielt den Mund.

»Ich habe es in Stanford angefangen.« Jamila lehnte sich in die Sofakissen zurück. »Na ja, ich schätze, ich habe die App in meinen Semesterferien von Stanford angefangen. Als ich in den Winterferien meines ersten Jahres zu Hause war, ging ich mit meinen Highschool-Freunden auf eine Party. Wie man das eben so macht.« Sie zwinkerte.

Nita nickte und kritzelte in ihren Notizblock.

»Einige der jüngeren Kids waren dort, und sie stellten mir Fragen. Nicht so sehr über Stanford, sondern über das College im

Allgemeinen. Der ganze Prozess war überwältigend für sie. Mir wurde klar, dass einige von ihnen niemanden in der Familie hatten, der aufs College gegangen war.« Jamila beugte sich vor, die Ellenbogen auf die Knie gestützt. »Meine Nana war auf dem College. Sie war Lehrerin. Sie tat alles, was sie konnte, um mich zu fördern. Also erzählte ich ihnen ein wenig darüber, wie ich es gemacht hatte, und gab ihnen meine Nummer.

»Als ich dann zurück bei meiner Großmutter war und mit meinen Brüdern sprach, merkte ich, dass sie auch ziemlich ahnungslos waren. Sie spielten Football und würden rekrutiert werden, aber sie verstanden nicht, wie sie ihre Optionen abwägen sollten. Oder was sie akademisch tun würden, wenn sie einmal dort waren. Nachdem ich mit ihnen gesprochen hatte, wurde mir klar, dass ich Kids wie ihnen einen Dienst erweisen konnte. Kids wie meinen Freunden.«

Ich hatte die Geschichte schon einmal gehört, aber jetzt, da ich ihre Brüder kennengelernt hatte, verstand ich, wie Jamilas Rat zu ihrem Erfolg geführt haben könnte. Ich neigte den Kopf, begierig darauf, jedes Wort aufzufangen und es in diesem neuen Licht zu betrachten.

»Also programmierte ich eine App, um die meisten Fragen zu beantworten, die meine Freunde über das College hatten.« Ein Feuer loderte in Jamilas Augen. »Standardisierte Tests, Noten, Studienfinanzierung, Bewerbungen und Formulare, Stipendien. Ich wollte nur, dass sie für die Kids an meiner alten Schule nützlich ist. Aber dann, im Gespräch mit einigen meiner Kommilitonen wie Winslow, die all die Vorteile hatten, die ich nicht hatte, wurde mir klar, dass nicht nur Kids wie meine Highschool-Freunde davon profitieren konnten. Jeder konnte es. Also habe ich sie größer gemacht. Ich habe ihr eine KI-Schnittstelle gegeben, damit sie Informationen von den Kids entgegennehmen und einen individuellen Plan und Ratschläge liefern konnte.«

»Sie haben sich mit Winslow Keating-Ashworth zusammengetan«, sagte Nita.

»Ja. Er war nicht so gut im Programmieren wie ich, aber er

hatte Ideen für die geschäftliche Seite. Und auch Kontakte. Er war derjenige, der sagte, wir sollten die App in Richtung Lebensberatung lenken. Einfache Dinge wie eine Morgenroutine, Listen machen, das Handy nachts weglegen oder sich bei Professoren für sich selbst einsetzen.«

»Und die menschlichen Coaches?«, fragte Nita.

Jamila kicherte. »Ich habe einen Psychologiekurs belegt und gelernt, dass Menschen viel komplizierter sein können, als künstliche Intelligenz bewältigen kann. Also planten wir, die KI durch den Zugang zu Therapeuten zu erweitern, aber dafür brauchten wir Finanzierung. Da haben wir die App bei einem Wettbewerb angemeldet. Wir haben nicht gewonnen, aber wir haben das Interesse einer der Jurorinnen geweckt, und sie hat uns unsere erste Finanzierung gegeben.«

»Und Sie haben sie ein paar Jahre später ausgekauft?«, sagte Nita.

Ich runzelte die Stirn. Das hatte ich nicht gewusst.

»Ich wollte nicht, dass jemand anderes das Sagen hat. Ich wollte nie …« Jamila starrte einen Moment lang aus dem Fenster auf den glitzernden Pool.

»Was wollten Sie nicht?«, bohrte Nita nach.

Jamila schüttelte den Kopf und richtete ihren Blick schließlich auf mich. »Ich wollte meine Lebensgeschichte nicht irgendeinem Reporter erzählen. Ich würde mich lieber auf mein Geschäft konzentrieren.«

Ich wünschte, ich könnte sie aus dem Interview entlassen. Es war unfair, dass irgendein Idiot sie zu einer unbedachten, unklugen Äußerung provozieren konnte und nur Jamila dafür büßen musste. Aber das war das Leben als Frau in der Tech-Branche. Jamila hatte sich dafür entschieden. Obwohl sie niemals hätte vorhersagen können, dass sie fünfzehn Jahre später hier in der leeren Villa von jemandem sitzen und unangenehme Details aus ihrem Leben preisgeben würde. Ich warf ihr ein mitfühlendes Lächeln zu.

»Aber Sie haben sich vor anderen Partnerschaften nicht

gescheut«, sagte Nita. »Sie haben sich mit Coaches, Therapeuten und Studienvorbereitungsdiensten zusammengetan, mit wem arbeiten Sie also als Nächstes zusammen?«

Jamila lächelte selbstgefällig. »Nun, Nita, Sie wissen, dass ich das nicht kommentieren kann.«

Hitze prickelte auf meiner Haut. Die Chemie zwischen Jamila und Nita mitzuerleben, gab mir das Gefühl, eine Voyeurin zu sein. War dem Kameramann auch unwohl? Ich blickte zum Deckenventilator hoch und wünschte, ich könnte ihn durch reine Willenskraft einschalten.

»Der Artikel wird erst nach Ihrer Produkteinführung gedruckt«, sagte Nita. »Sind Sie sicher, dass Sie nicht darüber reden wollen?«

»Rufen Sie mich nach der Einführung an.« Jamila zwinkerte. »Ich würde mich freuen, dann darüber zu sprechen.«

»Großartig. Ich besorge mir Ihre Nummer, wenn wir fertig sind.«

Ich wollte nach draußen rennen und in die kühlen Tiefen des Pools springen. Dorthin, wo ich nicht zusehen müsste, wie Jamila die Frau verführte, die ich geholt hatte, um ihren Ruf zu retten.

14

ICH SASS SCHWEIGEND DA, während Nita und Jamila mich ignorierten.

Ich hatte kein Recht, eifersüchtig zu sein, ermahnte ich mich verbittert. Jamila interessierte sich nicht für mich, zumindest nicht auf diese Weise. Ich hatte sie geküsst, ohne mir die Mühe zu machen, sie um Erlaubnis zu bitten, die sie mir mit Sicherheit verweigert hätte. Sie hatte jedes Recht, mit wem und wo auch immer sie wollte zu flirten.

Nita stellte eine weitere Frage, die ich nicht mitbekam, und ich ließ meinen Blick über die Journalistin schweifen. Sie hatte Kurven, wie weder Jamila noch ich sie hatten. Vielleicht mochte Jamila Frauen mit mehr auf den Rippen. Wie ich hatte sie langes, dickes Haar, doch ihres war schokoladenbraun, nicht blond. Ihre Haut hatte einen olivfarbenen Ton, nicht blass wie meine. Ihre dunklen Augen waren scharf und zeugten von einer Intelligenz, die Jamila sichtlich faszinierte.

Außerdem war sie auf eine Weise selbstbewusst, wie ich es nur vortäuschte. Durch meine Recherche wusste ich, dass sie seit mehr als zehn Jahren als Journalistin arbeitete und für immer beeindruckendere Publikationen schrieb. Und jetzt hatte sie einen Leitartikel für *Buzz Bizz* mit einem exklusiven Fotoshooting. Sie wusste so genau, was sie vom Leben wollte. Ihre Karriere war auf dem aufsteigenden Ast, und ich konnte mich nicht einmal für ein Berufsfeld entscheiden, geschweige denn in einem erfolgreich sein.

Nita war alles, was ich nicht war. Kein Wunder, dass Jamila sie mochte.

Jamila rückte zurecht und schlug die Beine übereinander, was mir signalisierte, dass etwas nicht stimmte. Normalerweise nahm sie so viel Platz wie möglich ein, doch jetzt schien sie sich zusammenzukauern. Ich schüttelte meine Selbstbeobachtung ab und klinkte mich wieder in das Gespräch ein.

»Jeder weiß, dass Jamila Jallow ein Star in Stanford war und weniger als ein Jahr nach ihrem Abschluss eine millionenschwere App hatte. Aber nur wenige wissen, dass Sie in Texas in bescheidenen Verhältnissen aufgewachsen sind.«

»Normalerweise spreche ich nicht darüber.« Sie warf mir einen Blick zu.

Ich fasste es als Hilferuf auf. »Sie müssen über nichts sprechen, worüber Sie nicht sprechen möchten.«

»Ihre Arbeit mit den Programmier-Camps hat in letzter Zeit in den sozialen Medien viel Aufsehen erregt«, bohrte Nita nach. »Was steckt hinter Ihrem Interesse, kostenlose Camps für unterprivilegierte Mädchen anzubieten?«

Jamila schenkte ihr ein gefährliches Lächeln. »Ich möchte der Gemeinde in Austin etwas zurückgeben und Kindern die Möglichkeiten bieten, die ich mir gewünscht hätte.«

»Möglichkeiten, die Sie sich gewünscht hätten? Gab es an Ihrer Schule keine Programmierkurse?«

Jamila stieß ein Lachen aus. »Nein. Meine Highschool bot nicht einmal Leistungskurse an. Ich habe mir einen Sommerjob gesucht, um mir die Studiengebühren an einem örtlichen Community College leisten zu können, damit ich die fortgeschrittenen Mathe- und Wissenschaftskurse belegen konnte, die meine Schule nicht anbot.«

»Würden Sie Ihre Familie als wirtschaftlich benachteiligt bezeichnen?«

»Das würde ich nicht.« Jamila verschränkte die Arme. »Wir hatten genug zu essen und eine unterstützende Familie und Gemeinschaft. Wir hatten alles, was wir brauchten.«

»Konzentrieren wir uns auf die Gegenwart, auf das, was Jamila tut, um etwas zurückzugeben«, sagte ich, bevor Nita eine Anschlussfrage stellen konnte. »Jamila, können Sie mehr über die Camps erzählen? Wie lange leiten Sie sie schon?«

Jamilas Schultern entspannten sich, als sie begann, die Geschichte der Camps zu erzählen. Aber wie Nita fragte auch ich mich nach Jamilas Leben vor Stanford. Sie war als zielstrebige College-Studentin vollkommen fertig geformt in mein Leben getreten. Sie und ihre Brüder waren jetzt erfolgreich und sie behauptete, sie hätten in ihrer Kindheit genug gehabt. Sie hatte ihre angespannte Beziehung zu ihrer Großmutter erwähnt, aber kein Wort über ihre Eltern verloren. Was *war* Jamilas Geschichte?

Offensichtlich wollte sie sie nicht erzählen und Nita hörte auf, darauf zu drängen. Nach einer weiteren halben Stunde waren sie fertig, die Telefonnummern wurden ausgetauscht und Nita stolzierte davon, während die Techniker mit dem Abbau begannen. Der Fotograf rief Jamila zu sich. Er machte ein paar Testaufnahmen, passte die Beleuchtung an und testete erneut. Als er zufrieden war, schickte er Jamila zum Umziehen.

Sie trat aus der Umkleidekabine in einem buttergelben Anzug von Alexander McQueen. Die Jacke war lang und schmal geschnitten. Ich verschluckte mich fast an meiner eigenen Zunge, als mir klar wurde, dass sie nichts darunter trug. Der einzelne Knopf befand sich genau am Ansatz ihrer Rippen und gewährte mir – ich meine, dem Fotografen und der ganzen verdammten Welt – einen langen V-förmigen Blick auf ihre seidige Haut.

»Was meinst du, Nat?« Sie hob die Arme und wirbelte im Wonder-Woman-Stil herum, um mir zu zeigen, wie die Jacke hinten knapp über ihrem formschönen Hintern in der eng anliegenden Hose ausgestellt war.

»Wow.« Ich umklammerte die Armlehne des Stuhls, den ich herangezogen hatte, um zuzusehen. »Sie sehen ... Sie sehen fantastisch aus«, sagte ich, laut genug, um den pochenden Beat der Dance-Club-Musik zu übertönen, die der Fotograf angemacht hatte.

»Meinst du? Deinem Gesichtsausdruck nach zu urteilen, hätte ich das nicht gedacht.« Sie grinste mich über ihre Schulter hinweg an.

Verdammt, sie wusste ganz genau, wie sehr mir dieser Anzug gefiel.

Die Visagistin frischte ihr Make-up auf, dann winkte der Fotograf sie zu sich. Er wies Jamila an, sich auf die weiße Chaiselongue zu fläzen. Nachdem er ein Dutzend Fotos geschossen hatte, bat er sie, sich auf den Stuhl zu setzen, die Ellbogen auf ihre weit gespreizten Knie zu stützen und mit demselben Grinsen, das sie mir geschenkt hatte, direkt in die Kamera zu blicken. Ihr Gesichtsausdruck forderte jeden heraus, sie zu unterschätzen.

Ich tat das ganz sicher nicht. Jamila war kraftvoll, selbstbewusst. Sie würde nicht zögern zu handeln, wenn sie ihre Firma bedroht fühlte. Und deshalb hatte sie den Ermittler engagiert. Sie war nicht paranoid. Sie wusste, dass etwas nicht stimmte, und sie würde niemals zulassen, dass ein Leck ihre Firma gefährdete.

»Nat.«

Als ich aufblickte, überragte Jamila mich. Sie hatte sich an mich herangeschlichen wie ein Ninja.

»Hey.« Ich blinzelte ein Dutzend Mal, um meine Gedanken zu ordnen. »Was gibt's?«

»Ich ziehe als Nächstes ein Kleid an. Kannst du mir mit dem Reißverschluss helfen?«

»Oh, äh ...« Allein mit Jamila wäre ich versucht, wieder etwas Dummes zu tun, etwas, das ich nicht tun sollte. Zum Beispiel sie zu küssen. Ich sah mich nach jemand anderem um, der helfen könnte. Aber meine verräterischen Knie hoben mich in den Stand. Ich schätze, ich würde alles tun, worum sie mich bat. »Natürlich.«

Ich folgte ihr in die Umkleidekabine. Sie schnappte sich das

Etuikleid vom Kleiderständer und ging hinter den Paravent in der Ecke. Nachdem ich eine Minute lang unbeholfen auf der anderen Seite herumgestanden hatte, blätterte ich durch die anderen Outfits auf dem Ständer, um mich abzulenken.

»Du standest schon immer auf Klamotten, nicht wahr?«

Ich blickte über meine Schulter. Jamila spähte um den Rand des Paravents herum. Der gelbe Blazer und die Hose waren über seine Oberkante geschlungen. War sie nackt?

Ich räusperte mich. »Ich liebe Kleidung immer noch. Lassen Sie mich das für Sie aufhängen.«

Ich trat zur Mitte des Paravents, um nicht in Versuchung zu geraten, einen Blick zu erhaschen. Nachdem ich den Anzug, der noch warm von ihrem Körper war, hochgehoben hatte, widerstand ich dem Drang, meine Nase hineinzustecken und ihren Duft einzuatmen. Ich streckte eine Hand hinüber. »Kleiderbügel?«

Der Holzbügel drückte sich in meine Handfläche und ich beschäftigte mich damit, den Anzug zu richten.

»Fertig.« Sie trat hinter dem Paravent hervor und presste eine Hand auf ihre Brust, damit das Kleid nicht von ihr rutschte.

Das Etuikleid war in einem satten Mohnrot mit einem hohen Schlitz vorne. Der U-Boot-Ausschnitt schmiegte sich kaum an ihre Schultern und enthüllte ein V aus Haut zwischen ihren Brüsten. Professionell und doch verführerisch würde das Kleid in jedem Raum, den Jamila betrat, alle Blicke auf sich ziehen. Ich konnte meine nicht von ihrer schlanken Silhouette lassen.

Sie drehte sich um. »Reißverschluss, bitte.«

Der Ausschnitt war im Rücken tief und reichte bis unter ihre Schulterblätter. Der Reißverschluss begann an ihrem Steißbein und gewährte mir einen Einblick in den blütenrosa Spitzenbund ihres Höschens. Sie hatte überhaupt nicht versucht, ihn zuzuziehen. Sie trug auch keinen BH.

»Alles in Ordnung bei dir, Nat?« Sie blickte wieder über ihre Schulter und grinste über den törichten Gesichtsausdruck, den ich wohl machte.

»Ähm, ja.« Ich stürzte auf sie zu und versuchte, meine schwitzigen Handflächen von der Woll-Seiden-Mischung fernzuhalten. Der Fotograf würde sich beschweren, wenn ich einen Handabdruck hinterließe. Ich kniff den Stoff am unteren Ende des Reißverschlusses zusammen und zog mit der anderen Hand langsam den Schieber ihren Rücken hinauf.

»Weißt du«, sagte sie, »wenn ich es nicht besser wüsste, würde ich denken, dass du auf mich stehst.«

Meine Finger rutschten vom Reißverschluss ab. »Was – wie kommen Sie darauf?«

»Ach, ich weiß nicht, einfach weil du mich heute nicht aus den Augen lassen kannst. Dann war da noch der Kuss neulich Abend, als du betrunken warst, oder erinnerst du dich nicht daran?«

Sie bot mir einen Ausweg. Es wäre so einfach zu behaupten, ich würde mich nicht erinnern. Alles auf den Tequila zu schieben. Aber das war nicht ich. Vielleicht würde ich die Wahrheit eine Weile verschweigen, so wie ich es bei meinen Eltern getan hatte, als ich die Kochschule abgebrochen hatte und als ich mein Auto verloren hatte, aber ich war keine Lügnerin.

»Ich erinnere mich. Und es tut mir leid.«

»Es tut dir leid?« Sie wartete, bis ich den Reißverschluss ganz nach oben gezogen hatte, dann drehte sie sich so anmutig wie eine Ballerina zu mir um.

»Ja. Ich, äh, habe nicht zuerst gefragt. Außerdem weiß ich, dass Sie nicht auf mich stehen.«

»Ach ja?« Ihre Augenbrauen hoben sich. »Das wissen Sie ganz sicher.«

»Ich … ja?« Wie zum Teufel erwartete sie, dass ich darauf antwortete?

»Bist du dir sicher, dass du auf mich stehst?« In ihren beigefarbenen Absätzen überragte sie mich. Sie stemmte die Hände in die Hüften. »Du bist nicht nur bi-neugierig?«

Ich stand so groß und gerade, wie ich konnte, und reichte ihr trotzdem nur bis zum Kinn. »Ich bin definitiv bi. Ich habe schon etwas Erfahrung.« Ich hatte im College ein Mädchen geküsst, und in den unsterblichen Worten von Katy Perry, ich fand es gut. Also hatte ich noch ein paar mehr geküsst.

»Ach, wirklich?« Ihr Blick fixierte meine Lippen. Ich leckte sie mir. Sie trug einen glänzenden, kusszarten, burgunderroten Lippenstift, und ich schwankte vorwärts. »Interessant.«

Sie ließ eine Hand an ihre Seite fallen, während die andere auf ihrer Hüfte gestützt blieb, und schlenderte mit wiegenden Hüften aus dem Raum.

Ich stand da und starrte mit offenem Mund auf die Tür. Was zum Teufel war gerade passiert? Bedeutete das, dass Jamila Jallow an mir interessiert war? Hatte sie mich nur aufgezogen? Ich spielte das Gespräch noch einmal durch. Sie hatte nie wirklich gesagt, dass sie mich mochte. Oder dass sie mich küssen wollte.

Oder doch?

Wie ein Zombie stolperte ich aus der Umkleidekabine und ließ mich auf einen Stuhl fallen, um das Shooting zu beobachten. Interpretierte ich zu viel in den intensiven Blick, der gelegentlich zu mir wanderte? Oder in den übertriebenen Schwung ihrer Hüften, als sie sich auf Anweisung des Fotografen drehte? In das freche Augenzwinkern, das sie mir zuwarf, als sie mich mit offenem Mund anstarrend erwischte?

Als der Fotograf sie endlich entließ, winkte sie. Ich folgte ihr in die provisorische Umkleidekabine. Sie drehte mir ohne ein Wort den Rücken zu, und ich zog den Reißverschluss herunter, wobei ich unten innehielt. Ich ließ meinen Zeigefinger über dem Bund ihres Höschens schweben und wünschte, ich würde mich trauen zu fragen, ob ich sie berühren dürfte.

Aber das tat ich nicht.

»Ich finde, wir sollten feiern«, sagte sie und trat wieder hinter den Paravent.

»Feiern?«

»Dass dieses lächerliche Ding vorbei ist. Hier, fang.« Das rote Kleid schwebte in einem Bogen über den Paravent und ich fing es auf.

Es roch nach ihrem blumigen Parfüm und ich konnte mich

kaum beherrschen, mein Gesicht nicht darin zu vergraben. Vorsichtig hängte ich es auf einen Bügel und klickte ihn auf den Kleiderständer.

Sie trat hervor, bekleidet mit der Hose und dem Blazer, die sie zuvor getragen hatte. »Ein feierliches Abendessen? Geht auf mich.«

»Ähm, sicher.« Obwohl es dumm von mir war, mich selbst zu quälen, indem ich noch mehr Zeit mit ihr verbrachte, konnte ich nicht widerstehen.

Sie schnaubte. »Kling nicht so begeistert davon.«

»Ich bin begeistert«, protestierte ich. »Wohin wollen Sie gehen?«

»Macht es dir etwas aus, wenn wir bei mir Essen zum Mitnehmen bestellen? Ich bin bereit, aus diesen Absätzen rauszukommen und mir das Gesicht zu waschen.«

Gütiger Himmel.

15

AN DIESEM ABEND lümmelte ich auf Jamilas Sofa. Geplünderte Behälter vom chinesischen Lieferservice waren über den Couchtisch verstreut, und Quill.i.am stupste in seinem Gehege einen knisternden Katzenball an. Im Fernsehen lief eine klassische Folge von *Star Trek*.

Sie ließ Patrick Stewart auf dem Bildschirm erstarren und zerstörte damit mein trügerisches Gefühl der Sicherheit.

»Also … du stehst auf mich.« Sie saß auf dem Boden und lehnte mit dem Rücken an ihrem Sofa. Die Leggings, die sie heute Abend trug, hatten ein zartes Rosa, das mich unangenehm an den flüchtigen Blick erinnerte, den ich auf ihr Höschen erhascht hatte.

Ich stellte beide Füße auf den Boden und schaute zu Quill hinüber. Er reckte seine winzige rosa Nase in die Luft und lauschte.

»Ich glaube, du weißt, dass ich das tue«, sagte ich gereizt.

»Interessant.«

»Das hast du schon mal gesagt.« Ich wusste immer noch nicht, was das bedeuten sollte.

»Hilfst du mir deshalb bei der PR?«

»Nein!« Ich drehte mich zu ihr um. »Ich helfe dir, weil du Hilfe brauchst. Dass ich dich mag … das ist etwas anderes.«

»Hast du angefangen, mich zu mögen, als du bei Jamilow angefangen hast zu arbeiten?«

»Wieso darfst du eigentlich die ganzen Fragen stellen? Vielleicht habe ich auch Fragen.«

»Vielleicht hast du das. Aber ich glaube, wir wissen beide, wie das hier läuft, Babygirl.«

Ich blickte auf meinen Schoß. Natürlich wusste ich, wie das lief. Jamila hatte immer das Sagen. Das war eine der Sachen, die mich anmachten.

»Wie lange schon?« Ihre Stimme war sanft, doch der Zwang darin war stählern.

»Seit ich ungefähr vierzehn war. Genau genommen habe ich da erst realisiert, dass ich auf die gleiche Weise auf dich stehe wie auf Harry Styles. Wahrscheinlich hat es aber schon früher angefangen.«

»Warte. Du hattest nicht wirklich was mit Harry Styles, oder?«

»O.M.G., ich wünschte. Obwohl ich es hassen würde, jemanden mit besseren Haaren als ich zu daten.«

»Da musst du dir keine Sorgen machen.« Sie fuhr sich mit einer Hand über ihre kurzen Locken. Ich wünschte, ich könnte mich vorbeugen und ihrer Hand mit meiner folgen, um ihr zu zeigen, wie sehr ich sie mochte.

»So lange schon?« Sie starrte mich mit ihren dunklen Augen an. Das Licht des Fernsehers betonte ihre Wangenknochen.

»Ja, da habe ich herausgefunden, dass ich bi bin. Ich dachte aber, es wäre nur ein unbequemer Teil meiner Persönlichkeit. Einer, den ich ignorieren könnte. Also habe ich nur Männer gedatet. Wegen meiner Mutter.« Ich rümpfte die Nase.

»Und was würde Audrey sagen, wenn sie wüsste, dass du mich geküsst hast?«

Ich schnaubte. »Du kennst doch Mutter. Sie findet mich nur dann etwas wert, wenn ich die perfekte kleine High-Society-Tochter spiele. Sie hat die Hoffnung aufgegeben, dass ich eine Karriere finde, und will, dass ich mich zur Ruhe setze und ihr mehr Enkelkinder schenke. Die PR-Arbeit, die ich für dich mache, ist das Einzige, was sie davon abhält, mir irgendeinen reichen Kerl unterzujubeln. Vielleicht wäre eine reiche Frau genauso gut?« Ich schielte zu ihr hinüber.

Sie lachte laut und schallend. »Vielleicht. Obwohl die schwerer zu finden sind. Verdammtes Patriarchat. Ich stehe nicht auf was Langfristiges. Tut mir leid, Baby.«

Natürlich stand sie nicht auf die Ewigkeit und schon gar nicht mit mir. Sie sah mich als irgendein lächerliches Mädchen mit Sternchen in den Augen. Ich sollte meine Tasche nehmen und gehen, bevor ich mich noch mehr demütigte, als ich es ohnehin schon getan hatte.

»Erzähl mir von der Erfahrung, die du vorhin erwähnt hast. Du datest nur Männer, aber ...« Sie hob die Augenbrauen.

Meine Wangen glühten. »Ich, äh. Ich hatte im College ein paar Lerntreffen mit Mädchen. Wir haben uns ein wenig geküsst und berührt.«

»Seid ihr gekommen?«, verlangte sie zu wissen.

»Manchmal. Dann, danach –«

»Als du auf der Modeschule warst oder als du den Blumenladen hattest?«

»Ich wusste nicht, dass du meine Karriere so genau verfolgt hast.« Ich kicherte. »Weder noch. Als ich das Praktikum bei der Eventplanungsfirma gemacht habe.«

»Hattest du was mit einer Brautjungfer?« Ihre Augen wurden groß.

»Nein. Gäste waren tabu.«

»Und du hältst dich immer an die Regeln.«

»Meistens.« Larry zu befreien war die Ausnahme gewesen. »Jedenfalls ist das Team nach Veranstaltungen manchmal ausgegangen, und ein paar Mal hatte ich was mit jemandem, den ich in einer Bar kennengelernt habe. Manchmal ein Mann. Manchmal eine Frau. Was ist mit dir? Ich habe gesehen, dass du sowohl Männer als auch Frauen datest.« Tatsächlich war sie zu vielen Veranstaltungen mit Cooper Fallon gegangen. Das war, bevor er sich mit seiner ehemaligen Assistentin verlobt hatte.

»Ja, ich wusste schon immer, dass ich bi bin. In der Highschool habe ich mehr Mädchen als Jungs gedatet. Ich mochte Sex – sehr sogar –, aber das Letzte, was ich wollte, war, schwanger zu werden und meine Chance zu verpassen, aufs College zu gehen. Mädchen waren sicherer.«

»Waren sie das?«, fragte ich. Sie hatte das mit unerwarteter Bitterkeit gesagt.

»Na ja, abgesehen von meiner Beliebtheit. In der Highschool war ich der lesbische Nerd. Das hat Spaß gemacht.«

Ich versuchte, mir eine nerdige Jamila in der Highschool vorzustellen, aber es gelang mir nicht. Sie war so selbstbewusst, so elegant. Ich biss mir auf die Lippe. In Austin hatte ich einen Eindruck von ihrer Vergangenheit bekommen, heute einen weiteren. Ich wollte mehr.

»In Austin hast du davon gesprochen, dass du bei deiner Großmutter und deinen Brüdern gelebt hast. Wie war das?«

Sie rieb sich mit einer Hand über das Gesicht. »Danke übrigens, dass du meine Brüder ertragen hast. Ich weiß, dass sie ziemlich anstrengend sein können.«

Ich grinste. »Sie machen Spaß. Und sie vergöttern dich.« *Genau wie ich.*

Sie schnaubte. »Das weiß ich nicht, aber wir standen uns schon immer nahe. Unser Daddy war Trucker und manchmal eine ganze Woche weg. Mama hat in Teilzeit gearbeitet und uns bei der Nachbarin gelassen, die nicht besonders nett war. Mir ist jetzt klar, dass es viel verlangt war, auf drei unbändige Kinder aufzupassen, aber es war gewissermaßen wir gegen sie, weißt du? Ich habe versucht, die Jungs aus Schwierigkeiten herauszuhalten, und ich habe sie verteidigt, wenn ich es nicht konnte.«

Sie schaute weg. »Jedenfalls ist Daddy gestorben, als ich sechs war und die Zwillinge drei.«

Ich legte ihr eine Hand auf die Schulter. »Das tut mir so leid.«

Sie zuckte mit den Schultern. »Das ist sehr, sehr lange her.« Sie wandte sich dem Fernseher zu, aber ich wusste, dass sie Captain Picard nicht sah.

»Es war viel für meine Mom«, sagte sie. »Ich habe es damals nicht verstanden, aber jetzt verstehe ich es. Sie wurde zur Alleinverdienerin für drei kleine Kinder, von denen zwei noch nicht alt genug für die Schule waren. Sie konnte sich die Hypothek und die Kinderbetreuung nicht auch noch leisten. Nicht ohne Unterstützung. Mama hatte sich von ihren Eltern entfremdet, seit sie in der Highschool mit mir schwanger geworden war.«

Als sie innehielt, begann Quill.i.am seine nächtlichen Übungen auf seinem quietschenden Laufrad.

»Sie wollten Größeres für sie, weißt du? Ich meine, sie wollte das auch, aber Kondome versagen eben manchmal. Die USA mögen für viele das Land der unbegrenzten Möglichkeiten sein, aber das gilt nicht für Mädchen, die mit siebzehn schwanger werden.«

Jetzt verstand ich Jamilas Highschool-Freundinnen. Ich drückte ihre Schulter.

»Also zogen wir zu Daddys Mutter, Nana. Sie war einer ähnlichen Meinung. Sie dachte, sie hätten abtreiben und aufs College gehen sollen, wie sie es geplant hatten, und etwas aus sich machen. Wahrscheinlich hatte sie recht. Das hätte ich getan. Aber dann wäre ich nicht hier, also ...« Sie zuckte mit den Schultern.

»Ich bin froh, dass sie dich bekommen haben.«

Ein Lächeln huschte über ihr Gesicht. »Meine Nana hat Mama dafür kritisiert, dass sie keinen besseren Job hatte – sie war Kellnerin –, dass sie nicht wieder zur Schule ging und dass sie mehr Kinder hatte, als sie versorgen konnte. Ich glaube, sie hat mir auch ein wenig übel genommen, dass ich ihre Träume für ihren Sohn ruiniert habe.«

Ich rutschte neben ihr auf den Boden und legte einen Arm um ihre Schultern. »Das war nicht deine Schuld.«

Sie schmiegte ihre knochige Schulter an meine Brust. »Ich weiß, dass es das nicht war, aber Nana und ich waren wie Feuer und Wasser. Schon immer.«

»Was ist mit deiner Mutter? Standest du ihr nahe?«

»Nicht wirklich. Sie hat immer gearbeitet. Sie sagte, es sei wegen des Geldes. Ich hatte den Verdacht, dass sie aus dem Haus und weg von Nanas Nörgelei sein wollte und weg von uns Kindern, die sie an Daddy erinnerten. Dann bekam sie eine Chance unten in Houston in einem Ausbildungsprogramm für Restaurantmanager. Als sie ging, sagte sie, sie würde zurückkommen, wenn das Programm vorbei wäre, und einen Job als Managerin in Austin annehmen.«

»Aber es kam anders. Ich weiß nicht, ob es ihre Entscheidung war oder nicht. Ich war neun und dachte, Erwachsene könnten alles tun, was sie wollten. Natürlich dachte ich, sie hätte es sich so ausgesucht. Sie blieb dort unten und sagte, sie könne uns nicht zu sich holen, da sie die ganze Zeit arbeite und nicht genug verdiene, um die Nachmittagsbetreuung und so weiter zu bezahlen. Sie schickte Nana Geld für uns. Nicht viel, aber wir hatten immer neue Turnschuhe für den Schulanfang und Kleidung für die Kirche am Sonntag.«

»Geld ist nicht das Einzige, was Kinder brauchen.« Wir hatten reichlich, aber in unserer Familie klaffte nach dem Tod unseres Vaters immer noch ein Loch. Charles füllte einen Teil davon aus, besonders für mich als Jüngste, aber es gab einen Teil meines Herzens, den selbst er niemals erreichen konnte.

»Nana hat uns geliebt, aber sie war nicht die herzlichste Person. Das Letzte, was sie wollte, war, dass wir so aufwachsen und von der Hand in den Mund leben wie unsere Eltern, also hat sie uns hart angetrieben.«

»Rückblickend weiß ich das zu schätzen. Ohne ihre Antreiberei wäre ich heute nicht da, wo ich bin. Aber damals war ich wütend. Ich habe J.J. und Jevin immer vor ihr abgeschirmt und sie gedeckt, wenn sie Mist gebaut haben. Ich habe gelernt, ihre Unterschrift auf den Mitteilungen für die Schule zu fälschen.« Sie kicherte. »Davon haben sie ständig welche bekommen. Wenn Nanas Netzwerk von Kirchenfreundinnen ihr erzählte, was sie angestellt hatten, war ich es, die ihre Tränen getrocknet und ihnen gesagt hat, dass sie gut genug sind.«

Ich versuchte, mir Jamila als Ersatzmutter vorzustellen. Bei der

Arbeit war sie eine solche Kraft, die jeden dazu antrieb, sein Bestes zu geben. Auch mit Jackson und Cooper war sie intensiv, aber ich erinnerte mich an Momente, in denen sie sie mit einem Klaps auf den Rücken ermutigte oder sie mit einer Umarmung tröstete. Ich konnte mir vorstellen, dass sie dasselbe mit ihren Brüdern tat. Vielleicht hatte sie deshalb mit Jackson und seinem College-Mitbewohner ein Trio gebildet. Weit weg von zu Hause brauchte sie eine Ersatzfamilie und ein paar Jungs, die sie aus Schwierigkeiten heraushalten konnte.

Ich erlaubte mir, sie näher an mich heranzuziehen, um ihren blumigen Duft einzuatmen. Ihre spitze Schulter stach mir in die Brust, aber das war mir egal. »Du hattest recht. Sie haben sich großartig gemacht. Und du auch.«

»Wir haben uns ganz gut geschlagen.«

»Besser als nur ganz gut.« Dann fragte ich sie, was mich neugierig gemacht hatte, seit ich ihr Zuhause gesehen hatte. »Hast du deshalb dieses Haus gekauft? Weil du all dein Geld nach Hause geschickt hast, um deine Familie zu unterstützen?«

»Das ist ein Teil davon. Ich bin nicht so aufgewachsen wie du. Meine Nana hat ihr ganzes Leben lang sparsam gelebt und ihr Haus abbezahlt, als wir einzogen. Ihre Rente und das, was Mama schickte, reichten für Essen, Kleidung und Steuern, aber es gab nie etwas extra. Ich habe gesehen, wie unsicher das Leben sein kann, also habe ich ein Haus gewählt, das ich bar bezahlen konnte. Es ist gemütlich, und es ist alles, was ich brauche. Es ist mehr als gut genug.« Ihre Schultern hatten sich zu ihren Ohren hochgezogen.

Ich strich ihr mit einer Hand über den Arm. »Natürlich ist es das. Es ist ein wunderschönes Zuhause. Deine Nachbarschaft ist auch schön. Sogar deine Nachbarin mit den Avocados.«

»Dafür habe ich Ärger bekommen, weißt du. Du hast mir nicht erzählt, dass Mrs. González Hilfe mit ihrem Baum brauchte. Ich habe eine ganz schöne Standpauke bekommen, als ich sie das nächste Mal sah.«

»Ups.« Als ich Jamila mit ihrem von der Schulter rutschenden Sweatshirt gesehen hatte, hatte ich alles andere vergessen.

»Sie hat etwas von einem schicken Mercedes erwähnt. Ist das nicht Audreys Auto? Was ist mit deinem passiert?«

Ich zuckte zusammen. Sie hatte mir ihre Geschichte erzählt. Es war an der Zeit, meine eigene zu teilen.

»Ich habe technisch gesehen immer noch ein Auto«, sagte ich. »Du erinnerst dich. Meine Eltern haben es mir zu meinem achtzehnten Geburtstag geschenkt. Es ist dieses süße kleine rote BMW-Coupé.«

»Daran erinnere ich mich genau. Ich habe nie geglaubt, dass Leute anderen Leuten tatsächlich *Autos* schenken. Wo kriegt man überhaupt so eine riesige rosa Schleife her?«

»Ich weiß es nicht. Aber jede meiner Highschool-Freundinnen hat ein Auto mit einer Schleife drauf bekommen.«

Jamila murmelte etwas und schüttelte den Kopf. »Also, was ist passiert? Hast du einen Unfall gebaut?«

Ich sog die Luft ein, trotz der Scham, die wie ein Bleikristall-Briefbeschwerer auf meiner Lunge lastete. »Nein. Ich habe diese Frau an meinem ersten Tag in der Kochschule kennengelernt. Nennen wir sie … Ruby. Wir fingen als Lernpartner an. Wir trafen uns in einem Café in der Nähe der Schule und gingen vor den Prüfungen unsere Notizen durch. Einmal bin ich zu ihr gegangen, um Kuchen zu backen. Ich bekam den Teig nicht hin, und sie hatte einfach ein Händchen dafür. Ihre Böden waren blättrig und zart und … magisch.« Ich seufzte bei der Erinnerung.

»Meine Nana hat immer einen guten Mürbeteig gemacht«, sagte Jamila. »Ich habe den Dreh nie rausbekommen.«

»Ist schwer, oder? Jedenfalls haben wir danach rumgehangen, um *The Great British Bake Off* zu schauen. Alle haben darüber geredet, und ich hatte es noch nie zuvor gesehen. Sie hat mich deswegen aufgezogen, dann fing sie an, mich zu kitzeln, und dann haben wir uns plötzlich geküsst.« Sie hatte buttrig geschmeckt, wie ihr Kuchenboden.

Jamila streichelte mein Knie.

Ich war froh, dass sie meine glühenden Wangen im Dunkeln nicht sehen konnte. »In der nächsten Woche kam ich zu spät ins

Café, und sie sah mich in meinem BMW vorfahren. Er ist, du weißt schon, nicht sehr unauffällig in der Gegend um das College. Sie hat mich darauf angesprochen, also habe ich ihr erzählt, wie meine Eltern ihn mir geschenkt haben.«

Jamila setzte sich auf. »Das hast du nicht wirklich getan.«

Ich vermisste ihre Wärme. »Es war naiv von mir. Das weiß ich jetzt. Sie hat mich gefragt, ob sie ihn fahren dürfte, und natürlich habe ich Ja gesagt. Wir sind ein paar Stunden herumgefahren. Sie ist sogar auf die 101 gefahren. Danach sind wir in diesem Strandrestaurant gelandet. Ich habe natürlich bezahlt, und wir sind Händchen haltend am Strand spazieren gegangen und haben uns dann am Pier wild geküsst.« Ihr windzerzaustes, rotbraunes Haar hatte sich weich an meiner Wange angefühlt.

»Oh, Mädchen.« Jamila schüttelte den Kopf.

»Hör zu, ich dachte, es hätte etwas bedeutet, okay? An jenem Freitag nach dem Unterricht sah sie also ganz traurig aus, und ich fragte sie, warum. Sie sagte, sie müsse nach Sacramento fahren, um ihrer Mutter bei ein paar Besorgungen zu helfen. Weihnachtseinkäufe und so. Sie sagte, ihre Mutter hätte Krebs. Und dass ihr Auto den Geist aufgegeben hätte. Sie konnte es sich im Moment nicht leisten, es reparieren zu lassen. Also sagte ich: ›Leih dir mein Auto.‹ Ich meine, das würde doch jeder sagen, oder?«

»Nö.«

Ich seufzte. »Na ja, ich schon. Ich war das ganze Wochenende glücklich, dass ich ihr – und ihrer Mutter – geholfen hatte. Als sie am Montag zurückkam, war sie so dankbar und süß. Wir haben uns gleich wieder im Flur in der Schule geküsst. Sie hatte vergessen, die Schlüssel mitzubringen, und ich war so überglücklich, dass ich nicht darüber nachgedacht habe.«

»Mädchen …« Diesmal lächelte Jamila nachsichtig.

»Ich weiß, ich weiß. Es klingt jetzt lächerlich, aber ich habe mir nichts dabei gedacht. Ich habe meiner Freundin geholfen. Dann kam die Prüfungswoche, und das Leben war verrückt. Ich wusste, ihres war es auch, und ich ließ es schleifen. Ich dachte, wir würden uns nach den Prüfungen treffen, und ich würde die Schlüssel dann von ihr zurückbekommen.«

»Aber nach den Prüfungen hat sie mich geghostet. Als ich das kapiert habe, war es zu spät. Ich bin zu ihrer Wohnung gegangen, und sie war weg. Das Auto stand nicht auf dem Parkplatz. Es war einfach … weg. Und Ruby auch.« Mein Herz war zerbröselt wie ihr Kuchenboden, als ihr Vermieter sagte, sie sei ausgezogen. Für Trauer um das Auto war kein Platz.

»Was haben Audrey und Charles gesagt?«

»Du glaubst doch nicht, dass ich es ihnen erzählt habe?«

»Wie konntest du nicht? Das ist fünf Monate her.«

Ich zuckte mit den Schultern. »Jedes Mal, wenn sie danach fragen, finde ich eine Ausrede. Ich habe keine Lust zu fahren. Ich habe mein Auto einer Freundin geliehen. Beides wahr. Da ich ständig solche Sachen mache, verdrehen sie nur die Augen und fahren. Manchmal bitte ich meine Brüder, mich zu fahren, oder rufe ein Uber.«

»Sag mir, dass du eine Anzeige bei der Polizei erstattet hast.«

Ich zuckte zusammen. »Nein. Ich schätze, ich hatte gehofft, sie würde meine Anrufe oder Nachrichten erwidern. Ich dachte, wenn die Zulassung zur Erneuerung ansteht, wäre es ihr Problem, dann würde sie es zurückbringen oder mich kontaktieren oder so, aber das hat sie nie getan.«

Ich schlug die Hand vors Gesicht. Jamila würde so etwas nie zulassen. Niemand würde es je versuchen. Nicht bei einer so starken, selbstbewussten Frau. Der Art von Frau, die ich niemals sein könnte.

16

NACHDEM ICH JAMILA ERZÄHLT HATTE, wie man mich reingelegt hatte, fühlte ich mich so leicht, dass ich förmlich schwebte. Ich spürte die nicht ganz so weiche Beschaffenheit ihres Wohnzimmerteppichs nicht mehr.

»Kleine, du hast ein viel zu weiches Herz.« Jamila drehte sich zu mir, nahm eine meiner Haarsträhnen und wickelte sie sich um den Finger. Ich genoss das sanfte Ziehen.

»Ruby brauchte Hilfe. Dachte ich zumindest.«

»Du versuchst immer, den Leuten zu helfen – sogar mir.«

»Anderen zu helfen, gibt mir ein gutes Gefühl.«

Sie lächelte, aber es war ein wenig traurig. »Hat sie dir ein gutes Gefühl gegeben?«

»Ja. Ich habe ihr die Geschichte mit ihrer kranken Mutter geglaubt. Ich hoffe, sie war wahr und ich habe geholfen.«

»Nein, Süße. Hat sie dir ein *gutes* Gefühl gegeben?« Sie zog etwas fester an meinem Haar.

»Oh. *Oh.* Du meinst, ob sie mich zum Kommen gebracht hat? Nein, wir haben nur rumgemacht.«

Jamilas Finger hielten inne. »Man kann auch beim Rummachen kommen. Wenn man es richtig macht.«

Das verarbeitete ich noch, als sie fragte: »Was ist mit deinen unverbindlichen Nummern nach dem College? Bist du bei denen gekommen?«

Ich rutschte auf dem Teppich hin und her. »Normalerweise schon. Bei den Kerlen nicht immer. Es fällt mir manchmal schwer, mich zu … ähm, entspannen.«

»Du warst ziemlich entspannt, als du mich in Austin geküsst hast.«

Ich vergrub mein Gesicht in den Händen. »Ugh, ich wünschte, ich hätte einen von diesen Neuralisatoren aus *Men in Black*. Ich würde dich diesen Abend vergessen lassen.«

»Warum sollte ich diesen Abend vergessen wollen?« Sie zog meine Finger von meinem Gesicht weg.

»Es ist mir total peinlich, okay? Und es tut mir leid. Ich habe nicht einmal gefragt, bevor ich dich geküsst habe.«

»Das stimmt. Was aber nicht heißt, dass ich deswegen sauer bin.«

»Aber du saßt einfach nur da! Du hast dich nicht bewegt!«

»Ich war überrascht, das ist alles. Ich wusste nicht, dass Jacksons kleine Schwester bi ist, und ich wusste nicht, dass du auf mich stehst.«

Eine Leichtigkeit sprudelte in meiner Brust auf und staute sich an meinem Halsansatz. Als ich sprach, war meine Stimme hauchdünn. »Und wie denkst du jetzt darüber?«

»Intrigiert.« Sie fuhr mit einem Finger meinen Hals hinunter und hielt in der Kuhle zwischen meinen Schlüsselbeinen an, genau an der Stelle, an der sich die Bläschen festgesetzt hatten. »Auch wenn es einige Gründe gibt, warum ich es bei einem rein intellektuellen Interesse belassen sollte.«

Nein! Mein Herz hämmerte gegen meine Rippen. »Gründe?«

Sie zog sich zurück und zählte sie an ihren Fingern ab. »Erstens bist du meine Angestellte.«

»Ich helfe dir bei der PR«, argumentierte ich. »Ich bin in dein Büro marschiert und habe verlangt, dass du mich dir helfen lässt.«

»Zweitens bist du zehn Jahre jünger als ich. Wir haben völlig unterschiedliche Lebenserfahrungen.«

»Gegensätze ziehen sich an. Sagt das nicht Paula Abdul?«

Jamila verdrehte die Augen. »Du warst noch nicht einmal auf der Welt, als der Song rauskam. Außerdem hat sie ein Video mit einer verdammten Comic-Katze gemacht. Was zum Teufel weiß die schon?«

»Ich finde, da ist was dran.« Ich verschränkte die Arme.

Jamila fuhr mit einem Finger meinen Arm entlang, aber ihre Worte standen im Widerspruch zu der sinnlichen Berührung. »Drittens, und das ist das eigentliche K.o.-Kriterium, du bist die kleine Schwester meines Freundes.«

»Ein K.o.-Kriterium? Jackson besitzt mich nicht. Er hat in meinem Liebesleben nichts zu melden.«

Jamila wühlte mit ihrer Hand in meinem Haar und kratzte mit ihren kurzen Fingernägeln meine Kopfhaut. »Ach ja?«

»Mm-hmm.« Jamilas Hand auf mir war der Himmel. Ich wagte es, einen Finger an ihren Kiefer zu legen und ihn an der langen Säule ihres Halses entlangzuführen, so wie ich es den ganzen Nachmittag schon hatte tun wollen.

Sie schauderte und schmiegte sich dann an meine Berührung. »Wenn du all die Gründe bedenkst, die ich genannt habe, warum das hier nichts anderes sein kann als eine lockere Freundschaft mit begrenzten Vorzügen – wie würdest du zu einem zweiten Versuch stehen?«

Mein Gehirn setzte aus. »Freundschaft mit begrenzten Vorzügen?«

»Ich habe dir gesagt, dass ich nichts Langfristiges mache. Schon gar nicht mit den Geschwistern meiner Freunde. Aber wir können dein Verlangen nach mir stillen. Ich wäre bereit, unsere Freundschaft um die eine oder andere Knutscherei zu erweitern.«

Ein Schauer durchfuhr meinen Körper, bis in die Zähne. Ich schüttelte ihre Hand ab und verschränkte meine in meinem Schoß. »Du machst dich über mich lustig, oder?«

»Nein, Kleine.« Sie legte ihre Hand auf das Sofakissen hinter mir. »Hör zu, du hast mir in den letzten Wochen wirklich geholfen. Du bist jetzt erwachsen. Und ich bin ein bisschen neugierig, wie es wäre.«

»Du bist neugierig«, sagte ich ausdruckslos. »Du würdest mich küssen, um deine Neugier zu befriedigen.«

»Wenn du das aus meinen Worten herauslesen willst, bitte.« Sie zuckte mit den Schultern, aber ihr Blick bohrte sich in mich, alles andere als gleichgültig.

Ich kniff die Augen zusammen. »Du stehst auch auf mich.«

»Das habe ich nicht gesagt.«

Ich schürzte die Lippen. Sie bot mir einen Kuss an, vielleicht ein bisschen Fummeln über der Kleidung, als Experiment. Unverbindlich.

War das genug? Nein.

Aber ich konnte auch nicht darauf verzichten.

»Warum musst du so ein verdammter Arsch sein?«, fragte ich, bevor ich mich vorbeugte und sie küsste, heftig.

Sie erstarrte, genau wie am Dienstagabend im Auto. Aber dann wurden ihre Lippen weicher. Ich drückte mich an sie und leckte über ihre volle Unterlippe.

Sie öffnete sich für mich, und ich drang ein, suchend, forschend, hungrig.

Sie zog sich zurück und ließ mich nach Luft schnappen.

»Ganz ruhig, Kleine. Ich hab dich.«

Sie beugte sich zu mir und legte ihre Lippen schräg auf meine, neckte, drängte vor, zog sich zurück. Jedes Mal, wenn ich ihr nachjagte, wich sie zurück. Dann begann sie wieder, sanft, und gab mir langsam mehr. Schließlich lernte ich, dass sie mir alles geben würde, was ich wollte, wenn ich mich entspannte. Alles, was ich brauchte.

Ihre Brust drückte sich an meine. Ich sehnte mich danach, ihre Haut auf meiner zu spüren.

Ich ließ meine Hand von ihrem Nacken über ihre Schulter zu ihrer Brust gleiten. Ich rieb meine Handfläche über die kleine Wölbung und spürte ihre harte Brustwarze durch ihr dünnes

Tanktop. Gott, sie trug keinen BH. Hätte ich das gewusst, hätte ich die ganze Nacht keinen klaren Gedanken fassen können.

Bildete ich es mir nur ein oder drückte sie sich in meine Handfläche, genauso erregt wie ich? Sie hatte mich nirgends berührt, wo normalerweise meine Kleidung war, aber jeder Teil von mir leuchtete wie der Weihnachtsbaum am Union Square. Ich rieb meine Oberschenkel aneinander und bearbeitete die Naht meiner Jeans an meiner geschwollenen Klitoris. Mein Atem ging schneller.

Ihre Hand lag immer noch in meinem Haar, und sie zupfte an den Wurzeln. Eine Spur von Funken schoss von meiner Kopfhaut meinen Rücken hinunter und rollte sich in meinem Bauch zusammen. Würde ich davon kommen? Ich wollte es nicht. Ich wollte nicht kommen, bevor sie meine Haut berührte.

Ich riss meine Lippen von ihren und küsste sie über die Wange bis zu ihrem Ohr, wo ihr blumiges Parfüm mit dem Kokosnussduft ihres Haarprodukts kollidierte, und ich befand mich mit dem Wunsch meines Herzens in einem tropischen Garten. »Jamila, ich will dich«, flüsterte ich.

Sie stöhnte mir ins Ohr. »Nein, Kleine. Nicht heute Abend.«

»Was?« Ich leckte an ihrem Ohrläppchen. »Bist du sicher?«

»Wir lassen es langsam angehen. Willst du dir nicht ein paar Vorzüge für später aufheben?« Ihre Finger strichen über meinen Nacken und schickten ein Kribbeln über meinen Rücken.

»Nein.« Das Wort kam schmollend heraus.

»Tja, ich schon.« Sie zog sich zurück, und ihre Hand verließ meine Haut.

»Warum?«, jammerte ich.

»Ich will nicht alles auf einmal verpulvern. Ich will dafür sorgen, dass du immer wieder mehr willst.«

»Klingt, als wärst du ein ganz schöner Quälgeist.« Ich schob meine Unterlippe vor.

Sie beugte sich vor und gab mir einen leichten Kuss darauf. »Wir können es auch sofort beenden.«

»Nein!«

»Du wirkst wie jemand, der es nicht gewohnt ist, das Wort ›Nein‹ zu hören.«

Sie hatte recht. Das war eines der vielen Privilegien, eine Jones zu sein. »Nicht oft, schätze ich.«

»Von mir wirst du es oft hören. Wir machen die Dinge auf meine Art. Und heute bedeutet meine Art, dass du nach Hause gehst. Tatsächlich rufe ich dir gerade einen Fahrdienst.« Sie griff nach ihrem Handy auf dem Beistelltisch und tippte darauf herum.

»Wann sehe ich dich wieder?«

»Montag bei der Arbeit.« Als sie vom Bildschirm aufsah, war ihr Gesichtsausdruck unschuldig, aber in ihren Augen funkelte es spitzbübisch.

»Aber bei der Arbeit wirst du mich nicht küssen.«

»Darauf kannst du Gift nehmen. Aber danach lade ich dich auf einen Drink ein.«

»Wirklich?« Hoffnung flammte in meinem Herzen auf.

»Versprochen.« Sie beugte sich für einen letzten sanften Kuss vor und besiegelte die Vereinbarung. »Und jetzt los. Dein Fahrdienst ist in fünf Minuten da.« Sie stand auf und zog mich vom Boden hoch.

»In fünf Minuten kann ich dir helfen, das alles aufzuräumen.« Ich deutete auf die Essensverpackungen.

»Na schön.« Sie nahm ein paar davon, ich schnappte mir den Rest und folgte ihr in die Küche.

Als ihr Handy klingelte, begleitete sie mich zu ihrer Haustür und strich mit dem Daumen über meine vom Küssen geschwollenen Lippen. »Nacht, Kleine. Wir sehen uns am Montag.«

17

AM NÄCHSTEN FREITAG, während ich Social-Media-Posts plante, stieß Hannah einen Quietscher aus.

»Sieh in deine E-Mails«, sagte sie. »Sofort.«

»War das ein guter Quietscher oder ein Oh-Mist-Quietscher?«, fragte ich und wechselte auf meinem Laptop das Fenster.

»Schau, schau, schau!« Sie huschte um meinen Schreibtisch herum, beugte sich über meine Schulter und zeigte auf eine ungelesene E-Mail. »Das ist der *Buzz Bizz*-Artikel und die Fotos. Aufmachen, aufmachen, aufmachen!«

Ich klickte auf die E-Mail und öffnete die Anhänge. Ich überflog den Artikel. Die Worte *gefasst, selbstsicher, rational* und *aufrichtig* sprangen mir von der Seite entgegen. Alles gute Zeichen. Ich würde ihn später noch einmal in Ruhe lesen müssen.

»Schau dir die Bilder an.« Hannah schnappte sich meine Maus und klickte, um sie zu öffnen.

Jamila füllte meinen Bildschirm aus; sie sah elegant und anmutig aus, aber auch bodenständig. Oder so bodenständig, wie jemand in einem Tausend-Dollar-Kleid eben aussehen konnte. »Sie sieht toll aus, nicht wahr?«

»Fabelhaft.« Hannahs Grinsen entblößte ihre perfekten Zähne.

»Und der Artikel? Hast du ihn gelesen?«

»Er lässt sie wie eine Göttin auf Erden dastehen. Total das Gegenteil davon, wie sie in diesem Clip auf TikTok aussah. Das hast du gut gemacht, Chefin.«

Aufregung sprudelte in meinem Bauch. »Ich frage mal, ob wir das Video vom Interview bekommen können, damit wir ein paar Clips auf TikTok stellen können. Wir werden den ganzen Mist damit übertönen.«

»Schon gefragt. Das wird ein voller Erfolg.«

Ich stand auf und breitete die Arme für eine Umarmung aus. »Das haben wir gut gemacht. Danke.«

Sie drückte mich an sich, sodass mein gestärktes Hemd knitterte. »Ich glaube, du hast eine Zukunft in der PR.«

Ich hatte mich in keinem meiner anderen Berufe jemals so gefühlt. Nicht einmal, als mir ein Tortenboden gelungen war, der nicht völlig missraten war. »Vielleicht hast du recht.«

An der Tür räusperte sich jemand. Felicia stand dort mit einem Umschlag in der Hand.

Ich löste mich von Hannah und trat hinter meinem Schreibtisch hervor. Felicia reichte mir den Umschlag.

»Was ist das?«, fragte ich und schob einen Finger unter die Lasche.

»Gehaltsscheck.« Sie drehte sich um, um zu gehen.

»Was ist mit Hannah?« Wie konnte es sein, dass ich einen Gehaltsscheck bekommen hatte und sie nicht?

»Ich habe Direktüberweisung eingerichtet«, sagte Hannah. Als ich sie verständnislos ansah, fuhr sie fort: »Mein Gehalt geht direkt auf mein Bankkonto. Hast du das noch nie gemacht?«

Ich verzog das Gesicht. »Ich hatte noch nie einen bezahlten Job. Nur ehrenamtliche Tätigkeiten und unbezahlte Praktika. Mein Stiefvater hat sich um die Finanzen des Blumenladens gekümmert.«

Sie kicherte. »Muss schön sein.«

Felicia ließ ihre Verachtung durch eine gekräuselte Lippe durchscheinen. »Muss es wohl.«

Mein Gesicht wurde heiß. »Ich ... ich ...« Ich konnte Jamilas

Geld nicht annehmen. Ich hatte ihr doch nur helfen wollen. Außerdem konnte ich vor diesen beiden hart arbeitenden Frauen nicht das anspruchsvolle reiche Mädchen sein. »Ich muss mit ihr reden.«

Den Umschlag zwischen den Fingern haltend, marschierte ich zu Jamilas Büro, klopfte an die Tür und stieß sie auf.

Winslow saß in dem Stuhl gegenüber von Jamila. Seine Haltung war entspannt, ein Knöchel lag über dem anderen Knie. Die beerenrote Hose enthüllte die grell-pastellfarbenen Polka-Dots auf seinen Socken, die überhaupt nicht zu seinen zweifarbigen Brogues passten. Er sagte gedehnt: »Welcher PR-Notfall ist denn jetzt wieder eingetreten?«

Jamila hob die Hände, die Handflächen nach außen. »Ich schwöre, ich habe nichts getan. Ich habe das Interview gegeben, genau wie du es mir gesagt hast. Und ich habe die ganze Woche wie ein Tier geschuftet.«

Am Montagabend war Jamila wie versprochen mit mir auf einen Drink ausgegangen, aber sie hatte ständig auf ihr Handy geschaut, das vor lauter Nachrichten explodierte. Die Qualitätssicherung hatte ein weiteres Problem im Code gefunden und das Entwicklungsteam war fieberhaft dabei, den Fehler zu beheben. Es war ein Spiel, bei dem man den Maulwurf hauen muss: Kaum hatten sie ein Problem gelöst, tauchte ein anderes auf. Es schien immer noch so, als ob jemand gegen sie arbeitete – aber nicht Rhiannon. Das wusste ich jetzt.

Nach einem Drink hatte ich Mitleid mit ihr gehabt und ihr gesagt, sie solle zurück ins Büro gehen. Alles, was ich bekommen hatte, war ein flüchtiger Kuss auf die Wange. Jamila war aufgesprungen, um den Programmierern zu helfen, und es hatte keine weiteren Küsse gegeben. Ich musste die vom Freitag bei ihr zu Hause wiederverwenden, um meine Wichsvorlage anzukurbeln.

Nicht, dass ich mich beschwerte. Diese Küsse bei ihr zu Hause waren brandheiß gewesen.

»Es ist keine PR-Sache.« Ich verschränkte die Arme. »Es ist eine Personal-Sache.«

»Oh, oh.« Winslow kicherte. »Ich lasse euch zwei das mal klären.«

»Die Personalabteilung fällt unter den operativen Bereich.« Jamila hob eine Augenbraue.

»Nicht, wenn es um Sonderfälle geht.« Er hob einen Finger. »Ich hatte nichts damit zu tun, sie einzustellen. Das warst ganz allein du.«

»Ich meine, mich zu erinnern, dass du für die Einstellung eines PR-Spezialisten warst«, sagte sie.

Er tat so, als ob er nachdächte. »Nö. Keine Erinnerung daran.« Er schlenderte an mir vorbei und schloss die Tür hinter sich.

»Was ist los, Natalie?« Jamila stützte ihr Kinn in die Hand. Unter ihren Augen sammelten sich Schatten.

Etwas stach in meiner Brust. Ich wäre fast umgedreht und Winslow gefolgt, um Jamila ein paar Momente der Ruhe zu gönnen, aber das hier war wichtig. Es betraf uns und diese seltsame Freunde-mit-gewissen-Vorzügen-Situation, die sie eingeführt hatte.

Ich hob den Umschlag. »Ich habe dir doch gesagt, dass ich nicht bezahlt werden will.«

Sie verdrehte die Augen. »Ich habe *dir* gesagt, dass du für mich arbeitest. Leute, die arbeiten, werden bezahlt. Ich bezahle Hannah, obwohl sie technisch gesehen niemand eingestellt hat.«

»Ich habe sie eingestellt. Du brauchst sie.«

»Dann bist du, ipso facto, meine Angestellte. Ich erlaube Nicht-Angestellten nicht, Leute für die Arbeit bei Jamilow einzustellen.«

Mist. Das war logisch.

»Aber ... aber was bedeutet das?«

Ein Lächeln kräuselte ihre Lippen, obwohl ihre Augen matt vor Erschöpfung blieben. »Nun, Baby, eine Angestellte zu sein bedeutet, dass du alle zwei Wochen einen Scheck bekommst, der Staat besteuert ihn und wir bieten Sozialleistungen an, also wenn du krank bist, kannst du ins Krankenhaus gehen.«

»Ich brauche keine Sozialleistungen oder einen Gehaltsscheck. Nicht, wenn das bedeutet, dass du und ich …«

»Die andere Art von Vorzügen nicht haben können?«

»Hattest du schon mal Vorzüge mit einem Angestellten?«

»Sicher.«

Ich wedelte mit dem Scheck und das kleine Plastikfenster klapperte. »Mit *deiner* Angestellten?«

»Verdammt, nein.«

»Dann werde ich ihn—« Ich hielt die Oberkante des Umschlags fest, um ihn zu zerreißen.

»Nein!«

Ich erstarrte.

»Nat, ich brauche dich. Um hier zu arbeiten. Die Dinge sind jetzt viel ruhiger.« Sie blickte aus dem Fenster. »Keine Kamerawagen mehr. Deinetwegen. Ich will nicht, dass du kündigst.«

»Aber ich will das hier.« Ich deutete zwischen uns, immer noch unsicher, was *das hier* war, aber entschlossen, es mit beiden Händen festzuhalten.

»Dann versuchen wir es. Ich kann nichts versprechen außer etwas Lockeres. Wenn eine von uns entscheidet, dass es nicht funktioniert, können wir es beenden. Alles gut, nichts passiert. Immer noch Freunde. Okay?«

Ihre Zähne streiften ihre küssenswerte Lippe. Ihr Blick war kühl, als wäre es ihr egal, aber dieses eine verräterische Zeichen gab mir Hoffnung, dass ihr das hier vielleicht genauso viel bedeutete wie mir.

»Und wir sind exklusiv?«, fragte ich.

Sie schnaubte. »Verdammt, Mädchen, glaubst du, ich habe Zeit, mich auf dem Markt umzusehen?«

Es war kein großartiges Angebot, aber es war das Beste, was ich bekommen würde. »Okay.«

Ein Grinsen breitete sich auf ihrem Gesicht aus. »Okay.«

»Und jetzt?« Ich faltete den Scheck und steckte ihn in meine Tasche. »Schütteln wir uns die Hände? Küssen wir uns?«

»Wir küssen uns nicht in meinem Büro. Es gibt Grenzen. Das ist eine davon.«

»Verstanden. Drinks heute Abend?«

»Das Team arbeitet auf eine Deadline hin. Ich kann hier nicht einfach abhauen, während sie noch arbeiten.«

»Stimmt.« Ihre Arbeit war wichtiger als was auch immer für eine lockere Sache wir am Laufen hatten. »Ich schätze—«

»Morgen«, sagte sie schnell. »Ich führe dich aus. Außerdem habe ich ein Geschenk für dich.«

»Ein Geschenk?« Ich grinste. »Ich liebe Geschenke.«

»Komm her.« Sie nahm etwas von ihrem Schreibtisch, trat dann zu dem Fenster, das einen Teil des Parkplatzes überblickte. Sie reichte mir das schwarze Plastikobjekt.

»Ein Funkschlüssel?«

»Es ist ein riesiger Aufwand, jeden Tag ohne Auto von San Francisco hierherzukommen. Drück mal drauf.«

Ich drückte auf den Entriegelungsknopf, und ein leises Piepen ertönte. Ich tat es noch einmal und konzentrierte mich diesmal. Ein bonbonrotes Porsche-Cabrio ließ seine Scheinwerfer aufblitzen.

Ich starrte Jamila mit offenem Mund an. Der BMW von meinen Eltern war eine Sache gewesen. Ich kannte niemanden, der einem Freund ein Auto schenkte. Nicht einmal Freunde mit gewissen Vorzügen taten das.

»Es gibt sie nicht in Pink«, sagte sie. »Ich habe gefragt. Und ich habe ihnen gesagt, sie können die Riesenschleife weglassen.«

»Du kannst mir kein Auto schenken. Das ist nicht, was—« Ich musste das Wort *feste Freundinnen* herunterschlucken. »Das ist nicht, was Freunde tun.«

»Arbeitgeber tun das ständig. Es ist geleast. Nenn es einen Firmenwagen.«

»Aber …« Ich wusste nicht, wie die Richtlinien von Jamilow für Firmenwagen aussahen, aber ich vermutete, dass PR-Spezialisten, die sich selbst eingestellt hatten, nach weniger als einem Monat Arbeit keinen bekamen.

»Fahr ihn morgen zu mir. Wir gehen auf ein Date.«

Ein Date. Ein echtes Date. In einem übertriebenen Geschenk.

»Okay.« Ich schloss meine Faust um den Funkschlüssel. »Das ist normalerweise der Punkt, an dem ich dich küssen würde.«

Ihre braunen Augen brannten sich in meine, und ihre Stimme klang heiser. »Heb es dir für morgen auf.«

Ich wusste nicht, wie ich es aus Jamilas Büro schaffte, aber ich schwebte den Flur zurück zu dem von Hannah und mir.

»Alles geklärt?«, fragte Hannah.

»Was?« Was ich getan hatte, war alles andere als geklärt.

»Dein Gehaltsscheck.«

»Oh, richtig.« Verdattert zog ich ihn aus meiner Tasche.

Was zum Teufel machte man überhaupt mit einem Scheck?

18

ICH WAR KÜHN GENUG, für mein Date mit Jamila eine kleine Tasche für eine Übernachtung zu packen, aber weniger kühn, als ich sie mir über die Schulter warf und auf Zehenspitzen die Treppe hinunterschlich. Ich hoffte, meine Mutter und Charles würden nach ihrer Ankunft aus Paris letzte Nacht ausschlafen, doch als ich am Esszimmer vorbeihuschte, rief meine Mutter: »Natalie, Liebling. Wir sind hier drin.«

Seufzend stellte ich meine Tasche im Flur ab und betrat das Esszimmer. Meine Mutter saß am Kopfende des Tisches, Charles zu ihrer Rechten und Sam zu ihrer Linken. Meine Schwester schob eine Scheibe Banane unter den Tisch zu ihrem winzigen Handtaschen-Zerstörer.

»Gute Reise gehabt?«, fragte ich und beugte mich hinunter, um Mutter auf die Wange zu küssen.

»Wunderbar«, sagte sie mit einem leisen Seufzer in Charles' Richtung. »So romantisch. Setz dich, dann erzählen wir dir alles darüber.«

»Igitt, nein danke.« Es war einfach, in die Rolle des ungezogenen Nesthäkchens der Familie zu schlüpfen. Ich schnappte mir eine Erdbeere aus der Obstschale. »Ich bin schon auf dem Sprung.«

»Wohin gehst du?« Mutter stellte ihre Kaffeetasse mit einem Klirren auf die Untertasse.

»Zu Jamila. Und vielleicht übernachte ich bei ihr.«

»Übernachten?« Mutters Augenbrauen hoben sich. »Treibt Jamila dich zu sehr an?«

Ich hoffte, sie würde mich heute Nacht hart antreiben, direkt gegen ihr Kopfteil. Ich schob mir die Beere in den Mund, um nicht antworten zu müssen.

Sam sah von ihrem Handy auf. »Nat hat in letzter Zeit viel gearbeitet. Ich habe sie kaum gesehen, während ihr zwei weg wart.«

Ich funkelte sie wütend an. Verräterin.

»Jamila ist ein hervorragender Einfluss«, sagte Charles. »Sie kann dir die Richtung weisen, die du brauchst.«

»Ich wette, sie weiß, wo's langgeht«, murmelte Sam. Sie hatte letzten Samstagabend in der Küche gesnackt, als ich von Jamila zurückgekehrt war, mein Haar zerzaust und der Lippenstift vom Küssen bis ans Kinn verschmiert.

»Wann ist deine Wohnung eigentlich wieder fertig?«, verlangte ich zu wissen.

»Streitet euch nicht, Mädchen«, sagte unsere Mutter müde. Sie hatte diesen Satz über die Jahre so oft gesagt, dass er eine Rille in ihre Kehle gegraben haben musste. »Natalie, wir haben über Jamilas Einfluss auf dich gesprochen.«

Meine Wangen glühten. Sie mussten so rot sein wie die Erdbeeren auf dem Tisch. »Sie ist mit meiner bisherigen Arbeit zufrieden. Ich habe ihr einen fantastischen Artikel im *Buzz Bizz* verschafft.«

»Schätzchen, niemand zweifelt an deinem Erfolgswillen. Du brauchst nur Konzentration.« Charles schenkte mir ein sanftes Lächeln. »Jamila hat davon mehr als genug. Wir hoffen, dass sie auf dich abfärbt.«

Ich unterdrückte ein Quieken. Ich hoffte, wir würden im Bett gegenseitig aufeinander abfärben.

Kichernd drehte Sam sich weg, um Bilbo Beutlin eine Blaubeere zu füttern.

»Okay, ich bin dann mal weg«, sagte ich. »Ich schreibe dir, wenn ich dort bleibe. Ich könnte den Brunch morgen verpassen.«

»Bevor du gehst«, sagte Mutter, »müssen wir über das Picknick nächstes Wochenende sprechen.«

»Picknick?« Ich erstarrte in der Tür.

»Das alljährliche Memorial-Day-Picknick des Abgeordneten Crawford. Wir werden hingehen und die Gelegenheit nutzen, mit ihm über unsere Alphabetisierungsagenda zu sprechen.«

»Nö«, sagte Sam.

Ich wünschte, ich könnte Mutter so einfach einen Korb geben, aber so stark war ich nie gewesen.

»Natalie, Liebes, wen bringst du mit?«, fragte Mutter.

Ich blinzelte. Letztes Jahr war ich mit Daniel van der Poel hingegangen. Wir gingen oft als Freunde zu Veranstaltungen, aber die Leute fingen an, unsere Namen auf eine ernstere Weise miteinander zu verbinden. Normalerweise hätte ich keinen zweiten Gedanken daran verschwendet, mit ihm zum Picknick zu erscheinen, aber ich wollte das empfindliche Gleichgewicht dieser Sache mit Jamila nicht stören, besonders nicht nach dem Debakel auf Billie Woods' Weihnachtsfeier.

»Ich … ich weiß nicht. Ich hatte es vergessen.«

»Vergessen? Das sieht dir gar nicht ähnlich. Nimm Daniel mit. Ich rufe seine Mutter an.«

»Nein!« Ich zuckte zusammen, sobald ich es gesagt hatte. Solche Dinge erforderten Feingefühl, und ich war komplett uncool gewesen.

»Was? Ihr seid doch nicht etwa zerstritten, oder?«

»Nein. Wir haben uns nur … in letzter Zeit nicht so oft gesehen.«

»Geht er mit jemandem aus?«

»Ich weiß nicht.«

»Er hat sich gerade von Bella Waddingworth getrennt«, sagte Charles.

Wir beide starrten ihn mit großen Augen an.

»Was? Ich kriege eben so einiges mit. Bob Waddingworth und ich haben letzten Samstag Golf gespielt.«

»Dann ist es der perfekte Zeitpunkt für dich, mit ihm auszugehen«, sagte Mutter. »Du musst sesshaft werden. Daniel ist eine gute Wahl.«

»Sesshaft werden? Ich bin erst sechsundzwanzig!«

»Ich war nur ein Jahr älter, als ich Jackson bekam.«

»Ugh. Das war eine andere Zeit, Mutter. Ich bin nicht bereit, mich mit irgendjemandem niederzulassen.« Schon gar nicht mit Daniel van der Poel, der sich mehr um sein Anlageportfolio kümmerte als um irgendjemanden, mit dem ich ihn je ausgehen gesehen hatte.

»Ein fester Freund würde dir die nötige Konzentration geben.«

Ich ließ Mutters Worte auf dem Tisch liegen wie den Teller mit Speck, dessen Fett auf der kalten Oberfläche gerann.

Nach einem Moment sagte ich: »Du hast Jackson, Andrew und Sam Karrieren machen lassen, bevor du sie gedrängt hast, jemanden zu daten.«

»Natalie.« Mutters Augen wurden weich. »Du könntest als Gehilfin an der Seite eines Mannes erfolgreicher sein als im Berufsleben. So wie ich.«

Klar, ich half gern Menschen. Aber das bedeutete nicht, dass ich die Suche nach einer Karriere aufgegeben hatte. Aber meine Mutter hatte mich aufgegeben, und das tat weh. »Tschüss, Mutter. Ich muss mich mit Jamila treffen.«

»Denk darüber nach, was ich gesagt habe«, rief sie mir nach. »Ich werde Daniels Mutter anrufen.«

»Nein, danke«, rief ich aus dem Flur zurück und hob meine Tasche auf.

Nach diesem magischen Kuss mit Jamila widerte mich der Gedanke an, mit jemandem wie Daniel irgendwohin zu gehen. Selbst wenn ich Jamila niemals zu einem politischen Picknick mitbringen könnte, würde ich lieber eine Einsiedlerin wie meine

Schwester werden, als wieder meine High-Society- Rolle zu spielen.

———

WIR BLIEBEN NUR LANGE GENUG bei Jamila, damit sie einen Picknickkorb in den Kofferraum des roten Cabrios packen und Quill.i.am in einer weichen Tragetasche fest über ihren Körper schnallen konnte. Als er sich zwischen ihre Brüste kuschelte und die Augen schloss, beneidete ich ihn ein wenig. Dann waren wir unterwegs, Jamila am Steuer.

Auf der einstündigen Fahrt nach Süden sprachen wir über ihre Arbeitswoche. Ich wünschte, ich hätte dem Programmierkauderwelsch meiner Geschwister mehr Aufmerksamkeit geschenkt, dann hätte ich das Problem, das Jamila beschrieb, vielleicht verstanden. Es hatte sie die ganze Woche über jeden Abend beschäftigt, aber sie hatten am späten Freitagnachmittag eine Lösung gefunden, die sie überschwänglich optimistisch auf das Veröffentlichungsdatum in nur drei Wochen blicken ließ. Sie trommelte im Takt eines Lizzo-Songs, der im Radio lief, auf das Lenkrad.

»Wir fahren nach Santa Cruz?«, fragte ich schließlich, als wir die Ausfahrt nahmen.

»Japp.« Sie grinste. An einer Ampel drückte sie einen Knopf, und das Verdeck fuhr in ein Fach im hinteren Teil des Wagens ein.

Ich atmete tief die salzige Luft ein. »An den Strand?«

»Japp.«

»Du hättest mir was sagen sollen. Ich hätte einen Badeanzug mitgebracht.«

»Eher einen Neoprenanzug.« Sie schauderte. »Das Wasser ist eiskalt. Außerdem«, sagte sie mit einem wolfischen Grinsen, »gefällt mir das Kleid an dir.«

»Dieses hier?« Ich klimperte mit den Wimpern und schaute an mir herunter, als wüsste ich nicht genau, was ich trug: ein tiefrosa Minikleid, das so kurz war, dass ich kaum sitzen konnte, ohne mich zu entblößen. Es hatte einen aufreizenden Ausschnitt direkt unter meinen Brüsten, der, so hoffte ich, Jamilas Finger dazu verleiten würde, ihn nachzuzeichnen.

»Du weißt, dass es mir gefällt.« Sie wandte sich wieder der Straße zu.

»Ich würde heute ja nicht schwimmen gehen. Der Badeanzug wäre für die Sonne.« Wie eine Blume neigte ich mein Gesicht zur Sonne hinauf.

»Hmm. Vielleicht hätte ich dir doch sagen sollen, dass du einen Badeanzug mitbringen sollst«, schnurrte sie.

Ja, bitte. »Ich könnte mir einen von dir leihen.«

»Das ließe sich einrichten.« Sie behielt die Augen auf der Straße und die Hände am Lenkrad, während wir durch die Stadt navigierten.

Wir hielten vor einem zweistöckigen Haus, das im Vergleich zu ihrem Zuhause in Menlo Park riesig war. In dem schmalen Raum zwischen ihm und seinem Nachbarn erhaschte ich einen Blick auf einen Sandstrand und dahinter blaues Wasser. Das war die Art von Haus, die ich von ihr erwartet hatte. Aber jetzt, wo ich sie besser kannte, verstand ich ihr Bedürfnis, niemals jemandem etwas schuldig zu sein. Ich respektierte ihr bescheidenes Haus in Menlo Park. Und ich staunte über dieses Strandhaus. Jamila musste mehrere Millionen hingeblättert haben – in bar.

Grinsend ließ Jamila mich es einen Moment lang bewundern und sonnte sich in meinem ehrfürchtigen Gesichtsausdruck, bevor sie die Tür aufschloss. Sie griff mit einer Hand nach dem Picknickkorb und mit der anderen nach meinen Fingern und zog mich hinein.

Das opulente Haus, eines von mehreren, die sich um einen sandigen Strandabschnitt gruppierten, hatte einen offenen Grundriss mit tief liegenden Möbeln und bot einen herrlichen Blick auf den Ozean. Sonnenlicht funkelte auf dem blauen Wasser, und der goldene Sand war mit den Sonnenschirmen und Strandtüchern der Familien übersät, die zum Spielen im Sand und in der Brandung gekommen waren.

»Zuerst essen oder zuerst Strand?«, fragte sie und stellte den Korb auf die Kücheninsel.

»Können wir beides machen? Wenn du eine Stranddecke hast, können wir unser Mittagessen mit nach draußen nehmen.«

»Sicher.« Sie ging zu einem Schrank und holte eine heraus. Aus einem anderen Schrank zog sie ein Stück fliederfarbenen Stoff. Sie nickte zu einer Tür. »Da drin kannst du dich umziehen.«

Ich nahm den Badeanzug mit ins Gästebad, streifte mein Sommerkleid ab und zwängte mich in den Bikini. Ich wünschte, ich hätte weniger Cellulite an den Oberschenkeln und hätte an eine Sprühbräune gedacht. Zumindest hatte ich alles gewachst in der Hoffnung, dass ich etwas nackte Zeit mit Jamila bekommen würde. Ich blickte meinem Spiegelbild in die Augen. In Jamilas Badeanzug versuchte ich, ein wenig von ihrem Selbstvertrauen auszustrahlen. *Du wirst hier rausgehen – nein,* marschieren – *und so tun, als ob du sie verdienst.* Ich nickte meinem Spiegelbild zu und schritt hinaus.

Jamila war bereits in der Küche und trug einen weißen Zweiteiler, der viel züchtiger war als der Bikini, den sie mir gegeben hatte. Ihr glatter, weiter Hautbereich ließ meinen Mund so trocken werden wie der Sand draußen. Ich wollte sie überall berühren und sehen, ob sich ihre Haut so seidig anfühlte, wie sie aussah.

Sie räusperte sich, und ich riss meinen Blick zu ihrem Gesicht. Gafften sich Freunde mit Vielleicht-gewissen-Vorzügen gegenseitig an? Ich brauchte dafür ein Regelbuch.

Aber sie starrte mich auch an. Genauer gesagt, auf meine Brüste.

»Den Badeanzug solltest du behalten«, sagte sie mit rauer Stimme. »Mir passt er nicht so.«

Der fliederfarbene Bikini hatte dreieckige Körbchen, und ein Teil meiner Haut quoll um den von Spandex bedeckten Bereich herum. Kühn schaute ich auf ihr Oberteil. Ihre Brüste waren etwa eine Körbchengröße kleiner als meine, aber sie schmiegen sich perfekt in das Neckholder-Top. Ihre Brustwarzen waren hart, und ich wollte meine Handflächen darüber reiben.

Sie räusperte sich erneut.

»Sollen wir?«

»Wo ist Quill? Kommt er mit uns?«

»Nee, ich habe ihn für ein Nickerchen in sein Terrarium gesetzt. Er hat empfindliche Haut. Wo wir gerade davon sprechen…« Sie griff nach einer Flasche Sonnencreme und reichte sie mir. »Schmier dich ein, Kaiserin Tagwandlerin. Du siehst aus wie einer dieser Twilight-Vampire.«

Ich warf ihr einen ausdruckslosen Blick zu. »Witzig.«

Trotzdem tat ich, was sie sagte, und rieb die Sonnencreme von meinem Hals bis zu meinen Zehen.

»Was ist mit deinem Gesicht?«, fragte sie.

»Mein Make-up hat einen Lichtschutzfaktor.«

»Dreh dich um. Ich mach deinen Rücken.«

Ich drehte mich um und spannte meine Gesäßmuskeln an, um sie so straff aussehen zu lassen wie ihre. In der Sekunde, in der ihre Finger meinen Nacken berührten, überlief mich ein Schauer.

»Kalt?«

»Ja«, log ich. Offensichtlich wirkte sich unser Hautkontakt nicht auf die gleiche Weise auf sie aus wie auf mich. Meine Haut kribbelte, als sie von meinem Nacken über meine Wirbelsäule bis zum Rückenband des Bikinis und dann über jedes Schulterblatt fuhr. Dann – heiliger Strohsack! – schob sie ihre Finger unter das Bikiniband und strich mit den Händen meinen Rücken hinunter, bis zu der kitzligen Stelle am Ende meiner Wirbelsäule.

»Ein bisschen unter den Hosenbund«, sagte sie und schob zwei Finger hinein. Es waren nur ihre Fingerspitzen, die über den obersten Teil meines Hinterns glitten, aber ich konnte nichts dagegen tun. Jedes Haar an meinem Körper stellte sich auf. »Ich möchte nicht, dass du einen Sonnenbrand bekommst.« Ich schauderte erneut und musste ein Stöhnen unterdrücken.

Plötzlich spürte ich ihre Lippen an meinem Ohr. »Später. Erst mal genießt du deine Zeit am Strand. Und das Mittagessen.«

Ich drückte mich an sie und spürte die Wärme ihrer Haut auf meinem Rücken. »Was, wenn ich zuerst etwas anderes will?«

»Wir haben fünf Minuten mit der Sonnencreme verbracht. Lass uns ein bisschen Sonne tanken.«

»Was ist mit dir?« Ich drehte mich um und hielt ihr die Hand für die Flasche hin. »Jeder braucht UV-Schutz.«

»Ich bin versorgt.« Sie schnappte sich ein Kleidungsstück von der Anrichte und zog es sich über den Kopf. Der Strandüberwurf war aus einem hauchdünnen weißen Stoff mit langen Ärmeln, der ihre verführerischen Kurven verbarg und auf halber Höhe ihrer Oberschenkel endete. »Wortwörtlich. Gehen wir.«

Sie nahm den Picknickkorb und ich griff nach der Decke. Auf dem Weg nach draußen setzte sie sich einen riesigen Sonnenhut auf und drückte mir einen anderen auf den Kopf. »Jetzt sind wir beide versorgt.«

Wir traten auf die Holzterrasse hinaus und stiegen eine Treppe hinunter in den Sand. Wir fanden einen Platz, einige Meter von den Familien entfernt, mit freiem Blick auf den Strand.

Ich schüttelte die Decke aus und Jamila packte den Korb aus. Sie stellte eine Flasche Mineralwasser, Käse, Cracker, Weintrauben und Erdbeeren bereit. Sorgfältig wählte sie eine Probe von allem aus, legte sie auf einen Melaminteller, den sie mir reichte, bevor sie dasselbe mit ihrem eigenen Teller wiederholte. Sie goss Wasser in zwei durchsichtige Acrylbecher.

»So schick«, neckte ich sie.

»Was hast du erwartet? Lunchables? Ich habe dich eingeladen.«

Ich riss die Augen auf. »Das ist also Essen für ein Date? Nicht für Freunde?«

»Essen für ein Date.« Ich wünschte, ich könnte ihre Augen hinter ihrer verspiegelten Pilotenbrille sehen. »Wenn das Alkoholverbot am Strand nicht wäre, hätte ich Sekt für dich mitgebracht, Prinzessin.«

Ich knabberte an einem Cracker und genoss ihn für die romantische Geste, die er war.

»Schmeckt's dir?«

»Ja. Tut es.« Ich legte eine Hand auf ihr Knie, das auf der Decke zu mir ausgestreckt war. Es war so seidig, wie es aussah.

Sie hob meine Hand von ihrem Bein, hielt sie kurz, bevor sie sie auf die Decke legte. »Ich würde das hier lieber nicht tun.« Sie milderte die Worte mit einem Lächeln ab, aber in meiner Brust zog sich etwas zusammen.

»Warum nicht? Die Kinder da drüben knutschen doch auch.« Ich deutete mit dem Kinn auf einen Jungen und ein Mädchen im Teenageralter. Sie hatten sich ein Handtuch übergeworfen, aber jeder konnte sehen, dass er seine Hand unter ihrem Bikinioberteil hatte. »Ich dachte, du wärst geoutet.«

»Meine Bisexualität ist kein Geheimnis, aber ich versuche, sie zu niemandes Angelegenheit außer meiner eigenen zu machen. Außerdem bist du, soweit ich mich erinnere, nicht geoutet. Nicht bei deiner Familie.«

Ich verzog das Gesicht bei dem Gedanken an den atomaren Krieg, der ausbrechen würde, wenn ich eine Frau zum politischen Picknick am Memorial Day mitbrächte. »Nicht direkt.«

»Es ist am besten, sich bedeckt zu halten. Denk daran, ich bin eine schwarze Frau in der Tech-Branche. Alle Augen sind auf mich gerichtet. Hätte mir das mein PR-Berater nicht gesagt?« Sie zwinkerte.

Ich stöhnte. »Ich schätze schon. Obwohl ich gehofft hatte, heute nicht deine PR-Beraterin zu sein, sondern einfach nur« – ich holte tief Luft – »deine Frau.«

Sie hielt meinen Blick fest und ihre Lippen verzogen sich zu einem verspielten Lächeln. Ich hatte mir das so lange gewünscht, im Mittelpunkt von Jamila Jallows Aufmerksamkeit zu stehen. Trotz der Wärme des Tages stellten sich die Haare auf meiner nackten Haut auf. Ich rieb mit der Hand über die Gänsehaut auf meinem Arm.

Jamila löste unseren Blick und griff in den Korb. »Probier die hier. Das sind Caprese-Salat-Spieße.«

Ich zog einen kurzen Spieß mit Mozzarellakugeln, Kirschtomaten und Basilikumblättern heraus, beträufelt mit Balsamico-Glasur. Ich biss ein Stück mit den Zähnen ab. »Mmm«, sagte ich.

»Die sind gut, oder? Das ist das Erste, was ich gelernt habe, für Partys zu machen, nachdem ich herausgefunden hatte, dass Rotel-Dip und Texas-Caviar in Nordkalifornien nicht ankamen. Selbst so, wie meine Nana ihn immer gemacht hat, mit ein bisschen scharfer Chorizo drin.«

»Rotel-Dip?«

»Du lieber Himmel, du weißt nicht einmal, was das ist.«

»Das ist traurig, dass du deine Lieblingsspeisen aufgeben musstest, als du hierhergezogen bist.«

Sie zuckte mit den Schultern. »Ich musste eine Menge Dinge aufgeben. Es war es wert. Ich habe meine eigene Firma, und nicht einmal Pavel Thakor kann mich aufhalten. Wir werden Moo-Lah mit dieser neuen App in den Arsch treten. Ich werde es ihm gleich unter seine arrogante Nase reiben. Es sei denn, wir haben das Leck nicht gestopft und er ist kurz davor, es mir unter die Nase zu reiben.« Sie runzelte die Stirn und stellte ihren Teller ab.

»Glaubst du, sie könnten euch auf dem Markt zuvorkommen?«

»Wir sind so kurz davor, aber diese Bugs werfen uns immer wieder zurück. Ich wünschte, ich wüsste, wie kurz sie vor der Veröffentlichung stehen.«

»Glaubst du nicht, dass es auf dem Markt Platz für euch beide gibt?«

»Ich weiß nicht. Wenn sie uns um ein paar Tage schlagen, ist das wahrscheinlich keine große Sache, obwohl ich es hassen würde, wenn er die ganze Presseaufmerksamkeit abgreift und uns wie Nachahmer aussehen lässt. Wenn es Wochen sind …« Sie hob die Hände. »Könnten sie sich etablieren. Es wäre schwer, Marktanteile zurückzugewinnen.«

»Warum hast du dich entschieden, eine App für Lebensberatung zu entwickeln?«

Sie zuckte mit den Schultern. »Es war mein Traum.«

Ich schnaubte. »Du hast davon geträumt, eine App zu entwickeln, mit der die Leute herausfinden, wie viel Prozent ihres Gehalts sie in ihre Altersvorsorge stecken sollen?«

»Nein.« Sie zeichnete ein Muster auf die Stranddecke. »Als ich aufwuchs, wollte ich nur ein Zuhause, in dem ich mich willkommen fühlte.«

Mein Körper wurde eiskalt. »Du hast dich zu Hause nicht willkommen gefühlt?«

»Nana wollte uns nicht. Das hat sie deutlich gemacht. Ich meine, sie hat uns geliebt, aber ich war immer im Weg. Und meine Brüder?« Sie lachte dunkel. »Die haben immer Ärger gemacht, weißt du?«

»Ja.« Jackson war ein Unruhestifter gewesen. Ich konnte mir nur vorstellen, welche Katastrophen ein Paar von ihm angerichtet hätte.

»Also habe ich mir Wege ausgedacht, um auf eigenen Beinen zu stehen. Nana sprach immer vom College, und ich wusste, dass das der Weg war. Aber die Dinge waren ganz anders als zu der Zeit, als sie dort war. Meine Lehrer in der Junior High waren auch nicht viel besser. Sie waren auf örtliche Colleges gegangen. Ich? Ich wollte etwas Größeres.«

»Natürlich wolltest du das.« Ich wollte sie berühren und die Bitterkeit nehmen, die ihre Lippe kräuselte.

»Ich habe mir den Arsch aufgerissen, um gute Noten zu bekommen, und die schwierigsten Kurse belegt, die ich konnte. Meinem Berufsberater fiel das auf. Er erzählte mir von Stanford, aber niemand von meiner Schule war jemals dorthin gegangen. Er sagte, ich hätte bessere Chancen, reinzukommen, wenn ich auf die private Highschool in der Innenstadt gehen würde. Die boten AP-Kurse an und einige der Schüler waren sogar an Ivy-League-Universitäten angenommen worden.

»Aber Nana konnte sich kein privates Schulgeld leisten. Also machte ich einen Termin mit dem Diakon in meiner Kirche. Er war ein Freund von Nana und, wie ich dachte, auch ein Freund von mir. Die Kirche sammelte immer für Gemeinden in Afrika. Ich dachte mir, sie würden einem Kind in ihrer eigenen Gemeinde helfen. Ich ging in sein Büro und fragte, ob er mir ein Stipendium besorgen könnte.« Sie blickte über das Wasser, als stünde der Diakon dort in der Brandung.

Ich wartete darauf, dass sie weitersprach, aber sie tat es nicht. Sie starrte einfach nur auf den Ozean hinaus. Sanft berührte ich ihren Fuß. »Was hat der Diakon gesagt?«

Sie schrak zusammen, als hätte sie vergessen, dass ich da war. »Du willst doch nicht hören, wie ich darüber lamente, was passiert ist, als ich fünfzehn war.«

»Doch, das will ich. Du bist mir wichtig, und ich will wissen, was dich den ganzen Weg von Texas an diesen Strand gebracht hat.«

Sie biss die Zähne zusammen. »Er sagte, sicher, er könnte helfen. Dann fragte er, was ich ihm im Gegenzug geben würde. Ich fing an, ihm zu erzählen, wie ich die Kirche zurückzahlen würde, wenn ich einen Job hätte, aber das war nicht das, was er wollte. Als er mich berührte, wusste ich nicht, was ich tun sollte. Erst als er seine Hand in mein Shirt gleiten ließ, schlug ich sie weg und rannte aus seinem Büro.« Sie schüttelte sich und ließ die Schultern kreisen. »Dir ist klar, wie viel Therapie es gebraucht hat, damit ich diese Geschichte erzählen kann, oder?«

Ich schluckte den Kloß in meinem Hals hinunter. »Oh mein Gott, Jamila. Das tut mir so leid. Was hat deine Nana gesagt?«

»Sie ... sie hat mir nicht geglaubt. Sie sagte, der Diakon würde so etwas nie tun und ich müsste mich geirrt haben.«

Ich schnappte nach Luft. »Nein!«

»Doch. Sie und ich haben danach nicht mehr viel geredet. Und ich habe es nie jemand anderem erzählt. Nicht meinen Brüdern oder meinem Berufsberater. Niemandem in der Kirche. Ich dachte, ich könnte dem Diakon vertrauen, oder zumindest Nana, aber das konnte ich nicht. Die einzige Person, der ich es je erzählt habe, war meine Therapeutin. Und jetzt du.«

Ich saß einen Moment mit diesem Geschenk ihres Vertrauens da. Ich würde es keiner Menschenseele erzählen, nicht einmal Jackson, der diesen Diakon wahrscheinlich verprügeln oder zumindest dafür sorgen würde, dass seine persönlichen Daten im Dark Web landen.

»Hast du einen Weg gefunden, auf die private Highschool zu gehen?«

»Nein. Ich blieb, wo ich war, riss mir in der Schule den Arsch auf, und als ich alt genug war, bei einem Job nach der Schule in einem dieser Technikläden, weißt du, wo sie dein Handy reparieren, wenn du den Bildschirm zerbrichst? Ich liebte es, die knallharte Frau im Hinterzimmer zu sein, die die schwierigen Probleme lösen konnte.«

»Aber das ist Hardware. Wie bist du zur Software gekommen?«

»Denk daran, ich bin ein bisschen älter als du, und Apps waren damals, als ich in der Highschool war, noch nicht wirklich ein Ding. Ich bekam in der Werkstatt ein frühes Smartphone in die Hände und sah die Möglichkeiten. Ich habe ein Spiel dafür programmiert, um meine Brüder zu amüsieren, und sie fanden es gut, also habe ich es in den App Store hochgeladen. Es schlug ein, und als ich das auf meine Bewerbung für Stanford schrieb, wurde ich bemerkt.«

Alles, was ich gebraucht hatte, um ins College zu kommen, waren der Name meiner Familie und anständige Noten. Und dann hatte ich die Gelegenheit achtlos weggeworfen. Zusammen mit so vielen anderen, die ich bekommen hatte. Ich stellte meinen Teller ab. Meine Stimme zitterte, als ich fragte: »War Stanford alles, was du dir erhofft hattest?«

»Na ja, schon. Es war viel schwieriger als meine Highschool, aber ich liebte die Herausforderung. Ich habe mir ein Netzwerk aufgebaut. Dort habe ich Winslow und durch ihn Billie kennengelernt, und ich habe mich mit Jackson und Cooper angefreundet. Deine Familie hat mich auf eine Weise willkommen geheißen, wie ich es in Austin nie gefühlt hatte.«

»Und du hast nie zurückgeschaut?«

»Mehr oder weniger.« Sie neigte ihren Kopf von einer Seite zur anderen, ihr riesiger Hut wackelte.

»Warte, was hast du gemacht?«

Sie biss sich auf die Lippe, als wollte sie sich zurückhalten, aber dann beugte sie sich vor. »Ich wünschte, es hätte einen Weg gegeben, wie Mama eine bezahlbare Wohnung hätte finden können, damit sie Nana nicht um einen Platz zum Bleiben hätte anflehen müssen. Das war meine ursprüngliche Idee, weißt du? Einen Ort zu schaffen, um Menschen zusammenzubringen, die Probleme hatten. Jemand, der die Hypothek nicht bezahlen konnte, aber ein Zimmer hatte, und jemand, der ein Zimmer brauchte, sich aber keine ganze Wohnung leisten konnte.«

»Warum hast du sie geändert?«

»Ich wusste, wie man programmiert, aber ich verstand nicht viel von Geschäften, nicht, als ich zwanzig war. Da habe ich mich mit Winslow zusammengetan. Er war ein Erstsemester mit einem Händchen für Geschäfte. Er zeigte mir Marktforschung und überzeugte mich, die App in Richtung Kurzzeitvermietung zu lenken. Wir haben überlegt, Werbung von Apartmentkomplexen und nationalen Hotelketten anzunehmen, aber am Ende haben wir die App verkauft. Ein Jahr später wurde daraus diese App, die jeder benutzt, um sein Haus zu vermieten. Mit dem Geld haben wir In the Know entwickelt, unsere erste App als Jamilow.«

Ich wagte es, meine Finger mit ihren auf der Decke zu verschränken, und sie hielt mich nicht auf. »Ich finde deine ursprüngliche Vision wunderschön. Glaubst du, du würdest jemals etwas damit machen?«

»Oh, es gibt sie. Ich habe eine neue Version erstellt, die die Leute kostenlos nutzen können. Wir nennen sie KnowHome. Man muss nur wissen, wo man suchen muss. Genug Leute nutzen sie zum Mieten von Zimmern und so, sodass ich zufrieden bin.«

»Wirklich? Davon hatte ich keine Ahnung.«

»Wir vermarkten sie nicht. Es spricht sich in den richtigen Communitys genug herum, sodass die Leute, die sie brauchen, sie normalerweise finden können.«

»Das ist erstaunlich.« Jamila gab sich so viel Mühe, nach außen hin hart zu wirken, dass ich mich geehrt fühlte, dass sie mir einen Blick auf ihren weichen Kern gewährt hatte.

»Die anderen Sachen halten uns über Wasser. Winslows Prognosen für diese Finanzberatungs-App gehen durch die Decke. Obwohl, wenn Moo-Lah uns schlägt, werden sie einen großen Teil dieser Einnahmen einstreichen. KnowHome wird in Gefahr sein. Als ein Dienst, der keinen Umsatz generiert, ist es das Erste, was der Vorstand streichen wollen wird.«

»Moo-Lah wird euch nicht schlagen. Das werden wir nicht zulassen.«

Sie drückte meine Finger und ließ dann los. »Nein, das werde ich nicht.«

Ich rümpfte die Nase darüber, wie sie mein *wir* in ein *ich* verwandelt hatte, aber ich vergaß es, sobald sie die Worte sagte, die mein Herz schneller schlagen ließen.

»Ich glaube, es ist Zeit, reinzugehen und dir diese Sonnencreme abzuwaschen.«

19

KAUM WAREN WIR DRINNEN, warf ich den Sonnenhut auf den Boden und drängte mich an Jamila. Sie ließ zu, wie ich sie gegen die Tür drängte und sie küsste, ein sanftes Gleiten unserer Lippen, bevor meine Zunge in ihren Mund glitt, um ihr Feuer zu schmecken.

Einen Augenblick später wirbelte sie herum und drückte mich gegen die Tür. Sie nahm mein Gesicht in beide Hände und erwiderte den Kuss stürmisch, während sie meinen Mund erkundete. Ich stöhnte bei dieser süßen Invasion.

»Vergiss nicht, wer hier das Sagen hat, Babygirl«, murmelte sie mir ins Ohr.

Ich keuchte auf, als sie mit einer Hand meine Seite hinab zu meinem Hintern fuhr und mit einem Finger am Bund meines Bikinihöschens entlangstrich.

»Du bist hier ein bisschen empfindlich.«

Ich erschauerte am ganzen Körper.

Sie kicherte. »Vielleicht sehr empfindlich. Dazu kommen wir gleich. Aber zuerst duschen wir diese Sonnencreme ab.«

Sie ließ die Reste des Picknicks und die sandige Decke an der Hintertür zurück und führte mich den Flur entlang in ein großes Schlafzimmer. Unter einem sich träge drehenden Deckenventilator stand ein riesiges Bett mit Metallrahmen, das mit weißer Bettwäsche bezogen war.

Ohne innezuhalten, zog Jamila mich in das angrenzende Badezimmer. Es war recht groß, ungefähr so wie meins im Haus meiner Eltern, ganz in weißen Fliesen mit grauen Akzenten. In der einen Ecke gab es eine riesige Badewanne und in der anderen eine begehbare Dusche. Sie stellte die Kopfbrause an und trat wieder heraus.

»Dreh dich zum Spiegel.«

Ich gehorchte, drehte ihr den Rücken zu und zitterte vor Erwartung.

»Bist du damit einverstanden?«, fragte sie und beobachtete mein Gesicht im Spiegel.

»Ja.« Meine Pupillen waren riesig. Ihre Augen waren so dunkel, dass ich im Spiegel nicht erkennen konnte, ob ihre es auch waren, aber die Art, wie ihr Blick über meinen Körper wanderte, verriet mir, dass sie sehr, sehr interessiert daran war, was sich unter meinem Bikini verbarg.

Sie löste die Bänder an meinem Rücken, dann die an meinem Nacken, und das Oberteil fiel zu Boden.

»Ooh, Babygirl. Du hast eine Stelle vergessen.«

Sie hatte recht. Ich hatte mich nicht unter dem Badeanzug eingecremt, so wie sie es hinten bei sich getan hatte, und an den Seiten meiner Brüste hatte ich jeweils einen rosa Streifen, wo das Bikinioberteil verrutscht war.

»Ich hole dir etwas Aloe dafür, nachdem du geduscht hast.«

»Nachdem ich geduscht habe?« Ich versuchte, ihren Blick im Spiegel zu treffen, aber ihrer war auf meinen Körper fixiert. Ich hoffte, sie konnte meinen Sonnenbrand ignorieren und sich auf die Teile von mir konzentrieren, die sie berühren wollte. »Ich dachte, wir duschen zusammen.«

Ihr Blick bohrte sich in meinen. »Was würde Jackson sagen, wenn wir das täten?«

»Ich habe dir gesagt, dass Jackson in meinem Liebesleben nichts zu sagen hat. Meine Mutter auch nicht«, fügte ich mehr für mich als für sie hinzu. »Außerdem rede ich mit ihm nicht darüber. Es würde gar nicht zur Sprache kommen.«

»Du meinst, was er nicht weiß, macht ihn nicht heiß?«

»Genau.«

Sie biss sich auf die Lippe, so wie ich es wollte. Nein, so wie ich es tun würde. Ich drehte mich um, stellte mich auf die Zehenspitzen und küsste sie mit all dem Hunger, der sich am Strand angestaut hatte, und erkundete den süßen Geschmack der Balsamicocreme auf ihrer Zunge. Dann knabberte ich an ihrer vollen Unterlippe.

Sie stöhnte. »Zieh dich aus. Ich treffe dich in der Dusche.«

»Ich warte.« Ich streifte mir die Bikinihose ab und stieg aus ihr heraus.

Sie musterte mich von Kopf bis Fuß und leckte sich dann über die Lippen. Sie griff nach dem Saum ihres Strandkleides und zog es sich über den Kopf. Ich machte ein geistiges Foto von ihr in dem weißen Bikini und prägte mir jede Kurve ein, auch die Art, wie ihre Hüften über dem hoch taillierten Höschen leicht ausgestellt waren.

»Dreh dich um«, sagte ich mit heiserer Stimme. »Ich öffne die Verschlüsse.«

Ich löste den oberen Haken, dann den in der Mitte ihres Rückens, und warf das Oberteil auf den Boden. Ich legte meine Hände auf ihre Hüften. »Darf ich?«

»Ja.«

Ich hakte meine Daumen in die untere Hälfte ihres Badeanzugs und streifte ihn an ihren Beinen hinab. Mit einem tiefen Atemzug trat ich wieder vor sie. Ich betrachtete die braunen Brustwarzen, die ihre kleinen Brüste krönten, die makellose Linie ihres straffen Bauches und das gestutzte Haardreieck über ihrem Geschlecht. Ich wollte jeden Zentimeter ihrer nackten Haut erkunden.

»Komm schon«, sagte sie. »Lass uns die ganze Sonnencreme abduschen.«

»Und den Sand. Vergiss den Sand nicht.« Warum zum Teufel

redete ich über Sand, wenn eine nackte Jamila mich in ihre riesige, dampfende Dusche winkte?

»Keine Sorge, Süße. Ich werde jedes Körnchen zwischen deinen Zehen entfernen. Hey, hast du eine Haarspange oder so etwas für deine Haare?«

»In meiner Tasche …« Sie schien sehr weit weg vorne im Haus zu sein.

»Schon gut. Ich kümmere mich darum.« Sie zog eine Duschhaube von einem Haken an der Wand, nahm dann meine Haare zu einem Pferdeschwanz zusammen und drehte sie auf meinem Kopf ein. Es zog ein wenig, und ich zuckte zusammen.

»Sorry, deine Haare haben sich im Wind verheddert. Ich bürste sie später aus.« Sie setzte mir die Haube auf und steckte sie hinter meine Ohren.

Sie ergriff meine Hand und führte mich in die Dusche. Ich drehte der Hauptduschbrause den Rücken zu, damit ich ihr zugewandt sein konnte. Sie nahm eine Einstellung vor, und die Körperdüsen sprangen an, erst kalt, aber schnell wärmer werdend. Sie holte einen Naturschwamm und eine Flasche Duschgel von einem Regal.

»Warte. Ich, äh …« Ich senkte den Blick auf den Schwamm.

»Ist das wieder so eine Hummersituation? Im Ernst, diese Dinger werden nachhaltig geerntet. Sie sind eher wie Pflanzen als wie SpongeBob Schwammkopf.«

Ich rümpfte die Nase.

»Kein Problem.« Sie legte den Schwamm zurück auf das Regal. »Ich nehme meine Hände.«

Sie spritzte die unparfümierte Flüssigkeit in ihre Hand und rieb sie zu einem Schaum. Sie begann mit langen Strichen an meinem Hals entlang. Ich zitterte bei dem leichten Druck.

»Stehst du drauf?«, fragte sie.

»Ich weiß nicht. Bisher noch nie.« Ein oder zwei Mal hatte ein Mann seine Hand an meinen Hals gelegt, aber ich hatte sie weggeschlagen, sicher, dass ich kein Fan von sexueller Asphyxie war. Aber Jamilas Hände waren anders, sanfter, vertrauenswürdiger. »Vielleicht könnte ich es sein. Du?«

»Nicht wirklich. Aber wir könnten es später ausprobieren.«

Mir gefiel der Klang von *später*. Er enthielt das Versprechen, dass etwas Lockeres mit Jamila nicht auf ein oder zwei Mal beschränkt sein würde, wie alle meine anderen Affären.

Sie glitt mit ihren Händen über meine rechte Schulter und meinen Arm hinab, bis zu den Fingerspitzen. Dann wiederholte sie die Bewegung an meiner linken Schulter und meinem linken Arm. Ihre sanfte Berührung fühlte sich an wie Sonnenschein, wie Regen, wie das Plätschern warmer Meereswellen. Es war nicht genug und doch zu viel, alles zur gleichen Zeit.

Ich hielt den Atem an, als ihre seifigen Hände über meiner Brust schwebten.

»Dreh dich um«, sagte sie.

Ich drehte mich, bis das Wasser auf meine Brust traf, und ließ den Schaum von meinen Armen spülen. Wieder begann sie an meinem Hals, wusch nicht nur die Sonnencreme ab, sondern knetete die Muskeln, bis ich mich knochenlos genug fühlte, um mit dem Seifenwasser den Abfluss hinuntergespült zu werden. Als Nächstes wusch sie meinen oberen Rücken und massierte wieder meine Schultern und Schulterblätter. Sie fuhr mit köstlichem Druck an meiner Wirbelsäule entlang.

Als sie meinen unteren Rücken erreichte, rieb sie einen Kreis an der Basis meiner Wirbelsäule. Ich schauderte.

»Das ist die Stelle«, sagte sie. »Du bist wie eine Katze.«

»Eine Katze?«

»Sie mögen es, direkt über dem Schwanz gekrault zu werden. Als wir aufwuchsen, haben wir den streunenden Katzen auf unserer Veranda heimlich Futter rausgebracht. Das war ihre Lieblingsstelle.«

Ich wackelte mit dem Hintern, um das Gefühl voll auszukosten. »Ich kann verstehen, warum.«

Sie ließ beide Hände über meine Pobacken gleiten, und ich keuchte.

»Aha. Du stehst auf Hintern. Hätte ich nicht gedacht. Vielleicht magst du ein bisschen Spanking zu deinem Würgespiel.«

»Spanking?« Das klang ziemlich erniedrigend. »Ich glaube nicht—«

Klatsch. Sie schlug mich nicht fest, aber das Geräusch hallte von den Fliesen und dem Glas wider. Winzige Schockwellen liefen meine Wirbelsäule hinauf. Ich keuchte.

»Oh, glaubst du nicht?«, fragte sie beiläufig.

Es war nicht nur Wasser, das jetzt zwischen meinen Beinen glitt. Ich spannte die Muskeln meines Beckenbodens an. »Vielleicht.«

Sie kicherte. »Dreh dich um.«

Ich wirbelte so schnell herum, dass ich ausrutschte, aber Jamila fing meinen Ellbogen auf. »Vorsicht, Babygirl.«

Sie füllte ihre Handfläche wieder mit Seife, verteilte sie dann über meine Schlüsselbeine, auf meine Brust und dann, meine Brüste auslassend, über meinen Bauch. Ich zog ihn ein und wünschte, er wäre so straff wie ihrer.

»Nichts da«, sagte sie. »Ich mag, wie weich du bist. Entspann dich.«

Das tat ich und genoss das Prasseln des Wassers auf den Rückenmuskeln, die Jamila massiert hatte.

Sie fuhr mit einer Fingerspitze um meine Brust. »Brennt es?«

»Was?«

»Dein Sonnenbrand.« Sie glitt mit einem Finger über die Seite meiner Brust.

»Nein. Fühlt sich gut an.«

Sie umkreiste meine Brust mit zwei Fingern. Dann, endlich, endlich, strich sie mit ihren Daumen über meine Brustwarzen. Ich stöhnte.

Sie wiederholte die Bewegung, fester. Ein Gefühl schoss in meinen Kern hinab und versetzte ihn in höchste Alarmbereitschaft. Meine Muskeln spannten sich an. Sie rieb erneut über meine Brustwarzen.

Ich griff nach ihr, fasste ihren unteren Rücken und zog sie an mich. Verzweifelt reckte ich meinen Hals, um sie zu küssen, aber ich konnte nur ihre Kieferpartie erreichen. Wenn ich mich auf die Zehenspitzen stellen würde, würde ich wieder ausrutschen und uns beide zu Fall bringen. Ein Ausflug in die Notaufnahme wäre alles andere als sexy.

Endlich beugte sie ihren Kopf und küsste mich, ließ ihre Zunge in meinen Mund gleiten, während sie weiterhin an meinen Brustwarzen zupfte. Der Druck zwischen meinen Beinen baute sich auf. Als ob sie es spüren könnte, zog sie sich zurück.

»Noch nicht, Babygirl. Das ist mein Orgasmus.«

»Aber ich habe dich noch nicht berührt.« Konnte sie kommen, indem sie mich berührte, mich beobachtete?

»Dein Orgasmus gehört mir. Ich habe die Kontrolle darüber. Du kommst, wenn ich bereit bin.«

Oh. Ohh. »Oh.«

Sie kehrte zu meinen Brustwarzen zurück, kreiste, zupfte, bis ich meine Augen schloss, um die Glückseligkeit auszukosten. Plötzlich waren ihre Hände weg.

Ich öffnete meine Augen.

Sie sank auf ihre Knie. Mit einem verschmitzten Grinsen sagte sie: »Ich habe vergessen, deine Beine zu waschen.«

Sie goss demonstrativ mehr Duschgel in ihre Hand und strich es dann über meine rechte Hüfte, dann über meinen Oberschenkel, vorne und hinten. Sie strich über mein Knie, meine Wade, mein Schienbein, meinen Knöchel. Meine Beine zitterten.

»Diese sandigen Zehen dürfen wir nicht vergessen«, sagte sie. »Halt dich an meiner Schulter fest.«

Ich umklammerte ihre Schulter, als sie meinen Fuß anhob, um zwischen meinen Zehen zu streichen. Sie setzte ihn ab und nahm dann meinen anderen Fuß. Sie rieb zwischen meinen Zehen, dann an meiner Fußsohle, dann am Spann. Ein Kribbeln stieg mein Bein hinauf und schwebte am Kreuzungspunkt zwischen meinen Oberschenkeln.

Sie stellte meinen Fuß wieder auf die Fliesen und begann einen langsamen, sinnlichen Aufstieg an meinem Knöchel, meinem Unterschenkel, meinem Knie. Sie fand die kitzlige Stelle hinter meinem Knie und kicherte, als ich zuckte. »Dahin komme ich später zurück.«

Noch ein *später*. Das Kribbeln verstärkte sich.

Aber als sie meinen Oberschenkel hinaufstrich und ihre Finger an der Innenseite entlangführte, vergaß ich alles über später. Es ging nur noch um das Jetzt, Jetzt, Jetzt, und meine ganze Aufmerksamkeit war darauf gerichtet, wo ihre Finger meine Haut berührten. Lang und flink drückten ihre Finger in meine Haut, tanzten nach oben, tippten wieder. Meine Atemzüge wurden kurz und flach.

Endlich fand sie die empfindliche Stelle an meinem Oberschenkel direkt unter meiner Pussy. Ihre Berührung war federleicht, bei weitem nicht genug.

»Ja?«, fragte sie.

»Ja. Ja! Mehr. *Bitte.*«

Kichernd streifte sie meine unteren Lippen. Feuer loderte durch mein Becken. Mehr. Ich brauchte mehr.

»Rutsch ein bisschen nach rechts«, sagte sie. Als ich es tat, traf der Wasserstrahl meinen unteren Rücken, ließ ihn aufleuchten und mich stöhnen.

»So ist's brav, mein Mädchen.« Dann, endlich, gab sie es mir. Als sie mit den Fingern zu meinem Kitzler hochfuhr, wurden meine Knie weich.

»Halt dich fest«, befahl sie.

Ich umklammerte ihre Schultern. Sie erhöhte den Druck auf meinen Kitzler und umkreiste die geschwollene Spitze. Mein Orgasmus raste näher.

»Darf ich … darf ich kommen?«

»Braves Mädchen«, sagte sie. Ihre lobenden Worte gaben mir das Gefühl, die Sonne verschluckt zu haben. Licht und Hitze loderten aus jeder Pore. »Ja. Komm.«

Als sie schneller rieb, ließ ich los. Ich ließ mich alles fühlen: das Wasser, das auf meinen Rücken prasselte und meine Beine hinunterrieselte, ihren heißen Atem auf meinem Schoß und ihre

Finger, diese magischen Finger, die mir den Orgasmus abrangen. Ich schrie auf, dann stöhnte ich, als sie die Bewegung beibehielt und meinen Orgasmus verlängerte, bis ich mich wie eine Boje fühlte, die den Wellen des Ozeans ausgeliefert war.

Endlich wimmerte ich. »Genug.«

»Fürs Erste«, sagte sie. Aber ihre Finger hielten inne und lösten sich von meinem Körper. »Kannst du alleine stehen?«

Ich umklammerte immer noch ihre Schultern. »Entschuldige.« Ich ließ sie los und stand auf. Meine Knie hielten. Kaum.

»Alles gut, Süße.« Ihr Tonfall beruhigte mich.

Sie stand auf und goss sich mehr Duschgel in die Hand. Sie wusch sich effizient.

»Warte«, sagte ich, als sie sich mit der Hand über die Brust strich. »Darf ich das machen?«

»Diesmal nicht. Ich bekomme schon Schrumpelhaut. Ich brauche etwas Lotion, dann verlagern wir das Ganze ins Bett.«

»Ich creme dich ein«, sagte ich, und bei dem Gedanken, die Lotion auf ihrer Haut zu verstreichen, lief mir das Wasser im Mund zusammen.

»Nein, Süße.« Sie drehte das Wasser ab. »Ich will meine im Bett.«

———

JAMILA SCHLUG die Decke des riesigen Bettes zurück und enthüllte blütenweiße Laken. Sie legte sich auf die andere Seite und klopfte auf den Platz neben sich.

Ich kniete mich aufs Bett, weniger, weil ich unsicher war, was ich als Nächstes tun sollte, als vielmehr, weil es eine bessere Position war, um sie zu bewundern. Auf ihrer Haut lag ein Schimmer von der Lotion, die sie aufgetragen hatte. Sie roch so unglaublich, dass ich mir auch etwas davon genommen und es mir über Arme und Beine gerieben hatte.

Jetzt war sie nackt, die Zehen zum Fußende des Bettes gestreckt, die Arme T-förmig ausgebreitet. Ihre Kurven zeichneten sich auf ihrem schlanken Körper nur dezent ab, ihre Brüste flachten ein wenig ab, als sie auf dem Rücken lag. Unter dem blumigen Duft hing ein erdiger Geruch von Erregung in der Luft, meiner und ihrer. Ich schloss die Augen und atmete ihn ein.

»Zweifel?«, fragte sie.

Meine Lider flogen auf. »Nein, ich … genieße nur.«

»Bist du sicher? Es ist noch Zeit, zu einer Freundschaft ohne gewissen Vorzüge zurückzukehren.«

»Nein, ich bin bereit. Spreiz deine Beine.«

Ihre einzige Bewegung war das Heben ihrer Augenbrauen.

»Bin ich jetzt nicht diejenige, die das Sagen hat?«, fragte ich. »So wie du bei meinem Orgasmus das Sagen hattest?«

Sie kicherte. »Ich bin dieses Mal vielleicht diejenige, die die Lust empfängt, aber ich habe immer das Sagen, Süße. Vergiss das nicht.«

Ich schluckte und wartete auf ihre Anweisung.

»Braves Mädchen.«

Da war es wieder. Dieses Gefühl der Lust, das mich zum Leuchten brachte.

»Du kannst mich berühren. Fang bei meinen Brüsten an.«

Das ließ sie sich nicht zweimal sagen. Ich zog eine Linie von ihrem Schlüsselbein hinunter zu ihrem Brustbein, dann malte ich einen Kreis um ihre rechte Brust.

»Nicht so kitzelig. Fester«, sagte sie.

»Verstanden, Chefin.« Ich machte mich bereit, zuzudrücken.

»Ich mag keine Gören. Setz dein freches Mundwerk bei mir ein.«

Ich wagte nicht zu antworten, nicht einmal mit einem »Ja, bitte«. Ich drückte den Ansatz ihrer Brust und leckte mit meiner Zunge über die Spitze. Ich rieb mit dem Daumen über ihre Brustwarze und wiederholte dann die Handlung bei ihrer linken Brust, bevor ich zu ihrer rechten zurückkehrte, um sie mit meiner Zunge zu umkreisen. Ich saugte daran und beobachtete ihre Reaktion. Als sie ihren Rücken durchbog, wusste ich, dass ich ihr gefiel. Zufriedenheit wärmte mich bis in die Zehenspitzen.

Ich hörte nicht auf. Ich hatte Mund und Hände voll von ihr, berauscht von ihrem blumigen Geschmack.

Ihre Atemzüge wurden kürzer, bis sich ihre Brust unter mir hob und senkte.

»Okay, braves Mädchen«, sagte sie schließlich. »Nimm diesen Mund zwischen meine Beine. Zuerst meine Pussy, dann mein Kitzler.«

Ich gehorchte und küsste ihren Bauch hinunter bis dorthin, wo ihr Duft erblühte. Ich positionierte mich zwischen ihren gespreizten Beinen und nahm mir eine Sekunde Zeit, um ihre dunklen Lippen zu betrachten, die ihre glänzende rosa Mitte umgaben.

Ich beugte mich hinunter, um sie zu schmecken, begann in der Mitte und bewegte mich in einer Spirale entlang ihrer Lippen, wobei ich mich, wie sie angewiesen hatte, von ihrem Kitzler fernhielt.

»Fester«, verlangte sie.

Ich strich fester mit meiner Zunge über sie, so wie ich es bei extra kaltem Eis tun würde. Aber Jamila war alles andere als kalt. Sie war Hitze und Seide und Süße auf meiner Zunge. Ich wollte nie wieder weg.

»Genau so, Süße. Genau so.«

Während ich zwischen ihren Beinen kniete, traf kühle Luft meine feuchte Pussy. Ich war genauso erregt wie sie. Ihr leises Stöhnen verriet mir, dass ihr gefiel, was ich tat. Ich stieß mit der Zungenspitze in sie hinein und fuhr dann damit nach oben, fast bis zu ihrem Kitzler, und dann wieder hinunter.

Als sie nach Luft schnappte, vergrub ich mein Gesicht in ihr, um ihre Lust und den Moment so lange wie möglich hinauszuzögern.

»Position wechseln«, sagte sie mit angespannter Stimme. »Knie an meine Brust. Arsch hier hoch.«

Ich tat, was sie befahl. Wir lagen parallel, nicht ganz in der 69er-Stellung, und sie hatte freie Sicht auf meinen Hintern. Nässe rann an meiner inneren Oberschenkel hinunter.

»Zurück an die Arbeit. Jetzt an meinem Kitzler.«

Ich stützte einen Ellbogen neben ihrer Hüfte auf dem Bett ab und legte den anderen Arm über sie. Mit meinen Daumen spreizte ich sie weit und enthüllte ihren geschwollenen Kitzler. Ich begann sanft, da ich mich daran erinnerte, wie empfindlich mein eigener Kitzler wurde, aber sie presste mit einem Klaps auf meine Pobacke hervor: »Fester.«

»Bist du sicher, dass du das tun willst, während mein Mund an deinem Kitzler ist? Da unten sind, gefühlt, eine Bazillion Nerven.«

»Du bist ein braves Mädchen«, sagte sie und zog eine Linie von meiner brennenden Wange bis auf wenige Zentimeter an meine Mitte heran. »Du wirst mir nicht wehtun.«

Ich spähte über meine Schulter. Sie beobachtete mich vom Kissen aus, ihre Augen vor Lust halb geschlossen.

»Niemals.« Ich machte mich wieder an die Arbeit, umkreiste ihren Kitzler einmal mit der Zunge, bevor ich meine Lippen darum schloss und sog, was das Zeug hielt. Sie legte ihre Hand dorthin, wo ich sie brauchte, rieb diesmal nicht, sondern drückte, eine Erinnerung daran, dass sie das Sagen hatte, aber auch eine Versicherung, dass sie sich um mich kümmern würde. Ich zog die Wangen ein.

Ihre Hüften wölbten sich nach oben. »Gott*verdammt*, Mädchen. Ja!«

Während ich saugte, rieb sie meine Pussy und ließ dann einen Finger zwischen meine Beine gleiten, um meinen Kitzler zu berühren. Funken schossen mir die Wirbelsäule hinauf. Heilige Scheiße. Ich war so kurz davor wie sie.

Ich machte weiter.

Ich wechselte zwischen Saugen und Lecken, bis sie aufschrie und ihre Beine steif wurden. Ihre Hand auf mir hielt inne. Ich begleitete sie sanft mit weicheren Leckern und Küssen aus dem Orgasmus, bis sie sich entspannte. In Vorfreude auf eine Kuschel-einheit – falls sie es mir erlauben würde – stützte ich eine Hand auf das Bett, um mich hochzudrücken.

»Halt«, krächzte sie. »Wir sind noch nicht fertig.«

»Aber—« Mein Protest erstarb, als sie anfing, mich schnell zu reiben und mein Orgasmus näher donnerte. Ich legte meine Wange auf ihren Oberschenkel und betrachtete das feuchte Chaos, das ich aus ihrer hübschen Pussy gemacht hatte, während sie strich, kniff und klopfte, bis meine Beine zitterten und sich alles verkrampfte. Ich stöhnte erleichtert auf.

»So ein braves Mädchen«, sagte sie, als meine Knie nachgaben und ich auf die Hüfte aufs Bett plumpste.

Ich blickte zu ihrem trägen Lächeln auf. »Warum war das so geil? Was stimmt nicht mit mir?«

»Mit dir stimmt gar nichts, Süße. Du bist darauf gepolt, es anderen recht zu machen. Deshalb gefällt es dir so sehr.«

»Das ergibt Sinn, schätze ich. Und du bist darauf gepolt, das Sagen zu haben?«

»Aber so was von, verdammt noch mal.«

»Muss schön sein.« Wie wäre es wohl, geil darauf zu sein, Leute herumzukommandieren, und sie würden auch noch auf einen hören?

Sie schnaubte. »Außer, wenn es mich in Schwierigkeiten bringt.«

»Meinst du mit diesem Reporter?«

Sie streichelte meine Hüfte, so wie sie Quill streichelte. »Ja, das … und einmal im Bett.«

Ich wollte wirklich nicht an Jamila mit jemand anderem im Bett denken, nicht, während mein Innerstes noch von ihrer Berührung summte, aber Jamila sprach nie über etwas Persönliches. Ich würde alles annehmen, was sie mir geben wollte. »Wirklich? Was ist passiert?«

Sie blickte zur Decke, und ich hielt den Atem an. Sie war so verschlossen.

»Es war eine andere Freundschaft-plus-Situation, aber mit einem Mann. Er ist genauso herrisch wie ich.«

»Schwer vorstellbar«, witzelte ich.

»Ich weiß, oder?« Sie zog eine lange Linie mein Bein hinunter. »Wir haben gevögelt – es war einer dieser Ficks aus Langeweile, weißt du? Wir hatten rumgehangen und irgendeinen lächerlichen alten Film geschaut. *Singin' in the Rain*, glaube ich.«

All die Wärme wich aus mir und wurde durch Eis ersetzt. Sie musste von Cooper Fallon sprechen. Das war sein Lieblingsfilm.

»Jedenfalls sagte er: ›Wir passen gut zusammen, Mila.‹ Und ich sagte: ›Ja, wir sind gute Freunde.‹ Dann sagte er: ›Was wäre, wenn wir mehr wären‹, und da begann ich auszuflippen.

»Er fing an, über die Fusion unserer Unternehmen zu reden, Synergien und so weiter – er war auch Unternehmer. Das gefiel mir nicht. Jamilow gehörte mir. Und Winslow natürlich. Dann, während ich immer noch mit offenem Mund dasaß, sagte er: ›Wir sollten heiraten. Dann ist alles fair geteilt, und du bist geschützt.‹«

Ich riss die Augen auf. »Geschützt?«

Sie zeigte auf mich. »Genau! Also sagte ich: ›Wovor genau geschützt?‹, und er fing mit diesem ganzen Scheiß an, dass wir das Risiko teilen würden und bla, bla, bla. Rückblickend bin ich sicher, dass er nur mein Bestes im Sinn hatte, aber alles, was ich hörte, war, dass ich es nicht allein schaffen könnte. Dass ich seinen Schutz vor dem Scheitern bräuchte. Dass ich irgendeine altmodische Zweckehe wollen würde. Dass ich nicht wüsste, was wahre Liebe ist, oder sie nicht wollte.« Sie starrte in die Ferne.

Sie glaubte an die Liebe. Sie mochte eine dicke Schale vor sich hertragen, aber darunter war sie verletzlich und romantisch wie ich. Ein Kribbeln tanzte über meine Haut.

»Was ist dann passiert?«, fragte ich.

Sie richtete ihren Blick wieder auf mich. »Ich habe ihn aus meiner Wohnung geworfen und wochenlang nicht mit ihm gesprochen.«

Ich erinnerte mich an diese seltsame Zeit, direkt nachdem sie ihren College-Abschluss gemacht hatten, als die Stimmung mit Cooper eisig gewesen war. Jackson konnte sie nicht beide gleichzeitig einladen. Er hatte versucht, jedem von ihnen die Geschichte zu entlocken, aber sie schwiegen. Er versuchte, sie zusammenzubringen, aber keiner von beiden gab nach.

»Er hat mir ungefähr tausend Entschuldigungen auf die

Mailbox gesprochen und als SMS geschickt. Mir ein ganzes Zimmer voller Blumen geschickt. Das war, bevor einer von uns beiden Geld verdient hatte, also hatte ich keine Ahnung, woher er die Kohle hatte.« Sie hielt inne und erinnerte sich.

»Und dann?« Waren sie immer noch Freunde mit gewissen Vorzügen? Nein, das konnten sie nicht sein. Cooper war jetzt verlobt. Trotzdem hielt ich den Atem an.

»Schließlich wurde mir klar, wie schwer es ihm fiel, sich zu entschuldigen, und wie sehr ich seine Freundschaft vermisste. Wir haben geredet und es geklärt, aber wir haben nie wieder gevögelt. Und er hat nie wieder ein Wort über eine Fusion verloren, auch nicht über die eheliche Art.«

Meine Brust wurde leichter. Zumindest musste ich nicht mit Cooper Fallon um ihre Zuneigung konkurrieren, der klug und selbstbewusst war und alles, was Jamila sich in einem Partner wünschen musste. Ich würde ihm niemals das Wasser reichen können. Ich fühlte mich großmütig genug, um zu sagen: »Ich bin froh, dass ihr euch wieder vertragen habt.«

»Ich auch. Ich will nie wieder, dass irgendetwas unsere Freundschaft kaputtmacht.« Sie kicherte. »Jetzt komm hoch und mach ein Nickerchen. Diese Sonneneinstrahlung hat mich fertiggemacht.«

Gott sei Dank war Jamila eine Kuschlerin. Ich brauchte ihre Arme um mich nach der Geschichte über eine Freundschaft-plus-Beziehung, die schiefgegangen war.

20

»WAS MACHST DU DA?« Jamila schlurfte in einem Paar mit Wolle gefütterten Pantoffeln und einem seidenen Morgenmantel mit Drachenaufdruck, der all die geheimen Stellen bedeckte, die ich letzte Nacht angebetet hatte, in die Küche.

»Ich mache dir Frühstück«, sagte ich und warf die perfekt gewürfelten Zwiebeln und Paprika in die Pfanne. Jamilas Küche in ihrem Strandhaus war voll ausgestattet, was ich herausgefunden hatte, als ich kurz nach Sonnenaufgang hineingewandert war.

»Ich frühstücke nicht.« Sie frühstückte nicht? Ich ließ die Schultern hängen. Sie schlurfte zur Kaffeemaschine und grunzte, als sie die Kanne voller heißem Kaffee vorfand. Nachdem sie sich eine Tasse aus dem Regal genommen hatte, füllte sie sie und nippte daran, ohne vorher darauf zu pusten.

Ich rührte das Gemüse in der Pfanne um. Sie würde meine perfekte Schneidetechnik – darin hatte ich zumindest eine Eins bekommen – und das wunderschöne Omelett, das ich ihr zubereitete, verpassen. An der Kochschule hatte man uns nicht beigebracht, wie man sie macht, aber ich hatte Telma oft genug zugesehen, um zu wissen, wie es ging.

Plötzlich beugte sie sich über meine Schulter und hauchte mir bitteren Kaffee auf die Wange. »Ich sehe dir beim Essen zu. Das hat mir letzte Nacht sehr gefallen – wirklich sehr.«

Mein Gesicht wurde so heiß wie die Pfanne. Ich hatte nicht einmal darüber nachgedacht, wie ich letzte Nacht ausgesehen hatte. Den meisten Männern war das egal. Ganz im Gegenteil: Sie schienen zu denken, je unordentlicher, desto besser. Meine Erfahrung mit Frauen war, dass wir uns immer gegenseitig musterten, verglichen, beurteilten. Jamila war die talentierteste, am besten organisierte Person, die ich kannte. »Hat es dir wirklich gefallen?«

»Ja.« Sie schob eine Hand unter mein T-Shirt und strich mir über den Bauch. »Es hat sich unglaublich angefühlt. Und dein Hintern ist zum Anbeißen.« Sie drückte ihn über meinen Shorts.

Ich summte und drückte mich an ihre Hand. *Zum Anbeißen.* Von einer Schönheit wie Jamila bedeutete das etwas.

Sie schnupperte. »Pass auf. Die werden ein bisschen schwarz.« Ich blickte in die Pfanne. Die Ränder der Zwiebeln waren bereits schwarz geworden.

»Ups.« Ich riss die Pfanne vom Herd und schabte sie auf einen Teller. Die meisten waren noch zu retten. Ich goss die Eier, die ich zuvor verquirlt hatte, hinein und begann, sie in der Pfanne hin- und herzuschieben, während sie stockten. »Bist du sicher, dass du keins willst?«

»Nee, mit leerem Magen kann ich besser denken.«

»Okay.« Die Freude am Kochen war mir vergangen. Ich hatte mir vorgestellt, wie ich ein perfekt fluffiges Omelett auf einen Teller vor ihr gleiten lasse und ihre braunen Augen bei dem Festmahl, das ich zubereitet hatte, aufleuchten. Jetzt würde sie mir beim Essen zusehen. Das war definitiv weniger reizvoll.

Genauso wie das Omelett. Warum sah es so klumpig aus? Telmas sahen nie so aus. In der Hoffnung auf ein kulinarisches Wunder streute ich die Zwiebeln und Paprika in die Mitte und suchte die angebrannten Stücke heraus. Ich ließ es eine Minute ruhen, während sich die Ränder nach oben wölbten, ein Zeichen dafür, dass sie zu durch waren.

Als ich es auf den Teller gleiten ließ, faltete es sich nicht in der

Mitte, wie es bei Telmas immer der Fall war. Es klappte zusammen. Dann zerbrach es. Ich hatte keinen perfekten Halbkreis aus fluffiger Köstlichkeit geschaffen, sondern eine halb zu durch, halb zu rohe Katastrophe.

»Das haben sie dir an der Kochschule beigebracht?«

Jamila hatte das ganze Debakel beobachtet. Natürlich.

»Vielleicht wären Omeletts im nächsten Semester drangekommen. Wenn ich nicht abgebrochen hätte.« Ich starrte einen Moment lang auf das unappetitliche Rührei auf meinem Teller und schob es dann in den Müll. »Ich esse stattdessen Obst.«

Jamila legte einen Arm um meine Schulter. »Ist schon gut. Ich kann nicht einmal eine Zwiebel schneiden, ohne mir in den Daumen zu schneiden. Mein Koch liefert mir jede Woche fertige Mahlzeiten, die ich nur noch aufwärmen muss. Du hast es wenigstens versucht.«

»Ich habe zu Hause auch nie gekocht. Vielleicht habe ich es deshalb an der Kochschule nicht geschafft.«

»Hey. Hey.« Sie wartete, bis ich sie ansah. »Du hast die Kochschule wegen deines weichen, tierlieben Herzens verlassen.«

»Ich schätze schon.« Ich starrte in die kalte, milchige Oberfläche meines Kaffees. »Wollen wir unseren Kaffee mit auf die Terrasse nehmen?«

»Äh. Lass uns drinnen bleiben. Gestern an den Strand zu gehen, war ein Risiko. Ich will das Schicksal nicht herausfordern.«

»Ein Risiko? Ich habe nur einen leichten Sonnenbrand bekommen.«

»Nein, Baby. Ich meine, es ist ein öffentlicher Strand. Jemand könnte uns sehen. Zusammen.«

»Aber wir sind doch zusammen. Oder nicht?«

»Baby.« Ihr Mund verzog sich. »Ich bin nichts für was Ernstes. Außerdem, was würde mein PR-Berater sagen, wenn mein Gesicht neben deinem überall auf Instagram auftaucht? Du bist nicht gerade unauffällig. Wir wären wieder genau da, wo wir angefangen haben, mit dem Fokus auf meinem Privatleben und nicht auf der Firma, wo er hingehört.«

»Du hast recht. Natürlich hast du recht.« Es zu sagen, selbst zweimal, sorgte nicht dafür, dass ich mich besser fühlte. Ich war an ihrer Seite aufgewacht und konnte nicht fassen, dass ich genau das bekommen hatte, was ich wollte, und war voller Hoffnung, dass ich es behalten könnte. Aber so sah Jamila das nicht. Ich war eine Affäre, die das PR-Risiko nicht wert war.

Jamila griff um mich herum, um ein paar Blaubeeren aus der Obstschale zu pflücken. Sie steckte sich eine in den Mund. »Komm schon. Du kannst Quill eine davon geben. Es ist super süß, ihm dabei zuzusehen, wie er daran knabbert.«

Sie ergriff meine Hand und zog mich ins Schlafzimmer, wo das Terrarium von Quill.i.am aufgebaut war.

Ihm zuzusehen war wirklich niedlich. Und als Jamila mich küsste, während ich lachte, schien es, als könnte alles gut werden.

———

»SCHLECHTE NACHRICHTEN«, sagte Hannah, als ich am Montag ins Büro schwebte.

»Was denn?« Ich stellte meine Laptoptasche ab, und meine Aufmerksamkeit schärfte sich. Der Samstag und der Sonntagmorgen mit Jamila waren fantastisch gewesen, aber ich hatte eine Aufgabe zu erledigen. Nur noch ein paar Wochen blieben bis zur Veröffentlichung, und ich musste bis dahin alles zusammenhalten.

»Fotos.« Sie tippte auf ihrem Handy, und mein Handy summte in meiner Handtasche. Sie hatte mir einen Link geschickt. Ich ignorierte meine vielen Benachrichtigungen von den sozialen Medien und klickte auf den Link.

»Fotos von Jamila?« Mir wurde eiskalt. Das erste Bild zeigte sie, wie sie auf unserer Picknickdecke am Strand kniete. Das nächste zeigte mich neben ihr sitzend, aber der schlaffe Hut verbarg mein Gesicht. Huch, mir war nicht klar gewesen, wie sehr dieser Bikini die Röllchen um meine Taille zur Schau stellte. Jamila hatte kein Wort gesagt.

Entsetzt blätterte ich durch die restlichen Bilder. Zum Glück hatte sich derjenige, der die Bilder gemacht hatte, nicht darum geschert, mein Gesicht zu fotografieren. In jedem war es entweder durch meinen Hut oder durch Jamila verdeckt. Aber auf dem letzten Foto hatten sie meine Hand auf ihrem Knie festgehalten. Die Sexualität der Pose war unverkennbar. Hannah spitzte die Lippen und warf mir einen vielsagenden Blick zu. Ich gab nichts zu. »Keine große Sache. Jamilas Bisexualität ist kein Geheimnis. Und schau, es gibt eine Menge Likes.«

»Likes sorgen für mehr Sichtbarkeit, nicht für soziale Akzeptanz.« Bevor ich mich überhaupt damit befassen konnte, sagte Hannah: »Die Kommentare sind gemischt. Einige Leute lieben es, dass Jamila ihr bestes bisexuelles Leben lebt, andere verurteilen es an einem Familienstrand–«

»Wir haben doch gar nichts gemacht!«, fuhr ich sie an. Dann zuckte ich zusammen.

»Mach nicht so ein Gesicht«, sagte Hannah. »Du bist stolz auf deine Bisexualität, genau wie sie. Vielleicht solltest du Jamila in Zukunft nicht in einer flirtenden Pose mit ihrer Angestellten erwischen lassen, okay?«

Stolz auf meine Bisexualität war ein bisschen mehr, als mir lieb war. Was würde Mutter sagen, wenn sie das sähe? Sie würde mich auch ohne mein Gesicht erkennen. Sie würde definitiv den Rubinring erkennen, der an meinem Finger glitzerte, als er auf Jamilas Knie ruhte. Ich drehte an dem Ring.

»Natürlich nicht«, sagte ich. »Es tut mir leid.«

»Es wird schon gut gehen, solange … Scheiße.«

»Was?« Ich blickte auf mein Handy und sah, dass Pavel Thakor, der CEO von Moo-Lah, dem ich zu folgen begonnen hatte, einen Kommentar abgegeben hatte. Ich klickte, um ihn zu lesen.

So froh zu sehen, dass Frau Jallow sich amüsiert. Währenddessen arbeiten wir bei @moo-lah_corp hart an einer bahnbrechenden App. #arbeitenfüreuch #besserschnellerstärker

Mein Handy summte mit einer Benachrichtigung. Noch ein Link von Hannah. Ich klickte darauf.

Das Video lief stumm mit Untertiteln. Es war Jamila, von heute Morgen, wenn ich das Licht richtig einschätzte, ihre wunderschönen Lippen zu einem Hohnlächeln verzogen. Der Untertitel lautete: *Fass dich an die eigene Nase. Meine Wochenenden sind meine Gotham-Angelegenheit.*

»Warte, was?«

»Die Untertitel sind jugendfrei. Jamila hat einen anderen Journalisten zur Sau gemacht, der nach den Bildern gefragt hat.«

Ich legte den Kopf in den Nacken und starrte an die Akustikdecke unseres Büros. »Warum?«, stöhnte ich.

»Sie haben die Frage nicht gezeigt. Sie muss sie wütend gemacht haben.«

Ich sah mir das Video noch einmal an. Diesmal stach es mir ins Herz. *Meine Wochenenden sind meine verdammte Angelegenheit.* Als wäre ich ihre Wochenendunterhaltung, die es nicht wert war, namentlich erwähnt zu werden. Schon gar nicht mit dem Wort *Freundin.*

Aber sie hatte gesagt, wir wären zwanglos. Sie hatte mich daran erinnert, dass wir uns verstecken mussten. Genau in dem Moment, als das Foto geschossen wurde. Sie hatte nicht mich beschützt. Sie hatte sich *vor* mir geschützt.

»Ich schätze, wir müssen mit ihr reden.« Ich wischte das Video weg und überprüfte die Zeit. »Wir können kurz vor dem Stand-up der Entwickler rein.«

»Ich setze diese Runde aus«, sagte Hannah. »Sie wird schlechte Laune haben.«

»Feigling«, sagte ich sanft.

»Außerdem ist Winslow gerade bei ihr.«

»Warum? Sie trifft sich mittwochs mit ihm.«

»Sie planen für ein Abendessen morgen Abend mit dem Typen vom Finanzpartner. Und dann ist Winslow den Rest der Woche weg.«

»Sie treffen sich mit Kenneth Royal von First Arbiter?« Jamila hatte gestern kein Wort gesagt.

»Ja, im La Colombe Bleue.«

»Du sagst, Winslow nimmt sich frei? Die App kommt in zwei Wochen raus. Sind wir bis dahin nicht alle Mann an Deck?«

»Es ist Memorial-Day-Wochenende.« Hannah zuckte mit den Schultern. »Ich schätze, er hat was vor.«

»Es scheint trotzdem ein beschissener Zeitpunkt zu sein, um in den Urlaub zu fahren. Ich wette, Moo-Lah macht nicht …« Ich blickte auf meinen Bildschirm, wo ich das Profil von Pavel Thakor aufgerufen hatte. Sein neuester Beitrag war ein Foto von ihm, wie er im Freien saß und sich mit einer Gruppe von Männern unterhielt. Das Foto war so eng beschnitten, dass ich im Hintergrund nichts erkennen konnte. Sie hätten in einem Country Club, auf einer Restaurantterrasse oder sogar vor seinem Gebäude sein können. Er sah entspannt aus und warf lachend den Kopf in den Nacken. Ich kniff die Augen zusammen und zoomte dann hinein. Hinter Thakor war der untere Teil einer schmal geschnittenen, himbeerfarbenen Hose zu sehen. Ich zoomte weiter hinein, aber das Bild verpixelte. Waren das zweifarbige Brogues in Marineblau und Braun?

Ich hatte den leisen Verdacht, dass ich wusste, wem sie gehörten.

»Ist alles in Ordnung?«, fragte Hannah. »Ich habe dich noch nie so still gesehen.«

»Mir geht's gut.« Ich machte einen Screenshot. »Ich bin gleich wieder da.«

Mein Handy fest umklammernd, marschierte ich den Flur hinunter zu Jamilas Büro. Ich blieb an Felicias Schreibtisch stehen.

»Ist Winslow bei ihr drin?«, fragte ich.

»Ja. Aber er kommt gleich raus.« Sie nickte in Richtung Rhiannon, die, gefolgt von ihrem Team, auf Jamilas Büro zumarschierte. In ihrem blauen Hemd sah sie aus wie ein wütender blauer Vogel, der seine Schar anführte.

»Warum habe ich das Gefühl, dass ich die Einzige bin, die ihren verdammten Job macht?« Sie musterte mich von oben bis unten. Ihr Blick verweilte auf meiner Hand. »Und die Dinge nicht noch schlimmer macht?«

Feuer stieg mir von den Wangen bis zur Stirn. »Ich kümmere mich darum.«

»Ja, das tun Sie.« Sie rümpfte die Nase mit einer schneidenden Geste, die meiner Mutter alle Ehre gemacht hätte.

Hitze schoss mir in die Brust, aber ich wurde vor einer unüberlegten Antwort bewahrt, als sich Jamilas Tür öffnete und Winslow in seinen zweifarbigen Brogues heraustrat. Heute trug er eine puderblaue Hose mit winzigen aufgestickten amerikanischen Flaggen. Ich warf wieder einen Blick auf das Foto auf meinem Bildschirm. Ich wünschte, ich könnte erkennen, ob die Schuhe auf dem Foto marineblau und braun, schwarz und braun oder braun mit einem seltsamen Schatten waren.

Ich traute mich nicht, etwas zu Jamila zu sagen, besonders nicht mit Publikum.

»Winslow, ein Wort?« Ich neigte meinen Kopf in Richtung des kleinen Konferenzraums ein paar Türen weiter von Jamilas Büro.

Er grinste spöttisch. »Sicher.«

Während ich über sein Grinsen nachgrübelte, wartete ich, bis ich die Tür des Konferenzraums geschlossen hatte, um zu sprechen.

Ich drehte mein Handy um, damit er das Foto sehen konnte. »Was haben Sie da gemacht, mit der Konkurrenz gesprochen?«

Er kniff die Augen zusammen und sah auf den Bildschirm. »Ich bin nicht auf diesem Foto.«

Ich zoomte auf die Hose und die Oberseite der Schuhe und zeigte es ihm. »Sind Sie sich sicher?«

»Jeder trägt solche Hosen und Schuhe. Warum sollten Sie denken, dass ich das war?«

»Es macht keinen guten Eindruck, mit einem Konkurrenten zu sprechen, wenn jeder weiß, dass es ein Leck gibt.«

»Ich bin seit dem ersten Tag bei Jamila. Schon bevor sie die Firma gegründet hat. Was genau wollen Sie damit sagen?« Er verschränkte die Arme.

Ein leiser Zweifel begann in meinem Hinterkopf zu nagen. Er hatte recht, dass er nicht der einzige Tech-Bro war, der lächerliche

Hosen und teure Schuhe trug. Es gab eine Menge reicher Erben von Privatschulen in der Bay Area. (Ich musste es wissen; ich hatte mit einer ganzen Reihe von ihnen ausge- und sie wieder abserviert.) Aber ich konnte mir keinen weiteren Ausrutscher leisten wie den, den ich mir erlaubt hatte, als ich Rhiannon beschuldigt hatte. Jamila würde über mich herfallen, so wie sie es mit diesem Journalisten getan hatte.

»Apropos belastende Fotos, ich sehe, Sie haben eine hervorragende PR-Arbeit geleistet.« Er hob die Augenbrauen. »Das ist ein ziemlich schwacher Versuch, die Aufmerksamkeit davon abzulenken, dass Sie mit der Hand in der Keksdose erwischt wurden.«

»Ich weiß nicht, wovon Sie reden.« Ich wischte den Screenshot weg.

»Hören Sie, Sie sind ein nettes Mädchen, also gebe ich Ihnen einen freundlichen Rat«, sagte er. »Ich kenne Jamila schon lange. Wenn sie gestresst ist, lässt sie Dampf ab, wenn Sie verstehen, was ich meine. Es scheint, als wären Sie ihr neuestes Ventil.«

Ich zupfte ein Fusselchen von meinem Jackenärmel. »Ich weiß nicht, warum Sie mir das erzählen.«

»Sie wirken wie die Art von Mädchen, die sich die Dinge zu Herzen nimmt. Jamila tut das nicht. Ihre kleinen Techtelmechtel bedeuten nichts. Fragen Sie Cooper Fallon.«

Ich konnte nicht anders. Ich starrte ihn mit offenem Mund an.

Er kicherte. »Ja, so lange bin ich schon dabei. Ich habe das Fiasko miterlebt. Jamila steht nur auf was Lockeres. Sie wird nie jemandem genug vertrauen, um es ernster werden zu lassen.«

Wie oft hatte sie mich daran erinnert, dass sie nichts Ernstes wollte? Öfter, als ich mich erinnern wollte.

Er streifte an mir vorbei und legte seine Hand auf den Türknauf. Doch bevor er ihn drehte, blickte er zu mir zurück. »Ich gebe Ihnen diesen Rat: Konzentrieren Sie sich auf Ihre eigenen Aufgaben. Und bilden Sie sich nicht ein, dass Jamila jemals etwas anderes als ein

Hook-up sein wird. Sie ist nicht die Art von Frau.«

Er öffnete die Tür und ging, ließ mich entmutigt im Konferenzraum stehen.

Er hatte recht. Sie hatte mich selbst gewarnt. Warum hatte ich mir Hoffnung gemacht, dass sie sich in mich verlieben würde? Ich war nur Jacksons süße, aber nervige kleine Schwester. Ich würde niemals die Eine für sie sein.

Nicht so, wie sie die Eine für mich war.

21

»GEHST DU BALD?«, fragte Hannah am Dienstagabend, als sie ihre Laptoptasche über die Schulter schwang.

Ich blinzelte und wandte meinen Blick von der offenen Tür unseres Büros zu ihrem Gesicht. »Ja. Ich will nur vorher noch fünf Minuten mit Jamila reden.«

Es war der Abend des Essens mit Kenneth Royal, dem CEO von First Arbiter, und ich machte mir Sorgen um sie. Wir hatten nicht mehr miteinander gesprochen, seit die Fotos gestern in den Medien aufgetaucht waren. Hannah und ich hatten alles getan, was wir konnten, um die sozialen Netzwerke mit Fotos von Jamilas Camp, Videoschnipseln aus Nitas Interview und allem, was wir finden konnten, um abzulenken, zu überfluten, aber die Geschichte schlug immer höhere Wellen.

Jeder wollte die Identität von Jamilas mysteriöser Freundin wissen. Ich hatte Jamila lange genug in den sozialen Medien verfolgt, um zu wissen, dass diese Dinge einem Muster folgten: Sobald sie sie identifiziert hatten, würden sie ihre Vergangenheit ausgraben, ihr ein paar Tage lang folgen, ein paar unvorteilhafte Fotos von ihr beim Essen oder schweißgebadet nach dem Training posten und sie dann genauso schnell wieder fallen lassen, wie Jamila es tat. Mich als Jamilas Freundin zu outen, würde ihr kein bisschen helfen. Ganz zu schweigen davon, was meine Mutter sagen würde.

Nein, danke.

Ich hatte mehr Zeit in den sozialen Medien verbracht, als ich als PR-Beraterin sollte, und die Kommentare nach einem Hinweis darauf durchsucht, dass ich Jamilas Strandnixe war. Bisher nichts. Aber bei jedem Ping, bei jeder rot aufleuchtenden Zahl, die nach oben zählte, zog sich mein Magen fester zusammen.

»Viel Glück«, sagte Hannah. »Bis morgen.«

»Schönen Abend noch.« Ich tat so, als würde ich auf meinen Bildschirm schauen.

Eine Minute, nachdem Hannah zur Tür hinausgegangen war, erhaschte ich einen flüchtigen Blick auf etwas Lavendelfarbenes. Jamila war in Bewegung und schritt den Flur entlang. Ich eilte zur Bürotür und fing sie ab, als sie vorbeiging.

»Hey, Jamila.« Ich trabte, um mit ihren langen Schritten mitzuhalten.

»Natalie.« Es lag keine Weichheit in der Art, wie sie es sagte.

»Läuft die Entwicklung gut?«

»Eigentlich nicht. Wir sind auf ein weiteres Problem gestoßen. Ich müsste eigentlich bleiben, um zu helfen, aber wir haben heute Abend dieses verdammte Meeting.« Sie stieß die Sicherheitstür zum Hauptflur auf.

Ich beschleunigte, um sie einzuholen. »Mit dem … Partner?«, sagte ich leise, da wir uns außerhalb des gesicherten Bereichs befanden.

»Ja, und es wird eine reine Katastrophe werden. Ich weiß nicht, ob er wegen der Fotos oder wegen der möglichen Verzögerung im Zeitplan wütender ist.« Sie murmelte die letzten Worte, während sie die Tür zur Damentoilette aufstieß. Sie ging zum Spiegel, um ihren Lippenstift zu überprüfen.

»Kann ich helfen?«

»Nicht, es sei denn, du hast einen Zauberstab, der die Bugs in meinem Code verschwinden lässt.«

»Tut mir leid, dabei kann ich nicht helfen. Aber ich kann mit der PR-Seite helfen. Ich kann ihm von dem *Buzz-Bizz*-Artikel und unseren anderen PR-Bemühungen erzählen.«

Sie sah mich im Spiegel stirnrunzelnd an. »Du hast heute Abend Zeit?« Sie warf einen Blick zurück zu den Kabinen und fügte hinzu: »Um dich mit ihm zu treffen?«

»Ja, ja, natürlich. Alles, was du brauchst.« Mein Magen kribbelte wie Champagner. Vielleicht würde sie mich auch über Nacht bleiben lassen. Wir würden wieder zueinanderfinden. Ich würde mich nicht so verlassen und bedürftig fühlen.

»Okay, dann.« Sie setzte die Kappe wieder auf den Lippenstift. »Gehen wir.«

AUF DER FAHRT in die Stadt saß Winslow auf dem Vordersitz ihres SUVs und informierte sie darüber, wer seine verschiedenen Aktivitäten übernehmen würde, während er seine Großmutter im Krankenhaus besuchte. Als ich von ihrem Herzinfarkt erfuhr, tat es mir ein wenig leid, dass ich ihn für seine Abreise kritisiert hatte.

Währenddessen saß ich schweigend auf dem Rücksitz. Sie sprachen über wichtig klingende Dinge wie Lieferketten und Marketingkampagnen. Mein Job mit seinen Social-Media-Posts, Likes und Fotoshootings klang im Vergleich dazu trivial.

Als sie vor dem La Colombe Bleue am Valet-Stand hielt, fühlte ich mich endlich in meinem Element. Ich war dutzende Male mit meinen Eltern und ein paar Mal mit Dates in dem eleganten Restaurant gewesen. Der Parkservice öffnete die Tür, und ich stieg aus und strich die Falten aus meinem Bleistiftrock. Ich stand gerade und aufrecht da und ging zur Tür, ohne innezuhalten, weil ich darauf vertraute, dass der Portier sie rechtzeitig öffnen würde.

Am Empfang begrüßte mich Frankie. »Miss Natalie. Ich hatte Sie heute Abend nicht erwartet. Werden Herr und Frau Hayes zu Ihnen stoßen?«

»Nein, ich speise heute Abend mit Frau Jallow. Sie finden uns doch einen guten Tisch, oder? Etwas Privates? Wir haben ein wichtiges Treffen, das Diskretion erfordert.«

»Natürlich, natürlich.« Frankie notierte etwas auf dem Sitzplan.

Jamila verdrehte die Augen. »Ernsthaft?«

»Du willst unseren Gast doch nicht neben der Küche unterhalten«, sagte ich. »Außerdem glaube ich nicht, dass eure Partnerschaft öffentlich bekannt ist. Wir wollen doch nicht im Schaufenster sitzen und den Leuten Anlass zu Spekulationen geben.«

»Das ist tatsächlich eine gute Idee«, sagte Winslow.

»Tatsächlich?«, sagte ich. »Ich habe jede Menge gute Ideen.«

Jetzt verdrehte er die Augen.

Frankie führte uns zu einem Tisch in einer privaten Nische, wo wir nicht beobachtet werden konnten.

»Das ist perfekt«, sagte ich, als Frankie meine Serviette über meinen Schoß legte und mir eine Speisekarte reichte. »Danke, Frankie.«

Jamila wartete nicht auf Frankie. Sie breitete ihre Serviette auf ihrem Schoß aus und streckte die Hand nach der Weinkarte aus. »Was würde ich für einen Whiskey geben.«

Frankie fragte: »Kann ich Ihnen etwas von der Bar bringen?«

»Nein, danke. Ich muss heute Abend zurück ins Büro.«

Damit war meine Hoffnung auf eine Wiederholung des letzten Wochenendes dahin. Jetzt wünschte ich, ich wäre mit dem Cabrio gefahren, damit ich am Morgen nicht mit einem Uber zurück ins Büro müsste.

»Ihr Kellner wird gleich bei Ihnen sein.« Frankie verbeugte sich und ging.

»Was meinst du, Winslow, Cabernet oder Pinot Noir?«, fragte Jamila.

Ich saß ungläubig da. Warum hatte sie mich nicht nach dem Wein gefragt? Ich war praktisch in diesem Restaurant aufgewachsen. Ich hätte ihr sagen können, dass die Cabernets nichts Besonderes waren und sie mit einem Malbec besser beraten wäre. Aber sie hatte mich nicht gefragt. Ich zwirbelte meine Serviette in meinem Schoß.

Während sie über die Weinauswahl debattierten, entdeckte ich einen Mann, den ich wiedererkannte. Kenneth Royals silbergraue Schläfen, sein grauer Anzug, die blaue Krawatte und die schwarzen Slipper signalisierten der ganzen Welt, dass er ein Bankmanager war. Hier war eine Möglichkeit, wie ich mich nützlich machen konnte.

Ich stand auf. »Herr Royal, willkommen. Ich weiß nicht, ob Sie sich an mich erinnern. Ich bin Natalie Jones, und Sie kennen Jamila Jallow und Winslow Keating-Ashworth.«

Jamila sah irritiert aus, aber sie war die ganze Nacht irritiert gewesen. Ich konnte nicht sagen, ob sie immer noch über den Bug nachdachte oder ob dies eine neue Verärgerung war. »Guten Abend, Kenneth. Danke, dass Sie sich mit uns treffen.« Ihr »Danke« klang, als hätte sie Glasscherben im Hals.

»Wir müssen über den Zustand unserer Partnerschaft sprechen.« Er setzte sich Jamila gegenüber, wandte aber seinen Kopf, um mich zu mustern. »Sie sind die Stieftochter von Charles Hayes.«

»Das ist richtig. Wir haben uns auf den Partys meiner Eltern getroffen.«

»Charles ist ein kluger Mann.« Er musterte mich von oben bis unten. »Sie sind nicht diejenige, die eine Softwarefirma besitzt. Sie sind das Society-Girl.«

Ich biss die Zähne zusammen und richtete mich auf. »Ich bin für Jamilas Öffentlichkeitsarbeit zuständig.«

»Verstehe. Social-Media-Posts und so was?« Er sagte es, als hätte er einen Mund voll zerkochtem Brokkoli.

»Ja, und –«

Jamila unterbrach mich. »Kenneth, konzentrieren wir uns auf Ihre Bedenken.«

Ich lehnte mich in meinem Stuhl zurück. Warum hatte sie mich hierher mitgebracht, wenn sie mich ignorieren wollte?

»Ich bin mir nicht sicher, ob Jamilow bei all diesem Tohuwabohu ein guter Partner für FA ist«, sagte Royal. »Es ging ein Ding nach dem anderen schief. Zuerst Winslows skandalöse Ehe und dann seine schmutzige Scheidung. Sie haben diesen Journalisten geschlagen und sich am Strand mit irgendeiner Bikini-Tussi erwischen lassen. Jetzt hatten Sie schon wieder eine Auseinandersetzung mit einem Reporter. Jamilow wirkt eher wie eine Seifenoper als eine Softwarefirma, an die unser ehrwürdiges Finanzinstitut seinen Ruf binden will.«

Er lehnte sich zurück und ließ die Splitter dieser Granate fliegen.

Bikini-Tussi? Hatte Jamila mich hierhergebracht, damit ich mich entschuldige?

Jamilas Miene war versteinert. »Jamilow ist ein innovatives Unternehmen, das an einem einzigen Vormittag mehr kreative Ideen hervorbringt als Ihre spießige Bank das ganze Jahr über. Deshalb gehen Sie eine Partnerschaft mit uns ein. Na und, wenn es ein kleines Drama gibt? Wenn man eine Gruppe von Künstlern zusammenbringt, wird es immer etwas Theatralik geben. Ich kann Ihnen jedoch versprechen, dass es vor der Veröffentlichung keine weitere Medienhysterie geben wird.«

Sie starrte mich direkt an.

Jetzt verstand ich, warum ich hier war. Das war ihre Art, mir zu zeigen, was in ihrem Leben auf dem Spiel stand. Sie hatte keinen Platz für eine öffentliche Beziehung mit mir oder die unvermeidliche Aufmerksamkeit, die sie mit sich bringen würde. Meine Aufgabe war es, alles für die Öffentlichkeit zu glätten und Jamilow wie einen geeigneten Partner für ein langweiliges Finanzdienstleistungsunternehmen aussehen zu lassen.

Nun, ich wusste alles darüber, wie man die Wogen glättet. Dazu war ich erzogen worden. Ich hob die Augenbrauen, und unser Kellner glitt zu unserem Tisch.

»Wir hätten gerne eine Flasche von dem Nicolás Catena Zapata, bitte. Und ich nehme einen Wodka Tonic.«

»Wirklich, Nat?«, murmelte Jamila. »Das ist mein Meeting.«

Ich schenkte ihr mein strahlendstes Lächeln und sagte: »Machen Sie ihn doppelt.«

Sobald der Wodka in meiner Blutbahn war, war es einfach, wieder in die Rolle zu schlüpfen, die jeder, besonders Kenneth Royal, von mir erwartete. Ich sorgte dafür, dass jedermanns Glas voll war. Wenn ich sprach, ließ ich meine Hände flattern, um alle daran zu erinnern, dass ich nur zur Dekoration da war und man mich nicht allzu ernst nehmen sollte. Ich kicherte über das, was sie sagten, wenn es auch nur im Entferntesten lustig war. Ich tätschelte Mr. Royals Arm und schenkte ihm mein gewinnendstes Lächeln. Langsam wurde er weich wie Butter, die auf meiner Arbeitsplatte in der Kochschule liegen gelassen wurde.

Mein Verhalten hatte den gegenteiligen Effekt auf Jamila. Ich brauchte ihr Glas nicht nachzufüllen, weil sie den Wein kaum anrührte. Sie wurde im Laufe des Abends immer spröder, wie Schokoladenganache im Kühlschrank.

Endlich war das Abendessen vorbei. Mr. Royal und sein ehrwürdiges Finanzinstitut waren überzeugt. Er schüttelte Winslow die Hand und versprach, ihn anzurufen, wenn er das nächste Mal eine Viererrunde vollmachen müsse. Er lud Jamila auf einen Drink in seinen Club ein. Mir gab er eine lange Umarmung und bot an, mich in seiner Limousine nach Hause zu fahren. Ich lehnte höflich ab und bestellte eine Mitfahrgelegenheit.

Winslow ging mit Mr. Royal hinaus, und ich erwartete, dass Jamila mit ihnen gehen würde, aber sie packte mein Handgelenk wie eine Fessel und zog mich hinter eine Topfpflanze im Vorraum. Mein Herz flatterte vor Hoffnung. Würde sie mich umarmen, um das schmierige Gefühl von Mr. Royals Umarmung auszulöschen? Oder mich wenigstens ein braves Mädchen nennen, weil ich alles so reibungslos hatte verlaufen lassen?

Aber sie tat nichts von alledem. Stattdessen zischte sie mich an. »Was zum Teufel war das?«

»Was?«

»Komm mir nicht mit diesen Rehaugen und tu so, als wüsstest

du nicht, wovon ich rede. Warum hast du das Dummchen gespielt?«

»Das Dummchen gespielt? Ich habe versucht zu helfen.«

»Ich brauchte dich als meine fähige PR-Beraterin, nicht als irgendeine Barbie.«

Barbie? Der Wodka in meinem Magen rumorte. »Dann hättest du mich als deine Beraterin vorstellen sollen. Du hast mich abgetan, und ich wusste nicht, was du wolltest. Ich habe mich so verhalten, wie ich dachte, dass du es brauchst.«

»Ich wollte dich nicht abtun.« Die Anspannung wich aus ihrer Haltung. »Ich … ich wusste nur nicht, was ich mit dir anfangen sollte, als du hier warst. Es ist eine heikle Zeit für mein Geschäft, jetzt, wo diese Partnerschaft auf dem Spiel steht.« Sie rieb sich die Stelle zwischen den Augenbrauen. »Tut mir leid, dass ich in dem Scheiß nicht besser bin.«

Ich wollte die Hand ausstrecken und sie in eine Umarmung ziehen. Wir wären wahrscheinlich mit einer freundschaftlichen Umarmung davongekommen, aber wir konnten es uns nicht leisten, dieses Risiko einzugehen. Nicht nach den Fotos. Nicht, wenn Jamilas neue Produkteinführung auf dem Spiel stand. Also versuchte ich, meine ganze Zuneigung in meinen Blick zu legen, als ich sagte: »Schon gut. Tut mir leid, dass ich dich enttäuscht habe.«

»Du kannst bei mir du selbst sein, weißt du«, sagte sie. »Nächstes Mal, sprich es an. Du musst diese Maske nicht tragen. Aber vielleicht nicht direkt vor Kenneth. Warte bis nach der Veröffentlichung.«

Das erste echte Lächeln des Abends breitete sich auf meinem Gesicht aus. »Ich werde mein Bestes geben.«

»Ich auch. Um dieses katastrophale Abendessen wiedergutzumachen, möchte ich, dass du am Wochenende mit mir wandern gehst.«

»Wandern am Memorial-Day-Wochenende? Könnte das Übernachten beinhalten?«

»Aber so was von. Bring eine Übernachtungstasche und einen Badeanzug mit, ein Pyjama ist nicht nötig.«

Ich unterdrückte ein Quietschen. Ein langes Wochenende mit Jamila klang himmlisch. Ich würde mir süße Wanderschuhe kaufen und mein Haar in einem Bandana hochstecken. Ich erschauderte bei der Vorstellung, wie sie es herunterreißen und mich gegen die raue Rinde eines Baumes drücken würde.

»Ja, Ma'am«, sagte ich.

Ihre Augen wurden zu geschmolzener Lava. »Das gefällt mir.«

Ob von der Topfpflanze unzureichend verdeckt oder nicht, ich neigte mich zu ihr, erstarrte aber, als mein Handy in meiner Hand summte.

Jamila leckte sich die Lippen und neckte mich. »Ich schätze, du solltest besser gehen«, flüsterte sie mit heiserer Stimme.

»Wir sehen uns morgen bei der Arbeit, Chefin.« Mit einem Schwung meiner Haare schlenderte ich aus dem Restaurant und glitt in einen Toyota, der nach Axe-Deo und Hoffnung roch.

22

»WOHIN GEHST DU?«

Wäre ich dreißig Sekunden schneller gewesen, hätte meine Mutter mich am Samstagmorgen nicht mit der Hand auf der Türklinke erwischt.

Langsam drehte ich mich um. »Raus?«

Ich zog die High-Tech-Wandershorts zurecht, die ich gestern in meiner Mittagspause gekauft hatte. Ich hatte sie hochgerollt, in der halben Hoffnung, dass wir, wenn Jamila die unbedeckte Länge meiner Oberschenkel sehen würde, nicht den Vorwand einer Wanderung durchziehen müssten und die einzige körperliche Ertüchtigung, die wir bekämen, in ihrem Bett stattfinden würde.

»In dem Aufzug?«

Sie hatte gut reden. Sie trug einen burgunderroten Kaschmir-Morgenmantel über ihrem Seidenpyjama.

Ich verfluchte den raschelnden Stoff, der meine Mutter wohl darauf aufmerksam gemacht hatte, dass ich mich hinausschlich. Mein Oberteil gefiel mir aber. Es schmiegte sich an meine Kurven auf eine Weise, von der ich hoffte, dass Jamila sie zu schätzen wüsste, bevor sie es mir vom Leib riss. Es hatte sogar Druckknöpfe anstelle von Knöpfen.

Meine Mutter räusperte sich.

»Wir gehen wandern.«

Sie zog eine Augenbraue hoch. »Was ist mit dem Picknick von Abgeordnetem Crawford?«

»Oh. Äh.« Ich zwang mich zu einem Lächeln. »Ich glaube nicht, dass ich es dorthin schaffe.«

»Und mit wem wanderst du?«

»Mit einer … einer Freundin.«

»Einer ›Freundin‹?« Meine Mutter verschränkte die Arme. »Nachdem deine Schwester mit einem *Freund* auf Reisen gegangen ist, ist sie von der Universität geflogen. Aber du bist nicht wie Samantha. Ich hätte nicht gedacht, dass du dich so herumschleichen würdest. Du warst doch immer mein braves Mädchen.«

Sie wusste genau, wie sie mich mitten ins Herz treffen konnte. Es pochte unter der Wucht des Vorwurfs, den sie mir gemacht hatte. »Das bin ich immer noch, Mutter. Ich tue alles, worum Sie mich bitten. Nur heute nicht. Es ist ein herrlicher Tag, um draußen zu sein.« Ich deutete auf das Seitenfenster der Tür, wo die Sonne eine Handbreit über dem Horizont schwebte und die Wolken des frühen Morgens noch immer rosa färbte. »Und ich war noch nie wandern.«

»Ich habe dich gebeten, an dem Picknick teilzunehmen und mit dem Abgeordneten Crawford über unsere Alphabetisierungsagenda zu sprechen.«

»Ich weiß, Mutter. Aber ich gehe ständig zu solchen gesellschaftlichen Veranstaltungen. Heute möchte ich etwas anderes machen.«

Sie starrte mich einen langen Moment lang an, ihre blauen Augen bohrten sich in meine. Dann blickte sie durch das Seitenfenster. »Apropos anders, wessen Auto ist das?«

Ich hätte den Porsche die Straße runter parken sollen, aber ich war gestern so müde von der Arbeit nach Hause gekommen, dass ich ihn in die Einfahrt gefahren hatte.

»Das ist ein Firmenwagen. Für die Fahrt nach Jamilow.«

»Warum brauchst du einen Firmenwagen, wenn du einen absolut guten …«

»Mutter«, unterbrach ich sie. »Ich komme zu spät.«

Sie schürzte die Lippen. »Obwohl ich zu schätzen weiß, was du für Jamila tust, werde ich froh sein, wenn dieser PR-Unsinn vorbei ist und du dich wieder deinen familiären Pflichten widmen kannst.«

Unsinn? Mein leerer Magen zog sich zusammen.

»Ich werde Daniel Ihre Grüße ausrichten. Wenn du mit Jamila fertig bist, solltet ihr beide darüber nachdenken, es offiziell zu machen.«

»Offiziell?«

»Eure Verlobung. Daniel wird es mit dir an seiner Seite weit bringen.«

Der Duft ihres Chanel No. 5 benebelte mich. »Ich muss los.« Ich öffnete die Tür und trat nach draußen.

»Du hast dich noch nicht bei mir bedankt. Für die Fotos.«

»Die … Fotos?« Eine Last drückte auf meinen Bauch.

»Die, die am Strand mit Jamila aufgenommen wurden. Ich habe die gekauft, auf denen dein Gesicht zu sehen war.«

Ach du meine Güte. »Es gab Fotos von meinem Gesicht?«

»Natürlich gab es die. Du bist eine Jones.«

Mir klappte die Kinnlade herunter. »Warum haben Sie nicht alle gekauft?«

»Ich habe gefragt, aber er wollte nicht alle verkaufen. Entweder ist die Jamila-Geschichte zu groß, oder jemand anderes hat ihm mehr bezahlt, um sie zu veröffentlichen. Also, wenn Jamila die Freundin ist, mit der du wandern gehst, lass Diskretion walten. Ich glaube nicht, dass sie sich noch so einen Skandal leisten kann.«

»Ähm … danke.« Mein Gesicht war heißer als der Stab meines Lockenstabs. Verstand meine Mutter meine Beziehung zu Jamila? Einschließlich der sexy Teile? Kein Wunder, dass sie mich in Daniels Arme trieb.

»Ich wünschte, ich hätte sie alle bekommen können. Ich habe

Jamila schon immer gemocht.«

»Sie mögen sie?« Ich hielt den Atem an. Vielleicht wäre sie nicht wütend auf mich, weil ich mich in Jamila verliebt hatte.

Wem machte ich etwas vor? Es war eine Sache, eine Frau zu mögen; es war etwas völlig anderes, die Vorstellung zu mögen, dass die eigene Tochter mit ihr zusammen war, besonders in einer seltsamen Freunde-plus-Chefin-mit-gewissen-Vorzügen-Situation.

»Natürlich mag ich sie. Sie ist praktisch wie eine weitere Tochter für mich. Jamila ist so ehrgeizig, wie ich euch Mädchen immer ermutigt habe zu sein. Sie erinnert mich an mich.«

Da war es.

Sie wünschte, die brillante, ehrgeizige Jamila wäre ihre Tochter und nicht die ziellose Natalie, die sich von jedem Windhauch treiben ließ, der vorbeikam.

»Ich muss los, Mutter.« Ich schloss die Tür und stapfte die Treppe hinunter zum geleasten Cabrio.

———

ALS WIR DIE STELLE ERREICHTEN, an der der unebene Pfad – der von Rotluchsen und anscheinend Jamila Jallow genutzt wurde – den sanfteren kreuzte, beugte ich mich mit den Händen auf den Knien vor, um zu Atem zu kommen.

So sehr es mich auch schmerzte, keuchte ich: »Warte mal!«

»Was?« Jamila kam von der Stelle zurück, an der sie bereits wieder mit dem Klettern begonnen hatte. Meine neuen Wanderstiefel hatten mir eine Blase an der Ferse gerieben, die meine Bewunderung für ihre wohlgeformten Oberschenkel und ihr Gesäß in ihren Wandershorts zunichtemachte.

Sie zog ihre Feldflasche aus ihrem winzigen Wanderrucksack und schraubte den Deckel ab. »Oh ja, tolle Aussicht.«

Richtig. Die Aussicht. Die, die ich nicht sehen konnte, weil mir der Schweiß in die Augen tropfte. Ich richtete mich auf und drückte meine Hand gegen das Seitenstechen. Wandern war, zumindest mit Jamila, anstrengender, als es aussah, und bei weitem nicht so modisch, wie ich es mir vorgestellt hatte, als ich im Sportgeschäft die niedlichsten Stiefel ausgesucht hatte.

Sie hatte sich geweigert, dem flachen Pfad zu folgen, der sich allmählich den Berg hinaufwand, dem, den alle anderen benutzten. Nein. Sie preschte voran und folgte Markierungen, die sie mir als die »Flammen« des »Wegbereiters« erklärt hatte, auf Pfaden, von denen ich gedacht hätte, dass nur die trittsichersten Hirsche ihnen folgen könnten. Ihre langen Beine erklommen mühelos die Felsen und freiliegenden Baumwurzeln, die wir zum Aufstieg nutzten. Meine hinteren Oberschenkelmuskeln flehten mich an, umzukehren. Aber Jamila würde niemals aufgeben, bis sie den Berg erklommen und ihn zur Aufgabe gezwungen hatte.

»Trink etwas Wasser«, sagte sie. »Wir sind fast da. Nur noch etwa eine halbe Stunde.«

»Eine halbe Stunde?«, keuchte ich. Eine halbe Stunde war auf dem Laufband keine große Sache. Aber das hier war eher wie der Crosstrainer. Ein Crosstrainer mit rostigen Nägeln, die in die Pedale gehämmert waren, um bei jedem Schritt in meine Fersen zu stechen.

»Hey.« Sie legte eine Hand auf meine verschwitzte Schulter. »Geht's dir gut?«

Vor heute hatte ich nicht gewusst, dass meine Schultern schwitzen konnten. Ich hakte meine schicke neue Feldflasche von meinem Gürtel ab und nahm einen Schluck. »Mir geht's gut.«

»Die Aussicht von oben ist fantastisch. Es lohnt sich absolut.« Ihre Fingerspitzen tanzten über meine Brust zum Bund meiner Wandershorts.

Ich zitterte bei ihrer Berührung. »Ich verdiene mehr als nur eine Panoramaaussicht, wenn ich es bis nach oben schaffe. Was ist meine Belohnung dafür, dass ich diesen Todesmarsch überlebe?«

»Todesmarsch? Er ist nur als mäßig anstrengend eingestuft.«

Ich schnaubte. »Für eine Bergziege.«

»In Kalifornien gibt es keine Bergziegen. Nur Dickhornschafe.«

»Na gut. Dieser Weg ist besser für Dickhornschafe geeignet als für Menschen.«

»Dickhornschafe halten sich hier unten nicht auf. Wenn du sie sehen willst, musst du auf den da klettern.« Sie zeigte auf einen höheren Berg in der Ferne.

»Vielleicht beim nächsten Mal.« Das war eine Lüge. Wenn ich ein Schaf sehen wollte, würde ich in den Zoo gehen. Wo die Wege flach und besser zum Händchenhalten geeignet waren.

»Ich schätze, Wandern ist nicht dein Ding. Danke, dass du so eine gute Sportlerin bist, Baby Girl.« Als sie mich fester an sich zog, waren mir meine Blasen egal oder wie rot mein Gesicht sein mochte. Ich konzentrierte mich auf ihre Lippen, weich und zum Küssen einladend.

»Vielleicht brauche ich etwas Motivation, um weiterzumachen«, murmelte ich.

»Ich habe etwas Studentenfutter in meinem Rucksack.« Sie schmiegte sich an meine Schläfe.

»Wenn du damit nicht deinen Vibrator meinst, ist das nicht die Art von Leckerbissen, die ich im Sinn hatte.«

»Links vorbei!«, rief eine Stimme ein paar Meter entfernt.

Diesen Ruf hatten wir den ganzen Morgen von schnelleren Wanderern und Radfahrern gehört, aber diese Stimme klang erschreckend vertraut.

Anstatt mein Gesicht an Jamilas Brust zu vergraben, wie ich es hätte tun sollen, sprang ich von ihr weg und stellte mich der Bedrohung. Mein Herz setzte aus, als ich meinen Bruder Jackson sah, der auf den Pedalen seines Mountainbikes stand, gefolgt von seinem Adoptivsohn Noah auf einem ähnlichen Rad.

Hei-li-ge Scheiße.

»Nat?« Er hob eine Hand, um einen Stopp zu signalisieren.

»Jackson? Was machst du denn hier?« Ich konnte die Worte kaum herauspressen, während mein Herz in meiner Brust Pingpong spielte. Von all den Orten, an denen er an einem Samstag im Mai sein könnte, musste er hier sein, auf demselben Berg, auf demselben Weg wie Jamila und ich.

»Ich fahre nur meinen Lieblingsweg«, sagte er. »Ich glaube, du bist diejenige, die erklären sollte, was *du* hier machst. Verbringst du das Memorial-Day-Wochenende nicht normalerweise damit, deiner Mutter zu helfen, bei Politikern zu schleimen?«

»Es ist auch mein Lieblingsweg«, sagte Jamila. Ihre Stimme war butterweich. »Ich habe sie eingeladen.«

Ich starrte sie an. Wollte sie nach all ihrem Gerede über lockere Beziehungen und Geheimhaltung Jackson wirklich von uns erzählen? Mein Herz raste und meine Fingerspitzen kribbelten.

»Hey, Jamila.« Er kicherte. »Erst fängt sie an, für dich zu arbeiten, und jetzt seid ihr am Wochenende zusammen unterwegs? Das PR-Zeug muss gut laufen.«

»Ja«, sagte sie. »Natalie hat mir wirklich den Arsch gerettet. Ich habe sie als Dankeschön eingeladen, mit mir zu kommen.«

Mein Herz schlug ein einziges Mal dumpf, als all meine Hoffnungen und Träume —*patsch*— im Dreck landeten.

»Das ist fantastisch. Eine weniger anstrengende Belohnung hätte dir vielleicht besser gefallen, was, Nutter Butter? Wie ein Ausflug ins Spa.« Er lachte lauthals.

»Frechheit«, schniefte ich. »Ich hatte eine wunderbare Zeit, bis du aufgetaucht bist.«

Ich drehte sowohl meinem Bruder als auch Jamila den Rücken zu, humpelte zu Noah und umarmte ihn. Wie ich war auch er heiß und verschwitzt, und sein Helm klapperte gegen meinen Kopf.

»Hast du eine gute Zeit?«, fragte ich.

»Ja.« Die Stimme des Dreizehnjährigen klang brummig und mürrisch. Er räusperte sich. »Und du?«

Ich blickte über meine Schulter. Jamila und Jackson achteten nicht auf uns, zu sehr in ihr eigenes lockeres Gespräch vertieft. »Na ja.«

»Du solltest das nächste Mal mit Jay und mir fahren kommen. Der Weg nach oben ist ziemlich hart, aber auf dem Weg nach unten fliegen wir. Es ist so cool.«

»Weiß Alicia von dem Fliegen?« Meine Schwägerin war eine

der vorsichtigsten Personen, die ich kannte. Sie und mein Bruder waren der Inbegriff von »Gegensätze ziehen sich an«.

Er kniff ein Auge zusammen. »Wir halten das unter uns. Außerdem« – er klopfte auf seinen Helm – »passen wir auf.«

Sicherheit war kein Wort, das ich mit meinem Bruder in Verbindung brachte. Allerdings hatte er sich mit vorsichtigen Menschen wie Alicia und Cooper umgeben. Jamila hingegen war alles andere als sicher. Sagte sie meinem Bruder die Wahrheit? Dass wir kurz davor gewesen waren, uns zu küssen, als sie von hinten an uns herangekommen waren? So wie Jackson lachte, bezweifelte ich das.

»Was ist so lustig?«, fragte ich gereizt.

»Nichts, Nutter Butter.« Er schlenderte auf mich zu und streckte einen seiner langen Arme aus, um mir durchs Haar zu wuscheln.

Ich sprang zur Seite. »Lass das!« Ich zog mein Haargummi heraus und kämmte die Knoten, die er gemacht hatte, mit den Fingern durch. Dann band ich es wieder zu einem neuen Pferdeschwanz zusammen und zog ihn fest. Als ich aufblickte, beobachtete Jamila mich mit hungrigen Augen.

Vielleicht könnten wir unsere Wanderung – und meine Belohnung – noch retten.

»Noah sagt, er kann es kaum erwarten, den Gipfel zu erreichen«, sagte ich. »Ich schätze, ihr solltet loslegen.«

»Ja, lass uns los, Kleiner.« Jackson hob sein Fahrrad auf und stieg auf. »Nat, wir verpassen den Brunch morgen. Wir sehen uns nächstes Wochenende. Bis später, Mila.« Er stieß sich ab und stellte sich auf die Pedale, um den Anstieg zu bewältigen. Noah tat es ihm gleich, und bald verschwanden sie um die Kurve.

Jamila schüttelte den Kopf. »Das war knapp.«

Plötzlich verließ mich alle Energie, und es war nicht nur die Erschöpfung von unserer Wanderung. »Ich nehme nicht an, dass du ihm von uns erzählt hast?«

Sie blinzelte mit großen Augen. »Von *uns*?« Sie senkte ihre

Stimme. »Meinst du, ob ich ihm erzählt habe, dass ich seine kleine Schwester mal eben so vögle?«

Ihre Worte zerfetzten mein Herz wie stumpfe Steakmesser. Ich war mir nicht hundertprozentig sicher, ob meine Schwärmerei sich zu Liebe ausgeweitet hatte, aber meine Gefühle für sie waren alles andere als locker. »Na ja, wenn du es so ausdrückst –«

»Hör zu.« Sie trat näher, nicht so nah wie vor Jacksons Unterbrechung, aber in meinen persönlichen Bereich. Mit einem Knöchel unter meinem Kinn hob sie meinen Kopf, bis ich ihr in die Augen sah. »Das ist alles sehr neu. Ich denke, es ist vernünftig abzuwarten, wie sich die Dinge entwickeln, bevor wir der ganzen Welt von uns erzählen.«

Ihre Begründung war … vernünftig, aber meine Gefühle waren es nicht. »Jackson ist einer deiner engsten Freunde. Würdest du ihm nicht von jemandem erzählen, mit dem du dich triffst?«

»Normalerweise ja. Aber das ist keine normale Situation.« Sie wirbelte herum, nahm ihre Kappe ab und fuhr sich mit den Fingern durch ihr kurzes Haar. »Du bist seine kleine Schwester.«

Sie murmelte ihre nächsten Worte, aber ich verstand jedes Wort.

»Wir sollten das nicht tun.«

Die Messer in meinem Herzen drehten sich. Vielleicht hatte sie recht. Wenn ich ihr nicht wichtig genug war, um mit meinem Bruder zu reden, *sollten* wir es nicht tun.

»Komm.« Aber anstatt mich den Berg hinaufzuführen, kehrte sie um und ging nach unten.

»Gehen wir nicht zum Gipfel?«, fragte ich.

»Nee. Du bist müde. Ich habe dich schon zu sehr gefordert.«

Sie stapfte den Berg hinunter und drehte sich kein einziges Mal um.

23

ALS WIR JAMILAS HAUS BETRATEN, bückte sie sich, um ihre Wanderstiefel aufzuschnüren und sprach zum ersten Mal seit fast einer Stunde. »Willst du unter die Dusche springen?«

Mir gefiel der Gedanke nicht, auf der Rückfahrt nach San Francisco den geleasten Porsche vollzuschwitzen. Außerdem waren wir früh genug zurück, sodass meine Mutter vielleicht noch zu Hause sein würde, wenn ich wiederkam, und sie war die letzte Person, die ich in meiner stürmischen Laune sehen wollte.

»Klar.« Ich streifte meine Stiefel ab, schnappte mir meine Reisetasche und ging in Richtung Gästebad.

Sie packte mein Handgelenk. »Mit mir?«

»Aber ich … ich dachte …« Ich holte tief Luft. »Du hast auf der ganzen Rückfahrt vom Wanderweg kein Wort gesagt.«

»Ich musste nachdenken. Und jetzt bin ich mit dem Denken fertig. Ich will etwas anderes tun.« Sie zog mich näher an sich heran und senkte ihre Nase zu meinem Hals.

Ich zog mich zurück. »Was machen wir hier, Jamila? Ich kann nicht dein schmutziges Geheimnis sein. Ich brauche kein Auto oder einen Gehaltsscheck von deiner Firma. Was ich brauche, ist jemand, der sich nicht schämt, mit mir in der Öffentlichkeit oder vor meiner Familie zusammen zu sein.«

»Ich weiß.« Sie zwirbelte das Ende meines Pferdeschwanzes um ihren Finger. »Es tut mir leid, was vorhin mit deinem Bruder passiert ist. Ich war nicht darauf vorbereitet und wusste nicht, was ich sagen sollte.«

Meine Schultern senkten sich um ein paar Zentimeter. »Was würdest du sagen, wenn du ihn jetzt sehen würdest?«

Sie hielt einen Moment inne. »Ich würde ihm sagen, dass du kein kleines Mädchen mit Zöpfen mehr bist.« Sie zupfte an meinem Pferdeschwanz, was meine Kopfhaut kribbeln ließ. »Du bist eine erwachsene Frau. Eine sexy erwachsene Frau. Und ich bin sehr, sehr an dir interessiert.«

»Sehr interessiert? Was heißt das?« Mein Herz hämmerte.

»Das heißt, ich will dich ficken. Und das eine ganze Weile lang.«

Auch wenn ich gegen den Sex nichts einzuwenden hatte, befriedigte »eine Weile« ficken mein romantisches Herz nicht. »Eine Weile?«

»Eine Weile. Bei meinen früheren Partnerinnen hat mich das nicht interessiert. Sieh mal, ich brauche etwas Zeit, um meinen Scheiß auf die Reihe zu kriegen. Ich bin grottenschlecht darin, über Gefühle zu reden. Das ist das Beste, was ich im Moment tun kann.«

War das ein Flehen in ihren Augen? Sie waren weich und warm wie geschmolzene Schokolade.

Ich wollte in ihnen ertrinken.

»Damit gebe ich mich zufrieden.« Ich küsste sie sanft auf die Lippen. »Vorerst.«

Ihre Arme schlangen sich um mich und der Kuss wurde schmutzig. Schmutzig, weil ich meinen ekelhaften Schweiß roch.

Ich zog mich zurück. »Lass uns in deine sexy Dusche gehen. Der halbe Wanderweg klebt mir im Gesicht.«

»Ich mag dich schmutzig«, sagte sie und drückte mir einen Kuss auf die Lippen. »Ich mag es auch, dich sauber zu machen. Los gehts.«

Wir ließen unsere staubigen Stiefel und Socken in ihrer Waschküche zurück, dann führte sie mich an der Hand in ihr Badezimmer. Es war nicht so geräumig wie das in ihrem Strandhaus, aber die Dusche war groß genug für zwei. Sie stellte die Regendusche an und wandte sich mir zu. »Zieh dich aus.«

Es war genau wie der unanständige Tagtraum, den ich heute Morgen beim Anziehen gehabt hatte. Ich legte meine Finger an die Halsöffnung meines Wanderhemdes und riss die Seiten mit einem Knacken auseinander. Ihre Lippen teilten sich. Ich ließ ein Lächeln über meine Lippen huschen und wiederholte die bedächtige Handlung mit jedem Druckknopf meines Wanderhemdes. Jamilas Iris wurde mit jedem Klicken der Verschlüsse noch glühender. Ich streifte es von den Schultern und ließ es zu Boden flattern.

Ich trug meinen sexiesten Sport-BH – wenn man einen Sport-BH überhaupt sexy nennen kann –, den, dessen Körbchen meine Figur nicht versteckten. Die Haken auf dem Rücken bedeuteten, dass ich mich nicht aus feuchtem Spandex herausquälen musste. Ich ließ die Haken aufspringen und warf den BH auf mein Hemd. Sie starrte auf meine Brüste, während Dampf um sie herum aus der Dusche quoll. Ich öffnete die Schnalle meiner Shorts und zog den Reißverschluss langsam herunter.

Ich hatte meine Feldflasche vergessen und ihr Gewicht ließ die Shorts mit einem Klimpern auf den Fliesenboden fallen.

»Ups«, sagte ich mit einem schelmischen Lächeln.

»Ups«, wiederholte sie. »Lass sie liegen.«

Schließlich streifte ich meinen Baumwollslip ab. Ich biss mir auf die Lippe, drehte mich so, dass mein Hintern zu ihr zeigte, und bückte mich, um meine Kleidung aufzuheben. »Wohin soll ich die tun?«

»In den Wäschekorb.« Ihre Stimme klang angestrengt.

Ich ging auf Zehenspitzen über die warmen Fliesen dorthin, dann kehrte ich zurück und stand nackt vor ihr. Sie griff in mein Haar, um das Gummiband herauszuziehen, das meinen Pferdeschwanz hielt. Ich schüttelte mein Haar über meine Schultern.

Sie nahm eine Locke auf, um sie zwischen ihren Fingern zu zwirbeln. »Ich mag deine Haare.«

»Ich mag deine auch.« Ich streckte die Hand aus, um ihre kurzen, federnden Locken zu streicheln. »Darf ich sie dir waschen?«

»Mal sehen. Vielleicht habe ich nicht die Geduld dazu.«

Ich schmollte. »Wäschst du dann meine?«

»Meine Lockenpflegeprodukte funktionieren bei deinem Haar vielleicht nicht.«

»Das macht nichts. Ich kann sie morgen früh noch mal waschen. Ich will deine Hände in meinem Haar spüren.«

»Bekommst du, Babygirl. Und jetzt geh rein und wasch dich.«

»Kommst du nicht mit?«

»Ich will dir zusehen.«

Wenn sie zusehen wollte, würde ich ihr eine Show liefern. Langsam drehte ich mich um und öffnete die Duschtür. Ich machte einen übertriebenen Schritt hinein, der meine überanstrengten Quadrizepse, Oberschenkelmuskeln und mein Gesäß dehnte. Ich bewegte mich unter den Regenduschkopf, legte den Kopf in den Nacken und fuhr mir mit den Fingern durchs Haar, um die nassen Strähnen nach hinten zu streichen.

Als ich mich umdrehte, um zu ihr hinüberzuspähen, lächelte sie wolfsähnlich. »Wasch dich, Babygirl. Ich will, dass du ganz sauber bist, wenn ich da reinkomme.«

Ich griff nach ihrem Duschgel, goss etwas davon in meine Hand und schäumte es auf. Ich strich es meinen Hals hinunter, über meine Schultern und meine Arme hinab. Ich rieb meinen Bauch und meine Beine ein, während sie zusah. »Kommst du und machst meinen Rücken?«, fragte ich.

»In einer Minute. Du hast deine Brüste noch nicht gewaschen. Oder zwischen deinen Beinen.«

»Ich hatte gehofft, du würdest dich darum kümmern.« Ich schenkte ihr mein verführerischstes Lächeln.

»Ich will dir dabei zusehen.«

Ich kribbelte vor Erwartung. Ich umschloss meine Brüste und

drückte sie, wobei ich mit den Daumen über die Brustwarzen fuhr.

»Langsamer«, sagte sie. »Wir haben den ganzen Nachmittag Zeit. Vergiss die Handbrause nicht.«

»Die Handbrause?« Ich entdeckte sie an der Wand. Ich hob sie aus ihrer Halterung und schaltete sie ein. »Kalt!«, quietschte ich, als eiskalte Tropfen auf meine Haut trafen.

Sie kicherte. »Wird gleich warm.«

Nach ein paar Sekunden wurde es das auch. Ich rieb mit einer Hand meine Brustwarze, während ich den Brausestrahl zwischen meine Beine richtete. Es war schön, aber – »Hat das auch eine Massageeinstellung?«

Als ihre Hand sich über meine schloss, flogen meine Augen auf. Wasser glitzerte auf ihrer nackten Haut.

»Wenn man will, dass etwas richtig gemacht wird, muss man es selbst tun«, murmelte sie. Aber sie gab sich keine Mühe, ihr Lächeln zu unterdrücken.

Sie drückte den Knopf an der Handbrause und sie pulsierte so, wie ich es brauchte, ein Druckmuster, das sich wie eine Hand zwischen meinen Schenkeln anfühlte. Sie richtete den Strahl auf meine Schamlippen, die anschwollen und sich öffneten, während sich mein Innerstes anspannte. Meine Atemzüge keuchten in meiner Brust, genauso wie auf dem Berg. Jetzt, wo ich beide Hände frei hatte, bearbeitete ich meine Brustwarzen und keuchte bei der Empfindung.

Sie hielt den Strahl auf meine Pussy gerichtet und erkundete mich mit ihrer Hand, wobei sie meine Klitoris anstieß, bis ich stöhnte.

»Das ist es, Babygirl. Gib es mir.« Sie stieß schneller, was die Empfindung in meine Mitte schießen ließ.

Und das tat ich.

Ich konnte ihr nichts abschlagen, worum sie mich bat. Mein Orgasmus packte mich wie eine Faust und presste die Lust in Wellen aus mir heraus. Als die Wellen abebbten, wurden meine

Knie weich, aber Jamila fing mich mit einem Arm um meine Taille auf.

»Ich hab dich, Baby«, säuselte sie mir ins Ohr.

Ich stöhnte etwas, das ich selbst nicht verstand, schlang meine Arme um ihre Taille und lehnte meine Wange an ihre Schulter. Ich fühlte mich sicher in ihrer Umarmung, während das warme Wasser auf uns herabregnete. Die Dusche war mein Kokon und ich wollte ihn nie wieder verlassen.

»Kannst du stehen?«, fragte sie schließlich.

»Ja.«

Sie löste ihren Arm von meiner Taille und meine Beine trugen mich. »Dreh dich um. Ich wasche dir die Haare.«

Ihre Fingerspitzen auf meiner Kopfhaut ließen mich sowohl knochenlos als auch schwerelos fühlen. Es war genau die Fürsorge, die ich nach dem Aufstieg auf den Berg und der niederschmetternden Begegnung mit meinem Bruder gebraucht hatte. Sie wrang meine Haare aus und griff nach der Spülung. Sie rieb einen Klecks in ihr eigenes Haar und fuhr sich mit den Fingern durch ihre festen Locken.

Mit erhobenen Armen waren ihre Brüste zu verlockend, um zu widerstehen. Ich umschloss beide mit meinen Händen und leckte eine Brustwarze. Ihre Hand landete auf meinem Hinterkopf und hielt mich dort fest.

»Ja, Baby. Genau so.«

Ich fuhr mit der anderen Hand zwischen ihre Beine, streichelte sie sanft und stieß dann ihre geschwollene Klitoris an, so wie sie es bei mir getan hatte. Ihr Atem stockte.

Ich sog ihre Brustwarze in meinen Mund, saugte mich fest und ließ meine Zunge darüber schnellen. Sie erschauerte und hielt mich fester.

»Hör nicht auf.«

Das tat ich nicht. Ich stieß härter, dann sanfter, und testete den Druck aus, bis sie mit den Hüften gegen meine Hand stieß und sich an meiner Handfläche rieb. Nach ein paar weiteren Sekunden hielt sie inne und stöhnte.

Mit einem letzten Lecken ließ ich ihre Brust los und küsste mich zu ihrem Hals hoch. Ich wollte, dass mein Mund ihre Haut nie wieder verließ. Wie lange konnten wir hier im Himmel ihrer Dusche bleiben?

Sie beugte sich vor, um meine Lippen zu erobern, ein befriedigend wilder Kuss, während das Wasser über uns strömte. Mit beiden Händen an meinem Rücken drückte sie mich fest an sich. Als sie meine Lippen freigab, murmelte sie: »Verdammt«, und schüttelte den Kopf.

»Was?«

»Nur … das war gut. Wer hätte gedacht, dass die kleine Prinzessin so ein Kracher im Bett ist?«

»Du meinst, in der Dusche.«

»Ich meine, wo immer ich dich will, Babygirl.«

Ich schauderte selbst unter dem warmen Strahl.

»Lass uns rausgehen, bevor wir schrumpelige Haut bekommen.« Sie drehte die Dusche ab und wickelte mich in eines ihrer flauschigen Handtücher.

Wir trockneten uns ab und benutzten dann ihre nach Jasmin duftende Lotion, um uns einzucremen. Sie schnalzte mit der Zunge angesichts der Blasen an meinen Fersen und fand ein paar Pflaster für sie, die sie unbedingt aufkleben wollte, während sie hinter mir kniete.

Als wir gemeinsam sauber und erschöpft in ihr riesiges Bett fielen, war ich vollkommen zufrieden. Und vorsichtig glücklich.

Ich zeichnete einen Kreis um ihren Bauchnabel. »Also, redest du mit meinem Bruder über uns?«

»Ist es das, was du willst? Ihm jetzt sofort davon erzählen?«

»Nun, nicht *jetzt* sofort.« Ich tauchte meine Zunge in die Vertiefung. »Es gibt andere Dinge, die ich jetzt lieber tun würde.« Ich küsste eine Linie ihren Bauch hinunter und hielt an ihrem Schambein inne. »Ich will uns nicht geheim halten. Ich will keine Heimlichtuerei.«

»Sicher, mit Jackson, aber ich werde es Audrey nicht erzählen. Diese Frau ist furchterregend.«

»Ich kümmere mich um Mutter. Nachdem du mit Jackson geredet hast und er zustimmt, mir den Rücken zu stärken.«

»Gib es zu. Sie macht dir auch Angst.«

»Sie ist meine Mutter. Ich habe keine Angst vor ihr. Obwohl ich es hasse, wenn sie wütend auf mich ist.«

»Bei der Arbeit müssen wir es trotzdem unter der Decke halten. Ich brauche keinen weiteren Skandal.«

Ich zuckte zusammen und stützte mein Kinn auf ihren Hüftknochen. »Zur Info: Jeder bei der Arbeit weiß es.«

»Scheiße! Wirklich?«

»Ja. Winslow und Hannah auf jeden Fall. Ich vermute, Felicia und Rhiannon auch.«

»Verdammte Scheiße.« Sie verdrehte die Augen zur Decke. »Ich hatte gehofft, ein wenig Professionalität wahren zu können.«

»Wir werden bei der Arbeit professionell bleiben. Dort werden wir die Grenzen wahren. Solange ich sie zu Hause überschreiten darf.« Ich strich mit dem Daumen über ihre Brustwarze und sie schauderte.

»Das passt für mich«, sagte sie mit rauer Stimme.

»Aber du sprichst mit Jackson?«

»Ja, ich schreibe ihm sofort.« Sie griff nach ihrem Handy.

»Nicht jetzt.« Ich schlug ihr das Handy weg. »Siehst du nicht, dass ich versuche, dich zu vernaschen?«

»Dann mach schon, Prinzessin. Weniger reden, mehr mich lecken.« Sie rutschte nach unten, um mir besseren Zugang zu gewähren.

»Mit Vergnügen.«

24

AM NÄCHSTEN MORGEN wachte ich vom Duft von Kaffee auf. Als ich die Augen öffnete, saß Jamila auf der Bettkante und hielt mir eine Tasse vor das Gesicht.

»Steh auf. Ich nehme dich zum Frühstück mit.«

Ich setzte mich auf und nahm ihr die Tasse ab. Sie hatte ihn so zubereitet, wie ich ihn mochte: süß und mit Hafermilch aufgehellt. Ich genoss den ersten himmlischen Schluck. Dann fiel mir wieder ein, welcher Tag war.

»Es ist Sonntag. Meine Mutter erwartet mich heute zum Brunch.«

Sie zuckte zusammen. »Das habe ich vergessen. Musst du hingehen?«

»Du könntest mitkommen«, sagte ich mit einem Kloß im Hals.

Sie fuhr mit der Fingerspitze über mein Schlüsselbein. »Ich glaube nicht, dass ich für einen Brunch mit Audrey bereit bin. Nicht, solange wir das hier noch klären. Und nicht, bevor ich mit Jackson gesprochen habe.«

»Du hast ihn doch gestern gehört. Er wird nicht da sein.«

»Stimmt, aber ich glaube nicht, dass ich da am Tisch deiner Mutter sitzen und brunchen könnte, als ob ich nicht mein Mädchen auf meinen Schoß ziehen wollte.«

»Also bin ich jetzt dein Mädchen?« Mein Herz hämmerte, als käme ich nach einem doppelten Espresso gerade vom Spinning.

Sie tat so, als würde sie sich im Schlafzimmer umsehen. »Ich sehe hier sonst niemanden.«

Sanft stieß ich sie an der Schulter an. »Du weißt, was ich meine.«

»Ich bin neu auf dem Gebiet, okay? Ich bin mir nicht sicher, wie es sich anfühlen soll. Aber als ich heute Morgen aufgewacht bin und du neben mir geschlafen hast, war mein erster Gedanke nicht: ›Wie werde ich die Tussi aus meinem Haus, damit ich was arbeiten kann?‹ Also schätze ich, das bedeutet, du bist mein Mädchen.«

Ich klimperte mit den Wimpern. »Du weißt einfach, was du sagen musst, um eine Frau glücklich zu machen.«

»*Jetzt* frage ich mich, wie ich dich aus meinem Haus bekomme.«

»Tust du gar nicht.« Ich beugte mich vor. »Du magst mich.« Ich küsste sie, eine sanfte Berührung unserer Lippen.

»Vielleicht tue ich das.« Sie wickelte eine widerspenstige Haarsträhne von mir um ihren Finger.

»Okay. Ich schreibe meiner Mutter, dass sich meine Pläne geändert haben.« Mehr Zeit so mit Jamila zu verbringen, in unserer glücklichen Blase, war es wert, die Enttäuschung meiner Mutter zu riskieren.

»Wirst du?« Sie beugte sich vor und gab mir einen langen Kuss auf die Lippen.

»Ja. Da es ein Feiertagswochenende ist, können wir danach hierher zurückkommen und abhängen?«

»Abgemacht. Wir chillen mit Quill.«

»Oder …« Ich kuschelte mich in die warmen Laken. »Wir könnten das Frühstück ausfallen lassen und im Bett bleiben.«

»Nö. Steh auf. Mein Mädchen isst gern Frühstück. Das Lokal, in das wir gehen, wird voll, wenn man zu spät kommt.«

»Na schön. Ich brauche aber eine Minute, um meine Haare zu machen.«

»Nur eine Minute. Du weißt, dass mir das alles egal ist.«

Das war eine Lüge. Ich wusste, dass Jamila Wert auf Äußerlichkeiten legte. Ich war froh, dass ich ein Kleid eingepackt hatte. Als ich eine halbe Stunde später in die Küche kam, pfiff sie.

»Gefällt es dir?« Ich drehte mich, sodass der Rock um meine Oberschenkel wirbelte.

»Und wie. Obwohl ich vielleicht versucht sein könnte, ihn im Restaurant hochzuschieben.«

»Beim Frühstück? Das würdest du nicht tun!« Obwohl der Gedanke, dass sie mich in der Öffentlichkeit berührte – verdammt, der Gedanke, in der Öffentlichkeit Jamila Jallows Freundin zu sein –, mein Herz rasen ließ.

»Nee. Würde ich nicht. Aber auf der Heimfahrt gilt das nicht mehr.« Sie zupfte an meinem Zopf. Ich hatte mir einen langen über den Rücken geflochten, als ironische Anspielung auf das, was sie gestern über Zöpfe gesagt hatte. »Ich kann auch nicht garantieren, dass ich nicht daran ziehen werde, während ich dich mit den Fingern befriedige.«

»Ja, bitte«, sagte ich mit brüchiger Stimme.

»Dann lass uns mal los.«

Die Fahrt war länger als erwartet, fast bis nach San Francisco. Jamila parkte in der Nähe eines allein stehenden Gebäudes auf dem Parkplatz eines Einkaufszentrums in den südlichen Vororten.

»Muss ein Fünf-Sterne-Frühstück sein, wenn es diese Fahrt wert ist«, sagte ich.

»Cooper hat es empfohlen. Nur das Beste für mein Mädchen.« Sie beugte sich zu mir und küsste meine Schläfe. Bei der Erwähnung von Coopers Namen brannte der Kaffee von vorhin in meinem leeren Magen. Meine Freundschaft mit Jamila war nicht so stark wie ihre mit Cooper. Würden wir eine unangenehme Trennung überstehen?

»Was ist los?«, fragte Jamila und hob mein Kinn an.

Ich blickte in ihre Augen, weich vor Sorge. Warum machte ich mir Sorgen? Abgesehen von einem winzigen Fehler hatte ich ihr öffentliches Image aufpoliert. Sie konnte nicht aufhören, mich ihr

Mädchen zu nennen, und das war nur einen halben Schritt davon entfernt, mich ihre Freundin zu nennen. Wir hatten an zwei aufeinanderfolgenden Wochenenden fabelhaften Sex. Und jetzt ging sie mit mir in der Öffentlichkeit aus, so wie ich es mir gewünscht hatte. Wie mit einer Freundin.

»Nichts. Alles gut.« Ich gab ihr einen Kuss auf die Lippen. »Ich werde den größten Stapel Blaubeerpfannkuchen bestellen, den sie mir geben.« Ein Blick durch das Fenster zeigte eng beieinander stehende Tische, die Kellner wuselten mit Kaffeekannen und Tabletts voller Essen zwischen ihnen umher.

Sie kicherte. Ich folgte ihr ins Restaurant, wo ich die Düfte von Butter, Kaffee und Sirup einatmete. Mein Magen knurrte.

Sie hatte recht gehabt, was die Menschenmenge anging. In der kleinen Lobby saßen Leute auf Bänken, und die Empfangsdame hatte zwei oder drei Fettstifte in ihrem Dutt stecken. Sie lächelte den lockigen Mann vor sich an, zog einen ihrer Stifte hervor und machte eine Notiz auf dem Sitzplan.

Ich war auf die Kreidetafel mit den Tagesangeboten konzentriert und stieß gegen Jamilas Rücken, als sie abrupt stehen blieb.

»Was ist l—« Aber ich sah, was los war. Als hätten wir ihn heraufbeschworen, indem wir seinen Namen sagten, stand Cooper Fallon neben dem Mann am Pult der Empfangsdame. Der dunkelhaarige Mann war sein Freund, Ben. Und neben ihnen standen mein Bruder und seine Frau.

»Mist«, murmelte ich.

Aber es war zu spät, um umzukehren. Dank Jamilas unverkennbarer Größe hatten sie uns entdeckt.

»Mila!«, rief Cooper. Bei dem Spitznamen brannte mein Magen erneut. Sie hatte mich nicht gebeten, sie so zu nennen. Ich war noch nicht mutig genug gewesen, es auszuprobieren. Es war ein weiterer Beweis dafür, wo ich in der Hierarchie von Jamilas Zuneigung stand.

Sie ließ meine Hand fallen und schlängelte sich an den anderen Gästen vorbei zu ihnen. Ich folgte ihr im Kielwasser.

»Können wir noch einen Stuhl dazustellen?«, fragte Cooper die Empfangsdame, die eine Handvoll Speisekarten hielt.

»Zwei, Schatz«, sagte Ben.

»Was?« Endlich entdeckte Cooper mich. »Natalie! Was für eine Überraschung. Natürlich.« Zur Empfangsdame sagte er: »Können Sie einen Tisch für sechs daraus machen?«

Während die Empfangsdame weitere Speisekarten holte, umarmte mich Jackson. »Was machst du denn hier?«

Ich sah zu Jamila. Der Schock in ihrem Gesicht verriet mir, dass sie nicht darauf vorbereitet war, mit meinem Bruder über uns zu sprechen. Trotzdem war sie die selbstbewussteste Frau, die ich kannte, also hoffte ich, sie würde ihr Versprechen halten und einen Weg finden, ihm zu sagen, dass wir zusammen waren. Sie würde es so darstellen, dass es die beste Idee war, die er je gehört hatte. Wenn ich dann meiner Mutter erzählte, dass ich mit einer Frau zusammen war und niemals Daniel van der Poel heiraten würde, würde er mir zur Seite stehen und mich unterstützen.

Ich schenkte ihr mein ermutigendstes Lächeln und strich mit den Fingerspitzen über ihre Hand. *Wir schaffen das.*

Sie zuckte bei meiner Berührung zusammen und verschränkte die Arme. »Wir haben ein Arbeitsfrühstück.«

Meine Haut wurde eiskalt, als hätte jemand die Sprinkleranlage ausgelöst.

»Arbeiten am Feiertagswochenende? Du bist ja eine Antreiberin«, sagte Jackson. »Oder vielleicht ist Nat die Antreiberin.« Er gab mir einen Knuff auf den Kopf und brachte meinen französischen Zopf durcheinander.

Ich schlug seine Hand weg. »Lass das.«

»Ich zeige dir nur etwas brüderliche Zuneigung.«

»Tja, hör auf. Ich mag es nicht.«

Er riss die Augen auf. »Tust du nicht?«

»Ich bin nicht mehr zwölf.«

»Stimmt. Tut mir leid.« Er hob die Hände.

Ich versuchte, meine Haare wieder in den Zopf zu stecken,

aber ohne Spiegel war es hoffnungslos. Ich gab auf und umarmte Alicia. »Guten Morgen. Fühlst du dich gut?«

»Ja.« Sie rieb über ihren leichten Babybauch. »Wir werden uns besser fühlen, sobald ich ein paar Kohlenhydrate zu mir genommen habe.«

Jackson legte einen Arm um ihre Taille. »Wir besorgen dir gleich ein paar Salzcracker.«

Sie lächelte und Liebe strömte aus ihren blauen Augen. »Danke.«

Ich sah zu Jamila, aber sie hatte den Kiefer angespannt, genau wie gestern, nachdem wir Jackson und Noah auf dem Wanderweg getroffen hatten. In ihren Augen lag ein harter Glanz wie von Rauchquarz. Cooper zog Jamila weg und folgte mit einer Hand auf ihrem Rücken der Empfangsdame ins Restaurant. Ich trottete hinter meinem Bruder und seiner Frau her.

Der runde Tisch wäre perfekt für vier Personen gewesen, aber mit sechs wurde es eng. Ich quetschte mich zwischen Cooper und Jamila. Mein Bruder saß mir gegenüber am Tisch.

»Also. Was macht ihr denn so weit hier draußen?« Ich tupfte mir mit meiner Serviette die verschwitzte Schläfe. Sie alle gehörten in den Norden von San Francisco, nicht in die südlichen Vororte.

Ben beugte sich vor. »Wir haben diesen Ort bei einem Wochen-endausflug zum Strand entdeckt. Ihre Pfannkuchen sind zum Sterben gut. Und dieser Kerl hier mag sein Eiweiß-Omelett, auch wenn Eiweiß dem Frühstück jede Freude nimmt.« Er stieß seinen Verlobten an. »Also, wann immer wir Zeit haben, kommen wir hierher. Außerdem mussten Cooper und Jackson ein paar Trau-zeugen-Sachen besprechen.«

»Trauzeugen-Sachen?«, fragte mein Bruder. »Bedeutet das, du fragst *mich*, ob ich dein Trauzeuge sein will? Was ist mit Mateo?«

Cooper warf seinem Verlobten einen starren Blick zu. Ben verdrehte die Augen.

»Ja.« Cooper räusperte sich aggressiv. »Wirst du mein Trauzeuge sein? Mateo ist in der Hochzeitsgesellschaft, aber ich-ich will, dass mein bester Freund neben mir steht.«

»Coop!« Jacksons Stimme brach, und seine Augen glitzerten. »Es wäre mir eine Ehre.«

»Aw.« Ben legte die Hände unter sein Kinn. »Ihr seid zu süß. Jetzt, wo das geklärt ist« – er nahm seine Speisekarte auf – »stopfe ich mich mit Kohlenhydraten voll.«

Ich warf einen Blick auf Jamila. Wie fühlte sie sich, bei dieser Männerfreundschaft außen vor gelassen zu werden? So wie sie auf ihre Speisekarte starrte, nicht gut.

»Mila, ich« – Cooper räusperte sich erneut – »ich wollte dich auch noch einladen, aber da du schon hier bist, würdest du auch meine Trauzeugin sein?«

Sie grinste ihn an, alle Spuren ihrer früheren Verstimmung waren verschwunden. »Natürlich. Plant ihr das immer noch für den Herbst auf der Insel?«

»Oh mein Gott, es wird wunderschön«, sagte Ben. »Es wird eine Chuppa am Strand geben, und Cooper hat uns einen Rabbiner auf der Insel gefunden. Und dann Abendessen und Tanzen im Restaurant. Wir haben das ganze Resort für uns allein.«

»Ich kann mich nicht erinnern, dem Tanzen zugestimmt zu haben«, grummelte Cooper.

Während sie darüber stritten, ob Cooper in der Öffentlichkeit tanzen müsse oder nicht, warf ich einen verstohlenen Blick auf Jamila. Sie beobachtete ihren Streit mit einem belustigten Ausdruck im Gesicht.

»Hey.« Ich berührte ihren Oberschenkel unter dem Tisch, und sie erschrak. »Ist alles in Ordnung?«

»Natürlich«, murmelte sie. »Ich bin nur überrascht, das ist alles. Es war ein seltsamer Morgen.«

Wir hatten nicht damit gerechnet, ihre besten Freunde zu treffen. Aber ich fand es nicht gut, dass sie den Morgen seltsam genannt hatte. Vorhin hatte sie mich ihr Mädchen genannt. Sie hatte mich zum Frühstück ausgeführt. Aber jetzt fühlte sie sich weit entfernt an, und trotz der Berührung unserer Knie unter dem Tisch hatte sie eine Mauer zwischen uns errichtet.

Als der Kellner kam, um unsere Bestellung aufzunehmen, hatte ich meinen Appetit verloren.

Aber Jamila nicht. Sie strahlte den Kellner breit an, dessen Grübchen im Kinn mich an Hayden Christensen aus *Star Wars* erinnerte. Es wäre für jeden eine Menge gewesen, aber die volle Wucht von Jamilas Flirt – denn genau danach sah es aus – war zu viel für ihn. Er errötete, ließ seinen Stift fallen und übersprang mich komplett, als er unsere Bestellung aufnahm. Ben musste den Ärmel des Kellners packen, um ihn zurückzuholen und meine knappe Bitte nach einem kleinen Stapel Blaubeerpfannkuchen zu hören.

Während die anderen redeten und ihren Kaffee tranken, fühlte ich mich wie ein Pantomime am Embarcadero in einem unsichtbaren Käfig gefangen. Jamila lenkte das Gespräch auf Geschäftliches. Sie fragte Alicia nach ihrer Firma und ihren Plänen, eine weitere Beraterin für ihre Babypause einzustellen. Sie sprach mit Jackson und Cooper über Aktienkurse. Jamila fragte sogar Ben nach seiner Arbeit für eine lokale Stiftung und ob er dachte, dass die Spendenbereitschaft zunehmen würde, wenn das Land die Rezession überwindet.

Zu mir sagte sie kein einziges Wort.

Aber ich lachte über ihre Witze. Ich stocherte in meinen Pfannkuchen und verbarg all den Schmerz hinter einem leeren Lächeln. Ich kannte meine Rolle. Meine Familie hatte sie mir gut beigebracht.

Jamila war hier mit ihresgleichen, ihren Freunden. Ich war die trottelige kleine Schwester, zu uninteressant, um zum Gespräch eingeladen zu werden. Solange ich schwieg, würden sie nicht bemerken, dass ich da war, und mich zum Spielen mit meinen Puppen wegschicken.

Vielleicht meinte Jamila das, als sie mich ihr Mädchen nannte. Ich war ein Spielzeug, etwas, das sie aufhob, wenn sie daran dachte, und dann wegwarf, wenn sie nicht mehr in der Stimmung war.

Ich war ein Narr gewesen zu glauben, wir könnten mehr sein.

Während sie bei Kaffee verweilten, bestellte ich eine Mitfahrgelegenheit. So nah an der Stadt dauerte es nicht lange.

Als sie ankam, stand ich auf. »Danke für das Frühstück.« Ich sagte es zu niemandem Bestimmten, sicher, dass einer der Milliardäre die Rechnung übernehmen würde. »Ich fahre nach Hause.«

»Was?« Jamila sah mich endlich an, und ich wusste, dass sie meinen Schmerz sah, als sich Fältchen in ihren Augenwinkeln bildeten. »Du gehst?«

»Ja. Wir sehen uns am Dienstag im Büro.«

Sie schob ihren Stuhl zurück. Sie blickte in die Runde zu ihren Freunden und sagte: »Ich bin gleich wieder da.«

Jamila folgte mir nach draußen, wo ein kränklich grüner Toyota Prius im Leerlauf lief. Sie packte meinen Arm. »Was machst du da? Ich fahre dich zu mir zurück. Oder zu dir, wenn du das willst. Ich dachte, wir verbringen das Wochenende zusammen.«

Ich schirmte meine Augen gegen die Sonne hinter ihr ab. »Das dachte ich auch. Ich schätze, ich habe mich geirrt.« *Geirrt, was deine Gefühle für mich angeht,* fügte ich nicht hinzu.

»Ich verstehe es nicht. Wir hatten doch Spaß.«

»Du hast gesagt, du würdest Jackson von uns erzählen.«

»Du erwartest, dass ich ihm vor meiner Mentorin, meinem besten Freund und dessen Verlobten erzähle, dass ich seine kleine Schwester ficke? Wie zum Teufel soll das deiner Meinung nach ablaufen?«

»Ich weiß es nicht, da du es nicht einmal versucht hast!« Ich verfluchte das Zittern in meiner Stimme.

»Hör zu, ich kann es nicht. Nicht jetzt. Ich brauche seine Unterstützung und die von Cooper. Ich brauche meine Familie. Sobald sich dieser Medienrummel gelegt hat und wir die neue App auf den Markt bringen—«

»Dann wirst du eine andere Ausrede haben.« Ich atmete tief durch. »Ich brauche eine Minute zum Nachdenken. Okay?«

Sie öffnete den Mund, um etwas zu sagen, schloss ihn dann aber wieder. Sie presste ihre Lippen für einen langen Moment zusammen, ihr Blick sprang zwischen meinen Augen hin und her, als ob sie die Antwort in einem von ihnen finden würde. Schließlich sagte sie: »Du kommst am Dienstag wieder ins Büro?«

»Ja.«

Sie drückte meine Schulter. »Danke. Ich brauche dich, weißt du.«

Mein rationaler Verstand wusste, wie viel Mühe es sie kostete, das zu sagen. Dennoch war es nicht genug.

»Okay«, sagte ich.

Ich stieg in den Prius. Dieser hier roch nach Patschuli. Ich schob meine Tränen darauf.

25

ICH KAM ein paar Minuten nach elf nach Hause, der Zeit, zu der Mutter sonntags den Brunch servierte. Ich war nicht hungrig und für den Brunch auch nicht passend gekleidet. Trotzdem würden sie erwarten, dass ich mich blicken lasse.

Mit zurückgeworfenen Schultern schritt ich auf das Esszimmer zu, hielt aber inne, als ich ein Lachen aus dem Wohnzimmer hörte. Ich wandte mich dem Geräusch zu und fand Sam und Charles auf dem Boden vor, wo sie auf dem Couchtisch Puzzleteile sortierten. Bilbo Baggins schnarchte unter dem Tisch.

»Hi«, sagte ich und überprüfte die Zeit auf meinem Handy. »Was ist hier los?«

Charles blickte lächelnd auf. »Da wir nur zu dritt waren, haben wir beschlossen, auf einen großen Brunch zu verzichten. Es ist noch Kaffee da, falls du welchen möchtest.«

»Wo ist Mutter?«

»Ich habe ihr Kaffee und Toast ans Bett gebracht. Das Picknick der Vertreter gestern hat sie ziemlich geschlaucht. Ich dachte, sie könnte die Ruhe gut gebrauchen. Wolltest du zu ihr?«

»Nein, danke.« Ich ließ meine Handtasche auf den Boden fallen und trat zu ihnen, um einen Blick auf das Puzzle zu werfen.

Sie waren immer noch dabei, die Randteile zu finden. »Ich warte, bis sie aufgestanden ist.«

»Dann setz dich zu uns.« Er klopfte auf den Aubusson-Teppich neben sich und ich ließ mich nieder. Es erinnerte mich an regnerische Tage in meiner Vorpubertät, an denen Charles und ich zusammen gepuzzelt hatten. Sam hatte sich uns selten angeschlossen; sie arbeitete immer an einem Computerprogramm oder ihren Hausaufgaben.

Ich zog ein paar hellblaue Teile zu mir herüber. Vielleicht war es eine Landschaft mit blauem Himmel. Ich hatte schon immer die langweiligen Teile des Puzzles übernommen und Charles die interessanteren Abschnitte überlassen – Blumen, Schilder, Sammlungen von Spielzeug oder Antiquitäten. Ich wollte nicht, dass er sich langweilte und davonlief, wie es meine Geschwister taten. Er hatte das nie getan.

Sam schob mir mit einer Frage in den Augen ein blaues Teil zu.

Charles sprach sie aus. »Wir haben dich nicht so bald zurückerwartet. Du meintest, du wärst das lange Wochenende über weg.«

»Ja. Die Pläne haben sich zerschlagen.« Ich versuchte, zwei Teile zusammenzufügen, aber sie passten nicht.

»Das tut mir leid.« Er rieb mir den Rücken und ich lehnte mich an ihn, so wie ich es als Kind getan hatte.

Meine älteren Geschwister hatten mehr Erinnerungen an unseren leiblichen Vater als ich. Ich hatte nur blitzlichtartige Eindrücke von Jasper Jones: den Duft seines Rasierwassers, wenn er mir die Haare ausbürstete, oder das blaue Licht des Monitors auf seinem Gesicht, wenn ich nach einem Albtraum spätnachts in sein Büro schlich. Er war immer wach und arbeitete, einen dieser süßen Energydrinks, die mir verboten waren, auf seinem Schreibtisch. Er holte mir dann ein Glas Wasser und ließ mich auf seinem Schoß sitzen, seine Arme um mich gelegt, während er tippte.

Charles war für mich mehr wie ein Vater gewesen. Er war jeden Abend pünktlich zum Abendessen da, saß beim Chorkonzert in der ersten Reihe und hielt auf Mutters Partys meine Hand, bis ich alt genug war, um ihrem Beispiel zu folgen und allein umherzuflattern. Er war ein Fels in der Brandung in meinem Leben gewesen, seit ich zehn war. Aber bevor er mein Stiefvater wurde, war er Single gewesen. Vielleicht wusste er etwas über meine missliche Lage.

»Hattest du jemals heimlich ein Date?«, fragte ich und drehte ein Puzzleteil zwischen meinen Fingern.

»Ich?«, fragte Sam. »Nein. Meine Dating-Erfahrungen im College waren eine solche Katastrophe, dass ich es komplett aufgegeben habe.«

Ich zuckte zusammen. Ich hatte nicht vor gehabt, ihren Sextortion-Skandal anzusprechen. Mutter war deswegen nicht gerade zimperlich gewesen.

»Aber jetzt bist du mit Niall zusammen«, sagte ich.

»Stimmt, aber ich habe mich in ihn verliebt, als wir noch zusammen auf dieser schrecklichen Tour waren. Wir hatten erst Dates, als wir uns schon füreinander entschieden hatten.«

»Was ist mit dir, Charles? Irgendwelche heimlichen Dates?« Ich konnte doch unmöglich die Einzige sein.

»Nö. Herumschleichen ist nichts für mich. Eure Mutter wollte unsere Beziehung geheim halten, weil sie weniger als ein Jahr nach dem Tod eures Vaters begann, aber ich konnte nicht mit ihr in einem Raum sein, ohne meinen Anspruch auf sie geltend machen zu wollen. Also habe ich ihr stattdessen einen Antrag gemacht.«

Ich lehnte mich von ihm weg, damit ich sein lächelndes Gesicht richtig sehen konnte. »Warte, wann?«

»Ungefähr drei Monate, nachdem ich sie kennengelernt hatte. Ich leitete das Team, das den Nachlass eures Vaters regelte, und ich habe mich das erste Mal, als ich sie sah, in sie verliebt.«

»Das hast du nicht! Wie kann es sein, dass ich davon nichts wusste?«

Er zuckte mit den Schultern. »Du warst mit deiner Trauer beschäftigt. Du hast nicht viel anderes wahrgenommen.«

»Wohl nicht.« Ich erinnerte mich nicht an viel aus dieser Zeit. Wahrscheinlich war das auch besser so. »Aber hättest du sie heimlich gedatet, wenn sie darauf bestanden hätte?«

»Ich nehme an, ja. Ich hätte alles für sie getan.« Er zuckte mit den Schultern. »Würde ich immer noch.«

Genau so fühlte ich in Bezug auf Jamila. Ich war heute Morgen gegangen, aber ich würde zurückgehen. Sie hatte ihre eigene Suite in meinem Herzen. Ich konnte mir nicht vorstellen, jemals stark genug zu sein, um sie hinauszuwerfen.

»Ist es das, was Jamila von dir verlangt?«, fragte Sam und schob mir ein weiteres blaues Teil zu.

Mein Herz setzte einen Schlag aus und ich warf Charles einen Blick zu. »Was ist aus dem Schwester-Kodex geworden?«

»Was ist der Schwester-Kodex?«, fragte sie.

Charles sah alles andere als schockiert aus. »Eine heimliche Beziehung ist eine große Bitte von Jamila an dich. Obwohl ich es verstehe, besonders nach diesen Fotos.«

Natürlich wusste er von den Fotos. Mutter würde es ihm erzählt haben. Wusste sie auch von unserer Beziehung?

Das konnte nicht sein. Wenn sie es wüsste, hätte sie mir Dates mit einer ganzen Reihe geeigneter Junggesellen arrangiert.

»Bitte sag es nicht Mutter, ja?«

Er presste die Lippen zusammen. »Du solltest es ihr selbst sagen.«

»Es hält vielleicht nicht lange genug, um es wert zu sein, sie zu enttäuschen. Was soll ich tun? Ich sollte mich weigern, oder?« Bilbo stand unter dem Couchtisch auf, streckte sich und kratzte dann an meinem Knöchel.

»Kannst du das?«, fragte Charles.

Ich sackte in mich zusammen und ließ Bilbo auf meinen Schoß krabbeln. Er rollte sich in der Kuhle meines Rocks zusammen. »Ich glaube nicht.«

»Dann musst du einen Weg finden, an einen Punkt zu gelangen, an dem ihr keine heimliche Beziehung mehr führt. Was sind die Hürden für eine öffentliche Beziehung?«

Ich ließ die offensichtlichste beiseite, Mutter. »Sie will nichts, was diesen Deal mit First Arbiter stört. Keine weiteren Skandale.«

»Und dabei hilfst du ihr«, sagte Charles, logisch wie immer. »Du hältst die anderen Störungen für sie aus den Medien heraus.«

»Schon, aber es fühlt sich nicht so an, als ob das genug wäre.« Ich strich über Bilbos seidiges Fell und es war mir egal, dass seine schwarzen Haare an meinem Rock kleben blieben.

»Es ist ja nicht so, als könntest du die Entwicklung beschleunigen«, sagte er. »Solche Dinge brauchen Zeit.«

»Besonders mit den Problemen, die sie hatten«, sagte ich.

»Probleme bei der Entwicklung?«, Sam legte das Teil, das sie betrachtet hatte, hin. »Jamila hat das beste Team im Silicon Valley.«

»Tja, bei diesem Projekt tun sie sich schwer«, sagte ich. »Fehler in ihrem Code.«

Sie runzelte die Stirn. »Das klingt nicht richtig.«

Meine Schwester war die klügste Person in der Informatik, die ich kannte, sogar klüger als Jackson. »Erinnert ihr euch, wie sie dachte, jemand würde Firmengeheimnisse an die Konkurrenz verkaufen? Ich, äh, ich habe versucht, dem nachzugehen, bin aber gescheitert.« Rhiannon verfolgte mich in meinen Albträumen, ihr Gesicht von Mateos Scheinwerfern angestrahlt. »Ich habe immer noch den Verdacht, dass jemand gegen sie arbeitet.«

»Wenn du das herausfinden und den Saboteur entfernen könntest«, sagte Charles, »könnte sie ihr Produkt schneller auf den Markt bringen. Dann müsstet ihr kein Geheimnis mehr daraus machen. Was sind die Hinweise?«

Ich versuchte, zwei weitere Teile zusammenzufügen, aber auch die passten nicht. »Ich wünschte, ich wäre so klug wie die Ermittler in deinen Krimiserien. Ich habe keine Hinweise gefunden, zumindest nichts Handfestes.« Nur dieses Foto von Pavel Thakor und etwas, das Winslows schrille Hose gewesen sein könnte oder auch nicht.

»Du bist klug genug. Manchmal müssen die Ermittler ein wenig graben, um diese Hinweise aufzuspüren.«

Er hatte recht. Es war, als würde man mit einem Zahnstocher in einen Kuchen stechen, um zu sehen, ob er in der Mitte durchgebacken war. Rhiannon zu bestechen war nicht der beste Schachzug gewesen, aber ich wusste, dass bei Moo-Lah etwas nicht stimmte. Ich würde nicht versuchen, Pavel Thakor zu bestechen. Ein Milliardär wie er würde sich nicht von Bargeld locken lassen. Aber ich könnte mit ihm reden. Das konnte doch sicher nicht schaden.

»Danke, Charles. Ich werde es versuchen.«

Sam schob ein weiteres blaues Teil über den Tisch, und ich klickte es in das Teil, das ich zu verbinden versucht hatte.

Sie passten perfekt zusammen.

26

JAMILA

Du kommst doch morgen früh wieder zur Arbeit, oder?

Oder muss ich erst einen anderen Reporter zur Sau machen, um meine PR-Beraterin zurückzubekommen?

ICH HATTE am Memorial Day nicht auf ihre Nachrichten geantwortet. Stattdessen war ich meinem schlechten Gewissen erlegen, weil ich das Picknick des Kongressabgeordneten und den Sonntagsbrunch meiner Mutter geschwänzt hatte, und hatte Telma gebeten, mir beizubringen, wie man ein Omelett macht. Als wir fertig waren, sahen meine zwar nicht so wunderschön aus wie ihre, aber sie rissen nicht in der Mitte auf und die Füllung blieb (größtenteils) drin.

Ich schickte Telma früher nach Hause und versprach ihr, die Küche bis zu ihrer Rückkehr am Dienstagmorgen auf Hochglanz zu polieren. Dann servierte ich meinen Eltern und Sam einen Feiertagsbrunch.

Sam maß dem Essen nicht viel Gefühl oder Aufmerksamkeit bei, aber sie aß pflichtbewusst ihr Omelett und teilte etwas Ei und

Gemüse, aber keinen Käse, mit Bilbo. Charles befand sein Omelett für köstlich und lobte meine Arbeit. Mutter schürzte die Lippen, sagte aber nichts über die Kochschule oder meine Zukunft.

Nachdem ich die Küche geputzt hatte, durchforstete ich die sozialen Medien und fand etwas, das mir das Herz bis zum Hals schlagen ließ.

Ich war dem gesamten Führungsteam von Pavel Thakor in den sozialen Medien gefolgt. Am Sonntagnachmittag postete einer der Dummköpfe ein Foto und gab als Standort einen Golfplatz in Cabo San Lucas an. Die Bildunterschrift lautete: *Bestes #leadershipretreat aller Zeiten,* und ein Vierergespann drängte sich vor einer hoch aufragenden Palme zusammen, Langhalsflaschen in der Hand. Neben dem CEO von Moo-Lah, die Nase von der Sonne gerötet, stand Winslow Keating-Ashworth.

Meine Mutter hatte mir eingebläut, dass Damen nicht fluchen, doch als ich das sah, ließ ich ein paar Kraftausdrücke vom Stapel. Dann schmiedete ich einen Plan.

———

ALS ICH MICH am Dienstagmorgen für die Arbeit anzog, antwortete ich auf Jamilas Nachricht.

> Ich komme etwas später, bin aber schon auf dem Weg.

Anstatt ein Uber zu Jamilow zu nehmen, bat ich den Fahrer, mich bei Moo-Lahs Gebäude abzusetzen, das nur die Straße runter war. Doch als sich unser Punkt auf der Karte dem Ziel näherte, kamen mir Zweifel. Mein letzter Plan, der, bei dem ich versucht hatte, Rhiannon in eine Falle zu locken, war nicht so gut gelaufen.

Ich blickte an meinem lavendelfarbenen Jackett und dem lila karierten Prada-Rock hinunter. Heute Morgen hatte es stilvoll und autoritär ausgesehen, fast wie etwas, das Jamila zu einem ihrer wichtigen Meetings tragen würde. Jetzt sah es aus wie das, was eine Dame von Welt zu einer Gartenparty anziehen würde. Niemand würde mich ernst nehmen.

»Hundert Dollar für Ihre Sonnenbrille«, sagte ich zu dem Fahrer. Sie sah unerbittlicher aus als meine übergroße mit den rosagetönten Gläsern.

»Hundert Dollar?«, schnaubte er. »Das ist eine Maui Jim.«

»Fünfhundert, und legen Sie den Schal drauf.« Ich deutete auf den grauen Paisley-Stoff, der über dem Vordersitz hing.

Nachdem ich ihm das Geld per Moo-Lah überwiesen hatte, stieg ich aus dem Auto und schüttelte den Schal aus. Ich schnupperte vorsichtig daran. Er roch nach Papp-Duftbaum und Ledersitzen. Ich legte ihn über mein Haar und wickelte ihn mir im Stil von Grace Kelly um den Hals. Ich schob die dunkle Pilotenbrille auf die Nase und prüfte mein Spiegelbild im Schaufenster des Moo-Lah-Gebäudes. Na gut, ich könnte jedes Alter haben.

Ich stieß die Drehtür auf und marschierte zum Empfangstresen. Mit rauer Stimme sagte ich: »Audrey Jones zu Mr. Thakor.«

Die Sicherheitsbeamtin hob zweifelnd die Augenbrauen. »Haben Sie einen Termin?«

»Natürlich habe ich den. Glauben Sie, ich würde meine Zeit damit verschwenden, den ganzen Weg hierherzukommen, wenn ich keinen hätte?« Ich stemmte die Hände in die Hüften und nahm eine Machtpose ein. »Melden Sie mich bitte an.«

Sie kniff die Augen zusammen, griff aber zum Hörer und sprach mit jemandem. Ich hielt den Atem an. Würde der Name meiner Mutter genug Furcht einflößen, um mir Zutritt zur Chefetage zu verschaffen?

»Sie sagen, Sie stünden nicht in seinem Kalender, aber wenn ich Ihren Ausweis überprüfen kann, soll ich Sie nach oben lassen.«

Ausweis? Mist! Ich dachte darüber nach zu lügen und zu sagen, ich hätte ihn im Auto gelassen, aber vielleicht konnte ich mich auch durch diese Hürde mogeln. Ich zog meinen Führerschein aus dem Portemonnaie und reichte ihn ihr.

»Hier steht Natalie Jones.« Sie beäugte ihn.

»Ich benutze meinen zweiten Vornamen, Audrey. Er steht genau da.« Ich hielt den Atem an und hoffte, sie wüsste nicht, dass meine Mutter bei ihrer Heirat Charles' Namen angenommen hatte und eigentlich eine Hayes war, keine Jones.

»In Ordnung, Ms. Jones.«

Ich konnte mich kaum beherrschen, nicht zu tanzen, als sie meinen Führerschein in ein Lesegerät steckte und ihn mir dann zusammen mit einem Besucherausweis zurückgab.

»Die Aufzüge sind dort drüben.« Sie deutete darauf. »Vierter Stock.«

Ich hängte mir das Schlüsselband um den Hals. »Danke.« Ich hob das Kinn und schwebte zum Aufzug, den ich mit einer Gruppe leger gekleideter Moo-Lah-Mitarbeiter betrat.

Während der Fahrt nach oben überprüfte ich verstohlen mein Aussehen in der verspiegelten Wand. Wow, ich sah meiner Mutter tatsächlich ein wenig ähnlich. Ich zog meine Oberlippe zu einem überlegenen Ausdruck hoch. Perfekt.

Ich stieg im vierten Stock aus, wo ein Empfangstresen mir den Weg zu den dahinterliegenden Büros der Geschäftsleitung versperrte. Moo-Lahs Räumlichkeiten fühlten sich beengter an als die von Jamilow. Die massiven Bürofronten blockierten das natürliche Licht, und die LED-Beleuchtung summte.

Ich richtete mich wieder auf. »Audrey Jones zu Mr. Thakor.«

Als der Rezeptionist aufstand, bemerkte ich, dass seine Hände zitterten. »Natürlich, Mrs. Jones. Hier entlang, bitte.«

Wie einfach war das denn? Wenn meine PR-Karriere nicht klappen sollte, könnte ich einen Job als Unternehmensspionin annehmen.

Der Rezeptionist übergab mich einer Assistentin der Geschäftsleitung, die sofort zum Hörer griff. »Mrs. Jones ist hier«, sagte sie. Sie lauschte einen Moment und winkte dann zu einer furchteinflößend aussehenden Holztür. »Gehen Sie nur direkt hinein.«

Ich legte meine Hand auf den kühlen Griff und drückte die

Tür auf. Das Büro war ein typischer maskuliner Sitz der Macht mit dunklen Holzmöbeln, einem dicken Kaschmir-Teppich mit Jagdmotiv und einem riesigen Fenster, das den Blick auf eine Gruppe von Pinien und die fernen Santa-Cruz-Berge freigab.

Graue Strähnen glitzerten am Scheitel von Pavel Thakors dichtem, schwarzem Haar, als er hinter seinem massiven Schreibtisch saß. Er blickte von seinen Papieren auf, als ich die Weite des dicken Teppichs überquerte.

»Sie sind nicht Audrey Jones«, sagte er und seine Lippen zogen sich nach unten. Er hob den Hörer seines Telefons.

»Ich bin ihre Tochter, Natalie.« Ich stand kerzengerade da und versuchte, nicht daran zu denken, was Mutter sagen würde, wenn Thakor sie anriefe und ihr erzählte, was ich getan hatte. »Ich muss mit Ihnen reden.«

Er legte den Hörer auf, aber sein versteinerter Kiefer sagte mir, dass ich nur Sekunden hatte, um meine Fragen zu stellen.

Ich zog mein Handy heraus und entsperrte den Bildschirm. Ich drehte es zu ihm um. »Warum haben Sie mit Winslow Keating-Ashworth in Cabo San Lucas Golf gespielt?«

Seine Lippen wurden schmal. »Zufall. Wir sind uns im Resort über den Weg gelaufen und haben eine freundschaftliche Runde Golf gespielt.«

Ich blätterte zum nächsten Foto. »Und hier sind Sie auch mit Winslow.«

»Dieses Bild zeigt Mr. Keating-Ashworth nicht.«

»Das sind seine Schuhe hinter Ihnen. Da bin ich mir sicher.«

»Was unterstellen Sie, Miss Jones? Silicon Valley ist ein kleiner Ort. Jeder kennt jeden. Wir sind hier freundlich zueinander.« Er breitete die Hände aus, als hätte er nichts zu verbergen.

Ich ließ mein Handy in meine Handtasche gleiten und stemmte die Hände in die Hüften. »Ich finde, du bist ein bisschen zu freundlich mit Winslow. Ich glaube, du hast Geheimnisse gestohlen.«

Er erhob sich von seinem Stuhl, größer als ich ihn von den

Partys meiner Mutter in Erinnerung hatte. »Das ist eine schwere Anschuldigung, Miss Jones.«

Ich richtete mich auf. »Wirtschaftsspionage ist eine ernste Angelegenheit.«

»Glücklicherweise ist das kein Geschäft, in das ich verwickelt bin.« Er hob den Telefonhörer. »Holen Sie mir die Sicherheit«, schnappte er. »Miss Jones muss hinausbegleitet werden. Sofort.«

Ich stemmte meine Absätze in den Teppich. »Diese Fotos sind ein Beweis, und sie sind in den sozialen Medien.«

»Diese Fotos beweisen gar nichts. Sie haben null Beweise. Sie sind mit haltlosen Anschuldigungen in mein Büro gekommen. Sagen Sie irgendetwas zu den Medien, und meine Anwälte werden mit aller Härte über Sie herfallen.«

»Ich habe keine Angst.« Ich versuchte, die Lüge mit einem weiteren herrischen Heben meines Kinns zu verkaufen.

»Das sollten Sie aber. Ich rufe Ihre Mutter an.«

Ich konnte mich kaum beherrschen, nicht zusammenzuzucken. »Sie wird hinter mir stehen.«

Das würde sie nicht. Ich würde richtig Ärger bekommen, wenn sie das herausfand. Er hatte recht mit meinem Mangel an Beweisen. Warum hatte ich nicht aus meinem Fehler mit Rhiannon gelernt?

Winslow war das Leck. Irgendwie würde ich einen Beweis finden. Er musste eine Spur hinterlassen haben.

Es klopfte und ein Sicherheitsmann öffnete die Tür. Es war nicht die Frau, mit der ich unten gesprochen hatte, sondern ein großer, bulliger Kerl, dessen Bizeps aus seinem schwarzen Moo-Lah-Polohemd zu platzen schien.

»Ich werde diesen Beweis finden«, sagte ich, »und dann werden wir sehen, wer aus diesem Gebäude hinausbegleitet wird.«

Thakor lachte nur. »Betreten Sie mein Grundstück nicht wieder.«

Obwohl er doppelt so groß war wie ich, hielt der Sicherheitsmann meinen Arm fest im Griff, als er mich aus dem Gebäude marschierte. Ein Taxi wartete auf mich, und der Wachmann stand mit verschränkten Armen am Bordstein, bis es mich außer Sichtweite des Gebäudes gefahren hatte.

Ich kauerte mich auf dem Rücksitz zusammen. Im Nachhinein war es ein Fehler gewesen, ohne tatsächliche Beweise hineinzugehen. Aber ich würde welche finden. Nächstes Mal würde ich einen besseren Plan haben.

ICH GING an diesem Nachmittag mit Hannah den Krisenkommunikationsordner durch, als jemand – okay, seien wir ehrlich, wahrscheinlich war ich es – meiner PR-Karriere den Garaus machte.

Felicia klopfte an die offene Tür, ihre Miene war finster. »Zu Jamila ins Büro.«

Ich klappte meinen Laptop zu und schnappte mir einen Notizblock und einen Stift. »Los geht's, Hannah.«

»Nur du, Natalie. Das wirst du nicht brauchen.« Felicia nickte in Richtung des Notizblocks.

»Oh?« Vielleicht war es ein persönliches Treffen. Jamilas Nachricht hatte angedeutet, dass sie mich sehen wollte, aber wir hatten nicht mehr miteinander gesprochen, seit ich am Sonntag vom Brunch gegangen war. Darüber sollten wir reden. Ich erinnerte mich an Charles' Rat. Ich musste für das einstehen, was ich wollte. Es sei denn, Jamila wäre nicht bereit, an die Öffentlichkeit zu gehen. Sie könnte darauf bestehen, dass wir einen Gang zurückschalten. Obwohl zwei Uhr nachmittags an einem Montag ein seltsamer Zeitpunkt war, um unsere persönliche Beziehung in ihrem Büro zu besprechen.

Ich schluckte, aber der Kloß in meinem Hals blieb. Als ich Felicia zu Jamilas Büro folgte, raste mein Herz in meiner Brust.

Als ich eintrat, wusste ich, dass Jamila mich nicht gerufen hatte, um über unsere Beziehung zu sprechen. Denn sie war nicht allein.

Ein Ball aus Furcht bildete sich direkt hinter meinen Rippen. Winslow Keating-Ashworth, mit sonnenverbrannter Nase und Wangen, saß ihr gegenüber am Schreibtisch. Sein finsterer Blick verriet mir, dass er wusste, was ich an diesem Morgen getan hatte.

Ich sah zu Jamila. Ihr Gesicht war versteinert. Ihre Augen glitzerten nicht vor Spaß und Zuneigung, wie am Samstag, als wir zu dieser Wanderung aufgebrochen waren. Sie funkelten vor feurigem Zorn.

»Was zum Teufel, Natalie?« Ihre Stimme war so gespannt wie ein Stolperdraht.

Ich blieb stumm. Wie viel wussten sie?

Winslow füllte die Stille. »Wir wissen von deinem kleinen Ausflug heute Morgen. Ich habe eine Kopie des Besucherprotokolls von Moo-Lah erhalten. Du hast dich als Audrey Jones angemeldet, aber das hier ist ein Scan deines Führerscheins.«

Ich stahl einen weiteren Blick auf Jamila. Ich wünschte, ich wäre mit einem Funken Beweis zurückgekommen, um zu zeigen, dass ich berechtigt gewesen war, mich in Thakors Büro zu bluffen.

»Hast du nichts zu deiner Verteidigung zu sagen?« Winslow stand auf. »Wie lange verkaufst du schon Jamilows Geheimnisse an Moo-Lah? Was hast du ihnen heute gegeben, die Produktspezifikationen?«

Ich brauchte einen Moment, um zu begreifen. »Warte, was? Du beschuldigst mich, das Leck zu sein? Ich war nicht da, als das Leck entstand! Ich habe die Produktspezifikationen nicht.«

»Wer sagt denn, dass es ein einzelner Maulwurf ist?« Er trat näher. »Du hast eine Gelegenheit gesehen, etwas Geld zu machen, nachdem du und Jamila euch getrennt hattet.« Ich schnappte nach Luft und blickte zurück zu Jamila. Ihre Hände lagen flach und angespannt auf ihrem Schreibtisch, als würde sie sich um ihr Leben daran festhalten.

»Aber ich … aber … Ich bin dorthin gegangen, um dich zu beschuldigen! Du bist das Leck!«

»Ich?« Er legte eine Hand auf seine Brust. »*Ich* bin das Leck? Ich bin seit fünfzehn Jahren Jamilas rechte Hand. Sie vertraut mir blind. Ich habe zu viel in diese Firma investiert, um irgendeine Motivation zu haben, ihr zu schaden.«

Motivation! Daran hatte ich nicht gedacht. Nicht bei Winslow. Warum sollte er Jamila oder ihrer Firma schaden wollen? Ein großer Teil seines Vermögens musste in Aktienoptionen und dergleichen gebunden sein. Ich war zu einem weiteren voreiligen Schluss gekommen.

Dennoch gab es da die Sache mit den Fotos.

»Wo warst du letzte Woche, Winslow?«

»Ich habe meine Großmutter besucht.«

»Wo?«, hakte ich nach.

»In Mexiko. Sie war dort im Urlaub, als sie krank wurde. Aber wir reden jetzt über dich.«

»Pavel Thakor war in Mexiko! Ihr habt zusammen Golf gespielt!«

Er verschränkte die Arme. »Wir sind uns eines Tages auf dem Golfplatz über den Weg gelaufen. Und?«

»Und … und du …« Aber ich konnte das andere Foto nicht zur Sprache bringen. Ich wusste, dass es Winslows Füße auf dem Bild waren, aber niemand sonst konnte es sehen. Meine Glaubwürdigkeit hing bereits am seidenen Faden.

»Apropos Fotos«, sagte er, »wie seltsam war es, dass auf keinem der Fotos von euch beiden am Strand *dein* Gesicht zu sehen war? Es ist fast so, als hätte dich jemand absichtlich nicht kenntlich gemacht. Dennoch wurde Jamila so für einen weiteren Sturz präpariert.«

»Absichtlich?«, stotterte ich. »Ich wusste an dem Tag nicht einmal, wohin wir fuhren!«

Jamilas Gesicht war erstarrt, wie eine Maske. Da war kein Lächeln, kein Funkeln. Nichts als Schmerz, verstärkt durch undurchdringlichen Stahl.

Schließlich sprach sie. »Ich kann nicht glauben, dass du versucht hast, mir zu schaden, indem du Geheimnisse an Moo-Lah verkaufst.«

»Das würde ich niemals tun.«

»Thakor sagt etwas anderes.«

»Was?«

Winslow trat zwischen mich und den Schreibtisch, als wolle er Jamila abschirmen. »Thakors E-Mail besagt, du hättest ihm Details über unseren Launch angeboten.«

»Aber ich – nein. Das habe ich nicht. Ich weiß nicht, warum er das gesagt hat. Ich habe ihn beschuldigt –«

»Das ist traurig, Natalie.« Er schüttelte den Kopf. »Du solltest es besser wissen. Hier ist ein Tipp: Halte dein Privatleben von der Arbeit getrennt. Dann werden deine Gefühle deinen Job nicht beeinflussen.«

»Lass deinen Laptop in deinem – im Büro«, sagte Jamila mit hohler Stimme. »Felicia hat deinen letzten Gehaltsscheck.«

»Was? Du feuerst mich?« Wut flammte in mir auf. Ich hatte nicht getan, was sie sagten. Ich hatte einen Fehler gemacht, als ich ohne Beweise bei Moo-Lah hineingestürmt war, aber für solche Fehler wurde man doch nicht gefeuert. Oder doch?

Winslow schnaubte. »Du bist überrascht?«

»Das könnt ihr nicht –« Aber ich beendete meinen Satz nicht. Es schien, als könnten sie mich feuern, selbst wenn ich eine Jones war. Diesmal musste ich nicht kündigen.

Winslow machte es unmissverständlich klar. »Wir können und wir haben es getan. Wenn du versuchst, dich an einen anderen Konkurrenten zu wenden, werden wir unsere Anwälte einschalten. Ich glaube nicht, dass dir die Unterbringung im Bundesgefängnis mit geringer Sicherheitsstufe in Dublin gefallen würde.«

Bienen summten in meinem Gehirn. Jamila wusste, dass ich nicht tun würde, was Winslow mir vorwarf. Ich starrte sie eindringlich an, als könnte ich sie zwingen, von ihrem Schreibtisch aufzublicken. Aber sie tat es nicht.

In diesem Moment öffnete Bruno, der mich vor ein paar Stunden noch angestrahlt und »Guten Morgen, Miss Natalie« gesagt hatte, die Tür.

Bruno schaute mit verschränkten Armen zu, während ich Hannah das Passwort für meinen Laptop gab. Er ließ mir keine

Zeit, ihre Fragen zu beantworten, warum das alles geschah oder was sie als Nächstes tun sollte.

»Du schaffst das«, sagte ich. »Ich vertraue auf dich und den Ordner.«

Er folgte mir zu Felicias Schreibtisch. Stirnrunzelnd hielt sie mir einen Umschlag hin. Ich ignorierte ihn. Stattdessen griff ich in meine Handtasche und zog meinen Schlüsselring heraus. Angesichts des unvermeidlichen Schadens an meiner Maniküre seufzend, löste ich den Porsche-Schlüsselanhänger vom Ring und zuckte zusammen, als mein Daumennagel direkt am Nagelbett einriss.

Ich hielt den Schlüssel hin. »Kannst du Jamila den geben?«

Sie nahm ihn mir ab. Widerwillig sagte sie: »Brauchen Sie ein Pflaster?«

Ich blickte auf meinen Daumen hinunter, wo sich ein Blutfleck bildete.

»Nein, danke.« Ich würde nichts mehr von Jamila annehmen, nicht einmal ein Pflaster. Nicht, nachdem sie mir, nach allem, was wir geteilt hatten, nicht vertraute. Ich steckte meinen Daumen in den Mund, um die Wunde zu beruhigen.

Zum zweiten Mal an einem Tag wurde ich von einem Sicherheitsmann aus einem Bürogebäude im Silicon Valley eskortiert.

Die heutige Uber-Fahrt zurück in die Stadt war die bisher schlimmste.

»Entschuldigung für den Geruch«, schrie der Fahrer über den Wind, der durch das Auto peitschte. »Der letzte Fahrgast hatte eine Lebensmittelvergiftung.«

27

HANNAH RIEF DREIMAL HINTEREINANDER AN, bevor ich schließlich abnahm.

»Du weißt, dass ich nicht mehr dort arbeite, oder?« Ich lehnte mich gegen die Außenwand der Boutique in der Sacramento Street.

»Ich rufe an, um nach dir zu sehen. Als deine Freundin, nicht deine Angestellte.« Ich konnte Hannahs Augenrollen beinahe vor mir sehen.

Ein Schuldgefühl schnürte mir den Magen zu. »Entschuldigung.«

»Ich stehe vor deinem Haus, aber du bist nicht da.«

»Du hättest nicht extra den ganzen Weg dorthin fahren müssen.« Es war Stoßzeit und der Verkehr kroch auf der Straße vor mir. Jemand ließ die Hupe nicht mehr los.

»Das tun Freunde nun mal. Wo bist du?«

»Shoppen in der Sacramento Street.« Ich blickte auf meine leere Hand hinab und zupfte an dem Pflaster, das eine Woche, nachdem ich ihn mir am Schlüsselanhänger abgerissen hatte, immer noch meinen rohen Daumennagel bedeckte. Ich hatte den ganzen Nachmittag damit verbracht, durch die Läden zu stöbern, aber nichts hatte mein Interesse geweckt.

»Ah. Frust-Shopping.«

»Ich schätze schon.« Vielleicht sollte ich eine echte Therapie versuchen.

»Wie … wie läuft's im Büro?«, fragte ich. »Du bist doch noch da, oder?« Ein Stich fuhr mir durchs Herz. Ich hatte Hannah eingestellt. Hatten sie sie zusammen mit meinen Akten rausgeworfen?

»Ja. Sie brauchen mich. Bei Jamila ging es wieder rund.«

»Was ist passiert?«

Ein silberner Lexus fuhr am Bordstein vor. Es war kein Cabrio, aber das Fenster senkte sich und Hannah beugte den Kopf. »Steig ein, du Loser. Wir fahren Eis essen.«

Ich überquerte den Bürgersteig und beugte mich vor, um hineinzuschauen. »Hast du mir gerade einen auf *Mean Girls* gemacht?«

Sie kicherte. »Das wollte ich schon immer mal machen.«

Ich schnallte mich an, als sie vom Bordstein losfuhr. »Was meintest du damit, dass es bei Jamila wieder rundging?«

»Hast du es nicht mitbekommen?«

Ich zupfte an meinem Pflaster. »Nein. Ich habe meine Benachrichtigungen ausgeschaltet.«

»Oh Mann. Es gab ein weiteres Desaster bei der Entwicklung. Jemand hat einen Haufen Code verloren. Sie mussten den Launch verschieben.«

»Nein! Der Launch war für Freitag geplant!«

»Ja, daraus wird nichts. First Arbiter war so frustriert, dass sie den Deal platzen ließen, also hat Jamilow nur noch ein halbes Produkt.«

»Das ist nicht fair!« Jamila musste am Boden zerstört sein, dass all die harte Arbeit umsonst war.

Hannah bog in eine Straße mit weniger Verkehr ein. »Das ist noch nicht einmal das Schlimmste. Es stellte sich heraus, dass sie ein doppeltes Spiel gespielt haben. FA hatte nebenbei einen Deal mit Moo-Lah.«

»Das können sie nicht machen! Gab es da keine Wettbewerbsverbotsklausel?«

Sie zuckte mit den Achseln. »Es wird eine Weile dauern, bis die Anwälte das geklärt haben. In der Zwischenzeit fängt Jamilow wieder bei null an. Alle wollten ein Interview, um zu hören, was Jamila dazu sagt. Und das hat sie sie wissen lassen«, beendete Hannah den Satz düster.

»Oh-oh.« Ich erweckte mein Handydisplay zum Leben und suchte danach. Die Aufnahme ihres Kommentars war das erste Ergebnis.

»Nein, ich bin nicht wütend«, sagte sie, und ihre funkelnden Augen straften ihre Worte selbst auf meinem Handy Lügen. »Pavel Thakor ist so tief gesunken, dass er nach oben schauen muss, um die Hölle zu sehen. Und jetzt gehen Sie mir aus dem Weg.«

»Autsch.« Das letzte Bild fing das Zucken ihrer Lippe auf eine spektakulär unvorteilhafte Weise ein.

»Dutzende von Memes. Ich habe selbst eines gemacht und versucht, es als eine Art Girl-Power-Ding darzustellen. Aber die Hater sind lauter.«

Mühelos fuhr sie in eine erstklassige Parklücke vor einer kleinen Gelateria.

Mit einer Hand auf ihrem Arm hielt ich sie vom Aussteigen ab. »Wie geht es ihr?«

»Nicht gut.« Sie lehnte sich zurück und musterte mein Gesicht. »Sie ist besessen davon, einen neuen Partner zu finden und das Ruder herumzureißen. Sie spricht kaum mit jemandem außer Rhiannon.«

»Was ist mit Winslow?«, fragte ich.

»Er war nicht so oft da. Anscheinend ist seine Scheidung gerade durch. Er hat sich beeilt, seine Vermögenswerte zu liquidieren. Ich habe gehört, er hat sich geweigert, seiner Ex irgendwelche seiner Jamilow-Aktien oder -Optionen zu überlassen.«

»Das ist ... das ist loyal von ihm.« Ich erstickte fast an dem Wort *loyal*. Vor fünf Tagen hatte ich ihn der Illoyalität bezichtigt, und ich glaubte es immer noch aus tiefstem Herzen. Aber ich war die Einzige.

»Ich schätze schon. Und jetzt komm. Du brauchst etwas Fett und Zucker.«

Wir stiegen aus dem Auto und gingen in den Laden. An einem Dienstagnachmittag in der Touristensaison war er überfüllt.

Hannah nahm unser früheres Gespräch wieder auf. »Ich bin sicher, Jamila hätte verstanden, wenn Winslow ein paar Anteile hätte abgeben müssen. Billie ist eine vernünftige Person. Sie sind Freundinnen. Sie sitzt bereits im Jamilow-Vorstand.«

»Warte. Winslows Ex ist Billie Woods?« Mein Gesicht wurde heiß bei der Erinnerung an mein peinliches Verhalten auf ihrer Weihnachtsfeier.

»Ist das nicht seltsam? Anscheinend gab es einen Skandal, als er ein Vorstandsmitglied heiratete, aber Jamila stand zu beiden. Scheint Jamilow letztendlich nicht geschadet zu haben.« Hannah trat an die Theke und bestellte ein Bananen-Avocado-Eis.

Ich bat um Zartbitterschokolade mit Kirschen. »Kalorien zählen doch nicht, wenn man im Selbstmitleid versinkt, oder?«, scherzte ich halb.

»Denk an die ganzen Kalorien, die du beim Hin-und-her-Wälzen verbrennst. Ich wette, Weinen verbraucht auch einen Haufen. Besonders hässliches Weinen. Du hast doch nicht geweint, oder?«

»Nein, nicht besonders.« Weinen hatte sich nicht wie die richtige Reaktion angefühlt. Ich hatte mich mehr leer als alles andere gefühlt. Als Jamila mir ihr Vertrauen entzog, hatte sie auch den Rest von mir mitgenommen.

»Ich glaube nicht, dass Jamila jemals in ihrem Leben geweint hat.« Hannah trug ihren Eisbecher zu einem Stehtisch mit Metall-hockern. »Sie war eines dieser Kinder, die, wenn sie auf dem Spielplatz hinfielen, wirklich dachten, Dreck darauf zu reiben, würde es besser machen.«

Ich summte und schob mir einen Bissen Eis in den Mund. Ich wette, sie hatte geweint, als ihr Vater starb und als ihre Mutter ging und nachdem dieser schreckliche Mann, dem sie vertraut hatte, versucht hatte, ihre Unschuld gegen Geld für eine Privatschule einzutauschen. Und an dem Tag im Büro meines Bruders, als die gehässigen Worte dieses Reporters ihre Augen gerötet hatten. Aber Jamila wollte nicht, dass irgendjemand von ihrer Vergangenheit oder ihrer weicheren Seite wusste. Sie musste es jetzt bereuen, sie mir gezeigt zu haben.

Plötzlich schmeckte mir das Eis nicht mehr. Kalt und süß fühlten sich falsch an. Ich war Feuer und Bitterkeit. Ich wollte nicht hier in dieser Eisdiele sitzen, cremige, gekühlte Süße in mich hineinlöffeln und über Leute tratschen, mit denen ich früher gearbeitet hatte. Ich wollte für Jamila kämpfen. Selbst wenn sie mich nicht so liebte, wie ich sie liebte.

Ich musste mit Billie Woods reden.

Ich stach meinen Löffel in mein Eis. »Kannst du mich nach Hause fahren?«

»Klar.« Hannah genoss einen Löffel ihres Desserts und verdrehte die Augen.

Ich trommelte auf den Tisch, bereit, mich zu bewegen. »Jetzt?«

»Jetzt?« Sie schluckte.

»Genau jetzt. Ich kann fahren, während du dein Eis aufisst. Bitte?«

Normalerweise hätte ich das geschickter angestellt. Höflich zu sein, mich im Hintergrund zu halten und von der Seitenlinie aus zu helfen, war meine Komfortzone. Aber für Jamila würde ich die Barrieren des akzeptablen Verhaltens durchbrechen. Ich würde jedes mir zur Verfügung stehende Mittel einsetzen, um ihren Schmerz zu lindern.

»Ich schätze, es ist wichtig, was?«

»Absolut.« Ich warf mein Eis in den Müll. »Los geht's.«

***

ICH FAND meine Mutter an ihrem Lieblingsort im Haus, dem Wintergarten. Sie trug ein Kopftuch über ihrem blonden Bob und

Gartenhandschuhe, um etwas mit langen, riemenartigen Blättern umzutopfen. Ich hatte mich nie sonderlich für ihre Pflanzen interessiert. Sie ließ mich nie dabei helfen.

»Hallo, Mutter.« Ich küsste sie auf die Wange.

»Zurück vom Einkaufen? Hast du etwas Schönes für Charles' Geburtstag gekauft?«

Mist. Das hatte ich vergessen. »Noch nicht. Sein Geburtstag ist erst nächsten Sonntag. Ich habe noch Zeit.«

»Natürlich.« Sie klopfte die Erde um die Wurzeln der Pflanze, dann zog sie ihre Gartenhandschuhe aus. Dann sah sie mich an. Sah mich richtig an, so wie es nur eine Mutter kann.

Sie legte den Kopf schief. »Du siehst heute ein bisschen besser aus.«

»Ich, äh. Ja. Ja. Ich fühle mich besser.«

»Bist du bereit, mir zu erzählen, warum du deinen Job gekündigt hast?«

Ich lehnte mich gegen den Pflanztisch. »Ich habe nicht gekündigt. Jamila hat mich gefeuert.«

Ihre blonden Augenbrauen schossen in die Höhe. »Gefeuert? Hat das etwas mit dem Anruf zu tun, den ich von Pavel Thakor erhalten habe?«

Ich zuckte zusammen. »Ich habe Winslow Keating-Ashworth, ihren COO, der Wirtschaftsspionage beschuldigt. Und ich habe es vielleicht getan, während ich mich als du ausgegeben habe.«

Sie spitzte die Lippen. »Dein Job war Öffentlichkeitsarbeit, nicht das Aufspüren von Spionen. Jamila hätte dich nicht darum bitten sollen.«

»Hat sie nicht. Deshalb hat sie mich gefeuert.«

»Warum dachtest du, Winslow würde etwas Unrechtes tun?«

»Ich habe ein Foto von ihm gesehen, an einem Ort, wo er nicht hätte sein sollen, und habe eine Verbindung hergestellt. Aber es waren nur Indizien. Er hat es irgendwie so gedreht, dass ich wie die Verräterin aussah. Jamila ist bei solchen Dingen empfindlich, du weißt schon. Vertrauensbruch.«

»Deshalb verstehen sie und Jackson sich so gut. Er ist bis zur Selbstaufgabe loyal.«

Richtig. Was mich daran erinnerte, wie zickig ich an dem Wochenende gewesen war, bevor ich Winslow beschuldigt hatte. Wenn Jamila nach einem Vorwand gesucht hatte, um die Verbindung zu mir zu kappen, hatte ich es ihr zu einfach gemacht.

»Glaubst du, Jackson wäre verärgert, wenn …« Ich klappte den Mund zu. Die Worte waren mir wie Perlen aus einer gerissenen Kette entglitten. Ich konnte meine Mutter nicht nach einer Beziehung mit Jamila fragen. Ich erinnerte mich an den Ausdruck auf Jamilas Gesicht, als Winslow dieses Besucherprotokoll und die Kopie meines Ausweises vorgelegt hatte. Sie würde mir niemals verzeihen. Warum sollte ich jetzt meine Bisexualität enthüllen, wenn es keine Rolle spielte?

»Wenn was, Liebling? Ob ich glaube, dass er verärgert sein wird, wenn er herausfindet, dass Jamila dich gefeuert hat? Wahrscheinlich eher über sie als über dich. Obwohl ich wirklich nicht verstehe, warum das überhaupt deine Angelegenheit war.«

»Ich … ich habe es zu meiner Angelegenheit gemacht.«

Sie strich mir über die Wange. »Das ist meine Natalie, immer bemüht, jedem zu helfen.«

Das stimmte nicht. Nicht in diesem Fall. Wäre es irgendjemand anderes gewesen, hätte ich ihnen das Foto von Winslow auf dem Golfplatz gezeigt und es sie hätte regeln lassen, aber damit hatte ich mich nicht zufriedengegeben. Nicht bei Jamila. Weil meine Gefühle zu stark waren. Weil ich sie liebte. Und Liebe war etwas, das man vor seiner Mutter nicht versteckte, nicht einmal, wenn die Mutter alle möglichen heteronormativen Vorstellungen von der Rolle einer Frau in der Gesellschaft hatte.

»Mutter, ich« – ich holte tief Luft – »ich muss dir etwas sagen.«

»Ja?« Sie strich mir eine Haarsträhne auf die Schulter.

»Ich liebe Jamila.«

Sie bürstete ein verirrtes Haar von meinem Pullover. »Natürlich tust du das. Wir alle lieben sie.«

»Nein. Mutter.« Ich umfasste ihre Hand, um sie davon abzuhalten, jede Unvollkommenheit von mir zu zupfen. »Ich liebe sie auf romantische Weise. Sie ist mein Mensch.«

»Dein Mensch? Was für ein Gen-Z-Unsinn ist das? Ist das aus einem Olivia-Rodrigo-Lied?«

»Mutter, hör mir zu.« Ich wartete, bis sie meinen Blick erwiderte. »Ich bin bisexuell, und ich bin in Jamila Jallow verliebt.«

»Um Himmels willen. Sie ist zehn Jahre älter als du. Sie ist praktisch eine ältere Schwester für dich.«

»Das ist sie, und ich liebe sie.«

Sie starrte mich einen Moment lang an. »Liebt sie dich? Ich meine, ich weiß, sie ist auch bisexuell, aber …«

Dieses »auch« zerbrach etwas in mir. Sie hatte meine Sexualität einfach so akzeptiert und all die Komplikationen, die sie in ihr sorgfältig geordnetes Leben bringen würde.

Ich warf meine Arme um sie. Wir waren nicht wirklich eine Familie, die sich umarmte, aber meine Gefühle waren zu groß, um sie zurückzuhalten.

»Danke«, schniefte ich.

»Tu das nicht.« Sie zog sich zurück und tupfte mit ihren Daumen unter meine Augen. »Du wirst ganz geschwollen. Und wofür musst du dich bedanken? Ich bin deine Mutter, und ich liebe dich. Aber was ist mit Jamila? Fühlt sie dasselbe?«

Mein Kinn zitterte. »Nein. Wir« – ich schluckte die Details herunter, die ich gerade preisgeben wollte – »wir sind eine Weile ausgegangen, aber es hat nicht geklappt.«

»Mein armes kleines Mädchen. Vielleicht solltest du für ein paar Tage nach Mexiko fahren. Lass die Meeresbrise deine Sorgen wegblasen.«

Mexiko, wohin der schreckliche Winslow gefahren war, um seine Geheimnisse auszuplaudern, während er vorgab, eine kranke Oma zu haben. Es erinnerte mich daran, was ich fragen musste.

»Mutter, ich brauche einen Gefallen.«

»Natürlich kannst du meine Kreditkarte benutzen. Wie solltest du dir sonst eine Reise leisten?«

»Nein, kein Geld, eine Verbindung. Du kennst Billie Woods, richtig?«

»Gewiss. Von der Bibliotheksstiftung. Erinnerst du dich, ich habe dir gesagt, du sollst zu ihrer Party gehen, als Charles und ich über Weihnachten verreist waren.«

So sehr ich es auch vorziehen würde, Billie nie wiederzusehen, ich musste es für Jamila tun. »Ich muss mit ihr reden.«

»Warum brauchst du Billie? Das ist wahrscheinlich kein guter Zeitpunkt für sie. Sie ist kürzlich geschieden, weißt du. Sie ist außer Landes auf Pangkor Laut. Ich nehme an, du könntest dorthin statt nach Mexiko fahren.«

»Dafür habe ich keine Zeit. Ich muss mit ihr über ihre Scheidung reden. Ich glaube, es könnte etwas mit dem Leck in Jamilas Firma zu tun haben.«

»Du glaubst, sie weiß etwas darüber?«

»Nein, aber ich würde meine liebste Fendi-Tasche darauf wetten, dass ihr Ex etwas damit zu tun hatte.«

»Und du denkst, das könnte Jamilas Zuneigung zurückgewinnen?«

Ich sackte in mich zusammen. Jamilas Vertrauen war wie die Flugzeugtür. Sobald sie geschlossen war, gab es kein Wiederaufmachen. »Nein, aber ich möchte ihr trotzdem helfen.«

Sie schenkte mir ein wehmütiges Lächeln. »Und dafür brauchst du Billie?«

»Ja.«

»Ich rufe sie an. Es ist früh in Malaysia, aber für mich geht sie vielleicht ran.«

»Danke, Mom.«

»Mein Telefon liegt drüben auf dem Ladegerät. Holst du es mir?«

Ich entdeckte es auf dem kleinen Tisch neben der Tür, wo meine Mutter ihren Schmuck ablegte, bevor sie in der Erde grub. Ich huschte hinüber, um es zu holen, und brachte es ihr.

Sie wählte.

»Schreibst du ihr nicht zuerst?« Ich würde einen unerwarteten

Anruf hassen, besonders vor – ich überprüfte den Zeitunterschied auf meinem Handy und zuckte zusammen – zehn Uhr morgens in ihrem malaysischen Strandurlaub.

»Warum sollte ich das tun?« Sie hielt das Telefon an ihr Ohr. »Hallo, Billie, hier ist Audrey Hayes.«

Ich verdrehte die Augen. Billie musste doch durch die Anrufer-ID wissen, wer es war.

Meine Mutter lauschte einen Moment und lächelte. »Das ist wunderbar. Ich hoffe, ich störe Sie nicht?« Ihre Wangen röteten sich. »Nun denn. Ich werde Sie nicht lange aufhalten. Meine Tochter Natalie hat einige Fragen.«

Sie hielt inne, dann nickte sie. »Hier ist sie.« Sie hielt einen Daumen über das Mikrofon und reichte mir das Telefon. »Sei schnell. Sie hat einen Gast.«

»Einen was?« Mir klappte der Unterkiefer herunter. »Du meinst einen Kerl? Ich will nicht …« Aber ich wollte. Je früher Jamila diese Schlange, Winslow, loswurde, desto besser.

Ich nahm das Telefon. »Hallo, Billie, hier ist Natalie.«

»Natalie«, dehnte Billie. »Ich habe Sie nicht mehr gesehen, seit Sie sich auf meiner Party zum Narren gemacht haben.«

Ich zuckte zusammen. »Das tut mir leid. Ich hatte einen schlechten Abend.«

»Natürlich hatten Sie den. Jeder konnte sehen, dass Sie es auf Jamila Jallow abgesehen hatten. Außer Jamila selbst.« Ihr Lachen war ein fröhliches Klingeln, wie ein Windspiel aus Muscheln.

»Das habe ich immer noch. Deshalb habe ich eine Frage zu Ihrem Ex, Winslow.« Ich verzog das Gesicht. Sie wusste, wer ihr Ex war.

»Ich würde im Moment lieber nicht über ihn sprechen.«

»Ich weiß, und das tut mir leid. Ich habe mich gefragt, ob, ähm … ob es bestimmte Bestimmungen in Ihrer Scheidungsvereinbarung gab? Speziell solche, die mit Jamilow zu tun haben. Ich verstehe, dass er seine Aktien und Optionen behalten hat?«

»Ja. Er bestand *sehr* auf diesem Punkt. Ich wollte es 50:50 aufteilen, fair ist fair und so. Ich wollte Jamila weiterhin selbst unterstützen. Wir sind seit Jahren gute Freundinnen, seit Stanford. Ich war ihre Wohnheimbetreuerin, wissen Sie, als sie im ersten Studienjahr war. Ich war die Erste, die sie fragte, ob ich in den Vorstand von Jamilow wollte.«

»Wirklich? Und dann haben Sie Winslow geheiratet.«

»Nicht meine beste Entscheidung, wie sich herausstellte. Er kann charmant sein, wenn er will, wissen Sie. Ich habe mich von den Aufmerksamkeiten eines jüngeren Mannes mitreißen lassen. Scheint ein Muster bei mir zu sein.« Sie kicherte.

Ich durfte nicht zulassen, dass sie von ihrem Gast abgelenkt wurde. »Erzählen Sie mir von den Jamilow-Anteilen.«

»Richtig. Er sagte, er würde mir den Gegenwert in bar geben, was sich als schlechtes Geschäft für ihn herausstellte. Wir haben den Wert im Januar festgelegt, aber der Aktienkurs ist seit dem PR-Debakel stetig gesunken, und dann diese Woche rapide, als Moo-Lah sein Produkt auf den Markt brachte. Ich schätze, für mich war es eine gute Sache, für Jamila und Winslow nicht so gut, was?«

»Uh-huh.« Meine Gedanken überschlugen sich. Er hatte alle seine Aktien und Optionen behalten und trotz des fallenden Kurses nicht um eine Neuverhandlung gebeten? Was war sein Plan?

»Er bekam die Aktien. Ich bekam das ganze Geld und die Immobilien – bis auf seine Eigentumswohnung in Los Altos.« Ihre Stimme wurde bitter. »Dort hat er früher seine Geliebte untergebracht, aber sie hat ihn auch verlassen.«

»Warum glauben Sie ...«

»Wahrscheinlich hat sie es auch nicht mehr ausgehalten. Alles, was er in den letzten zwei Jahren getan hat, war, über Jamila zu reden. Jamila hier, Jamila da.«

Oh nein. Ich erinnerte mich an all die Zeit, die er in ihrem Büro verbrachte. Ihr lockeres Geplänkel. »Sie denken ... Sie denken, er ist in Jamila verliebt?«

»Verliebt?« Sie lachte, scharf und kalt. »Er kann sie nicht ausstehen. Er hat ununterbrochen darüber geredet, wie sie –

entschuldigen Sie mein Französisch – das Unternehmen, das sie gemeinsam aufgebaut hatten, in den Sand setzte. Wie viel besser er es leiten würde, wenn er nur die Kontrolle bekäme.«

Mein Herz setzte einen Schlag aus. »Die Kontrolle bekommen? Das hat er gesagt?«

»Jeden gottverdammten Tag. Bis ich ihn verlassen habe. Dann hat er es sicher dem Spiegel erzählt.«

»Wenn er irgendwie das Geld aufgetrieben hätte, um seine Aktienoptionen auszuüben, wie viel von Jamilow könnte er Ihrer Meinung nach kontrollieren?«

»Oh.« Sie hielt inne. »Ich hätte nicht gedacht, dass er es tatsächlich durchziehen würde. Wenn er sie alle ausübte, würde er knapp vierzig Prozent halten. Das ist die gleiche Menge, die Jamila für sich behalten hat.«

Nicht ganz genug, um ihr die Kontrolle zu entreißen. Aber –

»Was wäre, wenn er einen Partner hätte, der ebenfalls Aktien aufkaufte, während der Preis niedrig war? Oder wenn er eine andere Einkommensquelle hätte?« Wie eine Bestechung von Moo-Lah.

»Solange er es heimlich machte, könnte er ihren Anteil übertreffen oder stark genug sein, um Jamila als aktivistischer Aktionär herauszufordern.«

»Er könnte sie aus dem Vorstand wählen«, sagte ich. »Oder eine feindliche Übernahme durch Moo-Lah durchführen.«

Meine Mutter schnappte nach Luft.

Billie rief aus: »Die Schlange! Glauben Sie, das hat er getan?«

»Ich glaube, er ist die Quelle des Lecks an Moo-Lah. Ich glaube, er hat den Aktienkurs nach unten getrieben, damit er mehr Anteile anhäufen kann. Glauben Sie, er würde Jamila das antun?«

»Vor zehn Jahren? Niemals. Jetzt? Ich fürchte schon. Er mag nett zu ihr sein, aber hinter ihrem Rücken ist er ... keine nette Person.«

»Heilige Scheiße.« Ich zuckte zusammen. »Entschuldigung, Mutter.«

»Der COO plant, Jamilas Firma zu übernehmen? Heilige Scheiße«, wiederholte meine Mutter.

»Ich brauche Beweise«, sagte ich.

»Ich habe ein Dokument, das seine Jamilow-Beteiligungen auflistet«, sagte Billie.

»Was ist mit Bargeld, das er möglicherweise von Moo-Lah erhalten hat?«

»Ich werde meiner Anwältin eine E-Mail schreiben. Wenn es da ist, sollte sie es finden können.«

»Okay, das ist gut.« Das war der Beweis, den ich brauchte.

Eine tiefe Stimme murmelte an Billies Ende der Leitung.

»Brauchen Sie noch etwas, Süße?«, fragte sie. »Denn ich habe ein heißes Date mit einem malaysischen Tycoon.«

»Nein. Vielen Dank. Sie waren sehr hilfreich.«

»Ich schicke die E-Mail sofort ab«, sagte sie. »Viel Glück.«

»Danke.« Energie surrte in meinen Fingern und Zehen. Ich hatte eine Spur, die beweisen würde, dass Winslow das Leck war, eine, die ihn davon abhalten würde, Jamila noch mehr zu verletzen, als er es bereits getan hatte.

28

AM NÄCHSTEN MORGEN, einem Mittwoch, schwebte ich in Jamilows Hauptquartier, als würde mir der Laden gehören. Das tat ich zwar nicht, aber ich hoffte, dass es bei Jamila am Ende des Tages immer noch der Fall sein würde.

Bruno hielt mich auf. »Miss Jones, Sie arbeiten hier nicht mehr.«

»Ich weiß, Bruno. Und ich weiß, dass Sie nur Ihren Job machen, aber Sie müssen mich nach oben lassen.«

»Nein, muss ich nicht. Jamila hat gesagt …«

»Schon gut, Bruno«, sagte Hannah, die die Treppe herunterkam und auf uns zuging. »Sie wird sich als meine Besucherin anmelden.«

»Ich bin nicht sicher, ob ich das zulassen kann …«

»Bruno.« Ich beugte mich über den geschwungenen Tresen. »Ich bin hier, um Jamila zu retten. Und die Firma.«

Er runzelte die Stirn. »Das klingt, als ob Sie Ärger machen wollen.«

Damit hatte er nicht ganz unrecht. »Das werde ich wahrscheinlich auch. Wollen Sie mitkommen? Dann können Sie mich hinausbegleiten, falls ich die falsche Art von Ärger mache.«

»Einverstanden.« Er nahm den Hörer ab und rief jemanden an.

Als die Ablösung eintraf, marschierte ich die Treppe hinauf, ein neongelbes Besucherschild an den Ausschnitt meines langweiligen marineblauen Etuikleides geklemmt, das, welches ich zu Beerdigungen trug. Im zweiten Stock drehten sich die Köpfe, als wir auf Jamilas Büro zugingen. Felicia versperrte mit verschränkten Armen die Tür.

»Sie können da nicht reingehen. Sie will Sie nicht sehen.« Sie warf Bruno einen anklagenden Blick zu, der verlegen mit den Füßen scharrte.

»Ich habe etwas, das sie sehen muss. Etwas, das Sie alle sehen müssen. Lassen Sie mich rein. Ich brauche nur fünf Minuten.«

»Fünf Minuten.« Ihre Lippen wurden zu einem schmalen Strich. »Anscheinend kann man in fünf Minuten eine Menge Schaden anrichten.«

»Ich verspreche, ich will Jamila nichts Böses. Ich will ihr helfen. Bitte?«

Die letzte Stimme, die ich hören wollte, kam von links. »Auf gar keinen Fall.«

Langsam drehte ich mich um. Heute trug er die gleiche himbeerfarbene Hose, seine zweifarbigen Schuhe, ein weißes Hemd mit offenem Kragen und einen marineblauen Blazer. »Winslow.«

»War unsere Botschaft an Ihrem letzten Tag nicht klar genug, Miss Jones? Sie sind hier nicht willkommen.«

»Ich muss mit ihr sprechen.« Ich erhob meine Stimme lauter, als es in einem Büro, in dem Leute zu arbeiten versuchten, angebracht war. »Sie muss hören, was ich zu sagen habe.«

»Sie muss«, zischte Winslow, »gar nichts mehr von Ihnen hören. Bruno, begleiten Sie sie hinaus. Genauer gesagt, begleiten Sie beide hinaus. Hannah, du bist auch gefeuert.«

»Das können Sie nicht tun!« Ich wusste gar nicht, dass meine Stimme so laut sein konnte. »Hannah hat nichts falsch gemacht!«

»Sie hat dich hereingelassen, oder nicht?« Er griff nach meinem Ausschnitt und riss den Besucherausweis ab. »Schaffen Sie sie hier raus, Bruno.«

»Was zum Teufel ist hier draußen los?« Jamila stand mit den Händen in die Hüften gestemmt in ihrer Tür und sah aus wie eine Rachegöttin. »Habt ihr alle den Verstand verloren?«

»Jamila, ich muss mit dir reden. Ich brauche nur fünf Minuten. Bitte?« Ich umklammerte die Umhängetasche, die an meiner Schulter hing.

Sie blickte auf ihre Smartwatch. »Fünf Minuten. Ab jetzt.« Sie drehte sich um, ging zurück in ihr Büro und ich folgte ihr. Ebenso Winslow, Hannah und Bruno.

Jamila ließ sich in ihren Stuhl gleiten, als trüge sie das Gewicht des gesamten Gebäudes auf ihren Schultern. In diesem Moment wurde mir klar, dass sie das tat. Nicht nur Hannah und Bruno verdankten ihr ihre Jobs, sondern auch Felicia und jeder da draußen vor der Tür. Sie hatte vielleicht versucht, sich ihrer Nana, ihrer Mutter und allen anderen, die nicht an sie geglaubt hatten, als würdig zu erweisen, aber als Ergebnis hatte sie ein Unternehmen aufgebaut, das Hunderte von Menschen beschäftigte und Tausenden mehr Geld einbrachte. Und ich war im Begriff, ihr Leben um einiges komplizierter zu machen.

Ich stand vor ihrem Schreibtisch, die Füße so weit auseinander, wie mein enger Rock es zuließ. »Letztes Mal bin ich mit ziemlich fadenscheinigen Anschuldigungen hier reingekommen. Heute habe ich Beweise.«

Ich griff in die Saint-Laurent-Tasche, die ich mir von Mutter geliehen hatte, und zog die Papiere heraus, die ich aus der E-Mail von Billies Anwalt ausgedruckt hatte. »Das ist eine Aufstellung, die Winslows Aktienbesitz und -optionen zeigt.«

»Was zum Teufel soll das beweisen?« Winslow versuchte, mir die Papiere aus der Hand zu reißen, hielt aber inne, als Jamila ihre Hand danach ausstreckte.

Sie überflog sie und nickte. »Nichts, was ich nicht schon wüsste.«

»Richtig, aber hier wird es interessant. Bei seiner kürzlichen Scheidung hat Winslow nur die Jamilow-Aktien behalten. Sie machen ungefähr die Hälfte des Vermögens des Paares aus, und

Billie hat die anderen Vermögenswerte behalten.« Ich reichte ihr den nächsten Stapel Papiere.

»Woher haben Sie das?«, fuhr Winslow mich an. »Diese Dokumente sind privat.«

»Eine Freundin hat sie mir gegeben.« Ich beugte mich vor. »Winslow besitzt eine beträchtliche Menge an Jamilow-Aktien direkt. Er hat auch nicht ausgeübte Aktienoptionen, die fast deinen eigenen Anteilen entsprechen würden, Jamila. Er könnte diese Optionen ausüben, um diese Aktien für ein Butterbrot aufzukaufen.«

Jamila verdrehte die Augen. »Ich glaube, wir wissen alle, wie Aktienoptionen funktionieren. Das ist nichts Ehrenrühriges. Winslow hat sich diese Optionen als Teil seiner Vergütung für Führungskräfte und als einer meiner ersten Mitarbeiter verdient.«

»Aber«, sagte ich, »seit seiner Scheidung hat er nicht genug Bargeld, um diese Optionen auszuüben, geschweige denn zusätzliche Aktien zum Marktpreis zu kaufen.«

»Warte mal«, sagte Jamila und ein Lächeln kräuselte ihre Lippen. »Ich dachte, du wärst Modedesignerin-Floristin-Köchin-PR-Beraterin und keine Finanzexpertin.«

»Ich bin eine Jones.« Ich zuckte mit den Schultern. »Darüber reden wir beim Abendessen. Wie auch immer, am interessantesten ist diese kürzliche Transaktion auf Winslows Bankkonto am Tag nach seiner endgültigen Scheidung.« Ich ließ das letzte Papier auf ihren Schreibtisch fallen. »Eine Einzahlung von zwanzig Millionen Dollar von einem Offshore-Konto, das Pavel Thakor gehört.«

»Was?« Jamila lächelte nicht mehr. Ihre Augen weiteten sich.

»Winslow hat nicht nur Bestechungsgeld von deiner Konkurrenz angenommen, sondern ich vermute, er plant, es zu nutzen, um seine Aktienoptionen auszuüben und möglicherweise weitere Aktien zu kaufen. Er plant, eine Mehrheitsbeteiligung an Jamilow zu übernehmen. Ich schätze, er hat vor, dich als CEO abzusetzen und möglicherweise eine feindliche Übernahme durch Moo-Lah zu versuchen. Und ich vermute, er hatte auch mit den Entwicklungsproblemen etwas zu tun.«

»Das ist lächerlich«, stotterte Winslow. »Jamila, wollen Sie diesem Kind wirklich glauben? Sie tänzelt hier in ihren Designerklamotten mit irgendwelchen Papieren herein, die sie nicht haben dürfte – wer weiß, ob die echt sind –, und stellt Behauptungen auf, die sie sonst nicht belegen kann.«

Jamila erhob sich langsam. »Hast du, Winslow? Hast du Geld von Pavel Thakor angenommen? Von Moo-Lah?«

»Nein, ich …« Er presste die Lippen zusammen. »Ich muss mit meinem Anwalt sprechen.«

»Warum?« Ihre Stimme verlor all ihr Volumen, all ihre Dreistigkeit. Dieses *Warum* war ein junges Mädchen, das mit der Sorge für zwei ungestüme jüngere Brüder überlastet war und ihre Mutter fragte, warum sie nicht zurückkam, das einen Kirchendiakon um einen einfacheren Weg bat, das ihre Nana anflehte, an sie zu glauben.

Mein Herz brach für sie. Dafür, was ich ihr über einen Mann hatte zeigen müssen, den sie für einen Freund gehalten hatte.

Dieser Mann stand mit angespanntem Kiefer in ihrem Büro. »Jamilow könnte so viel mehr sein. Du wolltest nie den Erfolg, von dem ich wusste, dass wir ihn haben könnten. Du hattest all diese märchenhaften Vorstellungen davon, Menschen in Krisen zu helfen und Menschen aus der Armut zu bilden, aber unser Geschäft würde am besten Leuten dienen, die bereits das Geld hatten, um für eine kostenpflichtige App zu bezahlen, Leuten, die Dinge kauften, für die wir werben könnten, und die das Nettovermögen hatten, um eine Partnerschaft mit FA zu nutzen. Du konntest nie die Vision von allem sehen, was wir sein könnten.«

Ich bedauerte, meine Messer in der Kochschule gelassen zu haben. Ich zog eine messerscharfe Augenbraue hoch. »Sie meinen, alles, was Jamilow sein könnte, wenn Sie das Sagen hätten?«

»Genau.« Er stemmte die Hände in die Hüften und nahm Raum ein, den er nicht verdiente.

Ich blickte zu Jamila. Sie starrte ungläubig auf die Papiere, die ihre Welt auf den Kopf gestellt hatten. Sie brauchte Zeit, um alles zu verarbeiten.

»Alle raus«, sagte ich. »Einschließlich Sie, Winslow. Rufen Sie besser diesen Anwalt an.« Ich machte eine scheuchende Bewegung mit meinen Händen und trieb die Leute aus ihrem Büro. An der Tür hielt ich inne.

»Es tut mir wirklich leid, Jamila«, sagte ich. »Ich wünschte, es wäre nicht wahr.«

Sie sagte nichts. Ihre Schultern sackten unter dem enormen Gewicht des Verrats zusammen.

Leise schloss ich die Tür hinter mir.

———

ALS ICH EINE Stunde später nach Hause kam, wollte ich nichts weiter, als meine Jogginghose anziehen, eine Packung Eis im Bett essen und Darren-Star-Serien gucken, bis meine Augen in ihren Höhlen schrumpelten. Aber meine Schwester und ihr Hund saßen auf dem Bett, auf das ich mich stürzen wollte.

»Was machst du hier?«, fragte ich. Wir waren nie die Art von Schwestern gewesen, die in den Zimmern der anderen abhingen, Geheimnisse teilten, sich gegenseitig schminkten oder über Jungs redeten, so sehr ich mir das auch gewünscht hatte.

Sie streichelte Bilbos schwarzes Fell. »Ich fahre heute ab, erinnerst du dich? Ich wollte nicht nach Ohio zurück, ohne zu hören, wie die große Konfrontation gelaufen ist. Mutter hat mir erzählt, was du herausgefunden hast.«

»Sie ist … gelaufen.« Ich ließ mich aufs Bett fallen und legte die Hände über die Augen. Bilbo stupste meine Hand mit seiner Nase an und ich hob sie, um ihn zu tätscheln. »Es hat ihr das Herz gebrochen, von jemandem verraten zu werden, dem sie vertraut hat. Jemandem, den sie für einen Freund hielt.«

»Was ist mit Winslow passiert?«

»Der Sicherheitsdienst hat ihn hinausbegleitet. Jamila muss

ihre Anwälte die Papiere einreichen lassen, bevor die Bundesbehörden eingeschaltet werden können.«

»Glaubst du, er wird das Land verlassen? Dieses Bestechungsgeld war genug, um es sich auf irgendeiner Insel bequem zu machen.«

»Vielleicht.« Ich zuckte mit den Schultern an die flauschige Bettdecke gelehnt. »Aber sie werden wahrscheinlich seine US-Vermögenswerte wie seine Aktien beschlagnahmen, also wird er Jamila zumindest nicht mehr belästigen.«

»Wie hat sie es aufgenommen?«

»Nicht gut. Ich hatte erwartet, dass sie explodiert, aber sie hat dichtgemacht. Ich mache mir Sorgen um sie.«

»Natürlich tust du das.« Sam war nicht der Typ Mensch, der beiläufig berührte, aber sie drückte meine Hand, die auf Bilbos Seite ruhte. »Glaubst du, sie hat ihre Meinung über dich geändert?«

Ich erinnerte mich an Jamilas leeren Gesichtsausdruck. Sie hatte sich nicht einmal bei mir bedankt. Ich verstand es. Ich hatte eine Granate in ihre Firma geworfen und war gegangen. Außerdem hatte ich es nicht für ihre Dankbarkeit getan. Ich hatte es getan, weil es das Richtige war.

»Ich weiß es nicht. Ich bin im Moment nicht das Wichtigste, was in ihrem Leben vor sich geht, oder?«

Es klopfte an meiner Tür und Charles steckte seinen Kopf herein. »Natalie. Und Sam! Ich dachte, du wärst schon weg.«

»Noch nicht. Ich musste kurz mit Nat reden.«

»Stört es, wenn ich unterbreche?«

»Komm rein«, sagte ich.

Er trat in mein Zimmer. »Ich habe heute einen Anruf von Jamila bekommen. Ich glaube, das habe ich dir zu verdanken. Ehrlich gesagt war ich ein wenig gekränkt, als sie eine Partnerschaft mit FA eingegangen ist, aber am Ende ist sie zu mir gekommen. Danke, Natalie. Mein Vorstand ist schon ganz heiß auf eine Partnerschaft mit Jamilow.«

Er redete weiter über Synergien und die Wiederbelebung

seiner biederen Bank, aber ich hörte auf zuzuhören. Jamila war zu Charles gegangen?

Meine Schwester fragte: »Hat sie gesagt, dass sie es wegen Nat getan hat?«

Er legte den Kopf schief. »Nein, aber ich nahm an …«

»Tut mir leid, Charles«, sagte ich. »Das war alles Jamila. Wir arbeiten nicht mehr zusammen.«

»Oh.« Sein Gesichtsausdruck wurde traurig. »Und ihr, äh … macht auch keine anderen Sachen mehr zusammen?«

Ich zuckte zusammen. »Nein.«

Er ging zum Bett und zog mich hoch, um mich zu umarmen. »Das tut mir leid. Ich weiß, dass sie dir wichtig ist.«

Ich entspannte mich in seiner Umarmung. »Schon gut. Am Ende habe ich ihr geholfen, also habe ich zumindest das.«

»Und du hast wertvolle Erfahrungen, die du in deinen Lebenslauf aufnehmen kannst.«

»Meinen Lebenslauf?«

Er löste sich von mir, um mir in die Augen zu sehen. »Ich habe dich noch nie so glücklich gesehen wie in der Zeit, als du bei Jamilow gearbeitet hast. Ein Teil davon lag an Jamila, aber die Arbeit hat dir wirklich Spaß gemacht. Ich denke, du solltest der PR noch eine Chance geben. Wenn Della Lippman keine Stelle für dich hat, bin ich sicher, dass sie jemanden kennt, der eine hat.«

»Hm. Vielleicht hast du recht.« Jamila würde mich niemals jemandem empfehlen, aber Hannah könnte mir eine Empfehlung für ihre Tante geben. Der Gedanke, wieder in die Öffentlichkeitsarbeit einzutauchen, löste eine Aufregung in meinem Bauch aus, wie es die Kochschule, der Blumenladen und das Modeprogramm nicht getan hatten.

»Ich habe fast immer recht«, sagte er und ließ mich los. »So, Sammy, du musst zum Flughafen. Komm, ich fahre dich.«

»Bist du sicher, dass du klarkommst?«, fragte Sam und sah mir in die Augen.

»Irgendwann, ja.«

»Meine Wohnung ist fertig, wenn ich in zwei Wochen zurückkomme. Kommst du Bilbo Beutlin und mich dann besuchen?«

»Ja. Okay.«

Sie tätschelte meine Schulter. Bilbo war großzügiger mit seiner Zuneigung. Er sprang in meine Arme und leckte mein Kinn. Ich zuckte nicht einmal zusammen. Vielleicht würde ich mir einen Hund zulegen, sobald ich mein Leben in den Griff bekäme und aus dem Haus meiner Eltern auszöge.

Zum ersten Mal fühlte sich das möglich an.

29

NACHDEM ANDREW mich an einem Samstagabend Anfang Juli vor Jacksons Stadthaus abgesetzt hatte, blickte ich die Straße entlang und fühlte mich, als hätte mir jemand einen Schlag in die Magengrube versetzt. Ein rotes Porsche-Cabrio, wie ich es gefahren war, als ich mit Jamila zusammen war, parkte vor seinem Haus.

Ich kniff die Augen zusammen. Im grellen Licht der untergehenden Sonne konnte ich nicht mit Sicherheit sagen, ob es rot war. Es könnte auch braun oder orange sein. Und vielleicht war es ein anderer Jahrgang.

Ich schüttelte den Kopf. Sie hätte das Auto nicht behalten, nachdem ich ihr den Schlüssel zurückgegeben hatte. Sie hätte den Leasingvertrag vorzeitig gekündigt, denn das war finanziell gesehen das einzig Kluge.

Sowohl Charles als auch Jackson sagten, es ginge ihr gut, doch ich wünschte, ich könnte mich selbst davon überzeugen. Ich würde in ihre wunderschönen Augen blicken und sehen, ob der Schmerz des Verrats noch da war oder ob ein Hoffnungsschimmer an seine Stelle getreten war. Bevor ich nah genug herankam, um das Nummernschild zu lesen oder den Fahrer zu erkennen, fuhr es weg.

Ich schnaubte über meine eigene Lächerlichkeit. Es war albern, sich wegen eines Autos, das mich an Jamila erinnerte, so aufzuregen. Es war auch albern von mir, Hannahs sorgfältig kuratierten Jamilow-Social-Media-Account zu stalken. Ich musste mir einen Timer auf zehn Minuten stellen, sonst würde ich ewig daran hängen bleiben. Noch alberner war es, zu den Erinnerungen an die wenigen Nächte, die wir zusammen verbracht hatten, zu masturbieren.

Okay, vielleicht war das nicht ganz so albern.

Diese Erinnerungen würde ich wahrscheinlich für immer wie einen Schatz hüten, weil sie einfach *heiß* waren, aber es war lächerlich zu denken, dass es je etwas bedeutet hätte. Ich war nur eine weitere Affäre für sie und nicht besonders genug, um ihre Liebe zu verdienen.

Ich klingelte bei Jackson, und als hätte er dort auf mich gewartet, öffnete er die Tür.

»Bereit für unsere Verabredung?«, fragte ich und zwang mich zu einem frechen Grinsen.

»Und ob. Danke fürs Babysitten–«

»Ich bin kein Baby.« Noah drängte sich an die Tür. »Sag Jay, ich bin *dreizehn*, und das ist zu alt für einen Babysitter.«

Ich erinnerte mich an all die Male, bei denen meine Familie mich wie ein Baby behandelt hatte – verdammt, sie behandelten mich immer noch wie das Nesthäkchen – und schenkte ihm ein schiefes Lächeln. »Du brauchst keinen Babysitter. Aber Val braucht einen, und ich brauche jede Hilfe, die ich kriegen kann. Du hilfst mir doch, oder?«

»Ja, ich schätze schon. Ich weiß, wo alle ihre Sachen sind.«

Valentine tappste auf uns zu und hob ihre Hände. »Hoch.«

Noah bückte sich und hob sie hoch, wobei er sich das Kleinkind auf die Hüfte setzte, so wie ich es Alicia und Jackson schon hundertmal hatte tun sehen. Mein Herz machte einen riesigen Satz.

»Also helfe ich dir«, sagte ich.

Valentine beugte sich vor und streckte ihre pummeligen Fäustchen nach mir aus. »Tante Na.«

Ich nahm sie Noah ab und atmete den Duft des Babyshampoos von ihrem Bad ein. »Tante Nat freut sich so, dich zu sehen, Val.«

Sie schmiegte sich an meinen Hals, und ich konnte mein Grinsen nicht verbergen. Diesmal war es echt.

»Hey, Noah, kannst du uns eine Minute geben?«, fragte Jackson. »Ich muss mit Tante Nat reden.«

»Leg schon mal ein Videospiel für uns ein«, schlug ich vor. »Nichts allzu Blutrünstiges, okay?«

»Wir können spielen, nachdem Val im Bett ist«, sagte er. »Zuerst schauen wir uns einen ihrer Filme an.«

»Mon-sta«, sagte sie und lehnte sich wieder zu ihm.

»Genau«, sagte er. »Den mit dem blauen Monster.«

Sie quietschte, als er sie wieder hochhob und mit ihr ins Wohnzimmer hüpfte.

Jackson führte mich am Fernseher vorbei, durch die Küche in die Waschküche und schloss die Tür. Ihre Katze Tigger lag zusammengerollt auf dem Trockner und döste in dem Sonnenstrahl, der durch das kleine Fenster fiel.

»Oha. Das muss ernst sein, wenn wir ein Gespräch hinter verschlossener Tür brauchen«, witzelte ich. »Warte. Ist es ernst? Ist alles in Ordnung mit Alicia?«

»Ihr geht es gut. Dem Baby geht es gut. Sie braucht nur eine Minute, um sich anzuziehen. Sie hat wie verrückt geschuftet, um alles für ihren Mutterschaftsurlaub vorzubereiten. Es geht um dich.«

»Mich?«

»Und Jamila.«

»Ach du heilige Scheiße. War sie das vor deinem Haus? War sie gerade hier?«

»Du hast sie gesehen?«

»Nur ihr Auto.«

»Ja. Sie kam vorbei, um zu reden. Sie hat mir etwas sehr Interessantes erzählt.«

»Oh?« Ich holte tief Luft und versuchte, meinen rasenden Herzschlag zu beruhigen.

Als Jackson sich gegen den Trockner lehnte, hob Tigger den Kopf. Er stand auf, streckte sich und rieb seine Wange an Jacksons Schulter. Er kraulte die Katze hinter den Ohren, aber sein Blick verließ mein Gesicht nicht. »Sie hat mir erzählt, dass sie dich bisexuell entjungfert hat.«

Mein Gesicht wurde heißer als der Sommersonnenschein, der durch das kleine Fenster strömte. »Sei nicht widerlich.«

»Tu nicht so unschuldig. Sie hat mir erzählt, dass ihr beide … intim wart.«

Ich verdrehte die Augen und erinnerte mich an Jamilas Bezeichnung *zwanglos.* »Sie hat mich kaum entblümt. Ich bin sechsundzwanzig Jahre alt. Ich hatte Dutzende von Partnern verschiedener Geschlechter.«

Er hielt sich die Ohren zu. »Das wollte ich nicht hören.«

»Dann sprich nicht die Sexualität von irgendjemandem an, du Idiot«, sagte ich bissig, verärgert über die Erinnerung an Jamilas ständige Ermahnungen, dass wir uns nur einen Juckreiz kratzten. »Es hat nichts bedeutet.«

»Nichts?«, fragte er.

»Das hat sie überdeutlich klargemacht. Und wir sind nicht mehr intim. Nicht, seit sie mich gefeuert hat.«

»Also an dem Tag auf dem Berg und am nächsten Tag beim Brunch, da wart ihr zusammen?«

»Ja.«

»Verstehe. Weiß Mutter davon?«

»Ich habe es ihr erzählt, als ich ihre Hilfe brauchte, um die Wahrheit über Winslow herauszufinden.«

»Und sie fand es okay?«

Mein Blut kochte. Ich ballte die Fäuste. »Ich hätte gedacht, dass gerade du, als bester Freund von zwei queeren Menschen, mich unterstützen würdest!«

»Ich unterstütze dich. Aber ich mache mir Sorgen um dich. Ich wünschte, du wärst wegen Mutter zu mir gekommen, um Hilfe zu holen. Vielleicht auch wegen Jamila.«

»Ich brauche deine Hilfe nicht.«

Er hielt seine Hände hoch. »Ich weiß. Du bist kein kleines Mädchen mit Zöpfen mehr. Du hast einen Job für Erwachsene. Aber als dein großer Bruder und als ihre Freundin hätte ich mich besser gefühlt, wenn ich geholfen hätte.«

»Manchmal wollen die Leute keine Hilfe, Jackson.« Mein Nacken kribbelte. Ich hatte Jamila meine Hilfe aufgezwungen. Vielleicht hätte ich ihr Vertrauen nicht verloren, wenn ich vorher gefragt hätte.

»Tut mir leid. Verzeihst du mir?« Er machte den traurigsten Dackelblick aller Zeiten.

Ich verdrehte die Augen. »Na gut.«

»Wirklich, geht es dir gut? Besonders mit Mutter?«

»Wir kommen klar. Ich glaube, sie wäre glücklicher, wenn ich einen reichen Mann kennenlernen, mich unsterblich verlieben und ein halbes Dutzend Enkelkinder zur Welt bringen würde, aber sie hätte auch nichts dagegen, wenn ich eine reiche Frau kennenlernen würde. Obwohl ich jetzt für Della arbeite, macht sie sich Sorgen um meine Zukunft.«

Obwohl Jamila mit ihrer Produkteinführung so beschäftigt war, hatte sie mich schockiert, als sie Della Lippman angerufen hatte, um ihr zu sagen, sie solle mich einstellen. Ich hatte noch keine Gelegenheit gehabt, Hannahs Verbindung zu nutzen, bevor Della mir eine Stelle anbot. Und dann hatte Jamila mir den entzückendsten blühenden Kaktus geschickt. Auf dem Zettel hatte einfach nur gestanden: *Viel Glück an deinem ersten Tag. Ich weiß, du wirst in deinem neuen Job aufblühen.*

Von Liebe stand da nichts, so sehr mein weiches Herz diese Geste auch so interpretieren wollte. Der Kaktus war kein Witz über ihre stachelige Persönlichkeit oder eine Erinnerung an Quill.i.am, auch wenn das Etikett ihn als Igelsäulenkaktus, *Echinocereus fendleri,* auswies. Sie war so damit beschäftigt, ihr Produkt neu zu gestalten, dass sie wahrscheinlich Felicia damit beauftragt hatte und es reiner Zufall war. Die Jobvermittlung? Nur eine weitere Möglichkeit, um sicherzustellen, dass ich auf Abstand blieb.

Er kniff die Augen zusammen. »Also geht es dir gut?«

»Ja. Ich glaube, ich habe mein Leben endlich auf die Reihe bekommen. Ich bin bei der Arbeit glücklich und vielleicht kann ich eines Tages wieder die Liebe finden.«

»Du hast sie geliebt?«

»Ja.« Ich würde nicht zugeben, dass ich so ein trauriger Sack war, dass ich sie immer noch liebte, einen Monat nachdem sie mit mir Schluss gemacht und mich in einem Abwasch gefeuert hatte. »Du warst nett zu ihr, oder? Als sie dir von uns erzählt hat? Sie hatte Angst davor, was du denken könntest.«

Er richtete sich auf. »Ich hoffe, du hast mir mehr zugetraut. Du wirst immer das Nesthäkchen der Familie sein. Vielleicht ziehe ich dich ein bisschen auf–«

»Oder eine ganze Menge!«, sagte ich und boxte ihm gegen den Arm.

Er fing meine Faust und hielt sie fest. »Aber du und Jamila seid erwachsene Frauen, die ihre eigenen Entscheidungen treffen können. Wenn zwei meiner Lieblingsmenschen auf der Welt zusammenkommen?« Er zuckte mit den Schultern. »Wäre nicht das Schlimmste.«

Ich wünschte, Jamila hätte das verstehen können. Vielleicht hätte ich dann ihr Vertrauen nicht verloren, wenn sie nicht nach einem Vorwand gesucht hätte, um die Sache zu beenden.

Ich umarmte meinen Bruder fest. »Danke.«

»Wofür?«

»Dass du an mich glaubst. Dass du denkst, ich sei, du weißt schon, etwas wert.«

»Nutter Butter.«

Und da war es, das Kopfnuss-Anrubbeln, vor dem ich mich gefürchtet hatte. Er würde mir wahrscheinlich immer noch eines verpassen, wenn ich sechzig wäre. Oder achtzig. Aber es fühlte sich nicht schrecklich an. Es fühlte sich wie Liebe an.

»Du bist etwas wert«, sagte er. »Du bist eine ganze Menge wert. Na und, wenn du eine Weile gebraucht hast, um deinen Scheiß auf die Reihe zu kriegen? Ich kriege meinen Scheiß auch immer noch auf die Reihe. Wir alle – sogar Jamila.«

Er ließ mich los und ich trat einen Schritt zurück, um mit den Fingern das wirre Chaos zu entwirren, das er aus meinen Haaren gemacht hatte.

»Warum übernachtest du nicht hier und verbringst morgen den Tag mit uns? Wir gehen zu einer Grillparty.«

Ich atmete aus. »Klar. Warum nicht?« Es wäre besser, als in meinem Zimmer zu sitzen, auf Jamilas nicht existentes persönliches Social-Media-Profil zu starren und dem nachzutrauern, was ich verloren hatte.

30

AM NÄCHSTEN TAG wurde das flaue Gefühl in meinem Magen schlimmer, als wir in Alicias Geländewagen auf der 101 nach Süden fuhren. Ich war seit zwei Monaten nicht mehr so nah am Silicon Valley gewesen und wünschte, ich könnte mich von den allzu vertrauten Wahrzeichen ablenken, indem ich mir wie Noah Kopfhörer aufsetzte und ein Spiel auf meinem Handy spielte. Valentine war in der Mitte des Rücksitzes in ihrem Kindersitz angeschnallt und hatte einen ihrer kleinen Nikes abgestreift. Ich fischte danach auf dem Boden und zog ihn ihr dann wieder fest an den Fuß.

»Wie weit ist es noch?«, fragte ich, als ich das Schild für die Ausfahrt Marsh Road sah.

»Warum?« Jackson sah mich im Rückspiegel an, seine Hände lagen locker auf dem Lenkrad. »Hast du etwas Besseres vor?«

»Nein, ich nur …« Ich beendete den Satz nicht, als Jackson die allzu vertraute Ausfahrt nahm. Ich zog den Sicherheitsgurt von meinem Brustbein weg. »Wo genau ist dieses Barbecue?«

»Bei einem Freund.«

»Jackson.« Alicia legte eine Hand auf seine Schulter. »Sie sollte es wissen.«

»Aber ich habe es versprochen.«

»Was sollte ich wissen?« Ich beugte mich nach vorne in die Lücke zwischen den Vordersitzen.

»Nein, nein, nein, nein!«, gluckste Val.

»Das Barbecue ist bei Jamila«, sagte mein Bruder. »Es ist eine Vor-Feier für ihre Produkteinführung.«

»Verdammt, Jackson!«

»Fluchkasse!«, sagte Noah trotz seiner Kopfhörer.

»Verdammt, verdammt, verdammt!« Valentine strampelte mit ihren Turnschuhen in ihrem Kindersitz zwischen uns.

Ich kniff mir in den Nasenrücken. »Sorry. Aber warum hast du es mir nicht gesagt?«

»Bist du nicht bereit, sie zu sehen?«, fragte mein Bruder und hielt an einer Ampel an.

»Ich … ich weiß nicht.« Vor allem nicht in einer zu langen Jeans aus Alicias Zeit vor der Schwangerschaft, die ich an den Knöcheln hochgerollt hatte, und ihrem T-Shirt mit der Aufschrift »Ihr könnt alle zur Hölle fahren und ich fahre nach Texas«.

»Wenn du nicht bereit bist, können wir dich irgendwo absetzen und dich in ein paar Stunden wieder abholen«, sagte Alicia.

Es klang verlockend, mich in einer Boutique oder einem Café zu verstecken und Jamila nicht noch einmal gegenübertreten zu müssen, nicht den versteinerten Ausdruck auf ihrem Gesicht zu sehen und mich an eine Zeit zu erinnern, in der ihre Augen vor Leidenschaft funkelten, wenn sie mich ansah, als wir unverbindlich waren, es sich aber nach so viel mehr anfühlte.

Gestern hatte ich meinem großen Bruder gesagt, ich sei eine erwachsene Frau, und es war an der Zeit, dass ich mich auch so verhielt. Ich konnte ihr gegenübertreten. Ich konnte freundlich sein. Ich konnte mit ihr über ihre bevorstehende Markteinführung plaudern und mich für sie freuen und auf mich stolz sein.

»Schon gut«, sagte ich und starrte aus dem Fenster auf die anderen bescheidenen Häuser in ihrer Straße.

Jackson hielt an der ersten freien Stelle in ihrer Straße, praktisch zurück am Stoppschild. Mrs. González musste es lieben, dass die Autos auf beiden Seiten der Straße geparkt waren. Nachdem Jackson Valentine aus ihrem Kindersitz befreit und aufblasbares Spielzeug im Wert eines ganzen Discounters ausgeladen hatte, folgten wir einer Reihe von Pflastersteinen um die Seite des Hauses zu dem offenen Tor im Holzzaun. Wir nahmen den kurzen Weg zum Pool, und Val wand sich in meinen Armen und zog an meinen Haaren, bis ich sie ansah. »Poo! Poo! Poo!«

»Ja«, sagte ich. »Das ist ein schöner Pool. Willst du rein?«

»Kannst du sie kurz halten, während wir Hallo sagen?«, fragte Jackson. »Ich ziehe ihr in einer Minute ihren Badeanzug an.« Als ich nickte, steuerten er und Alicia geradewegs auf Jamila zu, die am anderen Ende des Pools mit einem vertrauten Sonnenhut auf dem Kopf und einem dieser isolierten Dosenkühler in der Hand stand.

Als sich unsere Blicke über den Hinterhof trafen, durchbohrte mich ihr Blick bis ins Mark.

Ich war nicht bereit.

Noch nicht. Ich hatte mich gerade erst mit dem Gedanken abgefunden, dass ich sie heute sehen würde. Ich hatte keinen Plan oder ein Skript vorbereitet, schon gar nicht eines, um mit ihrer Wut umzugehen. Wie konnte ich es vermeiden, mich zu demütigen, wenn ich mich daran erinnerte, wann sie diesen Hut das letzte Mal getragen hatte und was danach passiert war? Ich konnte es niemals vergessen und zu der zurückkehren, die ich vorher war. Ich hatte mir geschworen, nie wieder in die unterwürfige Rolle zu verfallen, die ich auf Billies Party gespielt hatte.

Noah lud eine Wagenladung Poolspielzeug bei den Stufen ins flache Ende ab. Er würde mich retten.

»Brauchst du Hilfe?«, fragte ich.

»Wobei?«

»Ich weiß nicht. Beim Aufbauen.«

»Nee. Ich bin fertig.« Er deutete auf den wahllosen Haufen aus einer Schwimmweste, einem Einhorn-Schwimmtier, einem Satz Tauchstäben und einem halben Dutzend Poolnudeln.

Er griff nach dem Bund seiner Trainingshose, zog sie über

seine dürren Beine und stieg aus. Darunter trug er eine Badehose und sein Shirt war ein Rashguard. Er ließ seine Flip-Flops am Beckenrand stehen und machte eine Arschbombe in den Pool. Ich stolperte zurück, um nicht nass zu werden.

Noah tauchte wieder auf und wischte sich sein langes Haar aus den Augen. »Kommst du auch rein, Tante Nat?«, rief er.

»Nein, schon gut. Ich warte, bis dein Dad Val holt.« Ich war dankbar für die Ausrede. Ich würde viel mehr Mut aufbringen müssen, um vor Jamila wieder meine Haut zu zeigen.

»Hey, Natalie.« Ein großer, gut aussehender blonder Typ trat mit einer Langhalsflasche in der Hand auf mich zu.

»Tyler! Und Marlee.« Ich begrüßte seine Frau und umarmte beide. Marlee und Tyler waren ungefähr in meinem Alter, und wir fanden auf Partys oft zueinander. »Herzlichen Glückwunsch, ihr beiden. Ich glaube, ich habe euch nicht mehr gesehen, seit ihr geheiratet habt.«

Als Marlee Val und mich umarmte, verfing sich ihre übergroße Sonnenbrille in meinen Haaren, und wir lachten, als wir uns entwirrten.

»Erzähl mir alles über eure Hochzeit«, sagte ich.

»Sie war klein.« Marlee zuckte zusammen. »Wir konnten nicht jeden einladen, den wir wollten –«

Ich winkte ihre Entschuldigung ab. »Mach dir keine Sorgen. Ich verstehe das.« Tyler und Marlee kamen nicht aus reichen Verhältnissen. Sie hatten die Hochzeit selbst bezahlt und gleichzeitig Marlees Vater in einer Einrichtung für Gedächtnispflege unterstützt.

»Es war magisch.« Marlee seufzte verzückt. Es schien wirklich wie ein Märchen, besonders als sie mir ein Foto zeigte, auf dem die Gäste bei Sonnenuntergang Wunderkerzen anzündeten. Marlee hatte gerade angefangen, mir von ihren Flitterwochen zu erzählen, als Ben, den ich seit diesem katastrophalen Brunch nicht mehr gesehen hatte, heransprang und sie umarmte, gefolgt von Tyler und dann mir. Cooper trottete hinter ihm her, umarmte aber niemanden.

»Siehst du, Babe? Ich hab's dir gesagt.« Ben musterte mich von Kopf bis Fuß. »Sie trägt ihre Klamotten. Und die ›Ich-wurde-gerade-ordentlich-durchge-äh-äh-nommen‹-Frisur. Sorry«, flüsterte er und sah auf das Baby. »Du schuldest mir fünfzig Dollar. Den anderen Teil unserer Wette hole ich mir, wenn wir zu Hause sind.« Er zwinkerte.

»Wette?« Ich fuhr mir mit den Fingern durchs Haar und löste einen Knoten, den Val mit ihren verschwitzten Händen gemacht hatte.

»Wegen dir und Jamila. Ich wusste es, als wir dich an dem Tag beim Brunch getroffen haben. Cooper hat das nicht geglaubt. Und rate mal, wer recht hatte?« Er kicherte.

»Nein, wir sind nicht –« Ich hielt mich davon ab zu sagen: *mehr*. »Nicht zusammen. Das sind Alicias Kleider. Ich habe letzte Nacht babysittet.«

»Oh.« Bens Lippen verzogen sich nach unten. »Aber ich hatte gehofft, ihr würdet –«

Cooper beugte sich vor, um seinen Mund an das Ohr seines Verlobten zu legen. »Ich hole mir *meinen* Gewinn zu Hause«, schnurrte er.

Ben durchfuhr ein Schauer am ganzen Körper. »Lass uns die Runde zu Ende machen. Ich spüre, wie sich ein früher Aufbruch ankündigt.«

»Ha-ha.« Ich zwang mich zu einem Lächeln. »Verlobte Paare sind die Schlimmsten, oder?«

Aber Tyler kniff die Augen zusammen. »Du und Jamila, hm?«

»Nein, nein, keine –« Ich musste das Wort wieder unterbrechen. »Überhaupt nicht.«

»Sie braucht jemanden wie dich«, sagte Tyler. »Um all ihre Lasten mitzutragen. Ich dachte, Winslow wäre diese Person, aber wir sehen ja alle, wie das ausgegangen ist.« Er verzog das Gesicht.

»Ich glaube, ich brauche einen Drink.« Ich erstickte an all den Worten, die sich in meiner Kehle wie eine Massenkarambolage auf der I-80 stapelten.

Tyler deutete auf einen Tisch, der im Schatten aufgebaut war, und ich machte mich auf den Weg dorthin, wobei ich den Kreis von Leuten um Jamila vermied.

Die Bar war keine Kühlbox zur Selbstbedienung mit Bier. Es gab eine Barkeeperin. Und sie war Rhiannon. Ich zuckte zusammen, als ich sie sah, und fürchtete jede spitze Bemerkung, die sie für mich haben könnte.

»Hi, Natalie. Was kann ich dir bringen?« Sie beäugte mich misstrauisch.

»Oh. Ähm … hast du einen Sekt?«

»Wir haben einen Napa Blanc de Blancs.«

»Perfekt. Danke.« Ich sah ihr zu, wie sie den Wein einschenkte. »Es scheint kaum fair, dass du die ganze Woche arbeitest und dann auf Jamilas Party arbeiten musst.«

»Nee, das ist meine Entscheidung. Jamila hat mich gezwungen zu kommen, da ich, weißt du, im Grunde das Produkt entwickelt habe. Trotz dieser Schlange, Winslow.« Sie verzog das Gesicht. »Ich hänge hier gerne ab. Es gibt mir eine Möglichkeit, mit allen zu reden, aber ich muss mich nicht in den Vordergrund drängen. Sie kommen zu mir.«

»Schlau.« Ich hob mein Glas zum Anstoßen und nahm einen Schluck des herben Weins. Die Bläschen ließen meine Nase jucken.

»Hey, apropos schlau …« Rhiannon sah nach unten. »Du warst eine Närrin zu denken, ich wäre das Leck, aber du hast es am Ende herausgefunden. Ich hätte nie gedacht … Wie auch immer, danke, dass du deinen Jessica-Fletcher-Scheiß durchgezogen hast.«

»Ähm. Gern geschehen? Aber ich habe es nicht für dich getan.«

»Ich weiß, für wen du es getan hast.« Ihr Blick traf meinen. »Wir sorgen uns beide auf unterschiedliche Weise um sie. Ich schätze, was du für uns alle getan hast.«

Ich nickte. »Vielleicht können wir jetzt Freunde sein?«

Sie schnaubte. »Freunde? Ich habe nicht in deinen *Sekt* gespuckt. Das ist ein Anfang.«

»In Ordnung. Danke dafür. Ich schätze, wir sehen uns.« Obwohl ich das wahrscheinlich nicht würde. Ich würde nicht zu Jamilow zurückkehren, und wenn Jackson das nächste Mal anbot, etwas zu unternehmen, würde ich fragen, wohin wir gehen, bevor ich in seinen Geländewagen stieg.

»Sieh zu, dass du was zu essen bekommst. Ich sammle dich später nicht betrunken auf.« Sie zeigte auf einen riesigen Grill, der von zwei enormen Männern bedient wurde.

Mit einem halbherzigen Lächeln schlurfte ich zum Grill für meine nächste unangenehme Begegnung. Nicht einmal die spießigen Partys meiner Mutter waren so qualvoll.

»Hey, J.J. Hey, Jevin.«

»Nat-a-lie.« Jevin dehnte die Silben meines Namens mit einem prüfenden Blick. »Siehst gut aus.«

»Lass das.« J.J. stieß seinem Zwilling so heftig in die Rippen, dass dieser grunzte. »Sie ist Milas Mädchen.«

»Oh, nein, das bin ich nicht –«

»Ich sehe keinen Ring.« Jevin zwinkerte. »Bis dahin ist sie Freiwild.«

»Das ist einfach nur fies, Bro. Natalie.« J.J. lächelte mich an, und es ähnelte auf herzzerreißende Weise Jamilas Lächeln. »Was darf's sein? Die besten Rippchen, die du je gegessen hast, oder ein so-la-la Burger von meinem Bruder?«

»Nimm deinen Kopf aus dem Arsch, J.« Diesmal war Jevin an der Reihe, seinen Zwilling anzustoßen. »Sie ist Vegetarierin. Ich hab deinen Veggie-Burger genau hier, Süße.« Er nahm ein getoastetes Brötchen vom Grill und legte ein Patty darauf.

»Sorry. Vergessen.« J.J. hob seinen Texas-Longhorns-Hut und wischte sich den Schweiß mit dem Handrücken von der Stirn. »Die Beilagen sind da drüben.« Er zeigte auf einen anderen Tisch mit Servierschüsseln. »Halt dich von dem Auflauf mit den Kartoffelchips fern. Da ist Hühnchen drin.«

»Verstanden. Geht es euch beiden gut? Es war nett von euch, für Jamilas Markteinführung hierherzukommen.«

»Na ja, das ist nicht alles, was wir –«

»Yo!« J.J. schlug Jevin auf den Arm. »Da ist wieder dein Mundwerk, klappert wie eine verrostete alte Fliegengittertür.« Er warf seinem Zwilling einen finsteren Blick zu.

»Sorry, Mann. Sie wird es bald genug herausfinden.«

»Wer wird was herausfinden?« Ich suchte Jamila in der Menschentraube neben dem Pool. »Ihr plant doch keinen Streich, oder?«

»Das ist eine Idee.« Jevin rieb sich sein glatt rasiertes Kinn. »Vielleicht sollte Mila schwimmen gehen.«

Ich plusterte mich auf. »Wenn du das versuchst, gehst du schwimmen. Und ich glaube nicht, dass deine Air Jordans das sehr mögen würden.« Ich blickte vielsagend auf seine makellosen Vintage-Sneaker.

»Die hier macht keine Scherze.« Jevin hob seinen Pfannenwender. »Kein Blödsinn. Versprochen.«

»Thanksgiving wird lustig«, murmelte J.J.

»Iss den Veggie-Burger, bevor er kalt wird«, sagte Jevin. »Und probier unbedingt den Kartoffelsalat. Das ist das Rezept unserer Nana.«

Ich stapfte zum Beilagentisch, wo ich den Kartoffelsalat entdeckte und einen Klecks davon auf meinen Pappteller fallen ließ. Ich lud mir noch etwas Salat und einen saftigen Brownie auf – die Belohnung hatte ich mir nach dieser unfreiwilligen Entführung zu Jamila redlich verdient – und fand einen freien Tisch im Schatten einer Platane.

Ich breitete meine Serviette auf meinem Schoß aus. Der Kartoffelsalat sah gut aus, mit Kartoffelstücken, die von einem cremigen Dressing zusammengehalten wurden. Etwas Grünes, vielleicht Sellerie, sorgte für Farbe. Ich griff nach meiner Gabel, aber ich hatte vergessen, eine mitzunehmen. Ich schob meinen Stuhl zurück und legte meine Serviette neben meinen Teller.

»Suchst du die hier?« Jamila reichte mir eine durchsichtige Plastikgabel und ein Messer. Als ich zu ihr aufsah, loderte die Sonne hinter ihrem Kopf, ihre Strahlen fielen wie eine Krone auseinander. Sie trug ihr weißes Bikinioberteil mit einem leichten, fast transparenten Hemd und einem Sarong, der in leuchtendem Rot, Orange und Lila bedruckt war.

»Ja. Danke.« Ich nahm das Besteck von ihr. Warum war sie herübergekommen? Sie hätte mich die ganze Party ignorieren können. Nein, als Gastgeberin musste sie zu allen Hallo sagen, auch zu der Person, die die falsche Art von Gefühlen für sie hegte, die Person, die ihre Welt zum Einsturz gebracht hatte.

»Darf ich mich zu dir setzen?« Sie zeigte auf den Klappstuhl neben mir.

Ich nickte. Während sie sich auf den Stuhl setzte, stocherte ich mit meiner Gabel im Kartoffelsalat herum. Mein Appetit war zusammen mit dem Rest meiner Coolness verschwunden.

»Danke, dass du gekommen bist.« Sie zwirbelte den Zipfel ihres Hemdes.

»Jackson hat mich unter falschen Vorwänden hergebracht. Ich wollte deine Launch-Party nicht stören.«

Sie blickte mir in die Augen. »Ich wollte, dass du hier bist.«

»Ich?« Ich legte eine Hand auf mein Herz, um dessen Galopp zu verlangsamen. »Du wolltest *mich* hier haben?«

»Nur dich. Alle anderen sind mir egal.«

»Nicht einmal mein Bruder? Oder deine Brüder?«

»Na gut, okay, die Brüder sind mir wichtig.«

Ein halbes Lächeln schlich sich auf mein Gesicht. »Was ist mit Rhiannon? Und Alicia?«

»Schön.« Sie warf ungeduldig die Hände in die Luft. »Ich habe all diese Leute eingeladen, weil sie mir wichtig sind. Wirf nicht so einen Schraubenschlüssel in meine romantische Geste.«

»Romantische Geste?«

»Ich weiß, ich weiß. Nicht die Worte, die die meisten Leute mit mir in Verbindung bringen. Aber das ist es, was du willst, oder nicht? Immer noch?« Ihre Augen wurden weich wie ein Schokoladenkuchen mit flüssigem Kern. »Deshalb habe ich diesen Igelkaktus geschickt. Komme ich zu spät?«

Trotz der Wärme der Sonne bekam ich eine Gänsehaut. »Zu spät? Was sagst du da?«

»Ich sage, dass du die Richtige für mich bist. Als wir zusammen waren, machten mir meine Gefühle Angst. Ich hatte noch nie so viel für jemanden empfunden, mit dem ich zusammen war. Ich habe mich nie fühlen lassen, aber bei dir konnte ich nicht anders. Als ich dachte, du hättest mich hintergangen, tat es weh.« Sie zuckte zusammen und klopfte sich auf das Brustbein. »Genau hier.«

»Wie als deine Mom gegangen ist«, sagte ich.

Sie rümpfte die Nase. »Nein, das war definitiv schlimmer. Ich wollte mich nie wieder so fühlen, und ich dachte, wenn ich alles kontrollieren könnte, müsste ich das nicht. Aber du hast mich die Kontrolle verlieren lassen. Ich war wütend.«

»Ich weiß.« Ich legte meine Hand mit der Handfläche nach oben auf ihr Knie, und sie ergriff sie.

»Als du wieder hereingestürmt kamst und mir sagtest, Winslow sei derjenige, der mich verraten hatte, wurde ich irgendwie taub. Wie ein Bluescreen in meinem Gehirn. Es dauerte eine Minute, um neu zu starten. Da warst du schon weg.«

»Ich dachte, du bräuchtest vielleicht eine Minute. Du und Winslow standet euch nahe.«

»Ja.« Sie schüttelte den Kopf. »Er hatte versucht, mit mir über seine Ideen zur Führung des Unternehmens zu sprechen, aber ich habe ihn abgewimmelt. Ich dachte, es sei eine gesunde Meinungsverschiedenheit. Ich hatte unrecht.«

»Das tut mir leid. Ich wünschte, ich wäre für dich da gewesen.«

»Das warst du.« Die Intensität war zurück. »Du hast mir gezeigt, was ich übersehen hatte. Ich habe dank dir immer noch die Mehrheitsbeteiligung an Jamilow. Du hast meine Firma gerettet.« Sie räusperte sich. »Danke.«

Ich blickte auf unsere verbundenen Hände hinunter. Ihre langen, dunklen Finger überspannten meine blassere Haut. »Das ist ein bisschen extrem. *Du* hast die Firma gerettet. Ich habe dir nur Informationen gegeben, die du brauchtest.«

»Und mich gedrängt, bis ich sie akzeptiert habe.« Sie zuckte mit den Schultern. »Aber ich habe dich nicht gebeten hierherzukommen, um über die Firma zu reden.«

Ich schnaubte. »Soweit ich mich erinnere, hast du mich überhaupt nicht gebeten hierherzukommen.«

»Doch! Ich habe Jackson gebeten, dich mitzubringen.«

Ich warf ihr einen zweifelnden Blick zu.

»Okay, schön. Vielleicht muss ich an meinen zwischenmenschlichen Fähigkeiten arbeiten, aber genau darum bitte ich dich. Kannst du mir die Gnade gewähren, mich zu verbessern? Während ich zu viel Zeit bei der Arbeit verbringe. Während ich vor Journalisten und deren Kameras immer wieder ins Fettnäpfchen trete.«

Mein Sekt war in seinem Plastikbecher schal geworden, aber in mir stiegen Bläschen auf. »Was fragst du mich, Jamila? Denn das klingt bisher nicht nach einem tollen Angebot.«

»Ich bin ehrlich zu dir. Das ist, was du kriegst.« Sie wedelte mit einer Hand über sich. »Ich bin stachelig und fluche und bin überhaupt nicht so, wie eine Prinzessin wie du es sich vorstellt. Aber wenn du mit mir zusammen sein willst, verspreche ich, mein Bestes zu geben, um das zu sein, was du brauchst.«

Mein Herz stand still. »Du willst mit mir zusammen sein? Du vertraust mir wieder?«

»Ich habe dir die ganze Zeit vertraut. Ich konnte nicht anders. Deshalb tat es so weh, als du …«

»Als ich einen auf Nancy Drew bei dir gemacht habe?«

»Ja. Ich dachte, wir wären uns nah genug, dass du es mir gesagt hättest, bevor du etwas so Extremes tust.«

Ich schluckte. »Ich … ich … hatte Angst, ich würde es vermasseln, wie ich es immer tue.«

»Baby Girl, ich würde dich lieben, selbst wenn du es vermasseln würdest.«

»Warte. Du liebst mich?«

»Gottverdammt! Siehst du, ich kriege das nicht richtig hin. Ich dachte, mit dem Anruf bei Della und dem Kaktus würdest du es verstehen.«

»Ich habe es gehofft, aber ich wusste es nicht.« Mein Herz flatterte.

»Es tut mir leid. Ich habe dir gesagt, dass ich darin schlecht bin. Ja. Ich liebe dich.«

Meine Brust war fast zu voll zum Atmen. »Wir können öffentlich sein? Ich kann deine … deine Freundin sein?«

Sie umklammerte meine Hand fast schmerzhaft fest. »Ich will mit dir aufs Ganze gehen. Ich lasse dich sogar manchmal die Führung übernehmen. Was auch immer du brauchst. Denn ich brauche dich.«

Ich beugte mich zu ihr und flüsterte: »Nenn mich noch einmal Baby Girl?«

»Ich liebe dich, Baby Girl.« Sie küsste meine Lippen, ein sanfter Druck.

»Und ich liebe dich … Mila. Darf ich dich so nennen?«

»Nur, wenn du mit mir glücklich bist. Nicht, wenn ich dich wütend mache.«

»Du wirst mich niemals wütend machen.« Ich küsste ihren Mundwinkel.

»Oh, ich verspreche dir, ich werde dich wütend machen. Nicht mit Absicht, aber ich werde es tun. Und es wird mir wirklich« – sie küsste meine Lippen – »wirklich« – sie küsste meinen Kieferknochen – »wirklich leid tun.«

Ich schauderte. »Wird es Versöhnungssex geben?«

»Absolut.«

Mit Mühe zog ich mich zurück. »Dann bin ich auch voll dabei.«

Die harten Züge schmolzen aus ihrem Gesicht. Nur ihre vollen Lippen, ihre warmen Augen und ihre wunderschönen Wangenknochen blieben. Und sie gehörten alle mir.

»Bist du bei allen geoutet, die dir wichtig sind?«, fragte sie.

»Ich hab's meiner Mutter und Charles erzählt. Meiner Schwester. Meinen Brüdern. Ich glaube, alle anderen wissen es entweder oder ahnen es. Oder sie lieben mich genug, dass es ihnen egal ist.«

»Dann lass es uns allen hier sagen.«

»Allen?« Ich überblickte die Partygäste, aber das war die alte Natalie, die die Menge musterte. Der neuen Natalie war es egal, was irgendjemand dachte. Es war nicht meine Aufgabe, es ihnen recht zu machen oder sie glücklich zu machen. Die einzige Person, der ich es recht machen wollte, war ich selbst – und Jamila.

»Okay«, sagte ich.

Sie ergriff meine Hand und zog mich hoch. »Hier ist der Plan. Wir sagen ihnen, dass wir ein Paar sind, dann schleichen wir uns in mein Zimmer.«

»Aber dann werden alle wissen, was wir tun!«

»Und das ist ein Problem, weil …?« Sie ließ eine Hand über meinen unteren Rücken gleiten, unter den Bund meiner geliehenen Jeans bis zu der Stelle direkt an meinem Steißbein, wo ich kitzlig war. Schauer breiteten sich von der Stelle aus, an der ihre Haut meine berührte, und entzündeten eine Flamme in meinem Kern.

»Kein Problem«, quiekte ich.

»Dachte ich mir. Hey, alle zusammen!«, rief sie.

Und während sie der Menge unserer Freunde von unserer Beziehung erzählte, jubelte ich innerlich. Die fabelhafteste Frau der Welt liebte mich. Nur mich.

Und ich liebte auch nur sie.

EPILOG

MEINE FREUNDIN, wie sich herausstellte, liebte Partys.

Ihre Grillparty im Garten am letzten Wochenende vor der Markteinführung für Familie und Freunde war nichts im Vergleich zur eigentlichen Launch-Party auf der Dachterrasse des Jamilow-Gebäudes.

Als ich unten gearbeitet hatte, hatte ich keine Ahnung gehabt, dass es das hier oben gab. Das Gebäude war nur zwei Stockwerke hoch, aber von der Dachterrasse blickte man auf die fernen Baumwipfel und die funkelnden Lichter von Mountain View. Wenn man nah an der Westseite stand, konnte man den tintenschwarzen Fleck des Teiches darunter sehen. Die Spiegelungen der Lichter von der Dachterrasse schimmerten auf seiner Oberfläche.

»Was machst du hier drüben?«, flüsterte Jamila heiß in mein Ohr, und ich erschauderte.

Ich nahm das Sektglas, das sie mir anbot. »Ich beobachte.«

Sie tat so, als würde sie mit dem Handrücken meine Stirn fühlen. »Natalie Jones *beobachtet* eine Party? Sie ist nicht mittendrin und knüpft Kontakte? Das könnte ernst sein.«

Ich ergriff ihre Hand und zog sie an unserer Seite nach unten. »Hannah hat großartige Arbeit geleistet.«

»Ja, ich bin froh, dass ich sie eingestellt habe.«

»Wie bitte?«, Ich ließ ihre Hand los, um auf mich zu deuten. »Ich habe sie eingestellt.«

»Niemand arbeitet in meiner Firma ohne meine Zustimmung. Sie war eine großartige Einstellung.«

Ich seufzte und ließ es auf sich beruhen. Wir waren ein Team. Wir hatten Hannah eingestellt, die eine fantastische Launch-Party geschmissen hatte. Alle von Jamilas milliardenschweren Geschäftspartnern waren da, außer Winslow Keating-Ashworth, der zusammen mit Pavel Thakor derzeit Gegenstand bundesstaatlicher Ermittlungen war. Reporter und Tech-Blogger füllten die Dachterrasse.

»Was machst du hier drüben?«, fragte ich. »Du solltest drüben mit einem Blogger oder einem Investor reden. Nicht hier bei mir. Du verpasst deine Party.« Ich gab ihrer Schulter einen sanften Schubs.

»Ich bin genau da, wo ich sein will.« Sie drehte der Party den Rücken zu und legte ihre Hände auf meine Taille. »Habe ich erwähnt, dass ich dieses Kleid mag?« Ihre Hände wanderten die kurze Strecke zum Saum und rollten sich darunter.

Ich ließ meine Hände von ihren Schultern zu ihrem Nacken gleiten und spielte mit den kurzen Locken an ihrem Hinterkopf. »Das hast du erwähnt, als ich bei dir angekommen bin. Und noch mal, im Fond des Wagens auf der Fahrt hierher.«

»Ah, richtig«, hauchte sie mir ins Ohr, bevor sie meinen Hals küsste. »Ich kann für nichts garantieren, wenn du einen so kurzen Rock trägst. Ich bin schockiert, dass deine Mutter dich darin aus dem Haus gelassen hat.«

Ich stieß sie an der Schulter an. »Ich wohne vielleicht noch bei meinen Eltern, aber sie haben kein Mitspracherecht bei dem, was ich anziehe.«

Sie drückte mich zurück gegen die Wand. »Vielleicht sollte das jemand haben. Dieser Rock ist unanständig. Ich frage mich, was du darunter trägst.« Als sie meine nackte Pobacke streichelte, wurden ihre Augen groß. »Nichts?«

»Die Jones-Frauen gehen in der Öffentlichkeit nicht unten ohne.« Ich hob mein Kinn. »Es ist ein Tanga.«

»Ein Tanga.« Sie fand den G-String, ließ ihren Daumen daruntergleiten und strich über die empfindliche Stelle an meinem Steißbein. »Vielleicht sollte ich dich für eine gründlichere Untersuchung in mein Büro mitnehmen.«

Schaudernd ergriff ich ihre unartige Hand, zog sie unter meinem Rock hervor und hielt sie fest.

»Später. In deinem Bett, nicht in deinem Büro.« Ich stieß sie an, damit sie sich der Party zuwandte. »Hast du mit einem der COO-Kandidaten gesprochen?«

»Ich muss sagen, es war brillant von dir, sie hierher einzuladen. Ich habe bei ein paar von ihnen vorgefühlt. Sie könnten an dem Job interessiert sein. Obwohl ich bei allen ernsthaften Kandidaten eine vollständige Hintergrundüberprüfung anordnen muss. Keine Unternehmensspione mehr«, knurrte sie.

»Keine Unternehmensspione mehr«, stimmte ich zu. »Oder Freunde.«

»Apropos Nicht-Freunde, was macht *der* denn hier?« Sie zeigte auf einen großen Mann, dessen graues Haar in den Strängen der Edison-Glühbirnen funkelte, die das Zentrum der Dachterrasse kreuz und quer durchzogen. Er kam mir vage bekannt vor.

»Wer ist das?«

»Das ist Harris Weston. Er war CEO von Synergy, bis er eine feindliche Übernahme versucht hat.«

Deshalb kam er mir bekannt vor. Er stand früher auf Mutters Gästeliste, bis er versuchte, einen Keil zwischen Cooper und Jackson zu treiben. »Ich habe ihn nicht eingeladen. Glaubst du, Hannah hat das aus Versehen getan?«

»Spielt keine Rolle«, knurrte sie. »Er ist hier nicht willkommen.« Sie ließ meine Hand fallen und schritt auf ihn zu. Ich folgte ihr so schnell ich in meinen Absätzen konnte.

Er hielt ein Glas mit etwas Braunem in der Hand, während er sich mit einer Gruppe gut gekleideter Leute in der Nähe der Bar unterhielt. Er trug einen Anzug von Dolce & Gabbana, der auf der lässigen Dachterrasse deplatziert hätte wirken sollen, aber irgendwie alle anderen zu leger gekleidet aussehen ließ. Seine blassblaue Krawatte betonte seine blauen Augen, die wirklich reizend waren. Tatsächlich war er auf eine Art und Weise gut aussehend, in die ich mich vielleicht verliebt hätte, wenn ich auf Silberfüchse stehen würde und nicht so verrückt nach Jamila wäre. Seine weißen Zähne blitzten auf, als er lächelte.

Sein Lächeln erlosch, als er Jamila sah.

Sie hakte sich bei ihm unter. »Ein Wort, Weston?«

Er nickte der Gruppe zum Abschied zu. »Natürlich, Jamila.«

Sie gingen zur dunklen Seite der Dachterrasse hinter der Bar, und ich folgte ihnen, um sicherzustellen, dass sie ihm keinen Drink ins Gesicht schüttete oder versuchte, ihn über die Brüstung zu stoßen. Sie kochte vor Wut, also schien beides möglich.

Sie riss ihn zum Stehen und zischte: »Wie kannst du es wagen, deine hässliche Fratze auf meiner Party blicken zu lassen?«

Er hob seine Handflächen in einer beschwichtigenden Geste. »Ich bin hierhergekommen mit …«

»Es ist mir egal, ob du mit Barbara Jordan und Ruth Bader Ginsburg und ihren begleitenden Engeln hierhergekommen bist. Du. Bist. Hier. Nicht. Willkommen. Nicht auf meiner Party.« Sie untermalte jedes Wort mit einem Stoß ihres langen Fingers gegen seine Brust.

»Schön.« Als er diesmal lächelte, war es nicht freundlich. Es war kühl und berechnend. »Ich habe erreicht, was ich musste.« Er strich die Delle glatt, die Jamila in seiner Krawatte hinterlassen hatte, und schritt zum Ausgang.

Jamila zog ihr Handy heraus und drückte eine Taste. »Bruno. Sorge dafür, dass Harris Weston das Gebäude verlässt. Er ist das Arschloch, das gerade die Dachterrasse verlässt.« Sie steckte ihr Handy weg.

Ich trat näher. »Was glaubst du, hat er erreicht?«

»Dass sein Arsch aus meinem Gebäude eskortiert wird. Dass sein Foto am Sicherheitsschalter aufgehängt wird wie das eines Zechprellers bei Buc-ees.«

»Nein, Mila, das machen wir nicht. Du musst mir gegenüber nicht die Harte spielen.«

»Richtig.« Sie legte einen Arm um mich, starrte aber auf die Tür, die sich hinter Weston schloss. »Ich weiß nicht. Könnte sein, dass er nur wieder sein Gesicht auf einer Tech-Party zeigen wollte. Sich wieder bei allen einschmeicheln, um sich in einen anderen CEO-Job oder eine Vorstandsposition zu quatschen. Oder es könnte etwas Heimtückischeres sein.«

Ich schauderte. »Sag *heimtückisch* noch mal.«

Sie schmiegte ihre Nase unter mein Ohr. »Sollen wir ein Rollenspiel mit dem Wort *heimtückisch* machen?«

»Es ist heiß, wenn du es mit deinem Akzent sagst.«

Sie richtete sich auf. »Ich habe keinen Akzent.«

»Doch, wenn du willst. Wenn du jemanden von deiner Fährte abbringen willst. Du denkst doch nicht darüber nach, wieder diesen Privatdetektiv zu engagieren, um Weston zu überprüfen, oder?«

»Nein …«

»Das klang nicht wie ein echtes *Nein*. Keine Privatdetektive mehr. Wir haben darüber gesprochen. Alles ganz sauber und legal.«

»Schön. Obwohl ich wünschte, ich wüsste, was er vorhat.«

»Ich werde mich umhören. Mal sehen, was ich über inoffizielle Kanäle herausfinden kann.«

»Braves Mädchen.« Sie legte einen Arm um mich und zog mich näher. »Vielleicht hast du deine Berufung als Privatdetektivin verfehlt. Du hast so gut herausgefunden, was Winslow vorhatte.«

»Nein.« Ich lehnte meinen Kopf an ihre Schulter. »Ich bin glücklich, wo ich bin. Della Lippman ist die beste Mentorin, die ich mir wünschen kann.«

Ihre Hand glitt zu meiner Hüfte. »Bist du sicher, dass du nicht lieber zurückkommen und für mich arbeiten willst? Ich bin nicht sicher, ob ich es mir leisten kann, dir das zu zahlen, was Della zahlt, aber die Vorzüge …« Sie ließ ihre Finger unter meinen Rock gleiten und fuhr damit zu meiner Pobacke, über die sie in einem Kreis rieb. »Die Vorzüge sind fantastisch.«

Ich versuchte, nicht an die Nässe zu denken, die in das winzige Dreieck meines Tangas sickerte. »Die Vorzüge, deine Freundin zu sein, sind ziemlich spektakulär. Ich werde nicht wieder mit meiner Chefin schlafen, danke.«

»Mmm. Hast du noch mal über einen Besuch in meinem Büro nachgedacht?«

»Absolut nicht. Du bist der Star dieser Party, für die Hannah so hart gearbeitet hat, um sie für dich zu organisieren. Du bleibst hier auf dieser Dachterrasse, um der letzten Person, die geht, die Hand zu schütteln.«

Sie drückte meinen Hintern und zog ihre Hand dann unter meinem Rock hervor. »Schön.«

Wir trugen beide Absätze, also musste ich mich auf die Zehenspitzen stellen, um ihr ins Ohr zu flüstern. »Ich verspreche, brave Mädchen bekommen zu Hause eine Belohnung.«

Sie hob die Augenbrauen. »Ich bin das brave Mädchen in diesem Szenario?«

»Wir wechseln uns ab?«, fragte ich und biss mir auf die Lippe.

»Das gefällt mir.« Ihre dunklen Augen funkelten. »Mal sehen, wie viele unverschämte Dinge ich tun muss, um die Leute dazu zu bringen, früh zu gehen.«

»Ich glaube, du hast das Konzept des braven Mädchens nicht ganz verstanden.«

»Zeigst du es mir dann? Du weißt, ich liebe es, dich in Aktion zu sehen.«

»Tust du das?«, Ich machte einen Schritt in Richtung Party, blickte über meine Schulter zu ihr zurück und klimperte mit den Wimpern. »Dann folge mir.«

Das tat sie.

BONUS-EPILOG
DIE HOCHZEIT

3 Monate später

ICH KONNTE NICHT SAGEN, was am herrlichsten war: der klare blaue Himmel, das glitzernde Wasser, das an den Strand rauschte, der zuckerweiche Sand unter meinen nackten Füßen, die beiden gut aussehenden Bräutigame unter der blumengeschmückten Chuppa oder Jamila, die in einem eng anliegenden Smoking und mit einer Pilotenbrille hinter meinem Bruder stand.

Es war eine Reizüberflutung für die Augen.

Ihre Sonnenbrille war zu dunkel, als dass ich hätte erkennen können, was Jamilas rote Lippen nach oben zog. Ich hoffte, ich war es.

Während die meisten Hochzeitsgäste weite Maxikleider trugen, hatte ich ein flatterhaftes Blümchenkleid an, das kaum meinen Hintern bedeckte. Als ich mit einem Finger über den Rand des tiefen V-Ausschnitts strich, leckte sie sich über die Lippen. Ja, meine Freundin sah mich an. Ich zog den Stoff ein wenig zur Seite, als wäre mir etwas warm geworden. Und das war mir auch, von der Hitze in ihrem Blick.

Endlich hörte der Rabbiner auf zu sprechen, und er hielt ein zartes Weinglas hoch. Er wickelte es in ein Samttuch und legte es auf den Boden zwischen die Bräutigame. Grinsend hob Ben seinen Fuß darüber und stieß Cooper an, es ihm gleichzutun. Vorsichtig senkten sie ihre Füße und zerdrückten es gemeinsam.

»Masel tov!«, riefen die Gäste.

Cooper beugte sich vor, um Ben zu küssen. Es sah so aus, als ob er einen keuschen Kuss auf die Lippen anstrebte, aber Ben spielte da nicht mit. Er packte Cooper am Revers und hielt ihn fest. So reif, wie er nun mal war, pfiff Jackson, als Ben seine Zunge in Coopers Mund schob.

Eine Sekunde später gab Cooper nach. Seine langen Arme umschlangen seinen Mann, und er drehte sie so, dass sein Rücken der nicht gerade kleinen Gruppe von Familie und Freunden zugewandt war, die sich versammelt hatte, um ihrer Hochzeit am Strand beizuwohnen.

»Hol's dir, Cooper. Hol's dir, Ben«, sagte Jamila. Sie wandte sich den Gästereihen zu und sagte: »Hey, Leute. Lassen wir die beiden mal alleine und starten die Party.«

Sie klatschte, und alle stimmten mit ein. Als Cooper Ben gegen die Chuppa drückte, wackelte der Bogen gefährlich. Der Rabbiner huschte aus dem Weg, um die Gäste zu der nur wenige Schritte entfernten Strandbar zu führen.

Jamila beobachtete Cooper und Ben noch ein paar Sekunden, bevor sie zu mir in die zweite Reihe kam, wo ich wartete.

Sie kämpfte sich aus ihrer Smokingjacke und enthüllte ein weißes Tanktop darunter. Sie fächelte sich mit der Jacke vor dem Gesicht Luft zu.

»Smokings und Strände sind vielleicht einzeln toll, aber in Kombination sind sie zum Kotzen. Erinnere mich daran, wenn wir heiraten.«

»Warte, was?« Vielleicht hatte ich trotz meines luftigen Sommerkleides und des riesigen Schlapphuts einen Sonnenstich bekommen.

»Smokings. Viel zu heiß für eine Strandhochzeit.«

»Nein, der andere Teil. Dass wir heiraten.«

»Willst du denn nicht? Nicht heute, natürlich.« Sie wischte sich eine Schweißperle vom Haaransatz.

»Natürl… warte. Ist das ein Heiratsantrag?«

»Oh, nein, Baby.« Sie umfasste mein Kinn. »Ich weiß, du willst vom Hocker gerissen werden und den ganzen Kram. Keine Sorge. Das übernehme ich. Wenn die Zeit reif ist.« Und dann stupste sie mich auf die Nase.

Ich schlug ihre Hand weg. »Nein. Nö. So läuft das nicht. Wir sind zwei erwachsene Frauen. Wir werden ein erwachsenes Gespräch darüber führen. Nichts von diesem patriarchalen Blödsinn über einen Überraschungsantrag, wenn es dir verdammt noch mal passt.«

»Aha.« Sie setzte sich auf einen der im Sand stehenden Klappstühle und zog mich auf ihren Schoß. »Soll es also so laufen?«

»Bei dir geht es immer um Machtspielchen.« Ich verschränkte die Arme.

»Ich dachte, das gefällt dir. Wenn ich dich mein Babygirl nenne.« Ihre Hand wanderte zu meinem unteren Rücken, zu der Stelle, die sie so gut gelernt hatte. Ein Kribbeln breitete sich von ihrer Berührung aus, und Wärme sammelte sich in meiner Mitte.

Ich zappelte auf ihrem Schoß, und sie grinste wie die Grinsekatze.

»Es gefällt mir. Wenn wir spielen. Im Bett, besonders. Aber das hier ist ernst. Du redest über den Rest unseres Lebens.«

»Moment.« Sie schubste mich von ihrem Schoß auf den nächsten Stuhl in der Reihe. »Willst du das nicht? Den Rest unseres Lebens, zusammen?«

»Also, ja. Das will ich schon, seit ich fünfzehn bin. Aber ich dachte nicht, dass du auf so was stehst. Die Zeremonie. Die Zeugen.« Ich deutete auf die leeren Stühle um uns herum. »Den romantischen Kram.« Ich winkte zu Cooper und Ben hinüber, die sich endlich voneinander gelöst hatten und Hand in Hand zum Empfang schlenderten.

Was ich mich nicht traute zu sagen, war: *Die Verbindlichkeit. Die Verletzlichkeit.*

Aber es war, als hätte sie gehört, was ich nicht gesagt hatte. »Was ich für dich fühle, ist … anders. Als wärst du meine beste Freundin und mehr. Du willst nur Gutes für mich, und du hältst für dich selbst nie etwas zurück. Und ich will« – sie räusperte sich – »auch für dich so sein.«

Ich beugte mich vor, um sie zu küssen. »Das bist du bereits.«

Sie löste sich von dem Kuss, legte mir aber eine stützende Hand auf die Schulter. »Noch nicht, aber ich arbeite daran. Ich versuche, mich dir zu öffnen. Wie jetzt. Schau, ich weiß, wir sind erst seit ein paar Monaten zusammen. Und ich würde uns gerne noch ein paar mehr geben. Wir sollten wahrscheinlich auch zusammenziehen. Um es auszuprobieren. Ich kann ein größeres Haus besorgen, wie du es gewohnt bist.«

Mein Atem stockte in meiner Brust. »Ich brauche kein größeres Haus. Solange du darin bist, würde ich mir sogar eine Einzimmerwohnung teilen.«

»Das ist eine schreckliche Idee. Du würdest es hassen, wenn ich dich mitten in der Nacht mit meinen Telefonkonferenzen mit Indien aufwecke. Außerdem brauchst du Platz für deine Kleider.« Sie betastete die steife Popeline meines ausgestellten Rocks. »Aber wenn du bereit bist, würde ich es lieben, wenn du bei mir in Menlo Park einziehst. Und in das Strandhaus in Santa Cruz. Und mein Haus in den Hügeln außerhalb von Austin.«

»Das klingt wundervoll.« Jeden Tag neben Jamila aufzuwachen, egal wo sie gerade war, war mein wahr gewordener Traum.

»Und wenn dich das nicht abschreckt, können wir vereinbaren zu heiraten. Anfang nächsten Jahres.«

»Ein Heiratsantrag ist eine Aufgabe auf deiner Agenda fürs erste Quartal?« Ich biss mir auf die Lippe, um mein albernes Grinsen in Schach zu halten.

»Genau. Obwohl ich die Hochzeitsplanung an dich delegieren werde. Mach es genau so, wie du es willst. Den ganzen Märchenkram, den du dir erträumen kannst, okay?«

Sie sah mir in die Augen, all ihre übliche scherzhafte Art war verschwunden. »Ich möchte dich so glücklich machen, wie du mich gemacht hast.«

»Wirklich? Du bist glücklich? Mit mir? Und mach da jetzt keinen Sexwitz draus«, fügte ich hinzu, als sich ihre Lippen zu einem Grinsen verzogen.

»Ja. Ich zeige es vielleicht nicht nach außen, aber bei meiner Untersuchung letzten Monat meinte mein Arzt, dass mein Blutdruck in einem gesünderen Bereich war. Und ich schlafe besser. Etwas davon ist der Sex, aber ...« Sie zuckte mit den Schultern. »Ich glaube, es liegt hauptsächlich an dir.«

Ich nahm meinen Hut ab und lehnte meinen Kopf an ihre Schulter, damit ich sie nicht ansehen musste, als ich das sagte, was ich sagen wollte. »Wenn wir nicht zusammen wären, bin ich nicht sicher, ob ich in der zweiten Woche wieder zu meinen PR-Zertifizierungskursen gegangen wäre.«

»Ich weiß, Baby.« Sie strich mir über den Rücken. »Du brauchtest nur einen kleinen Schub für dein Selbstvertrauen. Ein bisschen Feuer unterm Hintern.«

»Danke, dass du an mich glaubst.«

»Das habe ich immer. Niemand außer dir hätte mich davon überzeugen können, dass ich überhaupt eine PR-Abteilung brauche.«

»Das ist lächerlich. Jedes große Unternehmen braucht eine PR-Abteilung. Besonders, wenn sie eine CEO mit einem klitzekleinen« – ich gab ihr einen Kuss auf die Lippen, um die Worte zu unterstreichen – »winzigen. Temperament haben.«

»Das ist mein Mädchen. Rettet CEOs vor sich selbst, ein PR-Desaster nach dem anderen. Nun.« Ihr Lächeln wurde spitzbübisch. »Während wir vor der Hochzeit als Trauzeuginnen unterwegs waren, hat mir Mimi von dieser jüdischen Tradition namens Jichud erzählt. Das sind im Grunde sieben Minuten im Himmel, aber verpflichtend.«

Ich kicherte. »Das ist nicht meine erste jüdische Hochzeit. Ich bin mit dem Konzept vertraut. Und es sind technisch gesehen acht Minuten. Obwohl die meisten Paare es da drin nicht wirklich treiben. Sie entspannen sich normalerweise und essen einen Happen.«

»Ich weiß zufällig ganz genau, dass das frisch vermählte Paar nicht vorhat, die Cabana zu benutzen, auf deren Reservierung Bens Mutter für den Jichud bestanden hat. Und Ben hat mir den Schlüssel gegeben.« Sie zog ihn aus ihrer Tasche und hielt ihn hoch.

»Was schlägst du vor?«, fragte ich und wackelte mit den Augenbrauen.

»Ich schlage vor, wir sehen sie uns an. Stellen sicher, dass sie ihrem Zweck dient. Berichten Ben und Cooper, falls sie ihre Meinung ändern.«

»Zum Wohle der Bräutigame? Das gefällt mir.« Ich stand auf und hielt ihr meine Hand hin.

Jamila nahm sie und erhob sich. »Das ist – oh, oh.«

»Kommt ihr zwei?« Jackson hatte seine Smokingjacke ausgezogen und die Ärmel seines weißen Hemdes hochgekrempelt.

»Das hätten wir getan, wenn du nicht so ein Spielverderber wärst«, murmelte ich. Lauter sagte ich: »In einer Minute.«

»Oder acht«, sagte Jamila.

»Coop hat mich geschickt, um euch für Fotos zusammenzutrommeln.«

»Niemand will bei dieser Hitze Fotos machen.« Jamila zupfte ihr Tanktop von ihrer Brust. »Außerdem haben wir vor der Zeremonie Fotos gemacht, als wir noch frisch waren.«

Jackson verdrehte die Augen. »Es ist Bens Idee, so eine Art Vorher-Nachher-Sache, und du weißt, dass Coop ihm nichts abschlagen wird.«

»Schieb die Schuld dann auf mich.« Jamila ergriff meine Hand. »Ich habe meinem Mädchen ein Versprechen gegeben, und das ist wichtiger.«

»Dein Begräbnis.« Mein Bruder staubte sich die Hände ab. »Sorgt dafür, dass ihr rechtzeitig zum Toast da seid.«

»Wie viel Zeit haben wir?«, fragte ich.

Er zuckte mit den Schultern. »Wahrscheinlich eine halbe

Stunde. Die Leute stehen Schlange, um dem glücklichen Paar zu gratulieren. Obwohl ich sie ein wenig aufhalten kann. Coop erwartet immer, dass ich ihm einen Strich durch die Rechnung mache.«

»Danke, Jackson. Wir sind in dreißig Minuten da.« Nachdem er den provisorischen Holzweg entlanggeschlendert war, flüsterte ich Jamila ins Ohr: »Zeigst du mir diese Cabana?«

Es war nicht weit zu der mintgrünen und rosafarbenen Cabana, der einzigen zwischen uns und der Strandbar. Aber es gab ein Problem.

Tyler drückte Marlee gegen die Tür der Cabana. Ihr Rock war bis zu ihren Oberschenkeln hochgeschoben, damit sie ihre Beine um Tyler schlingen konnte. Sie knutschten, seine Hände auf ihrem Hintern, und nahmen ihre Umgebung nicht wahr. Sie sahen so aus, als wären sie zwei Sekunden davon entfernt, es im Stehen am Strand zu treiben.

»Oha«, flüsterte ich. »Vielleicht sollten wir …«

Jamila räusperte sich. »Wisst ihr eigentlich, dass das hier ein öffentlicher Strand ist?«

Tyler setzte Marlee wieder auf die Füße, und sie schob ihren Rock nach unten. »Ups, wir haben uns hinreißen lassen.«

»Vielleicht solltet ihr woanders hingehen, wo es etwas privater ist?«

Tylers Wangen glühten rot, als er sich mit einer Hand durch die Haare fuhr. »Entschuldigung. Wir wollten hier reingehen, aber die Tür war abgeschlossen, und …«

Jamila lächelte. »Kein Problem. Wisst ihr, die Damentoilette im Resort hat eine Couch und eine Tür, die man abschließen kann.«

»Ooh«, sagte Marlee. »Das ist eine gute Idee. Ich muss mich vielleicht hinlegen.« Sie legte ihren Handrücken auf die Stirn.

Tyler wandte seine Aufmerksamkeit seiner Frau zu. »Geht es dir gut?«

»Natürlich, Schatz.« Sie tätschelte seinen Arm. »Aber ich wollte schon immer auf einer Chaiselongue vernascht werden.«

»Wie Ihr wünscht, Prinzessin.« Er bot ihr seinen Ellbogen an, und sie hakte sich bei ihm ein.

Jamila kicherte. »Nehmt euch Zeit. Wir entschuldigen euch, falls jemand nach euch fragt.«

»Danke. Ihr seid die Besten.« Tyler führte Marlee in Richtung des Resorts.

»Mir ist aufgefallen, dass du ihnen den Schlüssel für die Cabana nicht angeboten hast«, sagte ich, als sie außer Hörweite waren.

»Ich bin ja nicht blöd. Das hier ist mein Liebesnest.« Sie steckte den Schlüssel ins Schloss und öffnete die Tür. Die Cabana war ein einziger Raum mit einer Doppelliege und ein paar Liegestühlen. Fensterläden sorgten für Belüftung, und eine Doppelflügeltür bot einen Blick auf den Strand.

Nachdem Jamila die Tür abgeschlossen hatte, zog sie die durchsichtigen weißen Vorhänge zu, um die Aussicht zu verdecken. »Nun … wie will ich dich haben?«, grübelte sie.

Ich kniete mich aufs Bett und blickte durch meine Wimpern zu ihr auf. »Wir haben nur eine halbe Stunde. Genau genommen jetzt noch fünfundzwanzig Minuten. Etwas Effizientes, wie Stellung 69?«

»Effizient?«, schnaubte sie. »Effizient ist was für Code und Drive-ins. Niemals für Sex. Außerdem bin ich schon die ganze Zeit kurz davor, seit ich dich in dem Kleid gesehen habe.«

»Wirklich?« Ich biss mir auf die Lippe. »Ich hatte keine Ahnung.«

Sie trat dorthin, wo ich kniete, und fuhr mit ihrer Hand meine Seite hinunter, um am Saum meines Rocks zu spielen. »Du wusstest genau, was du getan hast, als du das angezogen hast.«

»Gefällt es dir?« Ich küsste ihre Lippen, dann den Ansatz ihres Halses, wo ihr Kragen offen stand.

»Hochgeklappt würde es mir besser gefallen«, knurrte sie.

Sanft drückte sie meine Schulter, und ich lehnte mich auf der Chaiselongue zurück. Ich hob meinen Rock an, um meinen roten Tanga zu enthüllen. »So?«

Sie blickte hungrig auf mich herab. »Genau so.«

Sie hatte gerade ihren Finger in den Bund meines Höschens gleiten lassen, als es an der Tür polterte. Der Türknauf ratterte. Als ich nach Luft schnappte, legte Jamila ihre Hand auf meinen Mund und zwinkerte mir zu.

»Abgeschlossen, mi tesoro.« Mateos Stimme grollte durch die Tür.

»Verdammt. Ich wusste, ich hätte Benny nach dem Schlüssel fragen sollen«, sagte Mimi.

»Wenn du mir ein paar deiner Haarnadeln leihen würdest, könnte ich das Schloss knacken.«

Ich versuchte, meinen Rock nach unten zu schieben, aber Jamila, mit einer Hand immer noch auf meinem Mund, schüttelte den Kopf und schob ihn wieder nach oben. Ihre Finger strichen neckend über die Vorderseite meines Höschens, und meine Mitte verkrampfte sich.

»Feucht«, formte sie mit den Lippen. »Das gefällt dir.«

Ich wollte nicht, dass es mir gefiel. Ich wollte nicht von dem Gedanken erregt sein, dass meine Freundin und ihr Freund hereinkommen und Jamila mit ihrer Hand an meiner Muschi erwischen könnten. Aber, verdammt, es gefiel mir.

»Oder ...« Mimis Stimme wurde neckisch. »Wir könnten es uns gleich hier besorgen.«

»Mi vida, das ist ein öffentlicher Strand.«

»Aber weil Benny und Cooper das ganze Resort reserviert haben und alle beim Empfang sind, ist niemand hier. Komm schon, ich bin schnell.«

»Schnell ist nicht das, was ich mit dir will, mi tesoro.«

»Langsam können wir es später machen. Nachdem wir den Druck abgelassen haben. Du weißt, wenn ich dich so schick gekleidet sehe, will ich über dich herfallen. Es erinnert mich an die Nacht auf der Gala. Bitte?«

Ich konnte seine Antwort nicht hören, aber es gab ein weiteres lautes Poltern an der Tür. Hatte die kleine Mimi ihren großen

Freund dagegen gestoßen? Dem tiefen Stöhnen nach zu urteilen, hatte sie das.

Ich riss die Augen auf und sah Jamila an. Wir waren in der Cabana gefangen, während ein anderes Paar auf der anderen Seite der Tür ein schnelles Nummer schob.

Jamilas Gesichtsausdruck war teuflisch, als sie mir mein Höschen auszog. Ich schüttelte den Kopf. Das war schlecht, oder?

Aber als ihr Daumen auf meinem Kitzler landete, war es das Gegenteil von schlecht. Ich versuchte, mich auf sie zu konzentrieren, auf die Empfindung, die sich zwischen meinen Beinen aufbaute, während sie mich rieb, auf mein Verlangen, aber die Geräusche von der anderen Seite der Tür drangen hindurch.

»Ja, Baby. Ja. ¡Dios mío! Ich bin kurz davor!«

Ich blinzelte zu Jamila auf. »Kurz davor?«, flüsterte ich. »Ist der Kerl ein Minutenmann?«

»Oder Mimi hat ernsthafte Oralkünste drauf«, murmelte Jamila. »Du solltest sie fragen.«

»Nein – ohh.« Meine Empörung schmolz dahin, als sie zwei Finger in mich hineingleiten ließ. Ich fühlte mich von innen erleuchtet, als hätte ich die Sonne verschluckt und mit in die Cabana gebracht. Selbst hinter meinen geschlossenen Augenlidern war es hell.

»Sieh mich an, Baby«, flüsterte sie. »Ich will dich kommen sehen.«

»Nein, nicht ohne dich!«

»Schhh.«

Aber Mateo schrie auf, was es unwahrscheinlich machte, dass sie uns hören würden. Ich seufzte, dankbar – aber auch ein wenig enttäuscht –, dass meine voyeuristische Versuchung beendet war.

»Zieh deine Hose aus«, flüsterte ich. Als sie eine Augenbraue hochzog, fügte ich hinzu: »Bitte?«

Während Jamila ihre Smokinghose und ihren eigenen Tanga auszog und sie über einen Liegestuhl legte, berührte ich mich leicht, ein Echo dessen, was Jamila getan hatte, um meinen Motor im Leerlauf zu halten.

Jamila hatte sich gerade auf das Bett gekniet, als wir ein weiteres Stöhnen von draußen hörten. Diesmal war es Mimi.

Jamila und ich sahen uns blinzelnd an. »Scheiße«, formte sie mit den Lippen.

War es falsch von mir, zuzuhören, während der Freund meiner Freundin sie befriedigte? Vielleicht. Aber nachdem ich die erste Hälfte ihrer Sexkapade mitangehört hatte, konnte ich sie jetzt nicht mehr aufhalten.

»Komm hier hoch«, flüsterte ich. »Setz dich auf mein Gesicht.« Vielleicht würde ich meine Freundin nicht hören, wenn Jamilas Beine meine Ohren umschlossen.

Jamila schüttelte den Kopf. »Ich will dein Make-up nicht ruinieren. Machen wir es so?« Sie zog mich auf die Knie und rittlings auf meinen Oberschenkel, wobei sie ihr durchtrainiertes Bein gegen meine Mitte drückte. Ich rieb mich an ihrem Oberschenkel und stöhnte.

Jamila schlug ihre Hand über meinen Mund, aber es war zu spät.

»Hast du das gehört?«, fragte Mimi.

Nach einer Sekunde grollte Mateo: »Ich habe nichts außer dir gehört, mi tesoro. Obwohl deine Oberschenkel meine Ohren bedeckt haben. Was hast du gehört?«

»Ein Tier, vielleicht? Gibt es hier Wildkatzen?«

»Streunende Katzen, sicher. Vielleicht hat eine von ihnen es auch gerade getrieben. Nun, konzentrier dich, mi vida. Jemand wird uns bald suchen kommen.«

Sie stieß ein langes Stöhnen aus. Mateo konnte es also auch.

»Lass uns loslegen, Babygirl«, flüsterte Jamila. Sie war ebenfalls feucht, als sie an meinem Oberschenkel entlangglitt. Ihr Blick wurde weich.

Ich schob ihr Tanktop hoch und streichelte ihre Brustwarzen. Ihr Kopf fiel zurück, und sie rieb sich schneller an mir. Ich? Ich ließ mich mitreißen und überließ es ihren muskulösen Oberschenkeln, die meiste Arbeit an meinem Kitzler zu verrichten. Schweiß bildete sich auf meinem Haaransatz und zwischen meinen Brüsten. Ich würde später beim Empfang ein heißes Durcheinander sein, aber das war mir egal. Alles, was zählte, war der Blitz, der durch meinen Rücken zuckte.

Jamilas Hüften pumpten und katapultierten mich mit köstlicher Reibung näher an den Orgasmus. Ich blickte ihr in die Augen. Ich würde nie genug davon bekommen, von ihr, von uns. Bald würde ich bei ihr einziehen, und wir könnten jeden Tag tausend kleine Berührungen teilen, manche sexuell, manche tröstend, manche spielerisch, jede einzelne würde uns enger aneinanderschweißen.

Sie war mein, und ich war ihr, und eines Tages in nicht allzu ferner Zukunft würden wir es allen bei unserer eigenen Strandhochzeit beweisen. Ich stellte mir Jamila in einem weißen Kleid mit einem bauschigen Schleier auf dem Kopf vor, wie sie mich ansah, so wie sie mich jetzt ansah, mit Staunen und Liebe.

Ich beugte mich vor und küsste ihre roten Lippen. »Ich liebe dich, Mila.«

Sie stöhnte, ein leises Schnurren, und erstarrte an mir. »Ich liebe dich auch, Nat.«

Wir waren nicht leise gewesen, aber das spielte keine Rolle. Mimi stieß einen unzusammenhängenden Laut aus und ließ sich gegen die Tür fallen.

Ich ließ auch los. Mit einem weiteren Stoß gegen Jamilas Oberschenkel schwebten meine Gedanken davon, über den Sand und das Meer, mit den Seevögeln und der warmen Brise. Ich legte meine Hände auf ihre Schultern, um mich zu stützen.

»Masel tov«, murmelte ich ihr ins Ohr.

»Masel. Bei unserer Hochzeit machen wir definitiv einen Jichud.«

Als Mimi und Mateo zum Empfang zurückgegangen waren, machten Jamila und ich uns so gut es ging wieder zurecht. Sie wischte meine verschmierte Wimperntusche weg und glättete mein zerzaustes Haar. Ich frischte ihren lang anhaltenden Lippenstift mit dem Lippenbalsam in meiner Tasche auf. Hand in Hand schlenderten wir zurück zur Bar des Resorts zum Empfang.

»Mila. Natalie.« Cooper traf uns an der Treppe vom Strand. Sein kritischer Blick wanderte über uns, und ich konnte nicht anders, als an meinem Rock zu ziehen, um meine klebrigen Oberschenkel zu bedecken. »So froh, dass ihr es zu uns geschafft habt.«

»Wir haben nur das wunderschöne Resort genossen. Die tropische Brise. Die Rufe der Tierwelt.« Jamila hielt seinen Blick fest. Ich kicherte, als Tyler und Marlee aus dem Flur auftauchten, der zu den Toiletten führte. Sie strich sich über den Rock.

»Ah! Da seid ihr ja.« Ben schlenderte zu uns, seine Smokingjacke fehlte und seine Locken begannen sich zu kräuseln. »Ihr kommt gerade rechtzeitig zum Toast. Bobby«, rief er dem süßen Barkeeper zu. »Drei Gläser Champagner und ein Mineralwasser, bitte?«

»Schöne Zeremonie, Jungs. Was für eine bessere Kulisse für eure Ehe als die Insel, auf der ihr euch verliebt habt?« Ich drückte Jamilas Hand. »Es ist so romantisch.«

»Danke«, sagte Ben. »Es war alles Coopers Idee. Und Luis und seine Mitarbeiter haben dafür gesorgt, dass alles perfekt war, bis ins letzte Detail.« Er strich Coopers Kragen glatt und zupfte dann die Orchidee an seinem Revers zurecht.

»Genau wie mein Mann«, sagte Cooper. »Perfekt.«

»Ugh.« Jamila verdrehte die Augen. »Ihr seid süßer als Zuckerwatte. Ich brauche einen Drink, um das runterzuspülen.«

Mit perfektem Timing präsentierte Bobby ein Tablett mit Flöten. Wir nahmen uns alle eine.

»Lass uns das Ding durchziehen, Baby«, sagte Ben. Er hielt sein Glas hoch. »Jackson! Es ist Zeit.«

Mein Bruder küsste seine Frau auf die Wange, dann trat er in die Mitte der Bar. Er steckte sich die Finger in den Mund und stieß einen durchdringenden Pfiff aus, um die Gäste zum Schweigen zu bringen. Dann hielt er einen überraschend rührenden Toast.

Nachdem wir auf das eheliche Glück getrunken hatten, begann eine Merengue-Band zu spielen, und Ben und Cooper wiegten sich im sinnlichen Rhythmus. Nach einer Minute winkte Ben alle anderen auf die Tanzfläche. »Mein Mann ist gehemmt.

Schließt euch uns an«, rief er. Coopers Wangen wurden noch röter, aber Ben zog ihn für einen Kuss zu sich herunter.

»Komm, Baby. Lass uns tanzen.« Jamila bot mir ihren Ellbogen an, und ich ließ mich von ihr auf die Tanzfläche führen.

Wir beobachteten die anderen Paare, bis wir die Grundschritte draufhatten. Nach ein paar Liedern waren wir verschwitzt und lachten darüber, wie schlecht wir waren, verglichen mit Coopers Inselfamilienmitgliedern.

Als ich mit Jamila über die Tanzfläche wirbelte, wusste ich, dass es, egal ob wir an einem Strand in der Karibik oder in Kalifornien waren, in einem Büro im Silicon Valley oder in Austin, Texas, solange wir zusammen waren, keinen Ort gab, an dem ich lieber wäre als in Jamilas Armen.

———

Vielen Dank, dass du *Versuchung gesucht* gelesen hast! Bitte erwäge, eine Rezension bei deinem bevorzugten Händler, BookBub oder Goodreads zu hinterlassen. Rezensionen helfen anderen Lesern, neue Autoren wie mich zu finden.

Wenn du romantische Komödien mit Altersunterschied magst, die starke und unabhängige Frauen als Hauptfiguren haben, könnte dir auch meine Serie 40 and Fabulous gefallen. Sie spielt im Synergy-Universum, also könntest du auf ihren Seiten einige vertraute Gesichter wiederfinden. Die Serie beginnt mit Frenemies and Lovers, einer Liebesgeschichte mit vorgetäuschter Verlobung, Altersunterschied und Urlaubskulisse, mit Natalies Bruder Andrew und seiner Schwärmerei, die 13 Jahre älter ist als er, als Hauptfiguren. Sie ist bei deinem Lieblingshändler erhältlich.

ÜBER DEN AUTOR

Michelle McCraw liebt es, Liebesromane zu lesen und in der Tech-Branche zu arbeiten. Eines Tages beschloss sie, ihre beiden Interessen zu kombinieren, und jetzt schreibt sie heiße, nerdige Contemporary Romance, die dich vielleicht zum Lachen bringen wird. Ihre Bücher zeigen Charaktere, die ungeniert Wissenschaft, Ingenieurwesen und Technologie lieben.

Als gebürtige Texanerin hat Michelle während Schneestürmen in Neuengland Schnee geschaufelt und im Mittleren Westen auf eine Schneefräse aufgerüstet. Jetzt nennt sie Georgia ihr Zuhause, wo sie den Schnee ÜBERHAUPT NICHT vermisst. Sie liest gerne, reist, trinkt Bourbon und verwöhnt ihren außergewöhnlich schlecht erzogenen, aber bezaubernden Hund. Sie war Finalistin im RWA Vivian Contest, im Stiletto Contest der Contemporary Romance Writers und im Four Seasons Contest der Windy City Romance Writers.

facebook.com/MichelleMcCrawAuthor

instagram.com/MMOWriter

amazon.com/author/michellemccraw

goodreads.com/MichelleMcCraw

bookbub.com/authors/michelle-mccraw